# ブレイブ・ストーリー 中

宮部みゆき

角川文庫
22698

# ブレイブ・ストーリー　中

## 目次

第二部

## ブレイブ・ストーリー 上　目次



## ブレイブ・ストーリー 下　目次

幻界《ヴィジョン》全景
針の霧
ソノ
ランカ
サーカワの郷
凍れる都
ティアズヘヴン
ソン村
嘆きの沼
デラ・ルベシ特別自治州
アンドア台地
アリキタ
ザクルハイム
おためしのどうくつ
ガサラ
ゴザ
南大陸連合国家

水晶大宮殿
北の統一帝国
皇都
ソルブリア
ドラゴンの島
ササヤ
リリス
ボグ
グランデラ川
ルルド
マキーバ
ナハト
不帰の砂漠
N
E
W
S

地図　ナベタケイコ

# 第二部（承前）

## 5 交易の町・ガサラ

再びターボの引く車に揺られ——少し慣れたのか、ワタルはキ・キーマの隣にちゃんと座ることができた——草原を進み始めた。食べ物や危険な生きもののことなど、ワタルはいろいろ質問し、キ・キーマは親切に教えてくれた。

しばらく行くと、前方に、今まで立ち寄ったオアシスを百倍したみたいな、広く豊かな森が見えてきた。森のなかに、三角屋根のついた塔みたいなものが建っている。

「あれがガサラの町だ」キ・キーマが指さして教えてくれた。

「森に囲まれた、草原のなかの交易の町だ。俺たちダルババ屋や、風船《かざぶね》商人や、町から町へと学問をしながら旅をする星読みたちや、いろいろな者が集まってくる。すごく賑《にぎ》やかで、楽しい町だよ」

空気はカラリと乾いているけれど、草原は真夏のような暑さだ。額の汗を払い、陽射しに目を細め、ワタルはガサラの町を見渡した。と、町を囲む森の左の端の方から、なにやらキラキラ光る小さなものがダルババに乗ってぞろぞろと出てきて、そのまま草原を左手の方へと進み始める。

「あれは何？」

キ・キーマは風のなかで遠くをすかし見た。「ああ、あれはたぶん、シュテンゲル騎士団だろう。連合国家の安全を守る騎士団だよ。けっこう大勢いるなあ――光っているのは、彼らの鎧《よろい》さ。あっちへ行くところを見ると、不帰の砂漠の、ねじオオカミ討伐かな」

げっ！　ねじオオカミ！

「その、フキの砂漠って、この近くなの？」

「うん、ターボなら、まる一日走れば、砂漠の入口の岩山の峡谷まで行けるな」

「なんで〝フキの砂漠〟なんて呼ぶの？」

「なにしろ広いし、周りを岩山ですっぽり覆われているんで、外からは様子を見ることさえできない。だから地図もないし、ねじオオカミがうようよ巣くっているから、迷い込んだ者は帰ってこない。だから不帰さ」

ねじオオカミの群に襲われたときのことを思い出すと、背中がじっとり冷たくなる。

「討伐しなくちゃならないなんて、ねじオオカミって、砂漠の外に出てくるの？　出てきて、ヒトを襲うの？」

「たまにな。連中は何でもがつがつ食うし、満腹ってものを知らないんだ。だから、どうかすると岩山を越えて、不帰の砂漠のそばの街道を通る隊商を襲ったりするんだよ」

説明してから、キ・キーマは「あれ？」と言った。「ワタル、ねじオオカミを知ってるのかい？」

「うん、ちょっと」ワタルは短く答えた。思い出したくない。「聞いたことある」

「そうかぁ。俺も話だけは聞いたことがあるんだが、めちゃめちゃ臭いケモノらしいな」

ターボが左へ向きを変え、町の入口の門が見えてきた。

レンガを積んでできた太い柱のあいだに、重そうな木の扉が閉ざされている。柱のてっぺんには、麦わら帽子に似たものをかぶったヒトが座っており、キ・キーマが手をあげて合図をすると、同じように手をあげて、扉の内側に向かって何か大声で呼びかけた。

ターボがのしのしと扉に近づいて、かなり手前で立ち止まった。すると、扉がぎいっと外側に開き始めた。ターボは賢い。開く扉にぶつからないように、ちゃんと手前で停まるのだと、ワタルは気づいた。

「サーカワの郷《さと》のキ・キーマだ！」キ・キーマは大声で名乗りながら、腰のスカートの襞《ひだ》のあいだから、長い紐《ひも》のついたカードのようなものを引っ張り出して、柱の上の門番に掲げてみせた。

「ポスラにマイとママスを届ける途中だ。荷物は、ボグのマーカイド商会から頼まれた。鑑札を見てくれぃ」

門の内側からテキパキとヒトが出てきて、荷物の検査をし始めた。麻の布の真ん中に穴を空けて、頭からすっぽりとかぶり、腰のところを紐でしめたような衣服を着ている。ズボンは丈が短くて、ワタルの綿パンツを膝《ひざ》のすぐ下で切ったみたいな感じだ。足は素足で、編みサンダルを履いている。

「通っていいぞぉ」

のんびりした声がすぐにかかり、ターボは門の内側へと歩き始めた。ログハウスみたいな家が、たくさん建っている。きょろきょろと見回していると、キ・キーマが身をかがめ、ワタルの耳のそばで囁《ささや》いた。

「ワタル、俺は肝心なことを言い忘れていたよ。よく聞いてくれ」

ワタルは耳を澄ませた。

「俺は最初、ワタルに、北からの難民かって尋ねたろ？　覚えてるか？」

「うん」確かにそう訊《き》いた。

「北の統一帝国は、アンカ族だけの国になって、それはそれで平和に治まったはずだった。だが、この十年ばかりのあいだに、アンカ族の難民が、南に逃げ込んでくるようになったんだ。ほとんどが、運を天にまかせて、手作りの風船で海を渡ってくるから、たいていは難破して死んでしまって、大勢は来られない。でも、なかには大枚の金を積んで、風船商人の船で密航してくる者もいる」

　これも、どこかで聞いたような話だ。

「どうも北の統一帝国では、今度はアンカ族のあいだで争いが起こり始めているようなんだ。だから難民が逃げてくる。でな、そういう難民の口を通して、北の事情がわかってきたのはいいんだが、一方では、難民が持ち込んできた老神信仰が、じわじわ広がったりしていてな」

　老神信仰の教義は、女神の否定のほかに、もうひとつ、特徴を持っている。

「老神信仰では、旅人は邪悪なものとして忌み嫌われているんだ」

　老神を敬う信者たちは、現世《うつしよ》から〝要御扉《かなめのみとびら》〟を通って〝幻界《ヴィジョン》〟を訪れる旅人を、〝ザザ・アク〟と呼ぶという。

「アンカ族の古い言葉で、〝偽の神〟〝神を騙《かた》るもの〟という意味なんだそうだ」

　女神が老神を騙《だま》すため、自らを老神の姿に似せて、その正体を偽るときに、練習のために、アンカ族のまがいものをいくつかつくった。つまり試作品である。用が済んだら、そのまがいものは、女神の手で、この世の果てにある〝混沌《こんとん》の深き淵《ふち》〟に捨てられたのだが、そのうちの一体が生き残り、幻界から現世へと逃げ延びた。

「幻界へ来る旅人は、その子孫たちだって、彼らは言うんだ」

キ・キーマはぐいと歯を食いしばって、さらに声を殺した。

「まったく、こんな話、俺が子供のころには聞いたこともなかった。最近なんだよ、噂されるようになったのは」

老神信仰をしているものは、旅人と見ると、危害を加えようとするという。〝ザザ・アク〟を倒すのは、老神の御心《みこころ》にかなうことで、神の戦士の手柄であると、信じ込んでいるからだ。だから用心した方がいいというのだ。

「普通は、こんな心配なんて、まるでしなくていいんだよ。ほかの町ならな。でも、ガサラは交易の町だからな。いろんな連中が集まってくる。老神信者にぶつかってしまう危険だって、ほかの町よりはずっと多いんだ。だから、旅人だってことを簡単に悟られないように、気をつけた方がいいんだ」

ワタルも囁き声で返事をした。「うん、わかった。気をつけます。ありがとう」

キ・キーマは身体を起こし、よし、と大きな声を出した。

「それじゃあ、ワタル、どこへ着けよう。まずは宿でいいかい？」

とたんに、ワタルは困った。ダルババ車のおかげですっかり安心して、自分の置かれている状況を忘れていたのだ。

　お金もないし、これからどうしたらいいのかもわからない。玉《ぎょく》を探すっていったって、手がかりなんて、ひとつもないのだから。

　すうっと、こめかみを冷汗がつたう。キ・キーマは目をパチパチさせた。

「どうしたんだい、ワタル？　俺、おかしなことを訊いたかい？」

　この親切な水人は、旅人ワタルがてんで頼りなくて、何がなんだかわからないお子さんなんだというふうには考えていないのだ。幸運の印の旅人には、頼まれればどんなことでもしてやりたいが、当の旅人が、何をしてもらいたいのかさえわからないのだとは、思ってもみないのだ。当然だけど。

「ボク――あの」

「くたびれたのか？　そりゃそうだよなあ、俺たちは慣れているけど、ワタルにはきつい道のりだったろう。やっぱり、すぐに宿屋で休んだ方がよさそうだな」キ・キーマは、親切な独り合点を続けた。「それじゃ、悪いけど、まずターボをダルババ場に預けに行かせてくれ。ダルババ場ってのは、ダルババの宿屋さ。ヒトの宿屋も近くだから、俺がちゃんと案内するよ」

　ターボは町中ではしずしずと歩いた。ダルババ場は、なるほど現世で言うところの駐車場みたいな場所だった。キ・キーマと同じ水人たちが、〝駐車中〟のダルババの身体を洗ってやったり、水や餌を与えたりしている。隅の方で輪になって談笑しながら、長い煙管《キセル》でタバコを吸っていた水人たちが、陽気にキ・キーマと挨拶《あいさつ》を交わした。

ターボを預けてしまうと、さて――と、キ・キーマはワタルに向き直った。

「おやおや、ひどくしおれた顔をしているもんだ。あんまりくたびれたなら、また肩車してやろうか？」

ワタルは恥ずかしさをこらえて、正直にうち明けることにした。

「あのね、僕、宿屋に払うだけのお金を持ってないんだ」

キ・キーマは呟《つぶや》いた。「へ？」

「お金がないんだ。一文なしなの」ワタルは一気に言った。「ラウ導師さまはお弁当はくださったけど、後のことは自分でやらなくちゃならないんだ。だけど僕、どうしたらいいか、まだ全然わからないんだよ」

キ・キーマは連続して六回まばたきをした。とても素早いまばたきだったが、切実に彼の反応を知りたくて、じっと見つめていたワタルは、ちゃんと数えることができた。

「ワタル」と、彼は言った。「それなら俺が、宿代を払うよ」

「そんなことダメだよ！　ここまで乗せてきてもらっただけだって充分なのに、そんな甘えることとなんてできないよ！」

しゃにむに言うワタルを、キ・キーマは大きな手を持ちあげて宥《なだ》めた。

「まあまあ、そんなにムキになるなよ」彼は長い舌をぺろりと出して笑った。「それじゃあ、とりあえずは貸しておくよ。ここは暑いし、宿に入ろう。話はそれからだ」

ガサラの宿屋は太い材木を組み合わせて建てられたロッジで、長い廊下に面してたくさんの部屋があった。いちばん安いのは、「入れ込み」という、ほかの大勢の客と同室になる部屋だったけれど、キ・キーマは小さい一人部屋を頼んでくれた。彼が宿屋の主人とやりとりをしているのを聞いて、ワタルは初めて、幻界の通貨の単位を知った。〝デム〟というのだった。

宿の主人は、もじゃもじゃと髭《ひげ》をはやしたアンカ族の小父《おじ》さんで、キ・キーマとワタルをじろじろと観察した。キ・キーマは気にする様子もなく、ワタルを部屋に連れていくと、自分はちょっと戻って、すぐに、コップみたいな器をふたつ持ってやってきた。

「そら、これを飲みな」と、コップをワタルに差し出した。「草原を走るのは気持ちがいいが、照り返しがきついから、実は身体が疲れるんだ。そういうときは、こいつがよく効くんだよ」

コップのなかの飲み物は薄甘く、ちょっぴり薬臭かった。

「本当にどうもありがとう」と、ワタルは言った。素朴な木の椅子に座ると、ほっとした。

キ・キーマはぺろりと舌を出した。照れているみたいだった。

「だから、いいんだよ。言ったろう？　ワタルは俺の幸運の星なんだからな」

ワタルは頬笑んだ。幸運の星。たったそれだけのことで、見ず知らずの者に、こんなに親切にするヒトが、果たして現世にはいるだろうか。現世で威張っているのは、それとはまったく反対の人間ばかりではないのか。

ふと、ルウ伯父《おじ》さんと神保町《じんぼうちょう》の書店街へ出かけたときのことを思い出した。ワタルにぶつかって、謝るどころか、転んだワタルの手を無造作に踏みつけて立ち去ろうとした若い男がいたっけ。ルウ伯父さんが真っ赤になって怒っても、知らん顔をしていた。

ミツルは、幻界は現世の人間の想像力のエネルギーによってつくられた世界だと言っていた。だったら、現世にあの若い男のような人間ばかりが溢《あふ》れたら、この美しく優しい幻界のヒトたちも、変わっていってしまうのだろうか。

「ワタルは女神さまに会うために、運命の塔を目指すんだよな？」

キ・キーマは、硬そうだけれど清潔なベッドに腰かけて、ちょっと首をかしげた。

「うん、そうだよ。僕は自分の——ううん、僕と僕の家族の運命を——」

キ・キーマは遮った。「いや、それは言わないでくれ。俺たちは、現世から幻界を訪れる旅人は、女神さまに呼ばれて来るんだと教えられている。どうして女神さまがその旅人を呼んだのか、それはわからないし、詮索《せんさく》しちゃならないんだ。だって、神意だからさ。だからワタルが何のためにこっちへ来たのか、その理由を、俺には言わないでおくれよ」

　ワタルはうなずいた。「うん」

「そうしてワタルは、一人で頑張って行かなくちゃならない」

「うん、そうだよ」

「でも、運命の塔に行く道中だけならば、誰か一緒に行ったっていいよな？　だからその、俺がついていってもさ」

「キ・キーマ！」

「女神さまだって、お怒りにならないと思うよ、途中までならさ」キ・キーマは急いで続けた。「だってワタルはまだこんなに小さいじゃないか。俺の爺《じ》さまが、昔出会った旅人は、立派な若者だったっていうぞ。そんなら一人旅だって心配はいらない。でもワタルはまだ子供だ。旅費だって、どうやって稼ぐんだ？　小さな子供を一人で放り出すのは良くない。うん、絶対に良くない」

　キ・キーマは、何度も何度も勢いよくうなずいた。ワタルは胸が熱くなった。

「それはとっても嬉《うれ》しいよ。でも、キ・キーマは仕事があるじゃない。僕のために休むなんて、そっちも良くないよ」

目を輝かせて、キ・キーマは乗り出した。「そうだな。だからワタル、俺はこれからひとっ走り積み荷を届けて、サーカワの郷《さと》に帰って、長老様におうかがいをたててくるよ。特急のダルババ車を使って走り通せば、三日か四日あれば行って帰ってこられる。だから、それまでここで待っててくれ。な？」

「それは――だけどそんな大変な！」

「いいんだよ。長老様だって、もしも俺がここでワタルにサヨナラって言って帰っちまったら、きっとお怒りになると思うんだ。キ・キーマよ、おまえはいつからそんな不親切な水人になったって」キ・キーマは頭をかいた。「長老様は四百二十歳になるんだが、まだまだ力も強くってな。俺なんか、子供のころから、いたずらをしては叱られて、ケツパンくらってばっかりいたから、今でもおっかなくてしょうがないんだよ」

四百二十歳！　ワタルは目を瞠《みは》った。水人族は長生きなんだ。

「そうなの……そんなら僕……」

「そうか、じゃあこれできまりだ！」キ・キーマはパンと手を打ち、元気よく立ちあがった。「それじゃあ、善は急げだ。俺は出かけるよ。宿代は五日分まで払ってあるから、ワタルは何にも心配いらない。飯もちゃんと出してくれるからな。疲れがとれたら、少し町を見物してみるといいぜ。ここは大勢のヒトが集まる町だから、次にどこを目指せばいいか、何かヒントが見つかるかもしれない。あ、でも、老神教の信者には気をつけることを忘れるなよ」

「うん」ワタルはまた、ありがとうと言うしかなかった。何度言っても言い足りない。ありがとう、ありがとうって。

どすんどすんと急いで出てゆくキ・キーマの大きな背中は、とても頼もしく、温かく見えた。彼自身は何歳なんだろう？

ワタルはベッドに寝ころんで、手足をのばした。白い漆喰《しっくい》の壁。藺草《いぐさ》を編んだような板の張られた風変わりな天井。涼しくて気持ちがいい。心がほどけてゆく。

夕食には、丸顔のアンカ族の小母《おば》さんが、パンとシチューと果物を運んできてくれた。小母さんは無口で、ワタルの顔を見ようともしなかったけれど、その無愛想さを百分の一秒で帳消しにするほどに、美味《おい》しい食事だった。喉《のど》が鳴った。

すっかり陽が暮れると、ワタルの部屋の小さな窓から、キラキラと輝きのこぼれるような星空が見えた。身を乗り出して手を差し出すと、星ぼしを受け止めることができそうだ。嬉しくなって、ワタルは宿の外に出た。宵のうちのガサラの町は、まだそここの建物に灯《あか》りがついていて、通りを歩くヒトの数はぐっと減り、そのかわり、たぶんレストランや居酒屋みたいなお店なのだろう、ひときわ明るく色とりどりの灯りが溢《あふ》れている窓の内側から、陽気な音楽や、賑《にぎ》やかなヒトの声が聞こえてくる。ワタルは宿の場所を忘れないようにしながら、少しばかり散歩をして、小高い場所を探してはそこで星空を仰いだ。

　頭のなかを星でいっぱいにして宿に戻ると、出入口のところで、後ろからいきなり強く突き飛ばされた。振り返ると、とたんに異臭で鼻が曲がりそうになった。

「おめえ、昼間あの水人と一緒にいた坊ずだな、え？　そうだろうが」

瘦《や》せこけたアンカ族の男が、唾《つば》を飛ばしてそう言った。こちらにかがみ込んで腕をのばし、胸ぐらをつかもうとするので、ワタルはその手をはらいのけた。

「なんだ、逆らうのかこのガキ」男は臭い息を吐きながら毒づいた。よろよろしている。酔っぱらっているのだと、ワタルはやっと気づいた。このもの凄《すご》い臭いは、いわゆる酒臭いというやつなのだ。幻界《ヴィジョン》のお酒って、現世《うつしよ》のよりも強烈なのかもしれない。

「水人なんかにぶらさがりやがってよ、ヒック」男はワタルをねめつけながらブツブツ言った。「あんな連中とつるんでると、今におめえも身体にウロコがはえて、ベロが長くなっちまうんだぞ、わかってんのか」

　ワタルは無言で立ちあがると、キ・キーマに対するこの侮辱的な言葉に、ぷいと背中を向けることで応じた。すると男は喚《わめ》きだした。「この坊ずめ、せっかくヒトが忠告してやってんのに、無視する気か？」

肩をわしづかみにされて、ワタルはカッとなった。「大きなお世話だ。あんたなんかより、水人の方がずっと立派だ！」

「何だとこのガキぃ！」

男が拳《こぶし》を振りあげた。そのとき、宿屋の奥から何かが飛んできて、男の顔にぴしゃりと命中した。雑巾《ぞうきん》だった。

「やめんかい！」と、大声がした。あの無愛想な小母さんが、両手を腰にあてて男を睨《にら》みつけている。「この酔っぱらい！　さっさと部屋に戻らないと叩《たた》き出すよ！」

酔っぱらいは急にしゅんとして、ワタルの脇をすり抜けて宿のなかに入っていった。なんと、ワタルのすぐ隣の部屋だ。

「ありがとうございました」

ワタルは小母さんに頭をさげた。小母さんは何も言わず、雑巾を拾いあげて、汚れた水がいっぱい入った木のバケツのなかに投げ入れた。掃除をしているんだ。

ワタルは、パッと閃《ひらめ》いた。「小母さん」

小母さんは太い腕で雑巾を洗っている。

「実は僕、旅費を稼ぐために仕事を探しているんです。この宿屋で、掃除とかの雑用をさせてもらえないですか？」

小母さんは、ジロリと横目でワタルを見ると、早口に吐き捨てた。「あんたのような小さな子を一人で旅させて、父ちゃん母ちゃんはいったい何をしてるんだい？」

　そして、バケツを持ちあげるとさっさと行ってしまった。ワタルはすごすご部屋に戻った。小母さんの言葉のせいか、眠りに落ちる間際に、まぶたの裏で母さんの顔がちらちらした。そうだ、真実の鏡――早く探し出して、母さんに僕が無事だって報《しら》せなきゃ。

　夢は見なかった。眠りはとても心地よく、深く優しかった。だが、その終わりは唐突で乱暴だった。

「起きろ！　起きろこのガキめ、起きろって言ってるんだ！」

　ワタルは目をぱちくりさせた。髭《ひげ》もじゃの宿屋の主人が、ワタルの首っ玉をつかんでゆさゆさ揺さぶっている。すっかり夜が明けて、部屋のなかに眩《まぶ》しい朝日が溢れている。

「え？　な、何？　何ですか僕――」

「何がボクだ！」髭もじゃ主人はワタルを怒鳴りつけると、ベッドから引きずり降ろした。「しゃんとせんかい！　寝ぼけたふりなんぞしおっても、わしは騙《だま》されんからな、このヒト殺しめが！」

　ヒト殺し？　水をぶっかけられたみたいに、ワタルは目が覚めた。

「ヒトゴロシ？　どういうことですか？　誰か死んだんですか？」

髭もじゃ主人はワタルの頭を張り飛ばした。「このガキめ、まだとぼけるつもりでいやがるか！　その手を見てみろ！」

ワタルは自分の両手を見おろした。とたんに、驚きで息が停まりそうになった。血だらけだ。手だけじゃない、下着にも、なすったようにべっとりと血がついている。いったいどうしたんだ？　何が起こったんだ？

「どうだ、シラを切ろうったって無駄だってわかったか」髭もじゃ主人は大声でがなりたてた。「おまえが、隣の部屋の客の喉をかき切って殺したんだな。この血が動かぬ証拠だ。殺して、金を盗《と》ったんだろう？　さあ言え、金はどこに隠した、使ったナイフはどこにあるんだ？」

何が何だかわからないうちに、ワタルは縄でぐるぐると縛りあげられ、宿の前に引きずり出された。すでに野次馬が大勢集まっていて、ワタルの顔を見て口々に驚きの声をあげる。ワタルの方も、本来なら、野次馬たちが犬とか猫とかクマとかライオンとか、とにかくいろいろな動物の顔をしていることに驚くところだったが、そんな余裕などなかった。「こんな小さな子供だったのか」

「アンカ族はマセてるから」

「これで三人目だって？　おお、怖い」

「泥棒だけならともかく、ヒト殺しまでするなんてねえ」

みんな口々に言って、ワタルを遠巻きにしている。忌まわしいものでも見るように、顔をしかめて。ワタルは背筋が寒くなった。

ヒト殺しなんかしていないのに。盗みだってもちろんしていない。三人目だって？

いったいどういうことなんだよ？

「さあ、来い！」髭もじゃ主人が、ワタルのお尻《しり》を蹴《け》って、縄をひっぱった。「ブランチに突き出してやる！」

宿の前の道を右に曲がって、ワタルはよろよろと引きずられていった。髭もじゃ主人は怒ったような得意そうな顔をして、時折、ガサラを悩ませてきた子供のヒト殺しを捕まえたと、声を張りあげて言いふらす。建物の戸口や窓からも、大勢のヒトたちがワタルの方を見ている。野次馬たちのなかには、後をくっついて来る者もいる。小さな子供が、甲高い声で、「ヒト殺しの泥棒が捕まった！　ヒト殺しの泥棒が捕まった！」と、手を打って踊りながら叫んでいる。

恐ろしさと怒りと困惑で、舌が喉の奥に引っ込んでしまっていたワタルだったが、この子供の囃《はや》したてる声に、思わず言った。

「僕は何もしてない！　これは何かの間違いだよ！」

すがりつくように、周りを囲んでいる野次馬たちに呼びかけた。でも彼らは笑うだけ。後ずさりするだけ。指さすだけ。

「このガキ、まだシラを切るか！」

髭もじゃ主人のキックが飛んできて、ワタルは地面に蹴倒された。頬が擦り剝《む》け、土が口のなかに入ってザラザラする。

そのとき、柔らかい手が伸びてきて、ワタルを助け起こしてくれた。その腕には、真っ白な毛がみっしりとはえていて、ミルクティー色の縞《しま》模様が走っていた。目をあげると、すぐ前に、白地に茶色の虎猫の顔があって、大きな灰色の目がワタルを見つめていた。

「大丈夫？」と、その猫は言った。小さなピンク色の鼻の頭から、銀糸のような髭がはえている。でも、声は紛れもなく女の子のそれだった。動作もそうだ。現世の、同級生の女の子たちとそっくりだ。

「こら、かまうんじゃねえ！　こいつはヒト殺しなんだ！」

髭もじゃ主人がまた怒鳴って、ワタルを乱暴に引き起こした。猫の女の子は怯《おび》えて退《の》いた。それでも、ワタルはその子の顔から目が離せなかった。

猫の顔だけど、とっても美人だ。立って歩いてるし、裾《すそ》の短いジャンプスーツみたいなものを着ている。猫族ってことか。ワタルと同じくらい怯えていて、今にも泣きだしそうな目をしている。

猫の女の子は、後ずさりして野次馬のなかに紛れ込みながら、ひたとワタルを見つめていた。ほっそりと優美なしっぽが、身体の後ろから現れて、彼女が腕で自分の身体を抱いている、そのまた上から、さらに自分を抱きしめる。そのとき、口元が小さく動き、何か言った。ワタルの目には、（ごめんなさい）と言ったように見えた——

「前を見てさっさと歩かんか！」

殴りつけられて、ワタルは気を失った。

意識を取り戻したときには、宿屋よりもこぢんまりしているけれど、もっと頑丈そうな木造の建物のなかの一室にいた。太い木の柱に縄でくくりつけられて、手には手錠、足には鎖の足枷《あしかせ》がかけられている。

ほっぺたがヒリヒリする。顎《あご》が痛い。お尻も痛い。片方の目が腫《は》れてるみたいだ。

「おや、お目覚めだね」

すぐ後ろから、女の声がした。真っ赤な革のブーツに包まれた爪先が、ワタルの顎の下にぐいっと食い込んで、顔を押しあげる。

「どうだい、年貢の納めどきだってことがわかってきたかい？」

つやつやした黒髪を短く刈りあげ、口の端に紙巻きタバコをくわえ、きつい目つきでワタルを見おろす、アンカ族の女性がそこにいた。背が高い。スタイルも抜群だ。素肌の上に、黒光りする革のベストと革のショートパンツを着て、トゲトゲの飛び出した肘《ひじ》あてと、赤いなめし革の腕輪をつけている。

「何ポカンとしてるのさ」女は言って、ケラケラと笑うと、爪先を引っ込めた。彼女がゆっくりとワタルの正面に回ってくると、ブーツの踵《かかと》を舐《な》めるようにして、黒くしなやかで細いものが、その後をくっついてくる。何だろうとよく見ると、それは黒革でできた長い鞭《むち》の先端だった。彼女はそれを右手に持って、床を引きずりながら歩いているのだ。

「初めまして、坊や」と、女のヒトはタバコの端を噛《か》みながら言った。「あたしはカッツ。このブランチの長《おさ》だよ。もっとも、名乗らなくても知ってるかもしれないね。このあたしが〝棘蘭《しらん》のカッツ〟だってことを承知の上で、ガサラを荒らしてくれたんだろう？　その肝っ玉は、なかなかたいしたもんだよね」

部屋の奥で男が笑った。こちらはトラの顔をして、鼻先に眼鏡を乗っけてる。

「僕は何にもしてません」しゃべると口が痛かったけれど、ワタルは頑張ってそう言った。「ヒト殺しも盗みも、何にも」

カッツは喉をそらして笑い、トラ顔の男に言った。「おやトローン、聞いたかい？」

トラ男は立ちあがると、ワタルにもっとよく見える場所へ出てきた。彼はキ・キーマが着ていたのと同じような短い革のスカートを穿《は》いて、肩から斜めに大きな革のホルダーを提げている。背中に剣を担いでいるのだ。

「坊ず、おとなしく罪を認めた方が身のためだ」と、トラ男は言った。「宿屋でおまえの隣に泊まっていた男が、喉《のど》を切られて殺されたうえ、持っていた金を盗られた。おまえが昨夜《ゆうべ》、この男にからまれて怒っていたことも、旅費に困っていたことも、もう調べがついているんだ。宿屋の夫婦が証言したんだよ」

　殺されたのは、あの酔っぱらいだったのか。ワタルはあらためて恐ろしくなった。ひしひしと現実感が押し寄せてくる。

「あんたの言うとおり、僕は仕事を探してたし、あの酔っぱらいにからまれて怒ったよ。でも、殺してなんかいない。どうして僕が疑われるんです？」

「身体じゅう、血だらけじゃないか」

　カッツが言って、短くなったタバコを、ダーツみたいに狙いをつけて、しゅっと投げた。タバコは部屋の隅のバケツのなかに落ちて、ジュッと音がした。

「だけど僕は身に覚えがないんです！」ワタルは身体を揺すりながら、精一杯の力を込めて言った。手錠と足枷がカチャカチャ鳴った。「ガサラには昨日着いたばっかりで――」

「一ヵ月前――」と、カッツはワタルを無視して言い始めた。「ある宿屋で、旅の商人が喉を切られて殺されて、お金を盗られた。次は十日前で、別の宿屋で――」

「僕はやってない！　一ヵ月前も十日前も、僕はこの幻界《ヴィジョン》に来てもいなかった！　だって現世《うつしよ》からの〝旅人〟なんだから！」

　ワタルの叫びに、カッツとトラ男は顔を見合わせて、同時に笑い転げた。

「何を言うかと思ったら！　〝旅人〟ね！」

「嘘じゃないです！　僕の剣、宿屋に勇者の剣があるはずなんだ。調べて、ラウ導師さまに聞いてみてください！」

「ラウ導師？　そりゃ誰だ？　星読みかい？　あいにく、俺たち〝高地人《ハイランダー》〟は、星読みなんかとは付き合いがないんだよ」

　ワタルは愕然《がくぜん》とした。このヒトたち、導師さまを知らないのか。要御扉《かなめのみとびら》の番人である導師さまは、幻界では隠者みたいなもので、普通のヒトびととは関わりのない存在なんだろうか？

「じゃ、キ・キーマに聞いてください。水人族のダルババ屋で、今サーカワの郷《さと》に向かってるけど、三日ぐらいで戻ってくるから」

「三日？　アラ残念だね、それじゃ間にあわないよ」

　カッツは鞭の柄を肩に担ぐと、左足に体重をかけて、粋《いき》な立ち方をした。

「だって坊や、あんたは、絞首台が出来あがり次第、縛り首になるんだもの。ねえトローン？」

「ああ、そうだ」トラ男は、机について書類みたいなものを取りあげながら、無関心そうに言った。「絞首台は一日あれば完成する。あいにくだな、坊ず」

「ガサラじゅうの大工が集まって、盛大にトンカンやるからね。ここの横の広場に造るから、留置場の窓からもよく見えるよ」

「一日なんて、そんなバカな！」ワタルは声を振り絞った。「取り調べだって証拠集めだって、何にもしてないじゃないか！」

「する必要ないんだよ。宿屋の夫婦の証言と、その血だらけの手を見れば」

「ホントの犯人が、寝ている僕の身体に血をなすりつけていったのかもしれない。僕に罪を着せるために」

とっさの思いつきだったけれど、口に出してみると、確かにそうだと思えてきた。

だが、カッツとトローンは笑うだけだ。

「そんな回りくどいことをする奴がいるもんかね。いいかい、坊や」カッツはその場でしゃがむと、ワタルと目を合わせた。「最初の殺人のときから、あたしたちは、こりゃ子供の仕業だって目星をつけてたんだ。だって、殺された三人は三人とも、内側から鍵《かぎ》のかかった部屋にいたんだよ」

「僕の隣の酔っぱらいも？」

「そうさ。鍵を開けずに部屋に出入りするには、近くの部屋から天井裏を通るしかほかに手がない。だけど天井裏は狭いからね、大人じゃ無理だ。踏み抜いちまうしね」

「たったそれだけのことで犯人と決めつけるなんて、メチャクチャじゃないか」

「だから、それだけじゃないだろ。あんたは血だらけ。おまけに昨夜は文なしだった」

カッツは立ちあがると、優雅に伸びをした。「まあ、安心おしよ。縛り首ってのは、存外苦しくないものだそうだから」

「気持ちがいいという説もあるな」と、トラ男が言った。

「冗談じゃない！」ワタルは叫んだ。「僕には身の証《あかし》を立てる権利があるぞ」

「ミのアカシ？　へえ、難しい言葉を知ってるんだね」カッツはワタルに背中を向けた。

「だいいち、この国の治安を司《つかさど》っているのは、シュテンゲル騎士団だろ？　あんたらには、勝手に僕を裁くことなんて、絶対できないはずじゃないか！」

カッツは素早く、しなやかに振り返った。次の瞬間、ワタルの頭すれすれにかすめて、彼女の鞭《むち》が唸《うな》りながら空《くう》を切り、柱を打った。

「生意気もほどほどにおしよ！」

凍りついたワタルに、カッツは言った。

「〝旅人〟のふりをして、知ってることも知らないように言うつもりなんだろうけど、あたしたちハイランダーを軽んじるなんて、絶対に許さないからね！」

口があわあわしたけれど、ワタルはなんとか言葉を発した。「だ、だって、シュ、シュ、シュテンゲル騎士団、が」

「あいつらは新参者さ！」カッツは細い眉毛《まゆげ》を鉤《かぎ》のように歪《ゆが》めて言い捨てた。「連合政府なんてご大層なもんができる前から、この南大陸の治安は、あたしたちハイランダーが守ってきたんだ」

トラ男が続けた。「それにな、坊ず、シュテンゲル騎士団は、ここんとこずっと怪《モン》物《スター》どもの討伐で手一杯だ。今だってどこに駐屯していることやら。いつ帰るかもわからんよ」

「フン、奴らなんか、ねじオオカミの番でもしているのがお似合いさ！」カッツは鼻先で言うと、「トローン、この坊ずは目障りだ。さっさと留置場にぶちこんで！」

トラ男は腰をあげ、柱の縄をほどいて、ワタルを建物の奥へ連れて行った。背中の剣はおろしていたけれど、彼のぶっとい腕と鋭い爪だけで、ワタルには充分だった。隙を見て逃げ出すなんて、とんでもない。

トローンはワタルを狭苦しい留置場の房に押し込むと、扉に鍵をかけた。ブレスレットみたいなキーホルダーを腕にとおす。彼もカッツと同じ、赤いなめし革の腕輪をはめていることに、そのとき気づいた。

「逃げようなんて思うなよ」トローンは牙《きば》を見せて、にやにや笑った。「それよりも、この世で食うあと何度かの飯を、心ゆくまで楽しむことだ」

留置場の板張りの寝台にへたりこんで、ワタルは途方にくれた。あまりの衝撃と恐怖に、涙さえ出てきてくれない。そうやって放心していると、太い格子のはまった窓の向こうで、トンカントンカンと大工仕事の音が始まった。背伸びして外をのぞくと、カッツが言っていたとおり、この建物の横の小さな広場の真ん中に、白木の土台が据えられようとしている。

絞首台だ。

西部劇みたい――なんて思ったのはほんの一瞬で、すぐに膝《ひざ》がガクガクして立っていられなくなった。ああ、どうしよう。このままじゃ、本当に縛り首になってしまう。

勇者の剣はどこにあるのだろう。現世だったら、こんな場合はまず家宅捜索があって、容疑者の持ち物を調べるのだろうけれど、ここじゃ、そんな正しい手順は望めない。宿屋の主人がガメてしまっているかも。今ごろ、勇者の剣で、あの小母《おば》さんがパンや野菜を切ってるかもしれない。

幻界で死ぬと、この身体はどうなるのだろう？　現世に帰るのだろうか。

トンカントンカンと、リズミカルな音が続く。賑《にぎ》やかな話し声も混じって、やけに楽しそうだ。それに比べて留置場のなかはひっそりとしている。このまま絞首台が出来あがるまで、ほったらかしにされるのだろうか。それでは弁解の機会さえない。

窓と扉の鉄格子は、ワタルの手首ぐらいの太さがあって、揺すっても叩《たた》いても手が痛いだけ。ビクともしない。

さすがに泣けてきた。でも、泣いても泣いても、誰も様子を見にさえ来てくれない。

陽が落ちたころ、トラ男のトローンと同じ出で立ちをしたアンヵ族の大男が、夕食と毛布を運んできてくれた。ワタルは飛びつくようにして話しかけたけれど、大男はむっつりと黙ったまま、鉄格子の下の方にある差し入れ口から、持ってきたものを突っ込むと、さっさと行ってしまった。

「僕は無実なんですってば！」

叫び声だけが空しくこだまする。

水みたいなスープと固いパン。食欲なんて、全然湧いてこない。膝を抱えて泣き寝入りするしかなかった。

とぎれとぎれの睡眠で、おかしな夢を見た。母さんが出てきたし、なぜか大松《だいまつ》香織《かおり》も出てきた。彼女もワタルと同じように、鉄格子の内側にいた。大きな目を潤ませて、ワタルを見つめている。夢のなかでワタルは、そうか香織も囚《とら》われているんだと悟った。ほかでもない、恐ろしい犯罪によって壊されてしまった彼女自身のなかに。ワタルと違って、彼女の牢獄《ろうごく》には錠前がない。でも、扉もないのだ。

――どうすれば、君をここから出してあげられるの？

尋ねると、夢のなかの香織は黙って目を伏せ、かぶりを振った。

――お父さんやお兄さんが心配してるよ。

香織が顔を上げて、何か囁《ささや》いた。聞き取れない。え？　何て言ったの？　もっと大きな声で言ってよ。大きな――大きな――

「大きな声を出させるんじゃないよ！」

ワタルは仰天して、夢のなかから飛び出した。身体を丸めて、毛布のなかに隠れるようにして眠っていた。カッツがすぐそばに立ち、両手を腰にあて、ワタルを見おろして怖い顔をしていた。

「ああ、やっと起きたか」彼女は乱暴な口調で言った。「あんた、朝寝坊だね。さっきから何回起こしたことか。声が嗄《か》れるかと思ったよ。家じゃ、母ちゃんにも叱られてばっかりだろ」

ワタルは身を縮めたまま起きあがった。絞首台が出来あがったので、迎えに来たのだろうか。トンカン音も聞こえない。

カッツは口の端をひん曲げて、フン！　という鼻息と共に言った。

「坊や、釈放だよ。ここから出るんだ」

耳を疑うような言葉だ。ピンとこない。

「釈放だって言ってるんだ！　グズグズするんじゃないよ。あたしは、ノロくさい子供と女々しい男は大嫌いなんだ」

ぽかんとカッツの顔を見あげて、ワタルは最初に頭に浮かんだ言葉を口にした。

「どうして？」

カッツの口が、さらに曲がった。「どうしてもこうしても、疑いが晴れたからさ！」

「だから、どうして？」

「しつこいガキだね。なんでそんなこと知りたがるのさ。ここから出たくないのかい？　だったらいいよ、また閉めちまうから」

ワタルは彼女の脇をすり抜けて、開けっ放しの扉から廊下へ飛び出した。カッツは男みたいに頭をごしごしかくと、ワタルに続いて廊下に出て、足で扉を蹴《け》って閉めた。

「昨夜《ゆうべ》、あんたがここにいるあいだに、また別の宿屋で、同じ手口の事件が起こったんだよ」不機嫌そうに、彼女は言った。「今度の被害者は、ひどい怪我をしたけど死ななかった。だから目撃証言もとれたんだ。二人組の小男で、二人して、あんたが間違って捕まったことを、ゲラゲラ笑って面白がっていたってさ。あんたの手や身体に血がついていたのは、あんたに罪を着せようと、そいつらがわざとやったことだったんだと。あたしら、まんまと騙《だま》されたわけだ。クソッたれが！」

最後の悪態は、唾《つば》と一緒に吐き捨てられた。

「だから僕は無実だって言ったのに。ちゃんと聞いてくれないからですよ」

カッツは凶悪な目でワタルを睨《にら》み、最初につながれていた事務所みたいな部屋までワタルを連れて行った。そう——落ち着いてよく見ると、ここは西部劇に出てくる保安官事務所によく似ている。

「あんたの泊まってた宿屋へ行くといい」カッツはぶっきらぼうに言った。「オヤジがあんたの荷物を預かってるって。あと、殴ったり蹴ったりしたお詫《わ》びに、飯をご馳《ち》走《そう》するってさ。それでも気が済まなきゃ、別にオヤジを殴ったっていいけど、あんまりやりすぎると、今度は別件でここに来ることになるから、ほどほどにしときな」

ワタルが外へ出ていこうとすると、カッツが呼び止めた。「ねえ、あんた。本当に〝旅人〟なんだね」

ワタルは振り向いた。

「あんたの持ってたちっぽけな剣。宿のオヤジが触ったら、熱くて持てなかったんだって。きっと女神さまからの賜りものだって、青くなって駆け込んできたんだ」

ああ、剣は無事なんだ。良かった。

「現世《うつしょ》からの旅人は、女神さまに呼ばれて来るんだからね。邪魔をしちゃいけないんだ」

カッツは机に歩み寄ると、椅子の背にかけてある彼女の鞭《むち》をいじりながら言った。

「悪かったね。女神さまに会えたら、あたしらが反省してるって伝えておいてよ。特に宿のオヤジはね」

「わかりました」

「でも、悪いことは言わない。飯を食ったら、早くこのガサラを出ていくことだ。あんたの疑いは晴れたけど、まだ犯人は捕まっていないし、グズグズしてるとまた面倒に巻き込まれるよ」

ワタルは黙って外へ出た。陽射しが眩《まぶ》しく、空はあっけらかんと青く晴れている。宿屋まで行くと、髭《ひげ》もじゃ主人がすっ飛んで出てきて、さかんにペコペコ謝り、奥の台所へとおしてくれた。小母さんもそこにいて、朝から食べきれないほどのご馳走を、テーブルいっぱいに並べてくれた。ワタルがそれを食べていると、髭もじゃ主人が、分厚い布で厳重に包んだ剣を持ってきた。

「すまなかったなぁ、坊ず」大きな身体を縮めて、主人は恐縮した。「そら、これがおまえさんの剣だ。あらためてくれ。傷なんかつけちゃいないぞ。ちょっとその、マントルの肉を切ろうとしたんだが、すぐにやめた」

ワタルは剣を腰に収めた。髭もじゃ主人はワタルの向かいに座ると、骨付きのあぶり肉に手を出して、小母さんにぴしゃりと叩かれた。

「それにしても、偉いもんだな」髭もじゃ主人は手を引っ込めて、言った。「坊ずみたいに小さいガキが、よく一人で現世から来たもんだ。要御扉《かなめのみとびら》を通るのに、年齢制限はないんだなぁ」

「小父《おじ》さんは、現世に行ったことはないんですか」

髭もじゃ主人は大いに畏《おそ》れた。「とんでもない！　くわばら、くわばら」

「行ったことがある人も知らないですか」

「知らん、知らん。現世は、俺たち幻界《ヴィジョン》に住むものが足を踏み入れられるような場所じゃねえんだ。女神さまがお許しにならねえし、だいいち、俺たちなんざ、あっちへ行ったら亡者になっちまう」

　モウジャ。幽霊のことか。

「確かに、あっちには怖いことがいっぱいあるかもしれないです」

「そうだろう、そうだろう」

「強盗殺人事件とかも、もっと非道《ひど》いのが起こるから」

「ほう、そうなのか。やっぱり怖いねえ。今ガサラで起こってることだって、かなり非道いと思うがね。このまま犯人が捕まらなかったら、俺らは商売あがったりだ」

「でも、昨夜のは怪我人だけで済んだって」

「おうよ、ネ族の女の子が背中をざっくり斬られてな、身ぐるみ剥《は》がれてよ」髭もじゃ主人が身振り手振りで言った。「あんな安宿に、女の子一人で泊まるのも悪いんだがな」

「女の子？　ネ族？」

「ああ、そうだ。白毛のべっぴんさんだが、可哀想に」

ワタルの心に閃《ひらめ》くものがあった。食事をやめて、立ちあがった。

「ご馳走様でした。もう充分です」

「そうかい？　いや、ホントに悪かったな。出発するなら、弁当をつくるよ」

「いえ、まだここにいます」

髭もじゃ主人はあわてた。「え？　だってカッツには、出てゆけって言われたろ？」

「言われたけど、でも僕、ヒトを待ってるから。それより小父さん、昨夜怪我をした女の子は、今どこにいるんですか？」

「町の診療所にいるがね」

そこまで道順を教えてもらって、ワタルは宿を出た。ガサラの町はもうフル回転という感じで、ダルババ車が行き交っている。

診療所は小さな山小屋みたいな建物で、患者たちで溢《あふ》れていた。むくむくのセントバーナード犬みたいな医師と、垂れ耳のテリアみたいな看護婦が、白衣を着て忙しそうに動き回っていた。ワタルが事情を話すと、看護婦が奥の小さな病室を指さした。

「さっき食事をしたから、今は起きていると思うけど」

礼を言って、ワタルはそちらに向かった。ドアをノックしても、返事がない。そっと開けると、素朴な木の寝台に、背中をすっかり包帯で包まれたヒトが、俯《うつぶ》せになって寝ていた。長いしっぽが、元気なく垂れ下がっている。

顔を見なくても、ワタルにはわかった。昨日、髭もじゃ主人に引っ立てられて行く途中、倒れたワタルを起こして、ごめんなさいと呟《つぶや》いたネコ耳の女の子だ。幻界では、ネコ型のヒトのことをネ族というのだろう。

「こんにちは」ワタルが声をかけると、女の子は目に見えてびくっとして顔をあげた。そして、傷の痛みにまたビクリとした。

「動いちゃダメだよ」

ワタルは近づいて、ベッドの脇にしゃがんだ。ネコ耳の女の子の大きな灰色の目が、震えるようにワタルを見た。

「な、何？」と、囁《ささや》くように訊《き》いた。

「お見舞いに来たんだ」そしてワタルも声を落とした。「昨日、道で僕を助け起こしてくれたよね？　ありがとう」

女の子は目をそらした。

「あのとき、ごめんなさいって言ったよね？」

女の子は怯《おび》えきって、目をきょろきょろ動かした。狼狽《うろた》えるように、しっぽも動く。小さな部屋のなかに、ほかには誰もいないというのに。

ワタルの心に、また閃くものがあった。

「邪魔してごめん。お大事にね」

そう言って、足音を忍ばせて部屋を出た。

ワタルは真っ直ぐにカッツの事務所へ向かった。彼女は背もたれに鞭をひっかけた椅子に座って、難しい顔で何か書いていた。

「何だい？　剣は返してもらったろ？」

「はい。僕、犯人捜しを手伝いたいです」

カッツは目を見開いた。「何だって？」

「宿屋の強盗殺人事件の犯人を捜すお手伝いをさせてください。できると思うから」

「あんたが？」

「はい」ワタルは、奥の机についているトラ男のトローンとアンカ族の大男の方を見た。「いいですよね？　僕、身のアカシを立てたいんです」

「それは昨日の話だろ。今は――」

「だけど、真犯人が捕まらなくちゃ、本当に疑いが晴れたことにはならないもの」ワタルはせいぜい不敵に見えるように、ニッと歯を剝《む》き出して笑った。「トローンさん、よろしくお願いします。手始めに僕を、前の二件の犯行があった宿屋に連れて行ってくださいませんか？」

トローンは、動物園のトラの顔になって唸《うな》った。「小僧、いい気になるなよ」

アンカ族の大男も言った。「遊びはこれまでだぞ、坊ず」

「僕は小僧でも坊ずでもないです」

「あんたねえ！」カッツが椅子を蹴《け》って立ちあがり、流れるような動作で背もたれの鞭をつかんだ。

「あんたでもないです。ワタルです」ワタルはまた歯を剝き出した。「女神さまにとりなしてほしいんでしょ？」

事務所の三人は、ワタルと級友たちが掃除当番を押しつけあうのと似たようなやりとりをして、最後はジャンケンみたいなことまでやった。どうやらカッツが負けたらしい。鞭を腰のベルトにたばさんで、歯をギリギリ鳴らしながら言った。

「それじゃ行きましょうかね、ワタルさん」

ワタルは二軒の宿屋を訪ねた。どちらでも、主人たちや従業員たちは、カッツに恭しく応対した。ワタルがあれこれ質問すると、最初は目をパチクリさせたが、カッツが、

「このワタルはね、臨時の助手」と、腹立たしそうに説明すると、すぐ丁重になった。

どちらの宿屋も、ワタルの泊まった宿屋と同じ、藺草《いぐさ》を編んだような天井板を使っていた。風通しがよくて涼しいのだそうだ。屋根裏にあがると、そこはとても狭くて、確かにカッツたちが推理したとおり、子供でないと通り抜けることは無理そうだった。

二軒の宿屋を回ると、ワタルはカッツと一緒に、髭《ひげ》もじゃ主人の宿屋に向かった。そこで大いに、ブイブイと吹いた。犯人がわかったから、宿屋の経営者たちに報《しら》せてください。

カッツが頭から湯気を立てて怒鳴った。

「いったい何を言い出すんだよ、クソガキ！」

ワタルが何か言い返す前に、髭もじゃ主人が割って入った。「おいおいカッツ、旅人に向かってそんな口をきいちゃいけないぜ。旅人は特別なんだ。女神さまに呼ばれて来たんだからさ。子供だって、俺たちにはわからないことがわかって、俺たちにはできないことができるんだよ、きっと」

カッツは怒りで真っ赤になった。「だけどこのガキ、昨日は留置場でメソメソ泣きくさってたんだよ！」

ワタルは涼しい顔をしていた。「では小父さん、よろしくお願いします。明日にはきっと、犯人を捉《とら》えますから」

「おお、わかった。みんなに伝えるとも。安心するよ」

「それと僕、今夜またこちらに泊まりたいんですけど、旅費を稼ぎたいので、小母《おば》さんのお手伝いをして働かせてもらえませんか？　事件のことで、僕に何か訊きたいという人が訪ねてきたら、誰にだってすぐに会いますから、そちらもヨロシク」

噂はあっという間にガサラの町じゅうに広がった。ワタルが宿屋で皿洗いをしたり、床を拭《ふ》いたり、小母さんに教わって薪割《まきわり》をしているあいだに、入れ替わり立ち替わりお客が訪ねてきた。犯人がわかったんだって？　おまえさん、凄《すご》いもんだね。〝旅人〟なんだって？　そうか今は要御扉が開く時期なんだね。ついでのように、女神さまにお会いしたらコレコレのことを頼んでほしいという依頼まで来て、ワタルは大忙しだった。

子供たちも大勢やってきた。ワタルが引き立てられているとき、手を打って「ヒト殺しが捕まった」と言いふらしていた子もやって来て、凄い凄いと褒めそやしていった。よろず周りに影響されやすい性格らしい。ワタルは、子供たちでさえ、旅人に対して畏敬《いけい》の念を抱いていることを知り、現世《うつしょ》を恐れている（みんな、髭もじゃ主人と同じことを言った、あっちへ行ったらモウジャになっちゃう！）ことも知った。頭の隅に、ちらっと、ガサラのような大きな町では、旅人であることを知られないように用心しろというキ・キーマの忠告がよぎったけれど、ちやほやされるのは悪くないので、ま、しょうがないよバレちゃったんだからと思った。ちょっと芸能人みたいじゃん？

皆に囲まれているときに、子供たちの輪の外の方に、二人組のアンカ族の少年が佇《たたず》んで、じっとワタルを眺めていることに気づいた。二人ともひどく飢えたような顔つきをしていて、埃《ほこり》だらけの服を着ていて、姿勢がよくない。ワタルと視線が合うと、わざと睨《にら》みつけるか、ぷんと顔をそらすか、どちらかだ。

ワタルはその二人の顔形を、しっかりと頭に刻み込んだ。二人が革のベストの下に、武器を持っているようであることも観察した。

そして、夜が来るのを待った。

一日を宿屋で過ごすと、幻界《ヴィジョン》にも現世に似た時間の概念があり、時計もちゃんとあることがわかった。ただワタルの体感では、一時間が現世のそれよりも少し長いようだ。ワタルは小母さんに時計の見方を教わり、その時計が真夜中の零時を示すのを待って、診療所へ向かった。

昼間来た時に、周囲を観察しておいたので、外から見ても、ネ族の女の子の病室の窓がどこかわかる。狭い路地を挟んだ隣に、酒屋があり、店の外にカラの大樽《おおだる》がたくさん積んである。ワタルはそこに隠れた。

潜んでしばらくのあいだは、診療所にはまだ灯《あか》りがついていた。それが消えると、ホウ、ホウとフクロウのような鳥の鳴き声が聞こえて、星明かりだけになった。

酒屋の空き樽からは、ウイスキーみたいな臭いがぷんぷんと漂う。あんまり長く待たされると、酔っぱらってしまいそうだ。

と、診療所の建物の外の暗がりで、何かが動いた。ワタルは息を詰めた。それは黒くて小さな人影で、二人いた。二人はサルのようにすばしっこく闇を横切り、ネ族の女の子の病室の窓を音もなく開けて、その内側に滑り込んだ。

ワタルは早口で十数えた。それから、足音を殺してその窓の下に走った。

「――たんじゃないだろうな？」

声が聞こえる。若い男の声だ。

「おまえだって同罪なんだぞ。それに俺たちのことをチクッたら、おまえ、どうなるかわかってるんだろ？」

「あのチビに、何をしゃべったんだよ？　あいつが昼間ここに来たことは、わかってるんだからな」

ネ族の女の子の涙声が聞こえた。何もしゃべってないわ、と言っている。

「嘘をつけ！」

「しっぽが嘘だって言ってるぞ。切り落としてやろうか？」

深呼吸をひとつして、ワタルは勇者の剣を抜き、がらりと窓を開けて、その内側に飛び込んだ！

「やめろ――あっと、あれれ？」

きっちり着地するつもりが、足が窓枠にひっかかって、転がり落ちてしまった。落ちたところはベッドの脇で、あの女の子が一人の少年に押さえつけられており、もう一人の少年が、彼女のしっぽの真ん中にナイフをあてていた。白い刃が凶悪にギラリと光った。

「おま、おま、おまえらちが犯人らってことは、お見通しらろ！」

ワタルは剣を構え、もがきながら立ちあがった。落下したとき顎《あご》を打ったので、うまくしゃべれない。

「なんだこいつ？　あ、あのチビだ！」

少年がワタルを指さして、ナイフを向けた。

「ブッ殺してやる！」

叫んで飛びかかってくる少年を、ワタルはかろうじて避《よ》けた。足がもつれて上手《うま》く動けない。シャツの裾《すそ》をつかまれて、またナイフが襲ってくる！　危ない！

「え？」

勇者の剣が少年のナイフをはじき飛ばした。剣を持った腕が、いや剣そのものが勝手に動いたみたいだった。ワタルは体勢を崩した少年に飛びかかり、馬乗りになった。

「やめろ！　こいつが死んでもいいのか？」

叫び声に顔をあげると、ネ族の女の子の首に、別の大振りなナイフが突きつけられている。もう一人の少年が、彼女を引き起こして羽交い締めにしていた。

「おまえがちょっとでも動いたら、こいつの喉《のど》をかき斬るぞ！」

ひるんだ瞬間に、下の少年がワタルを振り落とした。倒れかかるワタルに、今度はその少年の拳《こぶし》が襲いかかる。

　そのとき、窓の外から、黒くて細いものが空を切って飛んできて、ネ族の女の子を羽交い締めにしている少年の、ナイフを握った手に素早く巻きついた。と思うと、その黒くて細いものは強靭《きょうじん》に動き、少年を女の子から引き離すと、窓の方へと勢いよく引き寄せた。

「うわ！」ひっぱられた少年が、宙を飛んで窓の外に消えた。跳び箱でもやってるみたい。

　みんな呆気《あっけ》にとられていた。するとまた黒く細いものが窓からしゅっと飛び込んできて、今度はワタルのそばの少年の胴に巻きついた。

　そうか、これは鞭《むち》だ！

　窓枠にさっと片手をかけて、片手に鞭の柄を握り、カッツがひらりとベッドに舞い降りた。

「あたしはハイランダーだよ、おまえたちを逮捕する！」

　凜《りん》とした声で宣言すると、カッツはベッドから少年の目の前に飛び降り、革のブーツの先で、軽やかにキックの三連撃を見舞った。ぎゅうと呻《うめ》いて、少年はのびてしまった。

「窓の外のも、目を回してるよ」カッツは白い歯を見せて笑った。「二人とも大丈夫かい？　おや、背中の傷が開いちまった！」

ワタルははっとして女の子を見た。本当だ、背中の包帯が赤く染まっている。

「診療所の先生を呼んでこなきゃ！」

　と言ったとき、世界が回った。

「どうしたんだい、ワタル？」カッツがからかうように問いかける。「あんた、この子を助けたんだよ。もっとも、一人じゃ無理だったみたいだけどね。あたしがあんたの行動を、ずっと見張ってたのが幸いしたね」

「そう、でしたか。ありがと」と言って、ワタルはベッドにつかまって身体を支えた。

「どうしたの？」と、ネ族の女の子が尋ねる。

「お酒の、空き樽」ワタルは答えた。「やっぱり、酔っぱらっちゃった——みたい」

# 6　〝高地人《ハイランダー》〟たち

ワタルの二日酔いが醒《さ》めるまで、まる一日かかった。ひどい頭痛と吐き気とめまいが収まって、やっと食事ができるようになったころに、キ・キーマがサーカワの郷《さと》から駆け戻ってきた。

「こんなに驚いたことって、生まれて初めてだぜ！」

両手を打ち合わせたり立ったり座ったりしながら、彼はウキウキと言った。宿屋じゅうに響きわたるような大声だ。

「俺はガサラ―サーカワ間を区間新記録のスピードで往復してきたんだ。ところが、その短いあいだに、ワタルは、あの〝棘蘭《しらん》のカッツ〟を向こうにまわして、ガサラの町の英雄になってござった！」

「そんな凄《すご》いことをやったわけじゃないんだ」と、ワタルは言った。「ただ、母さんがよく観てたテレビのサスペンスドラマを思い出しただけなんだ」

「サスペンスドラマ？」キ・キーマは首をひねった。「それは現世《うつしょ》のものかい？まあいいや、とにかく、ワタルの気分が治ったら、カッツがブランチへ来てくれって言っていたよ。早く行こうじゃないか」

ブランチにはカッツだけでなく、トラ男のトローンと、これまで会ったことのない、長い顎鬚《あごひげ》を蓄えた老人が待っていた。山羊《やぎ》に似ている。どうやら、また新しい種族にお目もじしたようだ。とても優しげで、知的なまなざしの老人だった。

「この方は、ナハト国内にある十三のブランチすべてを束ねる、ギル首長だよ」

ギル首長は、カッツの堅苦しい紹介を笑顔で退けて、ワタルの両手を取った。

「こんなに幼いのに、よくもまあ、たった一人で、あの凶暴な泥棒たちに立ち向かっていったものだ。勇敢な〝旅人〟だな」

「でも、カッツさんがいなかったら、負けていました」ワタルは素直にそう言った。

「それより、あの、怪我をしてたネ族の女の子はどうしてますか？」

カッツが答えた。「あの騒ぎのあと、もういっぺん傷口を縫わなきゃならなくなって、今はまた安静にしてるよ。でも大丈夫、半月もすれば良くなるってさ」

それから、ニッと笑って付け加えた。

「あの子の名前はミーナだよ。あとでお見舞いに行ってやったら？」

ワタルは赤くなった。「あの二人組は？　あいつら、ミーナを脅していたんでしょう？　彼女は進んで連中の手伝いをしていたわけじゃありませんよね？」

カッツは首長の顔を見た。ギル首長は、座ったままワタルの方に身を乗り出した。

「それなんじゃ。ミーナという少女が二人組に脅され、盗みの手伝いをさせられていたこと、君を助けるために被害者を装ったことが、どうしてわかったんだね？」

ワタルはミーナが〝ごめんなさい〟と呟《つぶや》いたこと、彼女ならば、しっぽを使えば、自分で自分の背中をナイフで傷つけることもできると考えたこと、釈放されたワタルが、真犯人を知っていると言いふらして回れば、ミーナが真相を漏らしたのではないかと疑った真犯人が、きっと彼女のそばに現れるに違いないと思ったことを、説明した。

「ワタルは頭がいいなぁ！」キ・キーマがまた両手を打ち鳴らした。「俺なんか、長老の歳になるまで考え込んでも、そんなことなど思い浮かびもしないぞ」

だからさ、犯人や共犯者が被害者を装うっていうのは、サスペンスドラマじゃよくある手なんだよね。

「あの二人組に会ってみるかい？」牢屋《ろうや》の鍵《かぎ》をじゃらりと振ってみせながら、カッツが立ちあがった。ワタルは急いで彼女に従った。

「あのガキどもは兄弟で、北の帝国からの難民だった」廊下を歩きながら、カッツは言った。「五年前、あの子らが九歳と八歳のときに、闇のブローカーに大枚支払って、親子四人で商業船で密航してきたんだそうだ。ところが、船は途中で難破してしまって、両親は死んだ。あの子らはボグの辺境の浜辺に流れ着いて、難民収容施設に保護されたんだけど、どうやらそこでの不自由な暮らしがお気に召さなかったようでさ、脱走して、泥棒をしながら各地を転々として暮らして、もう一年近くになるんだって」

「だけど、せっかく死ぬほど危険な思いをして南に渡ってきたのに、どうして？」

「ま、それは直《じか》に訊《き》いてごらんよ」

二人の少年が留置されているのは、ワタルが押し込められていたのと同じ部屋だった。一人は寝台に寝転がっていたが、一人――たぶん兄の方だ――は床に座り込んでいて、ワタルの顔を見ると、ギラリと目を光らせた。

「機嫌よくしてるかい？」カッツが陽気に呼びかけた。「あんたらがヒドイ目にあわせたお友達を連れてきたよ。いっぺんぐらい、ちゃんと謝りたいだろうと思ってさ」

少年はぷいと目をそらすと、床に唾《つば》を吐いた。寝台の上の少年も起きあがり、ワタルを睨《にら》みつけている。こうして見ると、二人の顔には見覚えがあった。ワタルが「真犯人がわかった」と宿屋で騒いでいるとき、野次馬に集まってきた子供たちの輪の外側に、確かにこの二人が混じっていた。

あのときよりは、身ぎれいな様子になっている。でも、飢えたような目つきは変わっていない。

通路の向こうから、トローンがぶらぶらとこちらに近づいてきた。すると、兄の方がいきなり飛びあがり、鉄格子を両手でつかんで叫び始めた。「このケダモノ！　汚ねえな！　臭《くせ》えからこっち来るんじゃねえ！」

ワタルはぎょっとして、思わず後ろへ下がった。トローンは顔いっぱいにニヤニヤ笑いを浮かべて、足を止める様子もない。鉄格子の内側では、兄だけではなく弟も一緒になって、唾を飛ばし目尻《めじり》を吊《つ》りあげ、口を極めて彼を罵《ののし》り倒しているというのに。

「な？　こういうことだよ」トローンはワタルに並んで立つと、両手を腰にあてた。「この坊ちゃんたちは、命からがら北の帝国を逃げ出してきたっていうのに、心のなかには、まだその帝国を、そっくりそのまま住まわせているんだ」

北の帝国では、アンカ族の支配階級のヒトびとが、他の種族を劣等で存在価値のないものと決めつけ、収容所に押し込めたり虐殺したりしている――

「あんたらうるさいね。そんなにこっちにいるのが嫌なら、北へ送り返してやろうか」

カッツの言葉に、少年たちはますます逆上した。「おまえ、アンカ族のくせにケダモノの味方をするんだな！」

「そんな奴は今にみんな滅びるんだ！」

「滅びそうなのは、あんたらの帝国の方じゃないか」カッツは物憂げな口調で言った。「いろんな種族がいて、それぞれに得意なことがあって、みんなで工夫を凝らして暮らしていくからこそ、国は富むんだよ」

「うるさい、うるさい、うるさい！」

「黙れ、ケダモノの仲間め！　おまえたちみんな劣等種族だ！」兄弟は口々に叫んだ。

ワタルは鉄格子に一歩近づいた。「おまえたち、ミーナをどこから連れてきたんだ？　なんて言って脅かしていたんだよ？」

兄弟は一瞬顔を見合わせると、ワタルを指さしてゲラゲラ笑いだした。

「笑うな！」と、ワタルは怒鳴った。

兄の方は突然真顔になり、鉄格子にぴったりとへばりつくと、小声で何か毒づいた。

「何だよ」ワタルは耳を寄せた。すると兄はぐるると喉《のど》を鳴らし、至近距離からワタルの顔に唾のかたまりを吐きつけた。

「うわ！」

あわてるワタルに、また指を突きつけて嘲笑《あざわら》う。そして言った。「今に見てろよ。俺たち正しいアンカ族がこの南大陸を統一したら、おまえたちなんかみんな収容所送りだ。毎日毎日飯のかわりに、俺たちの靴を舐《な》めさせてやるよ」

「クツじゃないよ、お兄ちゃん！」弟が転げ回って笑いながら叫んだ。「ケツだ！　ケツを舐めさせてやる！　こいつらはみんな便所でクソを喰《く》って暮らすんだ！」

トローンがワタルの肩に手を置いた。「事務所に戻ろう」

ワタルはうなずいた。カッツはちょっとのあいだ、疲れたような目で少年たちを見つめてから、追いついてきた。

「あたしらも、北からの難民たちに、あっちがどんな非道《ひど》い状況になってるか聞いたことはあるけど……」カッツは憂鬱《ゆううつ》そうに呟き、自分の椅子にどしんと腰をおろした。「それが全部本当だとしても、どうしてあんなガキどもがいるんだろう」

　ギル首長は落ち着き払っていた。「それこそがヒトの浅はかさだよ、カッツ。悲しいことだが、それもまたヒトの持ち合わせている性分のひとつなのだ」

　北の帝国は、極端な非アンカ族差別政策のため、労働力が減り、国力が衰えている。自分たちの食糧さえ、国内では充分に自給することができない状態だ——と、首長はワタルに説明した。

「北と南とのあいだには、正式な通商条約が結ばれておる。食糧や日用品も、そこで決められた分量しか、南から輸出することはできない。だが、それではとてもとても足りなくて、北の人民たち全部には行き渡らん」

　そこで北の商人たちが、南の条約破りの闇商人たちと手を結び、密《ひそ》かに物資を取引しては、またそれで懐を肥やしているという。

「だが、そうやって北に流れ込んだ闇物資は、当然のことながら値段が高いので、やはり北の一般庶民の手には入らないのだ。だからこそ難民が出てくるのだよ」

「じゃあ、北の帝国で満足な暮らしをしているのは、いったいどんなヒトたちなんですか？」と、ワタルは尋ねた。

「一部の特権階級――」首長はゆっくりと答えた。「現皇帝アグリアスⅦ世の一族、貴族、政治家、役人、商人などの富裕階級じゃ」

ゆらりと留置場の方に頭を振って、

「あの兄弟の両親も、察するところ、昔はそうした特権階級につらなる立場にあったのだろう。そうでなければ、密航船に乗れるような金を蓄えることはできなかったろうから。だが、さして高い地位ではない、小役人程度だったろうよ。それが失策か何かで転落し、国におられなくなったのだろうな」

「だったらなおさら、こっちに来て、北の帝国との違いが身にしみるはずなのに。なぜ差別主義を捨てないんだろう？」

ギル首長は微笑した。「北からの難民が、すべてあの兄弟のような者たちばかりだ――ということではないよ」

「はい、でも！」

「失敗と幻滅は現実だが、主義主張は夢と理想だ。そして夢は、なかなか消えるものではない」と、首長は言った。「北の差別主義のなかで成功することはできなかった。だが、幼いころから心に刷り込まれた、その思想は捨てられぬ。だから南へと場所を変え、そこでまた同じ思想を振り回し、特権階級にのしあがりたい――そういうことなのだろう」

「バカみたいだ」ワタルは吐き捨てた。

「そのとおり。そも非アンカ族差別主義そのものが、愚かなること甚だしい。しかしな、ワタル」

首長は穏やかな口調を保って言った。

「愚かなるものの方が、時には、正しいものよりも遥《はる》かに強く、ヒトの心を惹《ひ》きつけることがある。小さな心、穴のあいた心、空っぽの枯れ木のうろのような心には、愚かなるものの方が入り込みやすいのだ」

トローンが、トラ顔の顎《あご》をうなずかせている。

「我ら連合国家も〝高地人《ハイランダー》〟も、北の帝国を恐れはしない。だが、彼《か》の地から流れ入る思想は恐ろしい。それはほとんど病と同じで、目に見えぬ。だが病と違い、身体の弱いものではなく、心の弱いものへと好んで憑《とりつ》く」

ワタルは、あの宿屋の酔っぱらいが、小母さんに怒鳴りつけられただけで逃げ出すほどの弱虫のくせに、キ・キーマのことをどんなに口汚く罵っていたか、思い出した。

「ところで首長さま」と、カッツが促すような言い方をした。「ワタルに例の件を」

首長の目が大きくなった。「おお、そうだった！　わしとしたことが、肝心の用件を忘れるところだったよ」

首長はなぜか、ワタルとキ・キーマの顔を見比べた。「ワタル、おぬしは〝旅人〟だ。これから女神さまにお会いするために、旅を続けねばならぬ。そうだな？」

「はい」

「それには旅費が要る。おぬしはそれを稼がねばならぬ。そこで、だ」首長はニコリとした。「おぬしも、我らの一員にならんか？　業務をこなし報酬を得ながら旅をしてゆくのだ。各地の支部であるブランチを通して、女神さまのおわす塔へと続く道の情報を集めることもできて、一石二鳥だと思うが」

ワタルは思わずキ・キーマの大きな顔を見あげた。彼もよっぽど驚いたのだろう、舌がぴゅっと伸びて頭のてっぺんを舐めた。

「でも首長さま、ワタルはまだこんなに小さいんですよ？」と、彼は裏返ったような声で言った。「ハイランダーになるには幼すぎませんか？　だって危険が多くて——」

「しかし、すでに立派にひとつの仕事をやり遂げた。資格はある」首長は言って、キ・キーマを見た。「それに、これから先のワタルの旅には、おまえさんが同行するのだろう？」

キ・キーマのいかつい顔に、喜びの色がぱあっと広がった。「はい！　長老にお許しをいただいてきました！」

「キ・キーマ、ホントなの？」ワタルは尋ねた。「僕についてきてくれるの？」

「もちろんさ！」キ・キーマは、最初に草原で出会ったときと同じように、ワタルを軽々と抱きあげて肩に乗っけた。「どこまでもどこまでも、ワタルと一緒に行くぞ！」

「それではきまりだな」と、首長は言った。

連合政府の会議があるからと、首長が大急ぎで引きあげていった後、ワタルは初めて、このブランチのメンバーに、正式に引きあわされた。カッツがここの長《おさ》で、トローンが副長、ほかに三人のハイランダーがいた。一人はあの大男のアンカ族、もう一人はキ・キーマより小柄な水人族で、もう一人は耳の長いウサギさんみたいな飛足《とびあし》族だった。

「えらい目に遭わせちゃったね、チビさん」と、飛足族のハイランダーは言った。「カッツはやることが大げさでいけないよ。最初からあんたを囮《おとり》にして真犯人を捕まえる計画だったんだけど、何もホントに絞首台まで建てることないよねえ」

「うるさいね、余計なおしゃべりをするんじゃないよ」

カッツはガミガミと言った。ワタルはまじまじと彼女の顔を見た。

「僕は囮だったんですか？　本当に絞首刑にするつもりじゃなかったの？」

カッツは口元をへの字に曲げてから、フンと息を吐いて怒ったように言った。「あたしらだって、この世には裁判てものがあることぐらい、ちゃんと知ってるんだよ」

　ワタルは吹き出した。するとカッツ以外のみんなが笑いだし、やがてカッツもその輪に加わって、大いに笑った。

「さて、今さらのようだけど、あらためて説明すると、〝高地人《ハイランダー》〟というのは、そもそもはこの南大陸の南東部にあるゴザ高地に暮らしていた一族でね」と、カッツは言った。「そこには、こんな伝説があるんだ」

　古《いにしえ》の昔、女神が混沌《こんとん》のなかからこの世界をお創りになったとき、隙を見ては女神の邪魔をしようとする混沌の怪物《モンスター》を遠ざけるため、一頭のファイアドラゴンが、いつも女神のおそばについて守っていた。無事に創世が終わると、ファイアドラゴンの働きに感謝した女神は、それをヒトの男の姿に変え、彼が脱ぎ捨てたドラゴンの皮から造った鎧《よろい》と兜《かぶと》を授けて騎士の称号を与え、地上に送り出した。

「騎士はゴザ高地に降り立ち、その地のヒトのなかで暮らし始めた。彼の子孫は、一様に勇敢で正義を愛する者たちで、だから長い年月を経て、やがて彼らが南大陸全域に散って暮らすようになってからも、〝高地人〟は〝正義と勇気を愛する者〟〝高い徳を持つ者〟の代名詞とされるようになったんだ」

　現在の〝ハイランダー〟の名称は、もちろんそれに由来している。そもそも、その元になった小さな自警団を興したのも、ファイアドラゴンの騎士の末裔《まつえい》だという。

「だからあたしたちは、みんなこのファイアドラゴンの腕輪をはめている」

　カッツは左手を持ちあげて、手首にはめた赤い革の腕輪を見せた。

「これはメンバーの証《あかし》であり、戒めでもあるんだ」

　ハイランダーがその責務を忘れ、怠慢に陥ったり、悪事に手を染めたりすると、たちまちのうちにファイアドラゴンの腕輪が燃えあがり、その持ち主を焼き尽くすのだ。

「これがあんたたちの分だ」カッツは赤い腕輪を差し出した。「左手首にはめて、しゃんと立ちなさい。そして左手を胸にあて、右手を挙げて、あたしの後について、誓うんだよ」

　一同は輪になった。カッツは朗々と声をあげた。

「創世の女神よ、我らはファイアドラゴンの遺志を継ぐ者、護法の防人《さきもり》、真実の狩人《かりうど》なり。ここに来たる新たなる同志、女神の膝下《しっか》にひざまずき、魂を捧《ささ》げ、誓約の印を引き結ばん。悪しきを憎み、弱きものを救《たす》け、混沌を退け、鋼の守護者として立ち、この身が朽ち果て塵《ちり》に還《かえ》るそのときまで、共に手を携え、正しき理《ことわり》の星を仰ぎ進まんことを」

　ワタルたちが誓い終えると、カッツは晴れ晴れとした顔で言った。

「さあ、これであんたたちも仲間だ！」

　それから数日のあいだ、ワタルはトローンと一緒に、パトロールの見習いを兼ねてガサラの町を歩き回りながら、勇者の剣を育てるために必要な玉《ぎょく》や、真実の鏡の情報を探した。キ・キーマは、シュテンゲル騎士団が討ち漏らした手負いのねじオオカミが、町はずれに出没するという急報を受けて、他のメンバーと一緒に出かけて行ったが、

「他所《よそ》の町のハイランダーからも、いろいろ聞いてくるよ」と張り切っていた。

ガサラの町には、本当に大勢のヒトたちが出入りするが、それでもめぼしい手がかりは見つからない。トローンは笑って、

「まあ、そう焦りなさんな」と慰めてくれたが、ワタルはやっぱり心の底が焦げる感じがした。〝幻界《ヴィジョン》〟での旅の見通しが立ったからこそ、なおさら現世《うつしよ》にいる母の様子が気になってきたのだ。母さん、どうしてるだろう？　現世では、僕が居ないことが、どんなふうに解釈されているのだろう。現象としては、石岡《いしおか》やあいつの仲間たちと同じように、突然行方不明になったように見えているだろう。母さん、心配するだけならまだしも、絶望してはいないかしら。

手負いのねじオオカミは一匹や二匹ではなく、かなりの数がいるそうで、キ・キーマたちはなかなか戻らなかった。例の兄弟の取り調べもあるし、長としてブランチに残らねばならないカッツは、自分も出かけて行って鞭《むち》をふるいたくて仕方ないらしく、シュテンゲル騎士団は能なしだとか、ねじオオカミもちゃんと退治できないヌケ作揃《ぞろ》

いだとか、毎日毎日おかんむりだ。

「カッツはハイランダーであることに誇りを持ってるから、連合政府が即席でつくった騎士団なんて、意地でも認められないんだよ」

夕方、その日のパトロール報告書を書きながら、トローンが小声で教えてくれた。

「シュテンゲル騎士団てのは連邦議会直属の組織で、俺たちハイランダーに比べると、ずっと歴史が浅いんだ。騎士団といっても武官ばかりの集まりじゃなく、なかには文官もいる。騎士団長は連邦議会の議長が兼任することになってるしな」

トローンは眼鏡をちょっとずり上げ、太い腕を組んだ。

「これは、騎士団が議会に忠誠を誓っていることの印なんだけど、連邦議会の議長なんて、たいがいは年寄りの政治家だ。つまり、何か事が起こっても、自分で剣をとって立ち上がることなんかできない。いわば名誉職だよ。カッツは、バリバリの現実派だから、そういうお飾りみたいな役職を頭にいただくというやり方が、まず気にくわないんだ」

シュテンゲル騎士団は、ワタルの感覚だと、警察と軍隊の併さったような組織だと思える。でも、今の話を聞いていると、そのうえに政治的な役割も担っているみたいだ。

そう訊《たず》ねてみると、トローンはうなずいた。

「そうだな、ただの軍隊とは、ちょっと違う。で、シュテンゲル騎士団のなかの、俺たちハイランダーと同じような治安維持専門の部署は、遊撃隊と呼ばれてる。一応、各国に二師団ずつ組織されているけれど、管轄は南大陸全土だから、俺たち以上に頻繁に南大陸中を駆けずり回ることが多い。けっこう大変な仕事だよ」

「やっぱり、ハイランダーたちのように、いろんな種族が集まった混成部隊なんでしょう？」

なぜかしら、トローンはちょっと返事を躊躇《ためら》った。「それが、そうでもないんだ。シュテンゲル騎士団全体には——特に文官にはいろいろな種族がいるけど、遊撃隊に限ると、全員がアンカ族だよ」

「どうして？」

たとえば翼のあるカルラ族なんて、機動力があるから遊撃隊には最適だろうに。

「ま、それが政治的な部分さ」トローンは指で鼻筋をこすった。「もともと幻界では、アンカ族の数の方が多いからな。他種族全部を併せても、アンカ族との人口比率は四対六くらいだろう。アンカ族は多数派で、俺たち他種族は少数派。そのへんが、議会での発言力の差にもなってる」

でも、こんな話は、ワタルには無縁のことだとトローンは言った。

「カッツがシュテンゲル騎士団を目の敵にするのは、なにしろああいう性格で、取り澄ました奴が嫌いだってだけのことだよ」

それとな、と声を潜めて含み笑いして、

「あいつは、ずっと昔だが、シュテンゲル騎士団の第一遊撃隊のロンメル隊長にフラれたことがあってな、それ以来――」

「ちょっとトローン、何だって!?」

カッツの鞭よりも鋭い視線が飛んできて、トローンは、眼鏡が飛ぶほどの勢いで、きゅんと首をすくめた。

「いけねえ！　ワタル、行こうぜ。診療所の先生に会ってこよう」

今朝、町の門を開けると、すぐ外側にボグから来た行商人が倒れていて、ちょっとした騒ぎになった。本人は食あたりだと言っていたが、診療所の先生の診立《みた》てでは、伝染病の疑いもあるというので、門の外の小屋に隔離した。門の周りは強いお酒をまいて消毒しなければならなくて、ワタルはまたぞろ酔っぱらいそうになった。もしも本当に伝染病だったら、おふれを出さねばならない。

診療所では、今日も先生が忙しそうに立ち働いていたが、トローンとワタルが挨拶《あいさつ》すると、すぐに笑って、

「伝染病の疑いは晴れたよ」と言った。

「ああ、そりゃ良かった」

「ただ、ちょっとあの行商人の話を聞いてやってくれんかね？」患者たちの耳に入らないように声をひそめて、医師は続けた。「彼が言うには、町の外にある井戸の水を飲んだ後、急に腹具合がおかしくなったというんだよ」

彼の訴えた症状も、先生の疑った伝染病にも似ているが、果樹園で虫取りに使う薬を間違って飲んでしまったときのそれとも共通点があるのだという。

トローンはひげをぴくぴくさせた。「それじゃ先生、誰かが井戸に毒を入れたかもしれないっていうんだね？」

医師はしいっと指を立てた。「まさかそんなことはあるまいと思うがね。あの行商人はそう思っているようだった。今思えば、井戸の水の味がおかしかったとかね」

「その井戸の場所はどこでしょう？」ワタルは尋ねた。ひょっとして、僕も立ち寄ったことのあるあの井戸かも。「はっきりするまでは、フタをして水を飲めないようにしておいた方がいいんじゃないでしょうか」

「そうだな、急いで確かめよう」

隔離小屋の行商人はまだ顔色がすぐれず、辛《つら》そうだったけれど、話はできた。彼が水を飲んだ井戸は、ワタルが知っているあの井戸ではなく、町の東側の岩山の麓《ふもと》にある、埋もれかけたような古いもので、今までそんなところで水を飲んだことはなかったのだが、昨日はあんまり暑かったので、つい——という。

「東側の岩山……」トローンが顎《あご》をひねった。「あんた、ボグから来たにしちゃ、ずいぶんおかしな遠回りをしたじゃないか」

行商人は頭をかいた。「実は、あのへんにはお宝が埋もれているという噂を聞きましてね。私は普段、ボグとササヤのあいだを行き来しているんで、こっちは初めてなんです」

ササヤとの国境線の宿で相部屋になった商人に、ガサラの東の小さな岩山の麓に教会の廃墟《はいきょ》があり、そこには、かつて信者が寄進したお宝が、今でも残っていると教えられたというのだ。

トローンは苦い顔で行商人を睨《にら》んだ。「あんた、騙《だま》されたんだよ。その教会の廃墟なら俺も知ってるが、あんなところにお宝なんかあるもんか。そもそも、信者に寄進を迫るような教義じゃなかったんだから」

「じゃ、信心だけでいいんですか？」

「いや、信者の命を捧《ささ》げるように求めた」

行商人がうひゃ！　と叫んだ。ワタルは尋ねた。「それ、老神教の教会？」

「いや違う。老神とも、我々の女神さまの教えとも違ってた。ま、作り話ってことよ」

十年ほど昔、カクタス・ヴィラと名乗る旅の男が、ガサラの町をふらりと訪れ、医者を自称して開業したが、やることなすことデタラメなので、当時のブランチ長が彼を捕らえ、町の外に追放した。すると男は、町はずれの岩山の麓に掘っ建て小屋を建てて、旧神《ふるきかみ》の与え賜《たも》う聖なる水の力で万病を治すというふれこみで、怪しげな活動を始めたのだという。

「ブランチでも何度も手入れをしたんだが、奴め、すぐに逃げ出すんだ。そしてちょっと目を離すとまた戻ってきて同じことをやる。そのうちに、だんだん患者というか、信者が増えちまって、あるとき、そいつらが教会を建て始めたんだって」

「旧神って、老神よりもっと古いのかな？」

「よくわからん。別の世界から光臨した神だとかいう話だったそうだ」

教会ができると、カクタス・ヴィラは、いつの間にかそこの神父に納まり、患者ならぬ信者たちは彼を崇《あが》め奉って、共同生活を始めた。信者たちは荒れ地を耕して畑をつくり、作物をガサラに持ち込んで、物々交換で日用品を手に入れていたが、極めて貧しく、女も子供も老人も、みんな一様に痩《や》せこけていたという。

「そもそも、医者には治せない万病を治すという言葉に惹《ひ》かれて集まった連中だから、年寄りや病人が大勢混じってたんだ。信者たちだけで教会を維持していくなんて、最初から無理だったんだよ」

現世《うつしょ》にも似たような事件はある。ワタルはいくつかのニュースを思い出した。

「それでも連中の結束は固くて、ガサラのブランチも介入のタイミングを計りかねていたんだ。そしたらあるとき、真夜中に突然教会が炎上し、ハイランダーたちが駆けつけてみると、信者たちは燃えあがる教会で――」

互いに手をつなぎ、旧神とその御子《みこ》であるカクタス・ヴィラを讃《たた》える歌を歌いながら、静かに焼け死んでいくところだった。

「手を尽くして消火したが、なにしろ素人の建てた教会だろ、骨組みだけを残してあらかた焼け落ちた。信者たちの死体が、そこらじゅうにゴロゴロ転がっていたってさ」

亡骸《なきがら》はみんな焼け焦げていたので、カクタス・ヴィラを特定することはできなかった。ブランチでは、正確に何人がここで共同生活していたのか把握していなかったので、

「カクタス・ヴィラも、死んだのかもしれないし、逃げちまったのかもしれないが、はっきりとはわからなかった。未《いま》だにわからないままさ」

なるほど、そんな場所にお宝なんかありそうもない。でも行商人は、恨めしそうに宙を睨んで言った。「だけど、あの商人は、夜中に岩山のそばを通りかかったら、きらめくような光が教会の廃墟から溢《あふ》れ出て、そこらを真昼のように照らしていたって――」

トローンはシシシと笑った。「嘘っぽいなぁ。そんなでっかい宝石があるかよ？」

「大きさはわかりませんよ。でも、それはそれは美しい輝きを放つ宝玉だそうで」

「玉！」ワタルは飛びあがりそうになった。

トローンが素早く釘《くぎ》を刺す。「早まるなよ。ただの噂だ。それも、出所はたった一人の商人じゃないか」

「でも、調べてみたいな。どっちにしろ、その井戸を封じなくちゃならないでしょ？行きましょうよ、すぐに」

# 7　見捨てられた教会

二人はさっそく、ウダイに乗って町を出た。ウダイというのは、ダルババよりもずっと身体の小さな、現世の子馬ぐらいのサイズの動物で、ハイランダーたちが草原や岩場をパトロールするとき、好んで使う〝足〟だ。ダルババよりも小回りがきき、狭い場所でもスイスイすり抜けられるし、賢いのでヒトにもよく馴《な》れる。ワタルも、トローンにつきっきりで半日ほど教えてもらったら、楽に乗りこなせるようになった。ウダイは全身をふさふさした毛に覆われていて、鞍《くら》がなくてもお尻《しり》が痛くない。南大陸全域で、遠出にはダルババ車、近場にはウダイと使い分けられている。

トローンは少しも迷わず、問題の岩山の麓にたどり着いた。草原の東のはずれ、ねじオオカミの巣くう峡谷のあたりほど険しい眺めではないが、ごつごつした岩が、青空の下に折り重なっている。巨人の子供が岩を積んで遊んでいたけれど、「ごはんよ」と呼ばれて、そのまま帰ってしまった後みたいな景色だ。

「こんなところに井戸がねえ……」

トローンは顔をしかめる。

「草原の井戸はみんな、近隣の町が回り持ちで管理しているんだ。だから場所もはっきりしてる。ここには井戸なんかないはずだ」

「その教会の信者たちが掘った井戸だったのかも。だから、今は埋もれかけてるんじゃないかな」と、ワタルは言った。「教会の廃墟へ行ってみましょうよ。どこですか？」

「はいはい、わかったよ」トローンは歯を剥《む》いて笑った。「だが、ワタルにとっちゃ初の探索仕事だ。俺の指示に従ってくれよ」

「はい！」

トローンはウダイを駆って、小さな岩場をひとつ行き過ぎ、中くらいの岩場をひとつ回り込み、その先の見あげるような赤茶色の岩場の手前で停まった。

「そら、あれだ」

指さされるまでもなく、ワタルにも見えた。真っ黒に焼け焦げた建物の柱が何本も、草木の一本もはえていない固い地面に突っ立っている。まるで、天から降ってきた不吉な黒い槍《やり》が、その場にザクザクと突き刺さっているみたいな眺めだ。目を細め、遠目から見ないと、それらの黒い槍が、全体でかろうじて建物の外形を作っていることさえ、すぐにはわからない。

「屋根は焼け落ちちゃったんですね」

「火災の後には、残ってたんだ。そのあと雨風にやられて、なし崩しに崩れちまったんだな。なにしろ十年前の出来事だから」

二人はゆっくりと教会の周囲を回った。何も知らずに通りかかれば、ああ焼け跡だと思うだけで、不吉な印象など受けないかもしれない。だがワタルは話を聞いてしまったので、柱の内側の真っ黒になった地面の上に積もっている灰や塵《ちり》の塊のなかに、人体の焼けカスも混じっているのではないかと考えて、気持ちが悪くなった。

トローンのウダイが、悲しげに鼻を鳴らして後ずさりした。トローンは手でウダイの首を叩《たた》いて宥《なだ》めてやった。

「こいつ、怖がってる」

ワタルのウダイも、焼け跡から一定の距離を保とうとするかのように、同じ場所で足踏みを繰り返している。

「今までガサラの町では、この場所にまつわる事件とか、ヘンな光を見たとかの届け出とかは、なかったんですか」

「ないね。ガサラに出入りするヒトたちは、こんな場所には用がないからな」

「だとすると、宝玉の光ってのは、すぐそばまで近づかないと見えないんだな……」

ワタルの呟《つぶや》きに、トローンはむむと唸《うな》った。「だからさ、玉《ぎょく》と決まったわけじゃねえだろ？　どれ、ちょっと降りてみるか」

　ウダイの綱を岩場にかけて、二人は徒歩で焼け跡に近づいた。トローンは両手を空けてのしのしと歩いているが、ワタルは右手で勇者の剣の柄《つか》に触っていないと、なんだか気がくじけそうだった。

「薄気味悪い……」

「まったくだ」

　二人は焼け跡の柱の内側にまで踏み込み、そこらを歩き回った。足の下で何かがぴしりと鳴ったり、何かを踏んだような感触がするたびに、ワタルはそれがヒトの骨なのではないかと思って、ビクビクした。

「信者の遺体は全部外に運び出して、町の共同墓地に葬ったそうだ」トローンが、あたりを調べながら言った。「だからここには亡骸は残ってないよ。俺たちが何か踏んづけても、誰も気を悪くしたりしねえ」

「あ、そんなら安心です」と言いながらも、ワタルはついつい爪先立ちになった。

「見てみろよ」トローンが、黒焦げの柱の一本に触れながら言った。「細い柱だぜ。ワタルの脚の方が、もっと太いんじゃねえか？　女子供や老人や病人ばかりじゃ、この程度の柱を運んできて立てるだけで精一杯だったんだろうな」

　陽は傾きかけているが、まだ明るさは充分残っている。それなのに、壁が焼け落ちて、元は建物だった場所の内側とは言え、骨組みだけのスカスカになったところに立っているのに、ここは妙に薄暗いとワタルは感じた。

「ワタル、井戸があったぞ」

トローンに呼ばれて、急いで行ってみると、建物の裏手に、倒れた柱の下敷きになった、小さな井戸が見えていた。周囲を瓦礫《がれき》に覆われているが、石を積んで固めた井戸の口はまだしっかりとしており、のぞいてみると、思いのほか近いところで、水面に自分の顔が映った。

「水が満ちてる」

「うん。ここらは地下水が豊富なんだ」

トローンは手を突っ込んで水をすくいあげた。澄んだ水滴がきらきらと落ちる。彼は手を鼻先に持っていって、水の匂いをかいだ。

「わからんが……ちょっと薬臭いような感じもするな」

トローンは、腰に提げていた革袋に水を入れると、しっかりと口を縛った。そして、ワタルと二人で、持参してきたロープを井戸の周りに張り巡らせると、「使用禁止」の札を取り付けた。

「しかし、あの行商人め、教会の廃墟のなかまで入り込んでいたんだな。そうでなきゃ、こんな場所にある井戸に気づくはずがない」

「教会の歴史を知らなかったから、怖いとも思わなかったんですね」

「欲と二人連れなら、たとえ知ってたって怖くなかったかもしれないぞ」

トローンの言葉に、ワタルはふと母さんを思い出して、微笑した。バーゲンセールに出かけて大荷物を抱えて帰ると、いつも言ってたっけ。こんなにたくさん、よく重くなかったね。欲と二人連れだから大丈夫なのよ。

「よし、引きあげよう」と、トローンが言った。「長居は無用だ。ゾクゾクしてきた」

　診療所に引き返し、先生に井戸水を渡し、検査を頼むと、ワタルとトローンはブランチに戻った。幸い、行商人は気分も良くなってきたというので、ひと安心だった。それから陽が暮れきるまで、トローンの手伝いをして、ワタルは古い記録を調べた。カクタス・ヴィラとあの教会には、当時のガサラのブランチは本当に手を焼いていたらしく、薄い和紙のような紙を片綴《かたと》じした事件記録のなかには、欄外にこっそりと、公文書らしくない罵《ば》倒《とう》の言葉が書き添えられているものもあった。

「結局、カクタス・ヴィラという男の正体はわからなかったんだな」鼻眼鏡を外しながら、トローンは言った。「何が旧神《ふるきかみ》だかねえ」

「万病を治す水というのが、あの井戸水だったのかな。だとしたら、本当は、薬どころか毒だったのかもしれない」

「何か混ぜてあるならな」トローンはうーんと背伸びをした。「ワタル、もう帰っていいぞ。腹減ったろう」

ワタルは髭《ひげ》もじゃ主人の宿屋に帰り、夕食を摂《と》った。給仕してくれた小母《おば》さんに、カクタス・ヴィラのことを尋ねてみたが、よく知らないという返事だった。

「今までここに泊まったお客さんで、岩場の教会にはお宝が眠ってるんだなんて言ってた人はいませんか？」

「さあねえ。聞いたことないよ」

遅れて食卓についた髭もじゃ主人も、小母さんと同じことを言うばかりだった。でも、ワタルは気になった。朽ちた教会の建物の内部から溢《あふ》れ出ていたという、まばゆい光。その正体は何なんだ？

——昼間は光らないのかも。

夜出かけて行けば、話が違うかもしれない。そう思い立つと、我慢ができなかった。そそくさと支度を整え、腰にちゃんと勇者の剣が収まっているのを確認すると、宿を出た。

ガサラの町の門は、そろそろ閉まる刻限で、駆け込みでやって来る隊商やダルババ屋たちで混雑している。ワタルはウダイを一頭借り出し、その混雑に紛れて、夜の草原に走り出た。ウダイは夜目のきく動物なので、闇を怖がる様子もなく、機嫌よく走ってくれた。

あとひと走りで教会にたどり着くというところに、夜の草原の遥《はる》か彼方《かなた》、ちょうど地平のあたりに、無数の蛍のような光がまたたいているのを見つけた。少しずつ移動しているようだ。シュテンゲル騎士団が戻ってきたのかもしれない。キ・キーマも一緒だろうか。彼が帰ってきたら、ワタルが宿にいないことがすぐにバレてしまう。余計な心配をかけたくない。早く調べて戻らなくちゃ。

腰につけてきたカンテラが、黒い油煙をあげている。昼間と同じ場所でウダイを降りて歩き出すと、聞こえるのは油の染みた芯《しん》がジリジリ燃える音だけだった。

焼け残った教会の残骸《ざんがい》は、夜の闇よりもまだ真っ黒に見えた。ワタルは昼間トローンが歩いていた道筋を思い出しながら、足元に注意してゆっくりと瓦礫のなかを進んだ。

夜風が焦げ臭い――ような気がする。昼間は何も感じなかったのに。右手を勇者の剣にあてて、ワタルはできるだけ何も考えないようにした。光を見つける。ただそれだけが目的なんだから。

岩場のどこかで、ギャアというような声がした。思わずビクンとして飛びあがった。夜の岩場で羽を休めている猛禽《もうきん》が、悪い夢にうなされているのかもしれない。つないできたウダイが怖がってないといいけど。というか、あいつの方が僕より勇敢かもしれない。

真っ暗だ。まばゆい光なんか、どこにも見えない。井戸のそばでしばらく周りを見回してみたけれど、光っているのは頭上の星ばかりだ。安心半分、落胆半分で、ワタルはふっと笑った。目の高さに掲げていたカンテラをさげて、足元を照らし、回れ右をした。

そのとき、カンテラの灯《あか》りと夜の闇の端境で、何か白いものがひらりと動いた。

ワタルはぴゅんと振り向いた。すると今度は、左手の方で、カンテラの灯りをかすめるように、白いものがすうっと上下した。ワタルは叩《たた》かれたみたいにそちらへ顔を向けた。

宙に、一本の白い腕が浮いていた。

怖いというよりは、あまりにシュールな風景で、ワタルはちょっと見とれてしまった。闇から直《じか》に腕が生えている。ちょうど二の腕から先、真っ白でしなやかで、長い腕だ。女の腕だ。右腕だ。

それがすうっと左右に振れて、人差し指がワタルを指さした。それから、おいでおいでをした。付いてこいというのだ。

夜の水のなかを泳ぐ、白くて細身の魚みたいだった。腕は心地よさそうに闇の中を滑って行くと、ある場所まで来て急に下を向き、ひゅんと地面に吸い込まれた。すると、腕が消えた場所が、白く光り始めた。光はワタルの顔まで届き、眩《まぶ》しいほどだ。

ワタルは走ってそこへ行った。とたんに、足元で何かがバリンと壊れ、転びそうになった。どうやら、床を踏み抜きそうになったらしい。

――地下室があるんだ。

昼間は瓦礫に紛れてしまって気づかなかったのだ。ワタルはしゃがんで床を調べた。すぐに、たった今踏み抜いてしまった上げ蓋《ぶた》の取っ手を探り当てた。光はこの上げ蓋の下から溢れ出てくるのだ。蓋を持ちあげると、光は一瞬、目の前が真っ白に見えるほどに強くなり、それからすうっと引いてしまった。まるで、光源が遠ざかったかのように。

地面の下に梯子《はしご》が続いている。ワタルはカンテラを腰につけると、地下へ降り始めた。

段数を数えながら降りて、四十段を超えたところで、やめた。長い。ということは、どこだか知らないがこの梯子の終わる場所まで、相当な高さがあるということだ。下手に意識すると、怖《お》じ気づいてしまう。今はひたすら降りることに集中するんだ。

身体が汗ばみ、息があがるころになってやっと、革のブーツの硬い爪先が、段々とは違う感触のものに触れた。両手でしっかりと梯子をつかみながら、首をよじって見おろすと、カンテラの灯りに、水に濡《ぬ》れた岩場が見えた。どうやら、到着したみたいだ。
洞窟《どうくつ》――そう、梯子を降りきったこの場所から、うねうねと奥へ続く暗がりが見える。あの白い光は、そのいちばん遠く深い先にあるようだ。階上で見たときより、ずっと弱々しい光が、わずかに見てとれる。

カンテラを手に移し勇者の剣を持ち直して、ワタルは慎重に歩き始めた。周囲の壁の色や感じは、現世《うつしよ》のお墓で見かけることのある石に――御影石《みかげいし》っていったかな――よく似ていた。どこからともなく水がしみ出してきて、しとしと滴り、洞窟の壁や床を濡らしている。ちょっとだけ触ってみると、すごく冷たい。指を鼻先にあてて匂いをかいだが、薬臭い感じはしなかった。急いで出てきて手袋を忘れてしまったので、それ以上は不用意に壁に触らないようにした。水のあるところには生きものがいるかもしれないし、それが毒や刺す針を持っていても不思議はないから。

少し先で、岩でできた通路は、ほとんど直角に右に曲がっていた。曲がり角でいったん壁に寄り添い、少し耳を澄ませてから、ワタルは素早く曲がって身構えた。

なんてことはない。また、岩をくりぬいたような通路が続いているだけだ。誰もいないけれど、ワタルはちらりとベロを出した。ちょっとやってみたかったんだ、ああいうの。

この通路は、最初に通ってきた道よりも幅が狭く、天井も低かった。右に左に、少しずつ歪《ゆが》んでふくらんだりへこんだりしている。とうとう突き当たりまで行くと、その正面は岩の壁で、床との境目に、かろうじてヒトがひとり通り抜けられるくらいの穴が空いていた。そこからわずかに、あの白い光が漏れている。

――イヤな感じ。

こういう狭いところに入り込むのは気が進まない。でも、入らねば先へ行けない。どれほど熱心に見回しても、ほかに迂回《うかい》路は見あたらないのだ。

仕方がない。ワタルは足元にカンテラをおろすと、床にぺたりと伏して、穴の向こう側をのぞいてみた。やはり通路が続いているようだ。薄明るいし、弱い風が吹きつけてくる。

よし。心を決めて、頭から穴に潜り込んだ。そう長いこと腹這《はらば》いでいる必要はなかった。壁は薄かった。するりと抜けられた。

そこは、ただの通路ではなかった。頭上は、ガサラの宿屋の三階ぐらいの高さまで、すっぽりと丸い岩のドームになっている。それに広い。ワタルの学校の校庭と同じぐらいありそうだ。ちょっとした一戸建ての家ならば、このなかに、十軒ぐらい入ってしまうだろう。

――地の底に、こんな広場みたいな洞窟があるなんて。

汗を拭《ぬぐ》いながら、ワタルは驚きの目でぐるぐると見回した。広場を隔ててちょうど反対側に、さらに奥へと続く通路の入口がふたつ並んでいる。右のトンネルの方が大きく、すぐ前に、何か金気のものの残骸が折り重なっている。左の小さなトンネルには何もなく、白い光がその奥から漏れていた。

どこかで、ごく細く、水の流れる音がしている。ワタルは喉《のど》の渇きを感じた。だけど、ここの水には口をつけられない。

そうだ、カンテラ。急いでしゃがみこみ、通り抜けてきた穴の向こうに腕を突っ込もうとしたとき、目の前で、そのカンテラが持ち去られた。真っ黒な、干からびたミイラの腕みたいなものが伸びてきて、カンテラの取っ手をつかんで視界から消えたのだ。あっという間もないことだった。

今のは、いったい何だ？　あれは何の腕だ？　いや、ホントに腕だったか？

ハイランダーとしては、もう一度壁の穴をくぐって、向こう側に戻るべきなのだろう。あの怪しい腕。怪物《モンスター》かもしれない。盗賊かもしれない。ミイラの盗賊。ともかく、カンテラを取り返さなくちゃ。

でも、ここは明るい。この先の通路も、白い光に照らされている。カンテラがなくても充分に歩くことができる。とりあえずは先に進もう。そうしよう。積極的にそう決断したんだぞ。けっして、あの干からびた腕の持ち主に出くわすのが怖いわけじゃないんだぞ。

勇者の剣を構えながら、一歩一歩進んで、広場の中央あたりに来た。そこまで行くと、右のトンネルの前に積み重なっている金気のものの正体は、どうやら槍《やり》——金属を串《くし》のように尖《とが》らせただけの、ごく原始的な槍であるらしいとわかってきた。さらに、広場の右手奥の岩の壁に、昔は何か大がかりな仕掛けが設けられていたらしい痕跡《こんせき》も見えてきた。岩壁に何か打ち付けた跡が見える。松明《たいまつ》を燃やしたのか、たくさんの煤《すす》が繰り返し繰り返し同じ場所にこびりついて、岩の色が変わってしまっている。じっと観察して、痕跡の輪郭をたどり、何もない場所に補助線を引いてみると、どうやらそこにあったのは、ワタルの知っている現世の教会の祭壇に似たものであるように思えた。

ひょっとするとここが、カクタス・ヴィラと信者たちの礼拝堂だったのかもしれない。

——でも、だったらなんで槍があるんだ？

## 8　死霊

ワタルのなかで、右のトンネルを調べてみたいという気持ちと、触らぬナンとかに祟《たた》りなし、ともかく左のトンネルを進もうという気持ちが、ぶつかりあって喧嘩《けんか》を始めた。

と、そのとき、右のトンネルから何かが出てきた。人影だ。ボロを纏《まと》ったヒトだ。誰かここに住んでるんだ。あの串みたいな粗末な槍を杖《つえ》のようについて、それにつかまりながら、一歩、また一歩、おかしな具合に頭をグラグラさせながら歩いてくる。右のトンネルから出て、右の壁際——祭壇の跡のところへと向かってゆく。

それの姿がはっきりと見えるところまで来ると、ワタルは足に根がはえたみたいに、動けなくなってしまった。

それはヒトではなかった。かつてヒトであったはずのもの——骸骨《がいこつ》だった。骸骨がボロ布を身体に巻きつけ、槍にすがって歩いているのだ。それが足を踏み出すたびに、顎《あご》のちょうつがいが緩んで歯がかたかた鳴る。

ワタルの奥歯も鳴り始めた。膝《ひざ》のお皿が、てんで勝手な方向へ逃げ出そうとしているみたいに、左右に分かれてガクガクし始めた。

落ち着け、落ち着くんだ。怖くなんかない。一瞬だけ固く目を閉じて、ワタルは自分に言い聞かせた。僕は、〝おためしのどうくつ〟で四神将の試練に勝って、知恵と勇気を授かったんだ。そのうえに、ファイアドラゴンの加護もあるんだ。骸骨なんかに負けやしない。

壁際までたどり着いた骸骨は、ちょっとのあいだ槍につかまってフラフラしていたが、やがてカラカラと音をたてて崩れ、その場で一人分の骨の山になってしまった。

ワタルは嫌がる自分自身を駆り立てて、右のトンネルへと向かった。入口のところに山と積まれた数々の槍は、どれもこれも薄汚く汚れ、錆《さ》びていた。

右のトンネルの奥は薄暗く、肉眼では出入口の周辺しか見ることができない。だが、何か出てきたらすぐにも応戦できるように勇者の剣を抜いて構えると、刀身が、洞窟《どうくつ》の広場を照らしているあの白い光を集めたかのように、静かに光り始めた。カンテラほどではないが、充分な光源になる。ワタルは剣を掲げて奥へと踏み込んだ。

四、五メートル進んだろうか。トンネルの両脇に、寝台車の三段ベッドみたいな木の枠組みが見えてきた。どれもこれも、満員だ。全部、ヒトが寝ている。

骸骨が寝ている。骸骨の寝台車だ。

突然背後で、カタリと音がした。鞭《むち》のようにぴんと振り向くと、すぐ後ろの寝台から、腰のまわりにボロを巻きつけた一体の骸骨が、ずり落ちるようにして降りてくるところだった。それはさっきの骸骨のように槍をついてはおらず、よろよろしながら両手を広げ、ワタルに向かって倒れかかってきた。

ワタルは必死で後ろに飛び下がった。声も出なかった。間一髪で骸骨の抱擁は逃れたけれど、それが差しのばした骨の指先が、ワタルの鼻の頭をかすめた。骸骨は泳ぐように両手をゆらゆらさせ、ガチャガチャと軽い騒音をたててその場に倒れた。

なんだか蒸気機関車みたいな音がする——と思ったら、自分の呼吸音だった。ワタルは手の甲で額を拭い、顔をあげた。

信じられない光景が、目に飛び込んできた。満員の乗客たちが、続々と寝台から降りようとしていた。ある骸骨は寝台の手すりにすがり、ある骸骨は隣の骸骨の背骨につかまって。骨のこすれあう音、彼らを包んでいるボロ布や衣服の残骸が触れあう音が、たくさんの蛾が羽をこすりあわせているみたいに、サヤサヤと聞こえてくる。

ぽっかりと暗く空いた彼らの眼窩《がんか》に、あるはずのない目玉が、みんなしてワタルの上に焦点を結んでいる。みんな、ワタルに近づいてこようとしている。ワタルは髪が逆立つのを感じた。

出し抜けに足に力が戻ってきて、ワタルは逃げ出した。トンネルの入口からそれほど深く入り込んではいないはずなのに、出口までの距離は理不尽なほどに長い。礼拝堂跡の広場は薄明るく、そこへ脱出するトンネルは、希望への脱出口のように、さらに明るく見える。必死で足を動かすのに、ちっとも前に進まない。夢のなかで走ってるみたいだ。次から次へと救いを求めるように差し出される骸骨たちの腕は、ワタルの服をつかみ、腰の帯をつかみ、髪の毛をつかもうとする。

自分でも意識しないうちに、悲鳴をあげていた。今や、骸骨たちが何を望んでいるのかわかった。ワタルに殺到し、ワタルの上に雪崩れかかり、骨の山でワタルを押し潰《つぶ》そうとしているのだ。転んではいけない。転んだらおしまいだ！

パニックのあまり、顎があがって、余計にスピードが落ちていた。後ろから骨の腕がのびて、ワタルの肩をつかんだ。振り払った拍子に、バランスを崩して片膝をつきそうになり、空をひっかくようにして起き直った。

そのとき、トンネルの出入口の真上の壁に、何か格子みたいなものがくっついているのが見えた。頭のなかで光が閃《ひらめ》いた。落とし戸だ。外に逃げ出して、あれを落とせば、骸骨たちをここに閉じこめることができる。どこかにきっと、あれを操作するための装置があるはずだ！

死にものぐるいで見回すと、トンネルの出入口のすぐ内側の壁に、古びたロープを巻きつけたハンドルが見えた。ロープは上の落とし戸につながっている。ワタルは走りながら勇者の剣を構え直し、精一杯鋭く腕をふるって、ロープに向かって振りおろした。

軽い手《て》応《ごた》えがあって、ロープは呆気《あっけ》なく切れた。ゴトンと音がして埃《ほこり》が舞ったかと思うと、落とし戸がまっしぐらに落ちてきた。ワタルは一瞬目の前が真っ暗になった。早すぎる！　あれじゃ、僕も一緒に閉じこめられちゃう！

また骨の腕がワタルの服の裾《すそ》をつかんだ。強い力だった。ワタルは目をつぶり、落ちてくる落とし戸とトンネルの床のあいだの隙間へ、頭から身を躍らせた。

落とし戸は、空を飛んで通過したワタルの爪先をかすめて落下した。落下の勢いで、床でバウンドして五十センチほど持ちあがり、そこへ殺到した骸骨数体の腕や頭を挟んで、どすんと閉まった。

俯《うつぶ》せに地面に倒れたワタルは、落とし戸がどうなったか確かめるよりも先に、這《は》うようにしてさらに遠くへ逃れた。それから、腰を抜かしたままやっと振り向いて、後ろを見た。

頑丈な格子の落とし戸の向こうで、骸骨たちが骨の山になっていた。戸にぶつかった衝撃で、壊れてしまったのだ。まだ形をとどめている骸骨たちの腕や頭が、その骨の山をかき崩し、前へ出ようとしてうごめいている。

落とし戸に挟まれて、頭や腕だけがこっち側に残った骸骨もあった。ワタルはおそるおそる立ちあがり、それに近づいた。

それらはうごめいていた。ワタルがそばに寄ると、ブーツをつかもうと指を動かし、爪先に噛《か》みつこうと、顎をガタガタいわせている。ワタルはおぞましさと恐ろしさで胸が悪くなり、後ずさりせずにはいられなかった。

「あんたたち、誰なんだ」

尋ねても、骸骨が答えてくれるわけはない。

「ここで何してたんだ？　あんたらも信者だったの？　カクタス・ヴィラに、ここに閉じこめられたの？　それとも、自分たちで閉じこもったのかい？」

見つめるうちに、腕や顎の動きがゆっくりになり、やがて止まった。洞窟の床に転がる、ただの骨になってしまった。

自分でも知らないうちに、ワタルはちょっぴり泣いていた。顔に触って涙に気づくと、怖かったせいだろうと思った。でも本当は、怖かっただけではなかった。悲しかった。この骸骨たちが哀れだったのだ。

肩を落として、もうひとつのトンネルの方へ向かった。心の中心が、大雨のときの雨水溝のようになって、ありとあらゆる感情が、ごうごうと音をたててそこに流れ込んでいた。そのなかには、顔も知らずに声も聞いたことのない、カクタス・ヴィラというインチキ宗教家への怒りも混じっていた。いつの間にか、指の関節が白くなるくらいの力で、勇者の剣の柄《つか》を握りしめていた。

今度のトンネルは、緩やかに下降していた。

——どこまで続いてるんだろう？

時折、右に曲がったり左に振れたりしながらも、おおむね真っ直ぐに、どんどんくだってゆく。降りてゆくにつれて、白っぽい光が明るさを増してゆくようだ。水に濡《ぬ》れた岩壁のあちこちに、文字や絵みたいなものが描いてあるのが見える。

磔《はりつけ》にされているようにしか見えないヒト。床に頭をすりつけて、祭壇に向かって拝んでいる大勢のヒトびと。ダルババによく似た動物の首を、斧《おの》で切り落とそうとしているヒト。血のように赤い色で書かれた、ワタルには読むことのできない落書きの文字。

そして、大きく両手を広げ、伏し拝むヒトびとの前に立ちはだかる、真っ黒な人影。それはヒト離れした体格で、頭には明らかに角のようなものがはえている。その異形のものの背後には、明るい太陽のように光るものが見えている。まるで、異形のものが、目の前に伏しているヒトびとの目から、その光るものを隠そうとしているかのようだ。

この角のはえたモノが、カクタス・ヴィラなのだろうか？　壁を見あげて、ワタルはぞうっと寒くなった。

トンネルをくだってゆくうちに、もうひとつ気づいたことがある。カンテラとか燭《しょく》台《だい》とか松明《たいまつ》の燃え残りらしいものとかが、地面にたくさん落ちているのだ。すべて古いものばかりだけれど、ただ捨てられたのではなく、みんな壊されたり折られたりしている。カンテラの残骸のなかには、明らかにトンネルの岩壁に叩《たた》きつけられたと思われるものもあった。

昔、ここにはかなり大勢のヒトびとがいた。彼らは、ここから先へは、灯《あか》りを持って入ることを許されなかったようだ。みんなここで、光源を捨てねば、先へは行かれなかったのだ。

ワタルは気持ちを奮い立たせ、さらにトンネルをくだった。道幅は次第に狭くなり、微妙に上下するようになり、やがてある場所まで来ると、完全に急な上り坂になった。ワタルの頭上五十センチぐらいのところに、まるで窓みたいに、岩壁にぽっかりと穴が空いている。白い光は、そこから漏れ出ていた。

ジャンプして、両手で穴の縁につかまった。腕力で身体を引きあげ、よじ登ると、穴をくぐり抜けて先へ進んだ。すると、呆《あき》れるほど広く、天井の高い場所に出た。

思わず、ワタルはぽかんと口を開けた。広さも高さも、さっきの礼拝堂跡と思われる広場の倍はあるだろう。ワタルは、その空間の真ん中あたりに突き出た、ひさしのような岩のでっぱり部分にいるのだった。

目の下には、澄んだ水を湛《たた》えた地底湖が広がっている。なんて美しい水だろう。そして、あの真っ白な光は、この地底湖の底から溢《あふ》れ出ているのだった。

——凄《すご》い。

地底湖の形は丸みを帯びた五角形で、上から見おろすと、それ自体が巨大な宝玉のようにも見えた。うっとりするほど美しい眺めだ。見つめていると、水の底へと吸い込まれてしまいそうな感じがする。

強いて頭を動かして、周りの岩壁を見回し、もう少し下へ降りる道はないかと探してみた。岩壁のあちこちに、今ワタルが立っているのと同じようなでっぱりが見える。上手に伝ったり飛び渡ったりしていけば、地底湖の湖畔まで降りられそうだ。

足元に気をつけて、慎重に行動したので、地底湖の湖畔の岩場に降り立つまで、だいぶ時間がかかった。それでも、緊張で息がきれていた。水際に立つと、白い光はなおさら眩《まぶ》しく、波が静かにうち寄せるたびに、サラサラと音がする。地底のことで、風はそよとも吹いていないのに、この波はどこから来るのだろう。ひょっとすると地底湖の真ん中あたりから、水が湧き出ているのかもしれない。

勇者の剣を腰の鞘《さや》に収め、片膝《かたひざ》をついて、ワタルは水面に右手を差しのべた。ヒヤリと冷たく、絹のようにスベスベした水に、手の甲から手首まで浸すと、なにかとても神聖なものに触れているみたいな気がした。

白い光の源は、きっとこの湖の底にある何かだ。ここに飛び込んで潜ってみたら、見つけられはしないかしら。でもこれだけ冷たい水だと、ちゃんと準備運動しないと足がつるかもしれないな――

ぼんやりとそんなことを考えながら、清らかに光る水面を見つめていて、ふと気がついた。ワタルは見つめているだけでなく、見つめ返されている。

――何に？

大きな目玉に。いつの間にか、水面のすぐ下に、バスケットボールぐらいの大きさの目玉がひとつ現れて、まばたきもせずにワタルを見つめているのだ。真っ黒な瞳《ひとみ》と、白目に浮いた細くて赤い血管までよく見える。

おかしな睨《にら》めっこは、数秒続いた。ワタルは魅入られたようになって、しばらくは動けなかったのだ。それから突然、正気に戻ったみたいにハッとして、水から手を引っこ抜こうとした。

水底から、目にもとまらぬ速さで何かが飛び出してきて、ワタルの手首をひっつかんだ。教会の廃墟《はいきょ》に現れてワタルを手招きした、あの白い右腕だった。皮膚が水に濡れ、水滴を撥《は》ねちらかして光っている。間近に見ると、それは紛れもなく女性の手のように優美でありながら、力はもの凄く強かった。ワタルは声も出さずにじたばたして、何とかその手を振り払おうとした。そのあいだにも、水面下の目玉はワタルをじっと見つめている。

「離せよ！」

叫びながら、力いっぱい腕をひっぱると、より強い力でひっぱり返されて、肩の関節が抜けそうになった。必死に力比べをしているうちに、今度は足が動かなくなった。のぼせそうなほど動転して見おろした目に、今度はあのミイラみたいな黒い腕が見えた。足元の水際から伸びたその腕が、ワタルの左足首をがっきとつかんでいる。カンテラを持ち去った腕だ。よく見ると、これは左手だ。白と黒、左右一対の手なのである。それがコンビネーションよろしく、ワタルを捕らえて動きを封じようとしている。

「何だよ、これ！」

喚《わめ》きながら足を蹴《け》ろうとすると、かえってバランスを崩し、その場に尻餅《しりもち》をついてしまった。これがチャンスというように、左右の手はいっそう強くワタルをひっぱる。水のなかに引きずり込もうとしているのだ！　そしてその様子を、大目玉がじいっと観察している。

「助けて！」

思わず、本能がそう叫ばせた。ワタルの悲鳴が、広い洞窟《どうくつ》の天井に反響して木霊《こだま》する。ワタルをからかうみたいに、助けて、助けて、助けてという声が、微妙にトーンを変えながら、あちこちの岩壁に跳ね返る。

もがきながら、左手を懸命に勇者の剣にのばした。もうちょっとで手が届くのに——

黒い手が左足をぐいとひっぱった。そのとき、絶妙のタイミングで、右腕をつかんでいた白い手がぱっと離れた。ワタルは仰向けに倒れて、腰のあたりまでざぶんと水のなかに引き込まれた。

——しまった!

白い手が再び空《くう》に現れた。ワタルの顔のすぐ上を、邪悪な鳥のようにひらりと滑空すると、一気につかみかかってきた。シャツの胸元をつかみ、さらに深いところまで引きずり込むつもりなのだ。

瞬間、ワタルは右手を動かして、勇者の剣を引き抜いた。ほとんど何も考えず、狙いもつけずに剣をふるった。今度もまた、剣は自らの意思を持つように、あやまたず鋭い弧を描き、おぞましい蜘蛛《くも》のように五本の指を広げてつかみかかってくる白い腕の、掌《てのひら》の中央を、左から右へすっぱりと切り裂いた。

鼓膜が硬直し、もう二度と、すべての音という音を受け付けなくなるような、恐ろしい叫び声が轟《とどろ》いた。

切られた掌は、血も流さず、ただ傷口からピンク色の肉をのぞかせて、まるで何かしゃべろうとするかのように、ぺらぺらと動いていた。ワタルはためらわず、今度は足首をつかんでいる黒い腕に向かって剣を構えた。湖の水面が騒ぎ始めた。底の方から幾重にも波が湧きあがってきたかと思うと、天井まで届きそうな水柱があがった。滝のようになだれ落ちてくる水を頭から浴び、ずぶ濡《ぬ》れになりながらも、ワタルは左足が自由になったことに気づいた。素早く起きあがって水辺へ飛び退《の》き、勇者の剣をしっかりと握り直した。

水柱のなかから、巨大な黒い影が姿を現した。白い光が溢れ出てくる湖の中央に背中を向けているせいで、それの身体の正面は完全に陰になり、シルエットしか見えない。まるでローブを着た僧の影法師みたいだ。途方もなく大きいということだけを除けば。

それの頭がゆっくりと左右に動いて、ワタルを正面に捉《とら》えた。そして、目が開いた。さっき水の下に現れた、あの目玉だった。ヒトの顔にあたる部分いっぱいに、たったひとつしかない目玉がギラギラと輝く。

ワタルは声を張りあげた。「おまえはナニモノだ？　ここの洞窟の骸骨《がいこつ》は、みんなおまえに殺された信者たちなのか？」

黒い怪物《モンスター》は何も答えず、ただ目玉だけをぎろぎろと動かしている。と、宙を飛んで、あの右腕と左腕が、怪物のすぐそばへと戻ってきた。ワタルは、それらの腕が怪物の身体にくっつくのかと思った。

だが、そうではなかった。左右の手はその場でふらふらと空をかくような動作をしていたかと思うと、揃ってぐいと拳《こぶし》を握った。手の甲の関節が浮き出るのがはっきりと見えるくらい、力を込めてゲンコツをつくった。

――何だ？

左右の手は、ぱっと拳を開いた。手品師が何もないところからコインや花を取り出すみたいに、さっきは空をかいていた左右の手のなかから、いっせいに何か細い針みたいなものが飛び出した。白い手からは白いものが、黒い手からは黒いものが。そして、ワタルめがけて殺到してきた。逃げ出す前のほんの一瞬のうちに、ワタルはその無数の針みたいなものが、ひとつひとつ手の形をしていることを見てとった。あの白い手と黒い手のミニチュア。それらが、悪意を持った小魚のように、群をなして襲いかかってくる。

手をあげて顔と頭をかばいながら、ワタルは水際を走って逃げた。小さな手の怪物たちが方向転換をして追いかけてくる。それらが空を飛ぶときに、羽虫のようにぶんぶんと唸《うな》っているのが聞こえた。

ワタルは顔を伏せ、勇者の剣を振り回し、何とか手の群をかいくぐった。ここから脱出しないことには、手の群によってたかってズタズタに引きちぎられてしまう。ひとつひとつは十五センチぐらいの長さしかない手だが、その指は邪悪で鋭く、ワタルの皮膚をひっかいたり、目をつぶそうとしたり、衣服の下に潜り込んでこようとするのだ。

足を止めては駄目だ。ワタルは走った。

咆哮《ほうこう》があがった。水辺に仁王立ちになったあのひとつ目の怪物の声だ。どこに口があるかもわからないのに、どうやって声を出しているのか。明らかに笑い声だった。それは楽しんでいるのだ。手の群に追われてワタルが逃げまどうのを、面白がっているのだ。

大声で吠《ほ》えながら、それはずうと動いて、真っ黒なローブの袖《そで》をたくしあげ、自身の腕をあらわにした。それが高く持ちあげてみせた左右の腕は、建物の根太が腐ったもののようでもあり、死んだ大蛇の胴のようにも見えた。指はない。腕の先端は魚のヒレみたいな形をしている。そしてそれは、その腕をぶるんと持ちあげて振りおろし、力いっぱい水面を叩《たた》いた。

ばしゃんと音がして、また水飛沫《しぶき》があがり、ワタルの上に降り注いだ。バケツで水をぶっかけられたみたいだ。目が見えない。足元が滑る。転んだら最後だ——

「どりゃぁ！」

野太い声が響いた。次の瞬間、何か鋭いものが真っ直ぐに洞窟の空洞を横切ると、ざくりと音をたてて、ローブを着た怪物の左腕に突き刺さった。怪物は再び咆哮をあげた。今度は苦痛の叫び声だった。

「ワタル、大丈夫か？」

襲いかかってくる手の群を切り払いながら、ワタルは目をあげた。岩壁の段々のところに、大きな斧《おの》を構えたキ・キーマがいた。すぐ上には投げ槍《やり》を担いだトローンが、いちばん上の段にはカッツが膝立ちになっていた。

「今そっちへ行く！　頑張れ！」叫ぶなり、キ・キーマは巨体に似合わない敏捷《びんしょう》さでするすると岩壁のでっぱりを飛び伝い、降りてきた。黒い怪物が、左腕に刺さった投げ槍を引き抜くと、キ・キーマに向かって投げ返した。カッツの鞭《むち》が唸って、槍がキ・キーマに届く前に、それを水の中に叩き落とす。すかさずトローンが二本目の槍を投げ、それはきわどいところで怪物の大目玉をかすめて落ちた。

「おりゃおりゃ！　この化け物どもめ、ミンチにしてくれるぞ！」

キ・キーマはワタルのそばに駆け寄ると、ワタルをかばい、ハンマー投げの選手みたいに、自分を中心にぐるぐると円を描いて斧を振り回して、群がってくる白い手と黒い手を、片っ端から叩き落としていった。

「ど、ど、どうしてここがわかったの？」

安堵《あんど》と喜びで、ワタルはクラクラした。

「あんたのやりそうなことぐらいお見通しだよ！」

カッツは厳しく言い返すと、岩場を蹴ってジャンプし、襲いかかってきた怪物の黒いヒレのような腕を軽くかわしながら、宙返りをして湖畔に着地した。あの白い腕が、横合いから彼女の首に飛びかかるのを、目もやらずに察知して、鞭でぴしゃりと撃退する。

「こいつは何だ？　カクタス・ヴィラが拝んでいた怪物か？」

三本目の投げ槍を肩に担ぎ、大目玉にぴたりと狙いをつけながら、じりじりと移動しつつ、トローンが言った。

「それとも、カクタス・ヴィラ本人のなれの果てか？」

「どっちだっていいよ！　退治するだけさ」

カッツが吐き捨てて、今度は黒い左手を鞭で巻き取り、身体全体で反動をつけて勢いよく壁に叩きつけた。腕は呆気《あっけ》なくぺしゃりという音をたてて潰《つぶ》れると、ボロ雑巾《ぞうきん》のように落下した。

湖畔の岩場は、ワタルの剣とキ・キーマの斧で切られた無数の小さな腕たちの死骸で、足の踏み場もないほどだ。カッツとトローンは油断なく身構えて、水辺に立ちはだかる黒い怪物と正対している。

黒い怪物の目玉が、ガサラのハイランダーたちを見比べるように、ギロギロと左右に動いた。白目がいっそう血走っている。

ぐるると喉《のど》を鳴らすような声をたてて、怪物のひとつ目が、一瞬だけ閉じた。それから、カッと見開かれた。

湖の水が騒ぎ始めた。黒い怪物の全身を覆っているローブが、ずるずると剝《は》げ落ちて水のなかへ落下してゆく。四人は目の前の光景に呆気にとられて、それぞれに驚きの表情を浮かべた。

ローブの下から現れたのは、ヒトと魚の混じりあったような、おぞましい形の生きものだった。鎧《よろい》のような硬いウロコが、びっしりと胴を覆っている。左右の脇腹にはヒレのようなものが生えていて、それがゆっくりと動くと、尖《とが》った先端をワタルたちの方へ向けた。

怪物は、トローンの槍で傷つけられなかった方の腕をあげて、頭を覆っていたローブの残骸を、自ら取り去った。ひとつ目はそのままだが、頭にはえた二本の角が剝《む》き出しになった。ワタルは、洞窟通路で見た壁画を思い出した。

ひとつ目の下の顔の皮膚が左右に割れて、醜い口が現れた。それは口笛を吹くように口をすぼめると、頰をふくらませ、炎の弾を吐き出した。

「危ない！」

トローンとカッツが飛んで避《よ》けた。炎の弾は壁面にぶつかり、がらがらと壁を壊した。ミサイルみたいだ！　ワタルは動転して、カッツを助け起こそうとしながら、自分が転んでしまった。

また次の火の玉が、今度はキ・キーマの方に飛んできた。危ういところでかわしながらも、キ・キーマは「熱い！」と叫んだ。

「こりゃたまらん！」

体勢を立て直したトローンが、槍で目玉を狙おうとする。そこへまた炎の弾が飛ぶ。

「信じられない、何なんだよコイツ！」

次から次へと吐き出される炎の弾と、破壊されて落ちてくる岩の塊を避けるだけでも精一杯なのに、怪物は時折、脇腹のヒレを、まるでロケットパンチみたいに飛ばすのだ。キ・キーマが斧をふるって避けようとすると、先端がすっぱりと断ち切られてしまった。まるでギロチンが宙を飛んでくるみたいだ。

一転して守勢になってしまった一同は、それでも何とか体勢を立て直し、怪物の身体に槍や鞭を届かせようと、悪戦苦闘を続けた。斧を失ったキ・キーマは、両手で岩の欠片《かけら》をつかんで投げつけている。そのとき、ワタルはふと妙なことに気がついた。明らかに、この怪物の弱点はあの大目玉だと思われる。トローンもカッツもキ・キーマも、ずっと目玉に狙いを定めている。だが、正面から狙ったのでは容易に避けられてしまう。だからワタルは、怪物にフェイントをかけようと、何度か湖のなかに走り込み、横手から岩を投げたり、剣を構えて斬りかかったりしてみた。一瞬でも怪物の注意がこちらに逸《そ》れれば、チャンスができる。

だが、怪物はけっしてワタルの方を見ない。脇腹のヒレを飛ばしてきたり、腕を振り回したりはするが、けっして頭は動かさない。目玉は、いつも湖畔の岩場の方を向いたきりだ。つまり、湖の中心の、あの溢《あふ》れる白い光の方には背中を向けている。

再び、ワタルは洞窟通路で見たものを思い出した。たくさんのカンテラや燭台《しょくだい》が壊され、うち捨てられていた。ここに駆けつけてくれた三人も、灯《あか》りは持っていなかった。たぶんワタルと同じように、途中で黒い腕か白い腕に持ち去られてしまったのだろう。

この怪物――光が嫌いなんじゃないか？ちょっと見には、こいつ、湖の底の白い光の光源を守っているみたいに見える。外部のものを近寄らせないように、水際に立ち塞《ふさ》がって。でも、本当は違うのではないか。まったく逆なのではないか。この怪物は、あの白い光を直視できないのではないか。

――よし！

ワタルは水際を助走すると、勢いよく湖に飛び込んだ。少し水をかいただけで、水底の岩が深くえぐれ、湖が深くなっている場所が見えてきた。一度頭をあげて深く息を吸い込むと、思い切ってそこへ潜った。

　白い光に照らされた湖のなかは、どこまでも明るく見通しがいい。だが、底は深く落ち込んでいて、どのあたりが水底なのか見当がつかないほどだった。ワタルは力強く水を蹴《け》って泳ぎ、ちょうど怪物の真後ろまで来たところで、いったん水面に浮かび上がった。

　怪物はハイランダーたちに向かって火の玉を吐いていた。ワタルはもう一度、意を決して潜った。

　きっとここだ。怪物の真後ろ。少しずつ泡を吐きながら、ワタルはぐいぐい水をかいて、深みを目指した。学校では、一生懸命泳いでも、あんまり速いタイムを出せたことはないけど、潜水は得意だ。

　光。光。水面下の岩場を照らしている。ワタルは何かに急《せ》かされるように、勇者の剣を抜いた。すると剣は強く輝き、ワタルは何もしていないのに、自然に動いて、ワタルの右斜め前あたりを指し示した。そちらへ潜れというのだ。ワタルはぐんと水を蹴った。

　苦しくなってきた。息を吐ききってしまいそうだ。もう少し、もうちょっと——

　そのとき、水底の岩場が見えた。そこだけ均《なら》したようになっている。そして、野球ボールぐらいの白い珠《たま》が、その真ん中あたりにころりと転がって、明るい光を放っていた。

ワタルは空いた左手をのばし、その珠をつかんだ。右手の勇者の剣が、喜びを表すように、ひときわ強く光り輝いた。

ワタルは一気に水面へ浮上した。肺が爆発しそうだ。全身が酸素を求めている。水の上に飛び出すと、ぜいぜいあえぎながら空気を吸った。それでも、剣の柄《つか》も珠もしっかりと固く握りしめて離さなかった。

白い珠が水面に出ると、洞窟《どうくつ》内を照らす光がいっそう明るくなった。ひとつ目の怪物が、胴震いして声をあげた。ワタルは怪物の真後ろにいた。素早く呼吸を整えて、再び水に潜ると、怪物の前に回った。

タイミングが肝心だった。また息を止めてぐっと我慢すると、怪物の身体の真正面に回り込めるまで、ワタルはじっと待った。そして、ドンピシャリの瞬間に、両手で白い光の珠を掲げて、水面に躍り出た。

珠の光はあやまたず、怪物の目玉を正面から射た。怪物のひとつ目がいっぱいに見開かれ、苦痛の叫びが洞窟の天井を揺るがせた。それからあの不恰好《ぶかっこう》な両手が持ちあがって、光から目を守ろうとした。

「今だ！」

ワタルの叫びに応《こた》えて、トローンが投げ槍《やり》を放った。それはまっしぐらに空《くう》を横切って、怪物のひとつ目のど真ん中に突き刺さった。

ぎゃああああああ――！

怪物は叫びながら、両手で槍を引き抜こうとした。だが、その努力は空しかった。それの身体から力が抜けてゆく。穴の空いた風船みたいに、それはどんどん縮んでゆく。

「おおおおお、おおおおおお、おおおおお」

身体が縮んでゆくにつれて、叫び声のボリュームも落ちてきた。それだけでなく、いったいどんなケダモノの喉から出ているのかと思うほどの奇怪な声が、次第次第にヒトの声の音色に近づいてきた。

やがて怪物は、ヒトの大きさにまで縮んでしまった。そして、ゆっくりと湖に沈んでいった。

## 9　脱出

——やった！

緊張の糸が切れて、腰が抜けたみたいになってしまった。ワタルはすうっと水に沈んだ。

「おいおいワタル、しっかりしろぉ！」

キ・キーマが水に飛び込んで、ばしゃばしゃと近づいてくると、ワタルの首根っこをつかみ、岸まで引きあげてくれた。

気がつくと、それでもワタルは、あの輝く珠を胸に抱きしめていた。珠は静かな光を湛《たた》え、ほのかに温かかった。

「あれはいったい何だったんだろ？」

まだ険しい目をして水面を眺めながら、カッツが呟《つぶや》いた。

「それに、あのたくさんの手——手だけのお化けなんて、いるもんかね？」

「俺の読んだ昔の記録のなかには」と、トローンが言った。「カクタス・ヴィラが、自分のもとに集まった信者たちを、〝善良なる働き手〟と呼んでいたという文章があったぞ」

「働き手、ね」カッツは吐き捨てた。「頭は要らないってことか。死霊になっても、親玉の怪物《モンスター》の命令に従って動く手の形をとることしかできなかったなんて、情けない話だね」

　そのとき、湖の反対側の方で、また水柱があがった。一同はぎゅっと身構えた。

「まだ何か出やがるか？」

　いや、もう怪物はいなかった。岩場の壁が崩れ始めているのだ。大きな破片が剝《は》がれ落ちて、湖のなかに落下している。

　ズズズズ――地鳴りが始まった。

「まずいぞ！　ここは崩れる！」

　トローンが大声を出した。まるでそれを待っていたみたいに、天井の一部が音をたてて壊れて、ダルババの頭ほどの大きさの岩が、バラバラと落ちてきた。ここへ降りてくるときに使った岩場のでっぱりも、見えない手で掻《か》き落とされるみたいに、次から次へと剝落《はくらく》してゆく。カッツが素早く動いて、残っている岩場のひとつに鞭《むち》の先端を届かせたが、尖《とが》ったでっぱりにしっかりと鞭を巻きつける間もなく、それは根本からガラガラと崩れた。カッツは鞭を引きあげるのが精一杯だった。

「ちくしょう！」彼女の悪態にかぶせて、キ・キーマの大声が聞こえた。

「みんな、こっちに！」

キ・キーマは、倒れかかってきたダイニングテーブルの天板みたいな平らな岩を、万歳するように両腕で支えて、両足を踏ん張っていた。

「ここに隠れろ！」

一同がキ・キーマの方に走ると、ひときわ大きな地響きが轟《とどろ》き、湖のなかに大きな岩の塊が次から次へと落下し始めた。

「天井が！」

カッツの叫び声に、ワタルは頭上を仰いで唖《あ》然《ぜん》とした。地底湖の真上に、かぎざきの形の大穴が空き、そこから星空がのぞいている。

「出口だ！」

キ・キーマのそばに走り込み、一緒に万歳をして岩を支えながらワタルは叫んだ。

「そうだね、ありがたいことだよ」危ういところで岩つぶてをかわし、ワタルの隣に滑り込みながら、カッツが怒鳴り返す。「だけどさ、どうやってあそこまで行くんだよ？」

「この壁はまだ登れそうだぞ」トローンが、一同のそばの岩壁を見あげた。地底湖のいちばん西の端、入ってきた側の岩壁とは反対側。目立つでっぱりはないが、起伏はある。

「俺が上まで登って、ロープを垂らす。みんなはそれを登って来い」腰につけたロープをほどき、輪を作りながらトローンは言った。「武器は捨てて、できるだけ身軽になって来るんだぞ」

「僕が行く！」ワタルはトローンの手からロープをもぎ取った。「僕の方が、トローンさんよか軽いもの！」

「バカな――」

「大丈夫、僕が落ちたら受け止めてよ！」

　ワタルはみんなが支えている平らな岩の板の上に飛び乗ると、そこから壁に飛び移った。アクション映画で、トム・クルーズがこうやって岩登りをするシーンを観たことがあった。スタントマンを使わずに、ホントに演じたんだって。同じ人間なんだから、トム・クルーズにできたことが僕にできないわけはない！

　って、そんな屁《へ》理屈言ってる場合じゃなかった。洞窟《どうくつ》全体が身震いするように振動し始めたのが、はっきりわかる。グズグズしていたら、ここだっていつまで保《も》つか――目の前の岩壁にも、まるで生きものが増殖するみたいに、みるみるうちにひび割れが広がってゆく。

　ワタルは壁を登っていった。ほとんど何も考えられなかった。こんなときは、かえって恐怖も感じないものだ。頭のなかは真っ白だ。

あと少し——あと二メートルほどで、星空ののぞく天井の穴の縁に手が届く。

そのとき、ひときわ大きな揺れが来て、ワタルの重心がずれた。両手が、ついで両足が壁から離れた。呆気《あっけ》ないほど簡単に、ワタルは宙に放り出された。目の下は地底湖だ。岩と一緒に、水のなかに落ちてゆく——

と思ったとき、何か柔らかくしなやかなものに抱き留められた。ワタルは宙に浮いた。

「つかまって！」

女の子の声がした。滑らかな白い毛に包まれた腕が、ワタルの胴に巻きついている。

ミーナだった。天井の穴の縁から、ロープを腰に巻いて逆さにぶらさがり、両腕でワタルを抱き留めていた。背中にもロープの束を担いでいる。

「わたしのロープを登って！　上へ！」

ワタルは彼女の腰のロープをつかみ、腕の力で身体を持ちあげると、彼女がぶらさがっているロープを登った。また、揺れが来た。

ワタルは無事に天井の穴から地上へ登ると、縁から下を見おろした。ミーナは天井のすぐ下にぶらさがって、右へ左へ揺れながらバランスをとり、背中のロープを下に残った三人のところへ投げ落とそうと、狙いをつけていた。ワタルは急いであたりを見回した。ここは教会の焼け跡のすぐ西側――岩場全体が、崩れて斜めになっている。ミーナがぶらさがっているロープは、かなり先の安全地帯の岩場の尖った岩に、手際よく二重三重に結びつけられている。これなら大丈夫だと確認してから、急いで穴の縁に戻り、できるだけミーナが揺れずにすむようロープをしっかりとつかんだ。

ミーナはしなやかに腕を動かして、トローンたちの真上にロープを落とした。彼らがロープをつかんだのを見届けると、彼女は鮮やかにくるりと反転し、後足を天井の穴の縁にかけて、バック転の要領でひらりとワタルの脇に飛びあがってきた。

「ひっぱって！」

「よーし！」

最初にカッツが、次にトローンが、ロープで身体を数珠つなぎにして登ってきた。そのころにはもう、地上にいても岩場全体が沈みつつあるのがわかった。早くキ・キーマを助けないと、今度はこの地上の足場も危ない。

「早く早く！　急いで！」

キ・キーマは岩場を鉤爪《かぎづめ》でひっかくようにして、呆《あき》れるほど素早く駆け登ってきた。彼ひとりなら、きっと、もっともっと早く逃げられたのだろう。キ・キーマが地上によじ登ってくるまで、ワタルは今まででいちばん怖い思いをした。ああどうか神様キ・キーマを助けてください、彼を死なせないで！

「どりゃっと!」

キ・キーマが地上に躍り出た。みんな大丈夫かと、トローンが怒鳴る。とたんに、足元の地面が沸騰するお湯みたいにグラグラした。

「逃げろ!」

一同は一斉に走り出した。振り向かなくても、崩落する地面の縁が、踵《かかと》のすぐ後ろ一メートルほどのところに迫っているとわかった。ワタルはミーナと手をつなぎ、キ・キーマに肘《ひじ》をつかまれて走りに走った。

教会の焼け跡の先、小さな岩山が見えてきた。「飛べ!」と、トローンが叫んだ。

「あの岩の向こうに飛ぶんだ!」

ワタルはミーナにひっぱられて、自分でも驚くくらい鮮やかに空に身を投げ出した。宙を飛んでいるとき、ミーナがまたワタルを抱きかかえ、リードしてくれるのを感じた。一瞬の後には、頭から落下するのでも、胸から滑り込みをするのでもなく、くるりと一回転して足を下に、膝《ひざ》を曲げて軟着陸していた。

もうもうと砂埃《すなぼこり》がたつ。しかし、崩落音は止まっていた。今飛び越えた岩場が盾の役目を果たしてくれたのだ。

「やれやれ……命びろいしたみたいだね」

カッツの声が、土埃のなかから聞こえる。そのすぐ隣で、ぶひゅうというような音がしたかと思うと、宙にふたつ並んだ小さな穴が空いた。キ・キーマの鼻の穴だった。息を吐き出したので、そこだけ土埃が飛んだのだ。彼もカッツも、岩や土の塊と見分けがつかないほど土埃にまみれていた。

「ワタル、大丈夫か？」キ・キーマの気遣いに、ワタルはうなずいた。いつの間にか尻餅《しりもち》をついていたけれど、それでもミーナと手をつないだままだった。

「ミーナも大丈夫だよね？」

「うん」ミーナはいちばんけろりとしていた。「でも、もう一人のヒトが見えない――」

「そうだ、トローンは？」土と砂と細かな岩の欠片《かけら》の上にへたりこんだまま、カッツがあたりを見回した。「トローン、どこよ？」

　押し殺したような声が、地面すれすれのところから聞こえてきた。「心配してくれるなら、まずそこからどいてくれ」

　カッツは下を見た。みんなも下を見た。

「あら、まあ」カッツは吹き出した。「ごめんよ、トローン」

　カッツはトローンの上に座っていた。彼女がどくと、トローンは髭《ひげ》をピクピクさせながら起きあがった。

「生まれてこの方、こんな恐ろしい思いをしたのは初めてだ」彼は憮然《ぶぜん》として言った。

「あらそう？　一生に一度でいいから、あたしに踏んでもらいたいって男もいっぱいいるんだけどさ」

　カッツはケラケラ笑いながらそう言って、顔から土埃を拭《ぬぐ》い取ると、両手を腰にあてて立ちあがった。「こりゃ凄《すご》いねえ」

　差し渡し一キロほどの場所が、どすんと陥没していた。教会の焼け跡は、かろうじてその縁で踏みとどまっていたが、柱はすべて倒れてしまい、ただの瓦礫《がれき》の山になっている。

「あんた、よく来てくれたね」カッツはミーナを振り返ると、ずいぶんと優しい口調で言った。「あたしたちの命の恩人だ」

　ミーナは大きな瞳《ひとみ》をおろおろさせ、見るからに内気そうにはにかんだ。しっぽの先がゆらゆら動いている。

「身が軽いんだなぁ」トローンが感心する。「それに、ロープの扱いも慣れたもんだ」

「だけど、俺たちがここへ来るって、どうしてわかったんだい？」

　キ・キーマの質問に、ミーナは叱られたみたいに身を縮めた。「ごめんなさい」

「謝ることなんかないさ。それに、あたしら出てくるときに大騒ぎしたからね。診療所にいたって聞こえたろ」カッツはにやりとした。「ワタルが一人で危険な場所に出かけたって聞いたら、じっとしていられなかったんだね、あんた」

# 10　第一の宝玉

ミーナの顔の、白く柔らかな毛に覆われていない部分が真っ赤になった。ワタルも顔が熱くなるのを感じた。気がついたら、まだミーナと手をつないでいたので、大あわてで離した。

「アッハハハ、一人前に照れてるよ」カッツが顎《あご》をそらして大笑いをした。「ホラ、真っ赤になっちゃってさ」

「からかわないでよ！」ムキになって抗議しようとしたとき、唐突に眩《まぶ》しい光に目を射られて、ワタルはたじろいだ。

「こりゃ何だ？」キ・キーマが叫んだ。「ワタル、ワタルのシャツのなかだ！」

彼の言うとおりだった。シャツの内側、胸のあたりが白く光り輝いている。

ワタルははっとした。あの珠《たま》だ！　ロープで上に登るとき、落とさないように、とっさにシャツの内側に入れたのだった。

手を突っ込んで取り出すと、珠はワタルの指のあいだから温かく輝かしい光を放った。そしてワタルの手から離れて、重力に逆らってすうと宙に浮き、見あげるほどの高さまで、ふわふわと昇っていった。

そしてそこで、ひときわ大きく輝くと、白い光は、白いローブを纏《まと》った女性の姿を形作った。ワタルをはじめ、誰もが仰向いて目を見開き、声も出せなかった。

白いローブを纏った幻の女性像は、とても若い尼僧のように見えた。口元には微笑を湛《たた》えている。その瞳が動いて、ワタルを見つめた。

ワタルの心のなかに、たおやかな若い女性の声が聞こえてきた。

――あなたがわたしを解放してくれたのですね。ありがとう、心から御礼申します。

ワタルはまばたきすることしかできない。

――長い間、カクタス・ヴィラの邪悪な力に捉《とら》えられ、わたしはあの湖に閉じこめられていました。カクタス・ヴィラはわたしの力を利用しようと、わたしを地の底に連れて行ったのですが、わたしはけっしてあの男を許さず、あの男の所業も許しませんでした。あの男は、ヒトびとを支配し、ヒトびとの上に君臨し、崇《あが》め祀《まつ》られたいという自らの強い欲望、邪《よこしま》な虚栄心を満足させるために、多くのヒトびとを偽り騙《だま》し、殺しただけでなく、肉体を失った彼らの魂を洞窟《どうくつ》に閉じこめ、亡者として仕えさせていました。あなたがわたしを解放してくれたことで、あの場所から逃げることのできなかった多くの魂もまた救われ、この地はようやく浄化されたのです。

ワタルは輝く女性の幻に、ふらりと一歩近づいた。

「あなたは……どなたですか？」

幻の女性は、慈愛に満ちた笑みを浮かべた。

――わたしは女神の力の一端を担うもの、癒《いや》しの精霊、白き力。

「癒しの精霊――」

幻の女性は、祈るように両手を胸の前で組み合わせると、目を閉じた。

――そして、女神に招かれし勇者に道を開くもの。

白い光がひときわ強く輝くと、今度は一点に収縮し始めた。小さく、星のようになって、ワタルの目の高さにまで降りてきた。

ワタルは両の掌《てのひら》を差し出して、白い光を受け止めた。指の爪ほどの大きさの珠が、手のなかで一瞬強く光り輝いて、鎮まった。

「最初の宝玉だ」と、ワタルは呟《つぶや》いた。

左の手の上にそれを載せたまま、勇者の剣を抜いてみる。剣の鍔《つば》に刻み込まれた星の形の、いちばんてっぺんの穴の部分がキラリと光り、宝玉がそれに呼応するように小さく光り返して、ぴったりとその穴に収まった。

勇者の剣が、内側から静かな白い光を放った。気のせいか、その刀身がわずかに伸びたように見える。それでいて、いっそう軽くなったようにも感じられる。

――これは、おぬしと共に成長する剣じゃ。

ラウ導師の言葉が、耳の底に蘇《よみがえ》った。

誰も、何も言わなかった。いつの間にか、東の空が白々と明け始めている。今はもう土埃《つちぼこり》も静まり、夜明けの光が地平線を一本の白い輝きに変えて、新しい一日が始まろうとしていた。

ミーナが、小さく叫んだ。「あ！」

今度は、彼女の胸元が光っていた。宝玉の輝きよりはずっとささやかだが、温かな色合いはよく似た光だ。ミーナの身につけているピンク色のシャツの下。

彼女が胸元を探って取り出したのは、小さなコンパクトくらいの円い鏡だった。革《かわ》紐《ひも》がついていて、首から下げられる。

「これ――」ミーナは目を見開いていた。「わたしの、お守りの鏡なんだけど」

「鏡？」ワタルは急いで彼女に近づいた。勇者の剣がまた光り、鏡の内側から光が漏れる。ということは――もしかしたらこれは――

「これ、〝真実の鏡〟じゃないか？」

ワタルの言葉に、ミーナは鏡から目を離さずにうなずいた。「うん。父さん母さんが、わたしにくれたの。これはわたしたち一族が、代々伝えている家のお守りだって」

ワタルの肩を、キ・キーマがぽんと叩《たた》いた。「あとは、文様を探すだけだな、ワタル」

こちらが探さなくても、真実の鏡の方がワタルを見つけてくれる。ラウ導師の言葉に間違いはなかった。ワタルはうなずいた。

そして、ガサラへ帰るために一同が岩場を登り始めると、先頭を歩いていたトローンが、片手を腰にあて眼下を見おろしながら言った。

「どうやら、探す必要もないみたいだぜ」

地面の崩壊で、様相が一変してしまった教会の焼け跡。瓦礫《がれき》と土と砂が、そこに、勇者の剣にあるのと同じ、文様の絵柄を描き出していた。

## 11 現《うつし》世《よ》

ワタルが文様の中心に立つと、首から下げたミーナの真実の鏡が、キラキラと光った。

誰にそうしろと言われたわけでもないのに、ごく自然に、ワタルは勇者の剣を抜いて、それを頭の上に掲げた。そして目をつぶった。

剣の切っ先が光った。続いて文様が光った。白く、赤く、青く、そしてまた白く。最後に金色の輝きを放って、そして文様は消えた。

ワタルは目を開いた。

暗い。どこもかしこも真っ暗だ。自分の立っている足元の地面さえ見えない。後ろも前も、握りしめているはずの勇者の剣も、鼻の頭さえ見えない。ただ、胸元の鏡だけが光っている。そしてその光が、真っ直ぐに前に伸びて、トンネルのような光の通路をつくり出した。

ワタルはそのなかを歩み始めた。独りぼっちだ。足音もしない。光のトンネルの外は闇ばかり。これこそが、ラウ導師の言っていた次元の狭間《はざま》の久遠の谷なのかもしれない。

やがて前方に、ほかでもない、そのラウ導師が立っているのが見えてきた。ワタルは駆け出した。

「導師さま！」

ラウ導師は、あまり機嫌が良さそうには見えなかった。少々退屈しているみたいだ。

「ずいぶん待たせるの、おぬしは」と、あくび混じりに言った。「最初の宝玉を探すのに、これほど手間取るとは」

「スミマセン。でも、いろんなことがあって目が回りそうでした」

「まあ、良いわ」導師はやっと、にっこりした。「この光の通路をもう少し進むと、出口がある。そこから先は、もう現世じゃ」

ワタルは緊張で、喉《のど》が干あがるのを感じた。

「おぬしが会いたいと思っている者のいる場所につながっておる。だから、迷うことはないじゃろう。さ、お行き」導師はワタルの肩を押した。「だが、忘れてはいかんぞ。光の通路から、キン、コン、カンという鐘の音が聞こえてきたら、それは戻れという合図じゃ。その鐘も、最初はのんびりしておるが、時間が迫ってくると、速く鳴るようになる。そうなったら、走ってトンネルのなかにお戻り。トンネルが消えたら、久遠の谷に落ちてしまうからの」

導師は顎《あご》をひねった。

「わしはもう引きあげる。おぬしの帰りを待ってはおらん。鐘の音だけが頼りじゃ。よく気をつけて、耳を澄ませておるのじゃよ」

「はい、わかりました」

ワタルは小走りに先へ進んだ。やがて、何か白っぽいものが見えてきた。トンネルの出口――そこに白いものがある。白い――

病院のベッドだった。

ワタルは病室にいた。目の前に、母の邦子《くにこ》が眠っている。

ワタルは母の枕元に立った。病室は二人部屋だけれど、隣のベッドは空いている。母は一人きりだった。

灯《あか》りは消えている。カーテンの向こうの空も夜空だ。窓からちょっと外をのぞくと、ここは三階ぐらいの高さで、街灯の列が見えた。〝幻界《ヴィジョン》〟と現世では、やっぱり時間がずれているようだ。

「母さん」と、ワタルは小さく呼んだ。母は静かに寝息をたてている。

幻界に出発する前と、ほとんど変わっていないようでもあり、あれからさらに痩《や》せたようにも見える。頭板《ヘッドボード》に主治医の名前と入院日を書いた札がくっつけられている。

内科の先生だ。入院日は、母さんが絶望のあまりガス栓をひねったあの日。

誰かが救急車を呼んでくれたんだな。

よかった。膝《ひざ》から力が抜ける。ああ、よかった。親切な人に感謝します――

母を起こして、事情を説明した方がいい。そのためにこそ帰ってきたのだ。でも、ワタルはなぜか声も出せず、母さんに触ることもできなかった。ひどく悲しい気持ちと、とりあえず母さんは静かに眠っている。病院に保護されているんだから、もう大丈夫だという安心感とがないまぜになって、胸が詰まる。

枕元には、牛乳瓶に挿した赤い花。ティッシュの箱。ベッドの足元に紙袋がひとつ。のぞいてみると、タオルと下着を包んだものと、母さんのバッグが入っていた。

バッグのなかに、アドレス帳兼用のメモ帳と、小さなボールペンを見つけた。ワタルはメモを一枚破りとると、そこに書いた。

――僕は元気です。大丈夫だよ。必ず帰りますから、待っていてください。亘

メモを小さくたたんで、母さんの手のなかに滑り込ませた。そして一瞬だけ、強く手を握った。母さんはうーんというような声を出して、軽く寝返りをうった。

ワタルはしばらく待った。だが、母は目を覚まさない。耳の後ろの方で、キン、コン、カンと鐘の音がした。

誰か、お見舞いに来たろうか。千葉のお祖母《ばあ》ちゃんとルウ伯父《おじ》さんは？　小田原《おだわら》の

お祖父《じい》ちゃんお祖母ちゃんは？　きっとみんな心配してるだろう。

父さんは――？

父を想うと、幻界の冒険行に夢中なあいだは忘れていた感情が、いっぺんに蘇《よみがえ》ってきて、ワタルを圧倒した。両手を身体の脇でゲンコツに握り、心の嵐が過ぎ去るまで、ただじっと耐えて待った。

さっきより、速い鐘の音がする。

待っててね。きっと、すべてが良くなるから。良くしてみせるから。必ず、必ず、運命の塔にたどり着くからね。心のなかで呟《つぶや》いて、ワタルは踵《きびす》を返した。

# 12 ミーナ

光のトンネルを駆け戻ると、いつの間にか文様のあった場所、教会跡の地面に出ていた。走ってきたはずなのに、息も切れていないし、汗ばんでもいない。

岩場の上で、キ・キーマがのっそりと立ちあがった。すぐ隣に、ミーナの華奢《きやしや》なシルエットも見える。荒れ地の夜明け、見事なまでの朝焼けのなかで、二人の顔は陰になってしまい、表情までは見えなかった。

ワタルは黙って岩場に登った。キ・キーマとミーナが顔を見合わせて、それからキ・キーマも黙ったまま首を横に振った。(何も訊《き》かない方がいいよ)という意味だろう。

「カッツとトローンは先に戻ったよ」と、彼はいつもの明るい口調で言った。努力して、そうしてくれているのだろう。「俺たちも帰って、朝飯にしよう」

ワタルたちは岩場を歩き始めた。足元に気をつけて、下ばかり見て歩いていくうちに、頭の上まで夜が明けた。

ワタルは振り返って、荒れ地を、草原を、岩場を眺めた。〝幻界〟の大地を眺めた。草原を渡る風が目に染みる。

涙が出てきたのは、この風のせいだ。ワタルはそう思おうとした。この景色があんまり美しくて――病室で独りぼっちの母さんにも見せてあげたいなんて、ちょっぴりでも考えてしまって、だから涙が出るわけじゃない。僕はもう、そんな泣き虫じゃないのだから。

それでも頬が濡《ぬ》れ、次から次へと涙が滴るのを、どうしようもなかった。キ・キーマはしばらく足を止め、そんなワタルを見守っていたけれど、やがてゆっくりと歩き始めた。目顔でミーナに、（泣かせておいてやろうよ）と話しかけてから。

ミーナも彼の後に続きかけたが、少したためらってから、そっとワタルのそばに戻った。

「ワタル、お母さんに会えた？」

うんと、ワタルは大きくうなずいた。それから、腕でごしごしと顔をこすった。

「そう、良かったね」ミーナはワタルの背中を優しくさすった。

「ね、眠ってたから、話は、しなかった」ワタルは切れ切れに言った。「短いあいだに、いろいろ説明するの、ムズカシイし」

「そうだね。でも、ワタルのお母さんは、きっとわかってるよ。眠っていても、ワタルがそばに来たって、きっと感じ取ってるよ」

ワタルは目をこすって、ミーナを振り返った。彼女は励ますように微笑んでいた。

「お母さんて、そういうものなんだって。離れていても、子供のことはわかるんだって。だからワタル、元気を出して。ワタルがしょげてると、お母さんにもそれが伝わっちゃうよ。ね？」

ワタルはまばたきして、最後の涙の一粒を落とした。「うん！」

診療所の先生の分析で、教会跡の井戸水には、作物につく害虫を退治するための強力な薬が混ぜられていることがわかった。また、先生は、ワタルが地下の祭壇で大勢の元信者たちの骸骨《がいこつ》に遭遇したことを話すと、ぜひその骸骨を調べてみたいと言った。

「骨を調べれば、きっと殺虫剤の痕跡《こんせき》が残っているはずだ。みんな、この水を飲んで死んでいったのだろうからな。そうすれば、カクタス・ヴィラが〝治療〟と称してあそこでやっていたことの一端を、少しでも明らかにすることができる」

「今さら——という感じもしますけど」

ワタルは〝思い出し身震い〟をしながらそう呟いた。でも先生は、両耳をピンと立てて、重々しく言うのだった。

「確かに、後からいくら調べても、死んでいった者たちが帰ってくるわけではない。

だが、カクタス・ヴィラが本当はどんな奴だったのか、できるだけ多くの事実を暴いておけば、次にまた奴のような輩《やから》が現れたときに、大勢のヒトたちが騙《だま》されずに済むかもしれないじゃないか」

　塞《ふさ》がりかけていたミーナの傷は、洞窟《どうくつ》での大活躍で、またちょっと後戻りしてしまった。彼女は先生に叱られて、背中にしみる薬を塗られ、きゃっと叫んだ。でも、初めて会ったころとは別人のように明るくなっている。

　ミーナはどこから来たのか。北からの難民のアンカ族の少年たちと一緒にいたのはなぜなのか。どうしてあんなに身が軽いのか。そして、なぜ真実の鏡をお守りとして身につけているのか。知りたいことが山ほどあって、ワタルはその日の午後、キ・キーマと一緒に、ミーナの病室を訪ねた。

　彼女の方も、ワタルがあれこれ不思議に感じていることを察していたのだろう、「こういうの、身の上バナシっていうんでしょう？」と、少しばかり照れながらも、進んで答えてくれた。

「もともとネ族というのは、南大陸にはほとんどいなかったんです」

　三百年前、ガマ・アグリアスⅠ世が北大陸の泥沼の内戦の勝利者となり、現在の統一帝国をうち立てたころ、その過激なアンカ族中心主義による他種族弾圧を恐れ嫌って、今の難民たちよりももっと多くの種族のヒトびとが、命からがら南へと逃げてきた。

「わたしのご先祖さまも、そうやって逃げてきたんです。今、南大陸にいるネ族の大半は、その移民たちの子孫なの」

ミーナのご先祖さまたちは、商業の国ボグに落ち着いた。ミーナにとっては曾祖父《ひいおじい》さんにあたるヒトが、たいへん商才があったらしく、農産物を扱う問屋を興して大成功、一族は平和で裕福な暮らしをしていたという。

「へえ、じゃあミーナは、お嬢様なんだな」

キ・キーマの感心したような合いの手に、ミーナは恥ずかしげに笑った。でもその笑みはすぐに消えて、寂しげなまなざしが、遠い過去を探るように、宙を見つめた。

「わたしが七歳の、とっても暑いころでした。わたしたち、お祖父ちゃんとお祖母《ばあ》ちゃんと父さん母さん、五人で、町から離れた小さい湖のそばにあった家に住んでいたんですけど、そこが——ある夜——襲われて——」

なにしろ幼かったので、ミーナは事件のことをよく覚えていないのだという。ただ、真夜中に突然母親に起こされ、ベッドの下に隠れていなさい、父さん母さんが呼びに来るまでは、何があってもけっして出てきてはいけない、名前を呼ばれても返事をしてはいけないと、厳しく言い聞かされたこと、そのときの母親の顔が、見たこともないほど険しく、怯《おび》えているようであったこと、そして、

「そのとき、母さんがわたしにこれを——」

ミーナは首から下げた真実の鏡に触れた。

「これを持っていてねって。大切にするのよ、これはおまえのお守りだからって言ったの。母さん、少し涙ぐんでいて、わたしは怖くて怖くて、母さんと一緒にいたいってダダをこねたんだけれど、母さんは部屋を出ていってしまったの」

言いつけに従って、幼いミーナはじっとベッドの下に隠れていた。広い家のなかで、どすんどすんと足を踏みならすような音がしたり、誰かが怒鳴っているのが聞こえたり、悲鳴のようなものが響いたりして、死ぬほど恐ろしかったけれど、涙をこらえて小さくなっていた。

ワタルは、母の邦子が父の愛人に殴りかかるという騒動を起こしたとき、自分もまた小さくなって、ベッドの下に隠れたことを思い出した。もちろん、状況は全然違う。ワタルは目の前のゴタゴタから逃げただけで、命の危険は全然なかった。それでも、ミーナの気持ちが少しは想像できるような気がする。

「そのうちに、三、四人の足音が、家のなかを駆け回り始めたの」ミーナは小さな声で続けた。「何か探しているみたいだった。みんな男のヒトたちで、大声で何か訊いたり答えたり、誰かが誰かに命令したりしてる声も聞こえたわ。わたしはますます怖くなって、息を殺してベッドの下で小さくなってた」

探しものが見つからないのか、侵入者たちはそのうち家のなかのものを壊したり、家具をひっくり返したりし始めた。それでもミーナはぐっと我慢して隠れていたが、やがて煙の匂いが漂い始めて、

「こっそりベッドの下から這《は》い出して、廊下をのぞいてみると、火が見えたの。そこらじゅうが燃えていた――」

そこへ、家の外の遠くから、激しく鐘が打ち鳴らされる音が聞こえてきた。消防隊だ！

「ベランダへ出ると、消防隊の車がこっちへ走ってくるのが見えたの。それまでは全然気づかなかったんだけど、もう夜が明けかけていた。車輪が土埃《つちぼこり》をたてるのが見えるくらい、明るくなってた」

ミーナは消防隊に救出されたけれど、火は家全体を包み込み、消し止めることはできなかったという。焼け跡からは、ミーナのお祖父ちゃんとお祖母ちゃんの亡骸《なきがら》が発見された。両親の姿はどこにも見えなかった。

「強盗が家族を殺して、お金を盗《と》って、家に火を付けて逃げたって、そう教えられました。わたしだけでも助かって幸運だったって」

家が立て込んでいる街中とは違い、隣近所も遠く離れている。目撃者もおらず、その土地のブランチも、ミーナの証言をもとに、そういう結論を出すしかなかったよう

だ。

「だけどそれなら、父さん母さんはどこにいるのかしら？　わたしはほんの子供だったけれど、どうしても納得がいかなかった。それに、家に押し入ってきた男たちが、何か探し回ってるようだったことと、母さんがわたしにお守りを託したことには、何かつながりがあるのじゃないかって、気になって」

ミーナはボグの首都ランカに住む父方の親戚《しんせき》の商人の家に引き取られたが、月日が過ぎても、事件を忘れることなどできはしない。あの夜、何が起こったのか？　両親はどうなったのか？　今も生きているのではないか？　探したい、突きとめたいという衝動に突き動かされて、とうとう親戚の家を飛び出したのは、十一歳のときだった。

「わたしったら本当に無鉄砲だった」と、ミーナは照れ笑いをした。

「ホントだ」と、ワタルも笑った。「あてはあったの？」

「何もなかった。でもね、そのころちょうど、ランカに大きなサーカス団が興行に来ていたの。親戚の家は、食料品の卸問屋のほかにレストランもやっていて、そこのお得意様を大勢ご招待してサーカスを見に行っていたから、わたしも何度かサーカスには出入りしていたし、団長さんにもご挨拶《あいさつ》したことがあって」

ミーナは考えたのだという。サーカス団なら、国じゅうを旅して歩く。いろいろな情報も集まるだろうし、大勢のヒトにも会えるだろう。ひとつところでじいっとしていては、過去の謎は永遠に解けない。でも、旅してゆくうちには、手がかりに巡り合うかもしれない。

「それで、団長さんのところに押しかけて、事情を話して、わたしをサーカスで働かせてくださいってお願いしたの」

　幸い、ブブホという団長は人情家で、彼女がサーカス団で元気に働くこと、団のなかで読み書きの勉強を続けることという条件をつけた上で、ミーナの頼みを聞き入れてくれた。

「サーカスか。どうりで身が軽いわけだよ」

　キ・キーマは手を打ち鳴らすと、大いに納得した顔だ。でも、ワタルはまだ釈然としないところがあった。

「じゃあミーナは、ずっとそのサーカス団にいたんだろ？」

「うん。エアロガ・エレオノラ・スペクタクルマシンというサーカス団よ。目がくらみそうなほど高いところでブランコに乗ったり、アクロバットをしたりする空中ショウが売り物なの。団名も、それに由来してるの」

　ミーナはちょっぴり得意そうだ。

「わたしも、ロープを使った空中アクロバットを見せてたのよ。団長さんの直伝の芸でね、けっこう人気があったんだ」

「あのアンカ族の少年たちとは、どこで知り合ったの？　どうして彼らと一緒にいたの？　ずっと脅かされてたみたいじゃないか」

　ミーナの表情が、スッとしぼんだ。「それは……わたしがバカだったの」

一年ほど前、あの少年たちがまだボグ国内の難民収容所にいるころ、エアロガ・エレオノラ・スペクタクルマシン団が、慰問興行をしたことがあるそうだ。ミーナはそこで彼らと話をする機会があった。

「それで……あの子たちが言ったの……北から逃げてくる前には、あの子たちの親は、異種族管理庁の役人で、だから、世の中には知られていないようなことも、いろいろ知ってるって」

　異種族管理庁というのは、北の帝国政府の一機関だという。北では、アンカ族以外の種族を「異種族」と総称し、彼らの生活のすべてを、この管理庁で文字どおり管理しているのだという。

「何が管理なもんか」キ・キーマが鼻の穴をふくらませて怒った。「財産を取りあげて収容所へ押し込めて、強制労働させることのどこが管理なんだよ！　水人族の難民に聞いた話じゃ、風船《かざぶね》の造船や修理のために、ろくな工具もないところで、飲まず食わずで二十四時間ぶっ続けで働かされたって。一日に五人も十人も倒れて動けなくなるんだけど、もちろん医者なんかいやしないし、薬もねえ。身体が弱ったものは、ほったらかしの野ざらしで、死んだら海に放り込まれるって言ってたぞ！　そうやって死んだ水人の死体が、山になってるのを見たってさ！」

　ミーナは目を伏せてうなずいた。「わたしも、似たような話をいっぱい聞いてる」

「それで、あの二人は何を知ってるって言ったのさ？」ワタルは促した。

「北の帝国は、南へ逃げた異種族の子孫を、こっそり誘拐して、北へ連れ戻しているというの」ミーナの声が、ちょっと震えた。「もう二十年以上も前から。あの子たちの親は、そうやって連れ戻されたヒトたちを収容する特殊施設で働いていたことがあるから、知ってるっていうの」

　ワタルはキ・キーマと顔を見合わせた。

「わたしの話を聞いたあの子たちは、わたしの両親も、きっと、同じように北へ連れ戻されたに違いないと言ったわ。だから焼け跡から亡骸《なきがら》が見つからなかったんだって。わたしも、探していた答がやっと見つかったと思った。父さんも母さんも、北の帝国にいるかもしれない、まだ生きているんだって」

　ミーナの目が輝いている。

「だけど、北の帝国政府は、どうしてそんなことをしてるんだろう？」

「わからない。あの子たちも、自分たちも詳しいことは知らない、でも、先に南に渡っている難民で、あの子たちの親の上司だったヒトに心あたりがあるから、そのヒトに会えばもっといろいろ教えてくれるはずだって言ったの。それでわたし——」

「むむ」と、キ・キーマが唸《うな》る。「そうするとミーナは、その言葉を信じて、あいつらの脱走を手伝ってやったのかい？　そして、あいつらの言葉に引きずられて、ずっと一緒に行動していたんだな？」

ミーナは答えず、顔が見えないくらい深く俯《うつむ》いてしまった。それが返事になっている。

「じゃあ、そのエアロガ・スペクタクルマシン団のヒトたちも、きっとミーナのこと心配してるはずだね」と、ワタルは言った。「内緒で出てきたんだろ？」

「うん。うち明けたら、絶対に止められると思ったから……」

「そりゃあ止めるよ。俺だって止める。あんなガキどもの言うことを真に受けるなんて、やっぱりミーナはお嬢さんなんだな」

キ・キーマはからかっているつもりなのだろうけれど、ミーナは本当に面目なさそうな顔をしている。

「でもね、少しばかりわかったこともあるのよ。あの子たちも、デタラメばっかり言ってたわけじゃない」

南に逃げた難民を強引に連れ戻すという、不可解な荒事に携わっているのは、〝シグドラ〟と呼ばれる特殊部隊であるという。

「そいつら、軍人なの？」

「帝国軍とは関係ないの。現皇帝アグリアスⅦ世と、帝国軍総帥のアジャ将軍は、幼馴染《なじ》みでもあるのだけれど、実はあんまり仲がよくないんですって。それは北の国民たちのあいだでも――もちろん大きな声では言えないけれど――よく知られたことなんですって」

北の帝国では、こちらのシュテンゲル騎士団やハイランダーにあたる治安維持組織も、帝国軍の下部機関であって、独立した権限がないのだそうだ。そこでアグリアスⅦ世は、いちいちアジャ将軍に相談せず、自分の好きなように動かせる特殊部隊を作りあげた。それが〝シグドラ〟である。

キ・キーマが、長いベロで頭のてっぺんを舐《な》めている。

「どうしたの？　ヘンな顔して」

「うん？　嫌な名前だと思ってさ。〝シグドラ〟なんてよ」

北の帝国は、幻界《ヴィジョン》を創りあげたのは老神であり、女神はその老神を騙《だま》した偽りの神であると説く「老神信仰」を国教に掲げている。

「シグドラは、女神さまに騙されたと知った老神が、怒って引き返してきたとき、従えていたという怪物《モンスター》の名前だ。毛むくじゃらの三つの頭と六本の脚を持ち、二股《ふたまた》に分かれたしっぽの先にそれぞれ蛇の頭がついてるっていう。もっとも、俺たち水人族の言い伝えのなかでは、混沌《こんとん》の深き淵《ふち》に棲《す》んで、迷い込んできた者の魂を喰《く》らう、ただの醜い獣でしかないんだけどな」

「三つの頭……脚が六本……」

「いつも恐ろしく飢えていて、何でも喰らうし、一度獲物を見つけると、どこまでもどこまでも追いかけて、けっして見逃すことがない。シグドラというのは、古いアンカ族の言葉で〝忌まわしき猟犬〟という意味なんだ」

　ミーナの両親は、そんなおぞましいものに喩《たと》えられる組織にさらわれた――

「ワタル、お願いがあるんだけど」ミーナが大きな瞳《ひとみ》をワタルに向けた。「あなたの旅に、わたしも一緒に連れていってくれない？」

　真剣に見つめられて、ワタルは顔が赤くなり、心臓が身体の内側でもじもじし始めた。

「え？　た、旅に？　一緒に？」

「どうぞお願い！　わたし、きっと役に立つから！　あなたについてゆけば、団のみんなと一緒に旅をするよりも、もっと速く、遠くまで行かれるでしょう？　だから――」

　ミーナはどんどん迫ってくる。ワタルはたじろいでじりじりと後ろに下がり、とうとう椅子から転げ落ちそうになった。

　キ・キーマが特大のニヤニヤ笑いを浮かべながら、ワタルの後ろ首を捕まえた。

「可愛《かわ》い子ちゃんに、こんなに一生懸命頼まれちゃ、捨ててはおかれないよな、ワタル？」

「う、うん」ワタルは顔の汗を拭《ふ》いた。「それにミーナは命の恩人だもんね」

「よかった！　ありがとう！」

飛びあがって喜ぶミーナに、しかしワタルは言った。「でもミーナ、僕らと行く前に、まずスペクトルマシン団の皆さんに、元気でいるって知らせなくちゃいけないよ」

「スペクタクルマシン団よ」ミーナはクスクス笑った。「でも、ワタルの言うとおりね」

「じゃあ、こうしたらどうだ？　俺たちみんなで、そのスペクトラルマシン団のところに行くのさ。ミーナは団のみんなに会えるし、ワタルはまた新しい情報を集めることができるって寸法だ。名案じゃないかい？」

# 13　マキーバの町で

ミーナの傷が完全によくなるのを待って、三人は交易の町ガサラを出発した。長旅と山道に強い脚力を持つダルババを、キ・キーマが特に選び、カッツが揃えてくれた少々の日用品を荷台に積み込んだ。もちろんキ・キーマが手綱を取ったが、道が平坦《へいたん》な場所では、ワタルもダルババの操縦法を習った。

荷台のミーナは、のんびりと景色を楽しみながら、時々、驚くほどきれいな声で歌った。現世《うつしよ》の家でワタルの父が聴いていたことのある中南米の〝フォルクローレ〟という音楽に似たその節回しは、時には哀切に、時には明るく、三人の道中を彩った。

ミーナもスペクタクルマシン団を離れて一年近くになるが、彼女の記憶では、団のみんなは、今ごろボグのどこかで興行をしているはずだという。そこでひとまず、ガサラからの直線距離で、ナハトとボグの国境線にいちばん近いところにあるマキーバという町を目指すことにした。マキーバは小さいが牧畜の盛んな町で、ガサラでワタルがたくさん食べた肉料理の材料の主な供給源だという。

「ボグは大きな国ではないし、スペクタクルマシン団の公演は、どこへ行っても大評判になるから、もしもみんなが今ボグのどこかにいるのなら、きっとマキーバあたりまで噂が届いていると思うの」

ミーナの予想どおり、レンガと丸太を組み合わせて造りあげられた素朴な家々が寄り集まってできたマキーバの町に着き、最初に立ち寄ったダルババ屋で、絢爛《けんらん》豪華で手に汗にぎるショウを見せるスペクタクルマシン団が、ほんの四日ほど前に、マキーバから北に山をひとつ越えたところにある湖の畔《ほとり》にテントを張り、このあたりに点在する小さな村々や、行商人たち、僻地《へきち》で孤独に観測を続けている星読み台の学生たち、関所で働く役人たちのために、格安の特別興行をうつと宣伝しながら、マキーバを通り抜けていったという話を聞くことができた。

「わあ、良かった！」ミーナは手を打って喜んだ。「こんな近くにいるなんて！」

「あんたはそのショウを観たのかい？」

キ・キーマの質問に、ダルババ屋のヒトたちは首を振った。

「誰も観ていないんだ。俺たちだけじゃない、マキーバの町の連中はひとり残らず、ショウ見物どころじゃなかったんだよ」

山火事があったのだという。ここのダルババ屋の主人は、町の西側から南西方面にかけて連なる、なだらかな山々を手で示した。

「あっちの方面だけ、山が禿《は》げちょろけになってるだろう？　ほかの山はそんなことはないのに。今は緑のきれいな時季だからな」

なるほど、そのとおりだ。小さな山の三つ分くらいが、ひどく場違いに寒々しい感じになっている。山肌が剝《む》き出しだ。

「そうか、あれはみんな火事で焼けてしまった跡なんですね」

ワタルの言葉に、主人は「いやいや」と手を振ると、興奮した口調で続けた。

「ただの山火事ならば、どんなにひどく焼けようと、山を覆う木々や下草がそっくり消えて失くなるわけはないだろ？　もっともっと凄《すご》いことが起こったのさ」

火が出たという町の南西方面の山々の麓《ふもと》一帯を除けば、マキーバを囲む景色は緑一色だ。広々とした草原が広がり、牧場がたくさんある。遠目に見ると、家畜囲いの木の柵《さく》が、まるでクロスワードパズルの枠のようだ。羊みたいな動物が、その内側にたくさんいる。牧畜業者の納屋やサイロが点々と散らばり、とんがり屋根のてっぺんが光る。

「ここで飼われてる動物は、ムンマっていうんだ」家畜囲いの内側に群れている白い毛皮の動物たちを指して、キ・キーマが教えてくれた。「肉は旨《うま》いし皮は丈夫で何にでも加工できる。そのうえ病気に強くて子沢山と、良いことずくめなんだぜ」

ダルババ屋の主人はうなずいた。「ムンマの群は、マキーバの町の飯の種だ。そのムンマの飯である牧草も、山の裾野《すその》にはたくさんはえている。この緑は、マキーバの牧畜業者たちにとって、金では買えない宝なんだ」

三日前の真夜中、その山の頂上付近で火が出た。折悪しく強い南風が斜面を吹きおろしており、火はどんどん燃え広がって、消防隊が火事場に近づくことさえ難しい。中腹から麓のあたりで、類焼を防ぐために木々を倒すぐらいが精一杯だ。町のヒトびとは、煙と火の匂いに怯《おび》えて騒ぐムンマたちを、できるだけ火事場から遠い場所へ移すために、総出で大骨を折った。

しかし、火の足は速く、火勢はますます強くなるばかりだった。

「明け方ごろには、このままじゃ、南西方面の山が丸焼けになるだけじゃ終わらずに、東側の山へも火が燃え広がるだろうって、俺たちみんな真っ青になった。そうなったら、マキーバの町も危ない。下手すりゃ全滅だよ。年寄りと子供たちを町の北へ逃がして、残ったヒト手をかき集めて消火にあたったんだが、怪我人が増えるばっかりで、どうにもならないんだ。火の勢いを弱めることさえままならない。麓まで、まるでファイアドラゴンの息みたいな風が吹きおろしてきて、そのうちに、立ってることさえ難しくなってきちまった」

そのとき——マキーバの町にひとつしかない宿屋に泊まっていた一人の魔導士が名乗り出て、自分に任せてくれれば、この山火事を消し止めてみせようと言ったのだという。

「ただ自分のやり方だと、燃えている山々の麓では、火を消した後も何年かは牧草がはえなくなるだろう、それでもいいかって、さ」

ダルババ屋の主人は指で鼻の下をごしごしこすった。そういえば彼のシャツの下に、包帯の端っこがちらりと見えている。腕にも火傷《やけど》みたいな傷がある。

「そのまま放っておけば、南西部の牧草地はみんな熱風にあぶられて、どっちみち使い物にならなくなっちまうんだ。そうなったら、何年経っても元どおりにはならないかもしれない。だったら、その魔導士の提案に乗ってみたって悪くない。そうだろ？」

主人はワタルたちの顔を見回して、ニヤリと笑った。

「ところがさ、俺たち――というか、町長を始めとする町の顔役たちは、すぐには決断できなかったんだ。どうしてかって言ったら、その魔導士が子供だったからなんだ」

ダルババ屋の主人は、太い指をワタルの方に振ってみせた。

「ちょうどあんちゃんぐらいのアンカ族の子供だったんだよ。よくまあ今まで避難させられずに、宿に残っていたもんだって、みんな最初はそっちの方に驚いたくらいさ」

ワタルは目を見開いた。思わず一歩進み出た。「その魔導士、黒いローブを着ていませんでしたか？　腰に革バンドを巻いて、てっぺんのところにキラキラ光る石のついた黒い杖《つえ》を持っていたでしょう？」

今度は主人の方が驚く番だった。「あんちゃん、よく知ってるな。あのチビッこい魔導士の知り合いなのか？」

キ・キーマが無言のまま背後からワタルの肩を強くつかんで、話に割り込んだ。

「それでオヤジさん、結局どうしたんだい？　その魔導士に任せたのかい？」

「あ？　ああ、そうだ」ダルババ屋の主人はうなずいた。「そのころには、町なかにいても、髪や服が今にも燃えあがるんじゃないかと思うくらい、熱くなっていたからな。でも、誰かが声に出して〝頼む〟と言ったわけじゃないんだ。みんながおろおろして返事に困っていると、そのチビッこい魔導士が——」

——やれやれ、世話の焼けるヒトたちだ。

そう言いながら、燃えさかる山の方へと、勝手に歩いて行ってしまったのだそうだ。

ワタルは嬉《うれ》しくなった。やっぱりミツルだ。いかにもあいつが言いそうな台詞《せりふ》じゃないか。

「それでどうなったの？」ミーナが身を乗り出した。

「そりゃもう、凄い魔法だったぜ」主人は鼻の頭に汗を浮かべた。「思い出しても目が回るような気がするよ。杖を右手に、左手でこう、空に文字を書いてよ。意味のわからない言葉を大声で、謳《うた》うみたいに節をつけて唱えてな」

まず現れ出でたのは、竜巻だった。それは山火事で燃えさかる南西の山の上空に突如として出現すると、山全体を包み込んだ。

「燃えている山々が、麓まですっぽりと竜巻の内側に封じられちまったんだ。そのとたんに、俺たちの周りの空気が、さっと冷えた。全然熱くなくなったんだ。熱風も止まった」

魔導士が杖をひと振りすると、その尖端《せんたん》の石が蒼《あお》く輝いた。まともに見ていられないほどの眩《まぶ》しい光に、思わずヒトびとが目を覆ったとき、虚空を切り裂いて、一頭の蒼い竜が現れた。

「俺は見た。確かに見たんだ。あれは、伝説に出てくる海竜さまだった。間違いない」ダルババ屋の主人は拳《こぶし》を固めて熱っぽく訴えた。「あの魔導士の杖にくっついた石には、海竜さまの力が宿っていたんだろう」

蒼い竜は長い身体をくねらせて、燃えさかる炎を封じた竜巻の周りを、ぐるぐると回った。すると竜巻のなかに、清らかな水が満ち始めた。竜巻の旋風《つむじかぜ》に、水が細かな飛沫《しぶき》になって飛び散り、それが雨と変じてマキーバの町に降り注いだ。

「そのうちに竜巻が動き出したんだ」

山を離れ、宙を漂い、海の方へと。どれほどの業火も鎮めて消し止めてしまう、大海原のある方へと。

「俺たちみんな、バカみたいにぼうっと突っ立っていてさ。命びろいしたんだって気がついたときには、もう夜が明けていた。チビッこい魔導士も姿を消していた。そして、あの丸ハゲになった山が残っていたんだ」

町のヒトたちはみんな、まだ興奮が冷めやらず、寄ると触るとこの話で持ちきりだという。だから、もっといろいろ知りたかったら、あっちこっちで訊《き》いてみるといいよと、主人は言った。

実際には、こちらから水を向けるまでもなかった。マキーバの町のヒトたちは、みんな夢中になってこの事件について語っていたし、町の外から来た者と見れば、誰彼かまわずとっ捕まえてこの話を聞かせていた。宿屋に落ち着くころには、ワタルたち三人とも、事件の一部始終に詳しくなっていた。

ワタルはすっかり興奮してしまい、嬉しくてたまらなくなって、話を聞いているあいだに、何度か口を滑らせそうになった。そのチビッこい魔導士は、現世《うつしよ》からの旅人で、僕の友達です、と。でも、そのたびにキ・キーマが無言でたしなめる。そして宿の部屋でこう言った。

「ガサラの町じゃ、行きがかり上しょうがなかったけれど、これから先は、ワタルが〝旅人〟だってことは、できるだけヒトに知られない方がいいと、俺は思うんだ。派手に知られれば、危険なことだってあるかもしれないからな」

ワタルはそれで、ちょっと気を引き締め直した。そしてラウ導師の言葉を思い出した。ミツルを捜すことはできない――

「おかしいな。導師さまは、僕とミツルが旅する幻界《ヴィジョン》は、まったく違うものだって言ってたんだ。幻界は、そこを旅する者によって姿を変えるんだって」

ミーナがほっそりとした首をかしげた。「もしかしたら、ワタルとそのお友達――ミツル？　二人はまだチビッこいから、協力しあって旅ができるのかもしれないわね？」

「そうかなぁ。だったら、ラウ導師さまが最初にそう教えてくれるんじゃないかな」

「教えられたのでは、嬉しさも半分くらいしかないじゃない。自分たちで気がつく方が、ずっとステキよ。だから導師さまは、わざと逆のことをおっしゃったのかも」

ミーナの言葉に、心が動いた。「でも、ミツルが一緒だったら、僕なんかすごい楽して運命の塔にたどり着けちゃうな。あいつの魔法、ホントに凄いもの」

ミーナは笑った。「ワタルには、ワタルのできることがあるのよ。だってわたしを脅してた二人組を捕まえるときだって、魔法を使ったわけじゃないじゃない」

宿でも、山火事と小さな大魔導士のことは、火事以上に、〝ホット〟な話題で、用もないのに宿泊客にこの話をするためだけに来ている町のヒトもいた。飛び交う会話のなかから、ワタルは、チビッこい魔導士が、まだ火事が起こる以前に、ボグの北西部にあるリリスという町への道順を尋ねていたという話をキャッチした。

「リリスって、遠いんですか？」

「真っ直ぐ行こうと思うとタイヘンだね。あいだにグランデラ川という大河があって、そこはあまりの激流で橋がかけられないし、流れの状態が良いときでないと船も出せないから、運が悪いと長いこと待つ羽目になるのさ。確実を期すなら、いったん南側に山を越えて、南西部からぐるっと回り込んでいった方がいい。街道も通じてるからね」

　いっぺん南に山越えするならば、エアロガ・スペクタクルマシン団が興行しているあたりは通り道になる。ちょうどいい。ワタルは、導師さまにはああ言われたけれど、やっぱりミツルの後を追ってみたいと、キ・キーマに相談した。

　キ・キーマはにこりとした。「それなら、そうしてみようよ。せっかく消息がわかったんだし、俺もその、ワタルの友達がどんな〝旅人〟なのか、ちょっぴり興味があるなぁ」

　相客たちと、そも山火事の原因は何だったのだろうと話しているうちに、先に山越えして行ったスペクタクルマシン団のキャンプの火の不始末ではないかと憶測するヒトがいて、ミーナは怒ってしまった。

「ブブホ団長は、そういうことにはものすごく気をつけてるのよ。絶対にありっこないんだから！」

カンカンになったミーナを宥《なだ》めるのに、ワタルもキ・キーマもタイヘンな思いをしたのだった。

# 14　スペクタクルマシン団

緑の森の向こうから、賑《にぎ》やかな音楽が聞こえてくる。風に揺れる木立も、リズミカルな太鼓の響きにあわせて楽しげに身体を揺すっているように見える。

俺たちゃ　つむじ風と友達さ
俺たちゃ　つむじ風と踊るのさ
天《あま》が下に　これっきり
ひとつしかない
エアロガ・スペクタクルマシン団
さあ御覧　お目々がさめるよ
さあ御覧　じいちゃんばあちゃん若返る
さあ御覧　子供たちも大好きさ
エアロガ・スペクタクルマシン団

## 大興行の　始まりだ

「まあ」ミーナの顔がほころんだ。「パックたちが歌ってる」

　森は深く、木々の背は見あげるほどに高い。ミーナのはずむような足どりを追いかけてしばらく進むと、あるところでパッと視界が開け、ワタルは歓声をあげた。

　青い空を映す湖の上に、大がかりな浮きステージが組みあげられている。骨組みのところどころに色鮮やかなものがひっかかっていて、よく見ると、それらはみんな身軽そうな大人や子供たちだ。彼らはみんな色とりどりの衣装を身につけて、高い足場や柱のてっぺんで、ぶらさがったり片足立ちをしたりしながら、とても器用に素早く、せっせと組立作業に励んでいるのだった。そのあいだじゅう、見事なハーモニーで歌っている。すでにそれだけで、面白いショウを観ているようだった。

「ワタル、見て。あれがわたしの乗っていたブランコなの！」

　ミーナの指さす先に、細い針金を組み合わせて造られた、尖《とが》った三日月みたいな形のブランコがあった。ステージのなかでも、ひときわ高いところにぶらさがっている。

「いやぁ、こりゃあスゴイ眺めだ！」

　キ・キーマの唸《うな》るような大声が、湖面を吹き抜ける風に乗って届いたのだろうか。ミーナのブランコのそばで作業をしていた真っ赤な衣装の小さなヒトが、ワタルたちの方に頭を振り向けた。そして叫んだ。

「あ、ミーナだ！」

ミーナも手を振り返す。「パック！」

「おーい、ミーナが帰ってきたぜ！」

赤い衣装の小さなヒトは、よく通る少年の声でそう叫びながら、するすると足場を伝って降りてきた。作業をしていたほかのヒトたちも手を止めて、みんながミーナとワタルたちの方を見ている。歌がやんで、かわりに、ミーナ！　ミーナお帰り、どこへ行ってたんだよ、心配したよ！　と、口々に呼んだり叫んだり尋ねたりする声が、入り乱れて飛んでくる。ミーナが湖畔に向けて駆け出した。ワタルたちもそれに続き、三人は温かな歓迎の嵐に包み込まれた。

「勝手に飛び出したりして、本当に本当にごめんなさい」

ミーナはうっすらと目に涙を浮かべながら頭をさげた。団扇《うちわ》みたいな大きな手が、その頭をくりくりと撫《な》でる。

「書き置きは読んだが、事情はわからないし、みんな心配していたんだ。無事でよかった」

エアロガ・エレオノラ・スペクタクルマシン団の団長ブブホは、キ・キーマよりもさらにひとまわりサイズが上の大男だった。彼の顔は、ワタルの目には現世のブタさんによく似て見えたけれど、威厳に満ちたその顔が笑うと、笑いかけられた側は、何とも言えない安心感に包まれる。歳は、現世の人間で言うならば、だいたい五十歳くらいの感じだ。でも、鍛えあげられた身体には、たるんでいるところなど一センチだって見あたらない。

団長のそばには、ミーナにパックと呼びかけられた少年が、ちょこんと座っていた。ワタルたちよりもまだ幼くて、せいぜい小学校の一年生ぐらいの歳じゃないか。燃えるように真っ赤な髪に、顔じゅうはソバカスだらけ。アンカ族の子かと思ったら、よく見ると長い灰色のしっぽがついている。機敏そうな瞳《ひとみ》を輝かせ、ミーナと団長の顔を見比べているあいだじゅう、そのしっぽの先もひょいひょいと動いていた。

「ミーナがいないあいだに、オレ、一人でいろんな技のケイコをしてたんだよ。寂しかったけど、我慢してケイコしてたんだよ」

団長とミーナの再会の喜びが一段落したと見るや、パックが割り込んできた。

「三回転ひねりだってできたんだ！　一度だけだけど、確かにできたんだ。でも、団長がオレにはまだ早いって」

口を尖らせるパックの頭を、今度はミーナがくりくりしてやった。「でもパック、すごく歌が上手《うま》くなったのね。遠くからでも、すぐにあんたの声だってわかったわ。

パックは軽業師だけじゃなくて、歌手にもなれるかもしれないね」

「そうかい？」パックは飛びあがった。「そんならオレ、ステージでも歌う！」

スペクタクルマシン団の団員たちは、湖畔に大小のテントを張っていた。一同はブブホ団長のテントにいて、丸くなって座っていたのだが、パックはみんなのあいだをぴょんぴょんと跳ね回り、ブブホ団長に用を言いつけられて、しぶしぶ外に出ていった。

「やれやれ、やっとこれで静かに話せる」団長は言って、ワタルとキ・キーマの顔を見た。

「ミーナがお世話になったそうで、かたじけない。ありがとうございました」

ワタルは首を振り、助けられたのは僕の方ですと前置きして、これまでのいきさつを話した。話が終わると、ブブホ団長は、もう一度優しくミーナの頭を撫でた。

「そうだったのか……おまえが両親のことで、そこまで思い詰めていたとは」

「そうじゃないんです、団長。わたしには、あの男の子たちの話を疑ってみるだけの知恵がなかったの」

「それでおまえは、これから先も、この〝旅人〟の方に同行したいというんだね？」

ミーナは座り直した。「はい」

ブブホ団長は小さな目を凝らすようにして、じっとワタルの瞳をのぞきこんだ。

「旅の人よ、あなたはミーナがあなたについてゆくことを許してくださるかね？」

「もちろんです」ワタルは強くうなずいた。

「それならば、何の問題もない」ブブホ団長は大きな笑みを浮かべた。「しかし、せっかくだから今夜はここに泊まって、我らのショウのリハーサルを観ておいでなさい。本興行は明日からだが、今夜のリハーサルは、本番そのままに通して演じます。あなたたちがお客さまだ」

「わあ、ステキ。ワタルもキ・キーマも、ぜひそうしてよ」ミーナは、さっきのパックも顔負けというくらいに跳ね回って喜んだ。「団長、わたしもちょっぴりステージのお手伝いをしてもいいですか？」

「ミーナの軽業なら、あの洞窟《どうくつ》でも見せてもらったけど」と、ワタルは笑った。「もしもまだお稽古《けいこ》に間にあうなら、ステージも観てみたいなぁ」

「うん、オレも」キ・キーマもうなずく。

「それじゃ、ブランコ乗りの連中と打ち合わせをしておいで」

ブブホ団長はミーナを送り出しておいて、ワタルとキ・キーマを空いたテントに案内してくれた。ワタルたちがそこに落ち着くと、やがて一人の老婆が、香り高いお茶を持って、テントのなかに入ってきた。

「おお、ババか。これは気が利くな」

ブブホ団長は喜んで老婆を招き入れ、ワタルたちにお茶を勧めた。

「身体の疲れをとるお茶です。さあどうぞ」

ババと呼ばれる老婆はとても小さくて、柔らかな紙をくちゃくちゃに丸めたみたいに、顔じゅうがしわだらけだった。アンカ族の顔だったが、少しばかりカエルにも似ていた。

「このババは、旅の人のお顔を見に参りましたのじゃ」

老婆は言って、ワタルが照れくさくなるくらい、しげしげと見つめた。それから、出し抜けに訊《き》いた。「ラウ導師さまはお元気かね？」

「え？　はい。おばあさんは、導師さまをご存じなのですか？」

「この八百年ほど存じていますじゃ。あの方は、昔は雷の魔法が下手くそじゃったけれど、今もそうですかな？」

ワタルは笑った。「それはわかりません」

ババはひょうひょうと続けた。「あなたさまは、女神さまに会いにおいでになった。それでも、もしも会えなんだときには、どうなさるおつもりじゃ？」

「それは——」ワタルはキ・キーマの顔を見た。彼も困っている。

「きっとお会いするつもりなので、会えなかったときのことは考えていません」

それが正直な答だった。ババはあっさり「ふうん」と言った。

「そんならば、ババにはもう、あなたにお尋ねすることはないですじゃ」

さっさとテントをめくって出ていってしまった。ワタルが目をぱちくりさせていると、ブブホ団長が苦笑した。

「すみませんな。なにしろ年寄りなので」

ブブホ団長は丁重に言って、あらためてワタルに向き直った。

「〝旅人〟の道は、それでなくても厳しいものと聞いております。ミーナはあのとおり、数奇な運命を背負う子供です。あれを連れていけば、さらにその厳しさを増すような出来事がついてくるかもしれません。あの子から、〝シグドラ〟のことはお聞き及びでしょう？」

「はい、聞きました」

「それでもよろしいのか？」

「僕は大丈夫です」ワタルはきっぱりとうなずいた。「僕と一緒に旅することで、ミーナが両親に巡り合えるかどうかはわからないけれど、少なくとも助け合って進むことができますから」

「それならば、私にも、もう申しあげることはない」ブブホ団長は優しく笑った。

「リハーサルが始まるまで、どうぞくつろいでお過ごしください。団のメンバーたちも、お二人に会いたがっておりますし、自由に見学をなすってください」

お言葉に甘えて、ワタルとキ・キーマはあちらこちらを見学し、団員たちとおしゃべりをした。団員は総勢五十人であること、団のミドルネームの「エレオノラ」は、ブブホ団長の亡くなった奥さんの名前であること、この湖畔での興行が予定より遅れているのは、やはりあの山火事のせいであること。

「すごい熱風がこっち側にも吹きおろしてきて、湖が波立って、セットを組むどころか、舟を漕《こ》ぎ出すこともできなかったんだ」

キ・キーマが、水人族の団員と意気投合してしまい、彼の持ち芸である、槍《やり》を使ったダイナミックな演舞を習うことになった。彼らが大騒ぎをしながら槍にみたてた木刀を振り回して踊っているあいだに、ワタルはさらに団員たちのあいだを回り、湖畔や山の森のなかのどこかで、黒衣のチビッこい魔導士を見かけなかったかと尋ねた。誰も見かけてないという。そんなすごい魔導士なら会いたかったと、みんなしきりと残念がった。

陽が暮れて星が輝き始めると、いよいよリハーサルが始まった。前口上があって、ステージがライトアップされ、音楽が始まり、森で耳にしたあの歌を歌いながら踊り子たちが登場すると、ワタルはもう魅せられたようになってしまい、たった二人のために催される贅沢《ぜいたく》なショウを、心の底から楽しんだ。

稽古不足のはずのミーナは、しかし、立派にショウの看板娘の役割を果たしていた。

華やかな衣装を纏《まと》って、目が回りそうなほどの高処《たかみ》にあるブランコからブランコへ、軽やかに飛び移り、空《くう》で身をひねり、一瞬観るものをヒヤリとさせてから、鮮やかに見得《みえ》を切る。パックと組んで、宙返りしながらブランコからブランコへと飛び移ってゆく芸のときには、ワタルは本当に手に汗を握り、二人がスポットライトのなかに並んで着地をしたときには、手が痛くなるくらいに拍手した。

ショウのフィナーレに、花を撒《ま》きながら歌うミーナの上気した顔を見て、ふと思った。ミーナは旅なんかせずに、ずっとここにいた方が幸せなはずなのに。

それでも探さずにはいられない、突きとめずにはいられない過去の謎が、彼女を動かすのだ。僕がミーナの立場だったらどうだろうと、ワタルは考えた。

ショウがはねて、興奮もおさまらないままテントで横になるときまで、その自問自答は続いていた。それでもやがて安らかな眠りが訪れて、星に見守られ、ワタルは眠った。

そのころ、ブブホ団長のテントのそばに、ババがひとりでぽつりと立っていた。見回りを終えて自分のテントに戻ってきた団長は、ババの姿を認めて声をかけた。

「ババ、どうしたね？」

ババは、それでなくても丸まった小さな背中を、さらに縮めるようにして、上目づかいに、じっと夜空を仰いでいた。そしてすっと腕をあげると、空の一点を指さして尋ねた。

「団長、あれが見えなさるか」

ブブㇹ団長も夜空を仰いだ。漆黒の滑らかな織物の上に、宝玉の欠片《かけら》を撒きちらしたような美しい眺めだ。

「どの星だね、ババ」

するとババは、まだ仰向《あおむ》いたまま言った。「そうか、団長にはまだ見えぬかね」

団長はババに並んで立った。

「じゃが、あれは確かに北の凶星《まがぼし》じゃ」ババはきっぱり言った。「ババには見ゆる。目の迷いではないですじゃ」

ババはほんの少し、悲しそうだった。

「あの〝旅人〟は、半身《はんしん》じゃ。凶星が現れて、それを報《しら》せておりますじゃ」

「そうか」と、ブブㇹ団長は応じた。「ミーナが辛《つら》いことにならんといいが」

ババは黙って、答えなかった。ただ、しんとしたまなざしで、北の夜空を仰ぐばかりで。

# 15　キャンプ

リリスへ向かう道では、山道を通ったり森を抜けるだけではなく、峠を越えたり、渓流沿いに岩場を歩いたりするところもあった。変化に富んだ〝幻界《ヴィジョン》〟の自然は、美しく、厳しく、少しばかり意地悪だと、ワタルは思った。現世《うつしよ》の自然と同じように。

長い道中で、小さな村など宿屋がないときもあり、そんなときワタルたちはキャンプを張った。テントの設営、火の熾《おこ》しかた、川や沼で小魚を釣ること、山や森から食べられる木の実やキノコを採ってくること。それらすべてを、ワタルはキ・キーマから教わった。ミーナも一緒に習うことが多かったけれど、キャンプの焚《た》き火でつくる料理などは、最初からキ・キーマよりもミーナの方が上手だった。

キ・キーマは、南大陸中をあちらへこちらへと移動し、物資を運ぶダルババ屋が本業だから、さまざまな土地を歩き、多くの町や村を知っている。だが、その彼も、まだリリスは訪れたことがないそうだ。

「リリスには独自に発達した運送ギルドがあるから、ダルババ屋とはつながりが薄いんだ。工芸の材料になる宝石の原石を運び入れるにも、できあがった細工物を運び出すにも、専用の荷車や梱包《こんぽう》用の箱や布が要るし、手順も違うからな。近くを通り過ぎることがあっても、なかなか忙《せわ》しなくて、ゆっくり訪ねる暇がなかったんだ」

楽しみだなぁと、嬉《うれ》しそうに言う。

そう、リリスは工芸品の町なのである。金属や石、木や革などを材料として、そこで生産されているものは、身を飾るアクセサリーから食器、建物の装飾に使われる部品の類《たぐい》まで、多種多様だ。上品な美しさと、凝りに凝ったデザインを形にする確かな技術。魔法ではなく、すべてヒトの手になるものだ。

リリスの工芸品の良質であることは、風船《かざぶね》商人たちを通して北大陸にも知れ渡っており、彼《か》の地では、特に首飾りや指輪のような女性の装身具の場合は、こちらの十倍ぐらいの値段で取引されているという。ここ数年、北大陸のお金持ちがこぞってほしがっているのは、トニ・ファンロンという若い職人がデザインした〝ヘブン〟というシリーズのアクセサリーだという。

「あっちじゃ、ちょっとしたブームになっているらしいんだ。俺も知り合いの風船商人に、リリスの近くへ行く機会があったら、ファンロンの工房をのぞいてきてくれって頼まれてる。なにしろ独りでやってる手仕事だから、一年に、せいぜい十個ぐらいしか作れないらしいんだな。よっぽど運が良くなけりゃ、手に入らないんだ」

「予約しておくとか、できないの？」

荷台で揺られながら、ミーナが尋ねた。やっぱり女の子だ、アクセサリーの話となると、興味津々の様子である。

「予約はできない。このファンロンって職人は、けっこう気難しいヤツらしくてさ」

直接会って話をして、気に入ったお客にしか、作品を売らないのだという。

「どれだけ多くの金を積んでも、この客は嫌だと思ったら、まるっきり無視しちまうんだって。そのかわり、お客と気があった場合には、かかった材料費と同じくらいの値段で売っちまうんだそうだよ。無料《ただ》でやっちまうことだって、あるらしい」

「変わったヒトね」

二人のやりとりを聞きながら、ワタルは考えていた。リリスがそうした美しい工芸品を作る町ならば、素材としていろいろな金属や宝石を使っていることだろう。ワタルが見つけださねばならない二番目の宝玉か、あるいはそれに関する情報を、ひょっとしたらつかめるかもしれない。ミツルが一足先にリリスへ向かっているらしいという事実も、この推測にとってプラスの材料になる。

ミツルもやはり、ラウ導師から宝玉を探せと言われたのだろうか。でもあいつが持っている黒い杖《つえ》には、すでに、マキーバの山火事を消し止めるほどの力を秘めた大きな宝玉がくっついている――

リリスの町まであと一日ぐらいの距離まで近づいたところで、ワタルたちはちょっとしたアクシデントに見舞われた。街道で、ダルババ二頭だての大きな荷車が横転事故を起こし、積み荷の岩塩を、大量にばらまいてしまったのだ。まず岩塩の塊を手作業で取り除き、それから横転した荷車を起こして動かせるようになるまで、どのくらいかかるか見当もつかない、という。そのあいだ、道はずっと通行止めである。

この街道の先にはササヤ国とボグ国の国境があり、関所が設けられている。南大陸の連合政府は、各国の独立性を重んじてはいるものの、政情が安定していることもあり、四つの国を行き来する際に、さほど複雑な手続きを踏まないで済むように、制度をつくった。だからこそ、キ・キーマたちが南大陸じゅうを股《また》にかけることができるわけである。関所では一応、通過するヒトの人数と、積み荷の種類が鑑札と一致するかどうかを確認するだけだという。

どのみち通れないのだから、ブラブラ時間をつぶしているよりも、街道の復旧作業を手伝った方がいいと、みんなで大汗をかいて岩塩を運んでいるところへ、関所の役人が二人飛んできて、街道脇の茶屋へ机を据え、作業の合間にここで関所の通過手続きを受け付けると発表した。そうしておけば、街道が通れるようになったとたんに、ここで渋滞させられていたヒトびとが関所に殺到して、また別の混乱を引き起こすという事態も避けることができるし、お互いに時間の節約になるだろうというわけだ。

たいそうものわかりの良い提案で、ワタルはビックリした。

「現世のお役人は、絶対にこんな親切なことをしてくれないもの」

二人の関所役人は、文字どおり本当に〝飛んで〟山を越えてきた。二人ともカルラ族なのである。小さな机を隔てて彼らと向き合ったとき、ワタルは、まだ幻界のことをよく知らなかったころ、偶然迷い込んでしまって、危うくねじオオカミの餌食《えじき》になりかけた時のことを、鮮やかに思い出した。

「キミ、キミ、私の顔に何かついておるのかね？」

鼻眼鏡をかけたカルラ族の関所役人が、ワタルに尋ねた。どうやらワタルは、不躾《ぶしつけ》なくらいじいっと相手の顔を見つめていたらしい。

「あ、スミマセン。以前に、あなたと同じ種族のヒトに、困っているところを助けてもらったのを思い出していたんです」

「ほう！　それはそれは」

「ほう！　なんとなんと」

二人の関所役人は、翼をバタバタさせて喜んだ。

「公共への奉仕は、我らが常に心して目指すところだ。して、それはどんな困ったことだったのかね？」

「ああ、いいえ、あの、ねじオオカミに襲われて……」

「おお！」役人たちは感動の声をあげた。

「ねじオオカミ！」

「久しく食していないな！」

「あの味が懐かしい！」

「我らもたまには郷《さと》へ帰るか！」

「いやいやしかし、民のために働くが我らの務め！」

「なれば、せめて干しねじオオカミ肉を取り寄せようではないか！」

手続きを終えて机の前を離れると、キ・キーマが胸のあたりを押さえて「げっ」と呻《うめ》いた。

「カルラ族は、ねじオオカミの肉の臭いところが大好きなんだという噂は聞いたことがあるが、本当だったんだな」

「カルラ族の鳥人たちの郷は、ねじオオカミの砂漠のそばにあるんだね？」

「渓谷の上の崖《がけ》沿いの、いちばん切り立った土地にあるそうだよ。ただ、あいつらみたいに郷を出て、役人になるカルラ族も多いんだ。鳥人は頭がいいからな」

「ねえ、キ・キーマ」と、ワタルは尋ねた。「今ちょっと思いついちゃったから訊《き》くんだけど、怒らないでね」

「何だい？」

「カルラ族とかの鳥人たちが、もしもキ・キーマたちと同じ運送業を始めたら、手強《てごわ》い商売敵になると思ったことない？」

キ・キーマは顎《あご》をのけぞらせて大笑いをした。「その心配はない。まるっきりない。だってあいつらは力がないからさ。俺らみたいに重い荷物を運ぶことなんて、絶対無理だ」

翼があるだけでは駄目だということか。

「ヒトにはそれぞれ取り柄があって、持ち場があるってことだな」得意そうに、キ・キーマは言った。「そうだな、もしも俺たちが商売あがったりになって困るとしたら――」

顎に手をあて、ちょっともったいぶった様子で考え込んだ。

「ダルババよりも足が速くて、ダルババみたいに世話をしてやる必要がなくて、一度行き先を教えてやったら、乗り手がいなくても勝手にそこへ行くことができるほど頭のいい生きものが現れたときだろうな」

そう言って、ニッと笑った。

「でも大丈夫だ。お優しい女神さまは、俺たち水人族が日干しにならずに済むように計らってくださってる。だから、そんな便利な生きものはお創りにならなかったし、これからもそうだろうよ」

そうだねと、うなずいてから、ふとあることが頭をかすめたのだけれど、ワタルは、それは口に出さずにしまっておいた。

――でもね、キ・キーマ。現世《うつしょ》には、今あなたが言ったのとよく似た働きをするものがいるよ。それは生きものじゃなくて、〝機械〟というものだけれど。

いや、より正確には機械だけではなくて、〝動力〟というものとペアで考えなければいけない。いずれにしろ、それらは確かに現世には存在している。

――もし、機械というものが、この幻界《ヴィジョン》で発明されたら？　あるいは現世から持ち込まれたら？

想像してみると、なぜかあんまり良い気分にならなかったので、ワタルは黙って岩塩運びの作業に戻った。

夕暮れどきになると、街道の茶屋の周りには、ちょっとしたキャンプ村が出現した。ワタルたちもテントを張って、お隣さんと日用品を貸し借りしたり、一緒に火を熾《おこ》して食事をつくったりしてにぎやかに過ごした。

陽が暮れて夜の帳《とばり》が降り、そろそろテントのなかで横になろうかというころになって、このにわかづくりのキャンプ村に、街道のマキーバ側の方から山道を抜けて、松《たい》明《まつ》の灯《あか》りがいくつか、チラチラと近づいてきた。

「あれは――」あくびをしていたミーナが、向こうをすかすように見て、目を見開いた。「シュテンゲル騎士団だわ」

　キャンプ村のヒトびとは、一様に彼女に倣って、夜のなかで首をのばし、背のびをして、近づいてくる灯りを見つめた。やがて、松明の灯りだけでなく、それを受けて銀色の甲冑《かっちゅう》の肩や頬あての部分が光っているのも見えてきた。

「へえ、こんなところに何の用があるんかね」ワタルの隣で行商人が呟《つぶや》いた。「しかも、隊長さまじきじきのおでましと来たもんだ」

「なんと！　ロンメル隊長がおいでだと？」関所役人が茶屋から出てきて、また翼をバサバサさせた。「それではご挨拶《あいさつ》をせねば！」

「挨拶なら、茶屋の主人を呼んできた方がいいんじゃないの」一人の行商人が、悠長に懐手をして言った。「あんたら、夜はトリ目で目が見えにくいんだからさ」

「なるほど！　そのとおりだった！」

　騎士たちは五人いた。一人を先頭に、そのあとに四人が続いている。兜《かぶと》のせいで顔は判別できないけれど、彼らの乗っているダルババの額に、五弁の花びらを模した紋章が描かれた布が垂らしてある。ガサラにいるときに、トローンが教えてくれた。あれは確かにシュテンゲル騎士団の印だ。

　茶屋の主人が転がるように走って出てきて、キャンプ村からはまだだいぶ距離のあるところで、騎士たちを出迎えた。ちょっと言葉を交わしただけで、先頭の騎士と、そのすぐ後ろの左側についていた騎士がダルババから降りて、主人と一緒にこちらに近づいてきた。

「あの先頭のヒトが、ロンメル隊長？」

　ワタルは行商人に尋ねた。

「ああ、そうだよ」

「顔が見えないのに、なんでわかるの？」

「兜の形が違うからさ。よく見てごらんよ、ドラゴンの頭の形に似た兜だろ？　あれがロンメル家代々の武人の兜なんだよ」

「小父《おじ》さん、詳しいんですね」

　行商人は鼻の穴をふくらませた。「俺は、今でこそしがない行商人だけども、昔は星読みを目指して勉強していたんだ。ササヤに留学したことだってあるんだぜ。星読みにとっちゃ、歴史も大切な学問の科目だからな」

　キャンプ村の焚《た》き火の明かりが届く距離まで近づいてくる以前に、二人の騎士たちは兜を脱いだ。二人ともたいそう背が高く、小柄な茶屋の主人よりも頭ふたつ分くらい抜きんでていた。

「我々は、シュテンゲル騎士団第一遊撃隊の者だ」

先頭の騎士が、朗々とよく通る声で名乗りをあげた。

「私は隊長のロンメル、こちらは副長のヴァイス。今夕、グランデラ川渡航事務所に滞在中、ここでダルババ車の横転事故が起こり、街道が通行止めになっているという報告を受け、被害の状況を調査するべくここまで参った。皆さん、復旧作業などのために疲れているところだと思うが、少々の時間を割いて、我らの聞き取り調査にご協力を願いたい。すぐに調査のためのテントを設営するが、怪我人がいるならば、今この場で申し出ていただきたい」

高圧的なもの言いではなく、丁寧な言い回しなのが、ワタルには意外だった。

驚いているのはワタルだけではなく、例の行商人ひとりを除けば、みんながドギマギしていた。シュテンゲル騎士団と接触するなんて、一般のヒトたちにとってはめったにないことなのだ。

それでも一同は、騎士たちの指示に従い、快く彼らに協力した。調査にとりかかると、騎士たちは兜だけではなく鎧《よろい》も脱いで、ぐっと動きやすく楽そうな感じになったけれど、物腰と口調は折り目正しいままだ。

ワタルたちのテントは、騎士団が設営した調査用のテントのすぐそばにあったのだが、どういうわけか、なかなか呼ばれなかった。先に調査を済ませたヒトたちは、たいしたことを訊かれたわけじゃないと言いながら、それでも少しばかり安堵《あんど》した顔で、自分たちのテントに戻ってゆく。

「たかがダルババ車の横転事故ぐらいで、わざわざロンメル隊長が来るなんて、な」

キ・キーマはさかんに不思議がりながらも、心の半分ぐらいは、騎士たちが乗ってきたダルババの方に飛んでいるようだった。さすがにいい毛並みだ、どのくらい走るのだろう、岩場にも強いのか、蹄《ひづめ》を調べてみたいもんだなどと、ヨダレを垂らしそうな顔をする。

待たされているあいだに夜も更けて、ミーナがワタルにもたれたまま、こっくりこっくりと船を漕《こ》ぎだした。それが本当に気持ち良さそうな居眠りで、ついワタルもつられそうになった。そこにいきなり、

「次は君たちだ」

ヴァイス副長が呼びにきた。ワタルは飛びあがりそうになっただけだが、ミーナは違った。座ったままの恰好《かっこう》で、本当に飛んだ。すごいジャンプ力で、副長が驚き、はっと身構えた。

「わ！　いけないアタシったら！　スミマセンごめんなさい！」

ミーナは真っ赤になって、手で顔を覆ってしまった。おかげでワタルたち三人は、下を向いて懸命に笑いをかみ殺しながら、肩を震わせている副長に先導される羽目になってしまった。

騎士団のテントはこぢんまりしたもので、折りたたみの木の机があり、その後ろに

ロンメル隊長が、やはり折りたたみの小さな木の椅子に腰かけていた。隣には書記役なのだろう、五人のなかではいちばん小柄で若い騎士が座って、大きな横綴《よこと》じの帳簿みたいなものを広げ、ペンを持っていた。綴《つづ》りの上にはすでに、たくさんの文字が書き込まれていた。

「ヴァイスが笑っているようだが」

三人が指定された小さな椅子に座ると、ロンメル隊長は切り出した。

「君たちはどんな魔法を使ったのだね？　あれは〝石の心《ストーン・ハート》〟の異名を持つほど愛想のない男なのだが」

ミーナがさらに赤くなった。でもその赤面は、単に恥ずかしいからだけではなさそうだった。

それほどに、ロンメル隊長はハンサムだったのだ。くっきりとした目鼻立ち。目尻《めじり》のしわさえ魅力的だ。年齢はたぶん、ルウ伯父《おじ》さんと同じくらいだろう。

「ところで、君たちはハイランダーだね」

隊長の蒼《あお》い目は、ワタルの腕のファイアドラゴンの腕輪を見逃してはいなかった。

「ごく最近、ガサラの町で、幼い少年が不可解な連続殺人事件を解決し、ハイランダーの仲間入りをしたという話を聞いた。君のことだね？」

ワタルは隊長に真っ直ぐ向き合って、うなずいた。「はい、そうです」

「そしてその少年は、現世《うつしょ》からの〝旅人〟だという話も聞いた。それも本当かい？」

ロンメル隊長に対してなら、隠す必要もないだろう。ワタルはまた「はい」と答えた。隊長の表情は変わらず、目尻のしわも動かなかったけれど、脇に控えている書記役の騎士は、ちょっと息を呑《の》んだみたいにして顎《あご》を引いた。その拍子に、ペンの先からインクがぽつりと滴った。キ・キーマがあわててしまい——彼があわてなければならない筋合いのことではないのだけど——長い舌がぴゅっと飛び出して頭のてっぺんを舐《な》めた。

「失礼しました」

「こりゃ失礼」

若い騎士とキ・キーマが同時に言い、騎士がぱあっと赤面した。ミーナがクスクスと忍び笑いを漏らし、笑ってしまったことでさらに赤くなり、若い騎士もモジモジし始め、やがてロンメル隊長も吹き出した。

「やれやれ。強行軍の山越え、堅苦しい聞き取り調査と、気を抜く暇もなかった。おまけにこの時刻だ。皆、疲れているのだな」

現世の家にいたころも、あんまり夜遅くまで起きていると、かえって目が冴《さ》えて、変にハイになることがあった。幻界《ヴィジョン》でも、そのへんは同じなのだろう。

これで、ぐっと座がくつろいだ感じになり、聞き取り調査はとんとんと進んだ。ワタルたちは、ダルババ車が横転した瞬間を目撃したわけではなかったけれど、その後の騒ぎはつぶさに知っている。

怪我人がほとんど出なかったのは不幸中の幸いだと、ロンメル隊長は言った。

「各地の街道筋で、このところ、ダルババ車の横転事故が頻発している。そのなかには、明らかに妨害行為によって発生したと見られる事故もあるので、我々も慎重に調べているのだ」

なるほど、だからこそ夜をついで駆けつけてきたのか。

「でも、隊長ご自身がおいでになるとは、みんな驚いてます」

キ・キーマの言葉に、ロンメル隊長はワタルの顔を見た。

「ちょうどいい機会だから、カッツの言っていた〝旅人〟に会ってみたかったのだ。ガサラを発った日から数えると、ちょうどこのあたりにさしかかっているだろうと思ったのでね」

「カッツさんが、僕のことを話していたんですか？」

「ああ。いろいろ言っていたよ。〝メソメソ泣きくさるくせに、口は達者で小生意気なガキなんだよ〟とか」

カッツの口調を真似して、隊長は言った。その目が笑っている。ワタルも笑った。

「今の言い方、カッツさんにそっくりです」

「彼女とは長い付き合いだからな。まあ、長い敵対関係ということもできるが」

そういえば、トローンが言っていた。〝棘蘭《しらん》のカッツ〟は、昔ロンメル隊長にフラれたことがあるって。だからシュテンゲル騎士団のことを悪く言うのだと。

「ところで、もうひとつ尋ねたいことがある。君たちは、マキーバの町へ寄ったかね？」

「はい、寄りました」

「では、山火事に遭遇した？」

「いいえ。僕たちがマキーバに着いたときには、もう火は消えていました」

ロンメル隊長の目が、わずかに光った。「旅の魔導士が山火事を消し止めたという話を聞いたかね？」

ワタルはうなずいて、マキーバで聞いた話を再現し、説明した。隊長は興味深そうに聞き入り、若い騎士は必死でペンを走らす。

「海竜の力――水の大魔法か」隊長は呟《つぶや》いた。「その魔導士も少年だった――」

「はい、そうです」

「彼も〝旅人〟だということはあるだろうか？」

「そうです。僕の友達です。僕よりも先にこっちに来ていました」

なぜかしら、ロンメル隊長の瞳《ひとみ》に、さっと影がさした。ワタルが〝旅人〟だと認めたときには、そんなことはなかったのに。

「君はその友人に会ったのかい？」

「いいえ。でも会いたいから、後を追いかけているんです。それでリリスに」

隊長はゆっくりとうなずくと、手で顎をさすった。わずかだけれど、眉《まゆ》をひそめている。

「君は——いや、ラウ導師は——」言いかけて、隊長は隣の若い部下の方をちょっと見た。「いや、それはいいだろう。事件には関わりのないことだ。長々と、すまなかったね」

夜が明けたら横転した荷車を検分し、隊長たちはマキーバに向かうという。山火事の原因を調査するのだ。忙しいですねとワタルが言うと、隊長は首を振った。

「このところ我々は、増殖し凶暴化しているモンスターの討伐に大わらわで、治安維持や捜査活動などは、ハイランダーに任せきりだった。これではいけないからね」

「そういえば、パックたちも話してたわ」と、ミーナが言った。「興行先の町で、ひとつやふたつは必ず、モンスターに襲われて怪我人が出たという話が耳に飛び込んできたって。そんなこと、今までにはなかったって」

「俺たちもそうだよ」キ・キーマがうなずく。「ダルババ屋で休憩すると、たいていそういう噂話を耳にしたな。あのおとなしい山ネズミが群をなしてウダイを襲ったとかさ。ガサラの町にいたときだって、はぐれねじオオカミ退治で大変な思いをしたし」

「そう、あのときは、我々だけでは手が回りきらずに、ハイランダーに協力を求めたのだ」ロンメル隊長は苦笑した。「カッツにはずいぶんと嫌味を言われたが、そうか、君もあの討伐部隊にいたのだね。すっかり世話になってしまった。おかげで助かったよ」

　ワタルたちは自分のテントに戻り、キ・キーマとミーナは早々に眠ってしまったが、ワタルは寝付かれなかった。さっきのロンメル隊長の表情――ミツルもまた〝旅人〟だと聞いたときの目の翳《かげ》りが、気になって仕方なかったのだ。彼がわざわざ山を越えてここまで来た本当の理由が、その翳りのなかに隠されているような感じがした。考えすぎかもしれないけれど、どうにもそんな気がした。

　狭いテントのなかでは寝返りもままならず、ワタルはため息をついて起きだし、そっとテントの外に滑り出た。グズグズしていると夜が明けてしまうけれど、じっとしていても眠れない。星でも見れば、心が安まるかも。

　しかし、外には先客がいた。ほかでもないロンメル隊長が、にわかキャンプ村のはずれに、ぽつりと一人で佇《たたず》んでいたのだ。こちらに横顔を見せ、両腕を胸のあたりで組んで、じっと北の夜空を見あげていた。

　さすがに武人で、彼はすぐワタルの気配に気がついた。

「眠れないのかね？」

「はい。どうしてかわからないけど」

「大きな事故を見たせいだよ。星々の光で目を洗うといい」

隊長は一人で何をしていたのだ？　あの物思わし気な横顔。何を考えていたのだろう。

上手《うま》く尋ねる言葉が出てこなかった。うっかり訊《き》いてはいけないような気もした。なにしろ隊長は、南大陸の治安を守る重責を担う人なのだ。一人でいるとき、難しい顔になってしまうのも無理はない。でも――

しばらく並んで夜空を仰いで、二人はそれぞれのテントに戻った。ワタルの胸には、ごく小さくて、何でできているかはっきりしないしこりが残った。

# 16　リリス

丘の上からリリスの町を一望したとき、ワタルは、この町を訪れるのは初めてじゃない、以前にも来たことがある——と感じた。景色に見覚えがあるのだ。家々の色彩豊かな三角屋根も、鐘楼のある聖堂のような建物も、レンガ敷きの道も、木々の緑も、ゆったりとした衣に似た服を着て、そぞろ歩くヒトびとの明るい表情も。

——そうだ、『サーガⅡ』に出てきた魔法学校の町ワイズダムにそっくりなんだ。

「素敵なところね」ミーナもうっとりしている。「こんな町だからこそ、美しい工芸品を作り出せるのね、きっと」

三人はまず、リリスの町のブランチに足を運んだ。ひょっとして長く滞在することになれば、ここで仕事を請け負うことになる。

「へえ、あんたたちがハイランダーなのかい？　こりゃ驚きだ。長生きはするもんだ」

ワタルたちを出迎えたブランチ長《おさ》は、頭のてっぺんがつるりと禿《は》げたアンカ族の小《お》父《じ》さんで、パムと名乗った。

「本当は、名前はタツで、名字はパムスカロフマイエルエトストラフスキーというんだが、面倒くさいんでね、みんなにパムと呼んでもらってるんだ」

ここには四人のハイランダーが登録しているが、所長も含めて全員がアンカ族だった。そもそも、リリスの町の住民の八割ほどがアンカ族で、他種族はごく少ないのだという。

「工芸は、アンカ族の仕事なんだよ。ホラ、手や指の形が、そういう細かい作業に向いた恰好《かっこう》をしてるからな。それに、お嬢さんみたいなネ族や、そっちのでっかいあんちゃんみたいな水人族は、ガラスや宝玉の細工のために一日じゅう炉のそばにいたりすると、暑さで参っちまうし」

パム所長は気さくで話好きで、盛んに道中の土産話をねだった。所長は、マキーバの山火事のことも、街道のダルババ車横転事故のことも、まったくの初耳だと、目をまん丸にして驚いている。呑気《のんき》なんだなぁとワタルは思った。カッツさんとは大違いだ。

「リリスはまあ平和なもんで、ここんところ事件らしい事件といえば、森へ木の実を採りにいった子供が迷子になったことと、役場のすぐ近くの工房で爆発事故があったことぐらいかな」

バクハツは大事件じゃないか？

「花火をつくっていて失敗したんだとさ。怪我人も出なかったし、夜のことだったんで、きれいだったよ」

ブランチには空いている部屋がいくつもあるので、宿がわりに使っていい。滞在しているあいだは、町中の見廻《みまわ》りなどの業務を一緒にやってもらうし、当直もある。パム所長の説明を聞いているところに、長い黒髪の美少女がお茶を運んできた。

「あ、これはわしの娘でね、エルザというんだ。ここの雑用を手伝わせてる」

「こんにちは。遠くからようこそいらっしゃいました」

頬笑むと、右のほっぺたにエクボができた。十五、六歳というところだろう。現世《うつしよ》の女の子なら、女子高生だ。高級な中華料理のお店で、花びらのように薄手で真っ白な器が出てくることがあるけれど、エルザのほっぺたや額の肌は、それを連想させた。あまりにも完璧《かんぺき》にキレイすぎて、ウソみたいだ。

そして、ワタルはふと大松香織を思い出した。顔立ちは全然違う。でも、妖精《ようせい》みたいな華奢《きゃしゃ》で可憐《かれん》な雰囲気がよく似ているのだ。いっそこの世のものではないような、あえかな美しさ。

――香織さんはどうしてるだろう?

ぼうっとしていると、ミーナがコホンと言って、肘《ひじ》でワタルをつついた。

「ミツルのこと、訊いてみなくていいの?」

そうだった。ワタルは、べりっと音がするんじゃないかと思うほど力を入れて、エルザの顔の上から視線をひっぱがした。

「ワタル君ぐらいの歳の魔導士？　さあ」

　パム所長は丸い頭をかしげた。

「ここでは、ガサラなんかとは違って、出入りするヒトたちを大門でチェックしてはいないからな。どんな客人が来ているか、すぐにはわからないよ。いくつか宿に問い合わせてみよう」

「そうですか……」簡単に会えるとは思っていなかったけれど、やっぱりガックリだ。

「それでも、子供の魔導士となれば目立つだろうし、その子がまだリリスに滞在しているならば、見つけるにはそう手間がかかるとも思えんね。まあ、そこはわしらもハイランダーだからさ」

　定時見廻りの時刻まではまだ間があるから、町に慣れるためにも、少し散歩してきたらどうかと、所長は勧めた。すると、キ・キーマが大きな身体を乗り出した。

「それなら所長、トニ・ファンロンの工房へ行ってみたいんですが、場所を教えてもらえますか？」

　とたんに、パム所長の木の実みたいな丸い瞳《ひとみ》が、陰険な鉤爪《かぎづめ》の形になった。「なに、ファンロン？」

他のハイランダーたちのところにお茶を運んでいたエルザが、手を滑らせてカップを床に落とした。

「ごめんなさい」

あわてて拾いあげるのを、所長は素早く盗むように横目で見た。キ・キーマの方に向き直ったときには、また元のような愛想の良いくりくり眼に戻っていた。

「あの男の工房なら、市場の北のはずれにある。すぐわかるよ」


リリスの町は、おおまかに言ってリンゴのような形をしていて、その芯《しん》にあたる部分にブランチや役場、病院や学校、町長の公邸などが集まっている。さらに、芯から皮の方に向かって、東西南北に四本の大きな通りが走っている。それぞれの通りには名前がついており、市場は北の〝レンガ職人通り〟の大部分を占めて、細長く広がっていた。つまりは、スケールの大きい商店街である。また、この北の大通りのどんづまり、リンゴのへたにあたる部分に、大鐘楼のある聖堂が立っている。

見あげるような聖堂の尖塔《せんとう》が、午後の陽を受けて町の上に影を落とす。ファンロンの小さな工房は、その影のなかにすっぽりと包み込まれてしまうような裏町の一角にあった。傾きかけたような家々がみっしりと立ち並ぶところ。特に看板が出ているわけでもなく、作品が飾られているわけでもない。干割れしたレンガ造りの二階家の一階。風雨にさらされて色褪《いろあ》せ、木目も薄れた一枚板のドア。

行き交う町のヒトたちはみんな親切で、ファンロンの工房と問えばすぐに道順を教えてくれた。それどころか、あのへんは少しゴミゴミしているから迷うかもしれない、連れていってあげようと、わざわざ案内してくれるヒトまでいた。でも、さあここだよとこのドアを示されたときには、にわかには信じられない気がした。北の統一帝国でも人気を呼んでいる宝飾品の作者の工房が、なんでこんなに殺風景で愛想がないの？

「とりあえず、ノックしてみようぜ」

キ・キーマがごつい拳《こぶし》を固めて近づいた。そのとき、出し抜けにドアが外に向かってパッと開いて、まともに彼の鼻にぶつかった。

「あ痛！」

「わ！」と、ドアの内側で誰かが叫んだ。

キ・キーマの顔や身体は、たいそう硬いウロコで包まれている。だから彼の鼻を打ったドアは勢い良く跳ね返り、今度はドアを開けようとしていたヒトにもぶつかったらしい。

「こりゃどうも、スミマセン」

キ・キーマが大きな身体を折ってのぞきこむと、ドアの陰から、いかにも痛そうに手で鼻を押さえた青年が、おそるおそるという感じで顔をのぞかせた。

「おや、あなたたちは？」

青年は訝《いぶか》しげなまなざしで、ワタルたちを観察した。やはりアンカ族だ。すらりと背が高い。黒いシャツに黒いズボン、膝《ひざ》の下まで届く白い作業用エプロン。つやつやした漆黒の髪を、頭の後ろでひとつに束ねている。現世のミュージシャンにも、カンフー映画のスターにも、こんな感じのヒトがいる。

「トニ・ファンロンさんですか？」ミーナが元気よく問いかけた。「わたしたち、あなたの作品をひと目見せていただきたくて、ガサラからやって来ました」

「ああ、お客さんですか」

青年は鼻をさすりながら、ほっとしたような声を出した。

「でしたらどうぞ。今はたいしたものを作っていないけれど、せっかくおいでになったんですから」

ワタルたちのためにドアを開け、一歩脇に退《の》いて、

「ただ、僕はこれからちょっと用足しに出かけなければなりません。ですから今は、あまり長い時間はお相手できないのです――」

言いかけて、いきなり言葉を切ると、青年はきっと目つきをきつくした。ワタルを睨《にら》んでいる。いや正確には、ワタルの左手首にはめられたファイアドラゴンの腕輪を

睨みつけているのだった。

「君たちはハイランダーなのかい？」

さっきまでとは一変した詰問口調だった。

「どうなんだ？　その腕輪はハイランダーの印だろう？」

ワタルはドギマギした。「え、ええそうですけれど」

ファンロンは、束ねた髪を揺すってしゃにむに首を振ると、もう半分がた室内に入りかけていたキ・キーマの前に立ち塞《ふさ》がった。

「それじゃあお断りだ。あんたたちを店に入れるわけにはいかない」

早口で言うそばから、顔色が蒼白《そうはく》になっていく。この怒りは本物だ。

「でも、どうしてですか？」

「せっかく来たのに――」ミーナが食い下がる。「なぜハイランダーは駄目なの？　ファンロンさんはハイランダーが嫌いなんですか？」

トニ・ファンロンの黒い宝石のような瞳に、稲妻のような強い光が宿った。「どうしてかって？　フン、君らはパム所長には会ってないのか？」

「もちろん会ってきたよ」キ・キーマが答えた。「所長に、あんたの工房の場所を訊《き》いたくらいだ」

「それじゃあいつがここの場所を教えたっていうのか？」噛《か》みつくような勢いで、ファンロンは言った。「ウソをつくな！」

「ウソじゃないよ。もっとも、市場のはずれだっていうだけで、詳しくは教えちゃくれなかった。だから道々いろんなヒトたちに訊きながらやって来たんだ」

「本当よ。どうしても、あなたの作品を見たかったから。買うことができるかどうかはわからないけど……だってきっと高価なのでしょうから」

　ファンロンはくちびるを噛むと、かぶりを振った。「どれほどの値段をつけられたって、僕のつくったものをハイランダーに売るわけにはいかない。見せるのさえごめんこうむる。さあ、とっとと帰れ！」

　ぴしゃりと、ドアが閉められた。

　あまりの展開に、三人は、口をぽかんと開けて突っ立っていた。そこここの傾きかけた家々のドアや窓から、住人たちの顔がちょこっとのぞき、すぐに引っ込む。みんな事情がわかっているのだろう。どこか頭の上の方で、くすくすと忍び笑いが聞こえる。レンガ職人通りの市場から流れてくる喧噪《けんそう》も、ワタルたちを囃《はや》しているみたいだ。

　開いていた口を音をたてて閉じて、目はまだ正面のドアに向けたまま、キ・キーマが言った。「二人とも、ちょっとそこを退《ど》いてくれるかい？」

　ワタルとミーナは顔を見合わせて、一歩脇に退いた。

「ありがとよ」キ・キーマは歯をのぞかせてにやりと笑った。そして両手の拳をぐ

うと固めながら、狭い通りの反対側まで、

「一歩、二歩、三歩と」

声を出して数えながら移動した。

「キ・キーマったら、どうするの？」

ミーナの問いに、彼は背中を丸め、よーいドン、突撃！　の姿勢をとりながら答えた。「俺はこのくらいのドアなら、五枚重ねだって一撃で突破できるんだ！」

って、助走してるよ！

「駄目だよ！」

「キャー、やめて！」

ワタルとミーナはいっせいに彼の首っ玉にかじりついた。キ・キーマは猟犬みたいに喉《のど》をぐるぐる鳴らし、ずどんずどんと足踏みをして、二人を上下に振り回した。

「何で駄目なんだよ？」

「暴力はいけないの！」

「あんな失礼なヤツでもか？　なんだよあの態度は？　商売人の風上にもおけねえぞ。あんなのはな、アゴに一発かまして性根を叩《たた》き直してやらなくちゃ、女神さまだってお許しにならないぜ」

「皆さん！　ちょっと待って！」

女のヒトの声が呼びかけてきた。振り返ると、長い髪を振り乱の裾《すそ》をたくしあげて、エルザが転がるように走ってくる。ルザさん？」ワタルたちはまた驚いて、棒立ちになった。何だこの展開は？エルザは三人のそばまで駆けてくると、両手を胸にあてて、苦しそうにあえいだ。

「はあ、はあ、皆さん、ファンロン、には」

「門前払いされちまったよ」キ・キーマが食いしばった歯のあいだから言った。彼がどれほど優しいヒトなのか、ワタルはよく知っているつもりだが、歯並びだけは凶悪なので、これをやられると相当に怖い。エルザは苦しそうに息をつきながら、涙目で謝った。

「ご、ごめんなさい。わたしが、一緒にこられれば――」

　そして、ヘタヘタとその場に倒れてしまった。

「ごめんなさいね、皆さん。ビックリしたでしょう」

　エルザはファンロンの工房の隅にある硬いベッドに横になっていた。意識は取り戻したけれど、まだシーツよりも白い顔をしている。

　エルザが倒れたとき、ワタルたちが驚き騒ぐ声を聞きつけて飛び出してきたファンロンは、「エルザ！」と、ひと声叫んで彼女の名前を呼ぶなり、何のためらいも迷いもなく駆け寄って抱きあげ、工房のなかに運び込んだ。彼を追って、どさくさ紛れという感じで、ワタルたちも工房に入った。でも、まもなくエルザが気づいて目を開くまで、ファンロンがそばに付き切りで、ワタルたちはベッドに近寄ることさえできなかった。

「恋人同士なのね、きっと」と、ミーナがワタルの耳元で囁《ささや》いた。「だけどエルザはブランチ長《おさ》の一人娘――うーん、これにはフクザツな事情がありそうね」

エルザは目を覚ますと、すぐに、自分のそばにはファンロンだけでなくワタルたちもいることに気づいて、彼に紹介しようとした。

「そんなことより、気分は大丈夫なのか？」ファンロンは心配そうに、起きあがろうとするエルザを押しとどめた。「君は心臓が弱いんだ。走ったりしたらいけないって、何度言ったらわかるんだい？」

エルザは頬笑んだ。「そうね、ごめんなさい。わたしって、気持ちだけは子供のころのお転婆のままなの」

「僕らを追いかけてきてくれたんですね。ありがとう。でも、本当に大丈夫ですか？」

ワタルはファンロンの後ろから呼びかけた。彼は鋭く振り返って、

うのせいだ」と冷たく言い捨てた。

ニ。お願いだからそんな態度をとらないでちょうだい」甘えるように彼の

手を取りながら、エルザは言った。「ワタルさんたちはガサラからお友達の消息を尋ねていらして、リリスには着いたばかりなの。確かにハイランダーの一員ではあるけれど、父たちとは今さっき会ったばかりなのよ」

優しく諭されて、ファンロンはちょっと目を伏せた。口元は、不満そうに尖《とが》ったままだ。

「でも、ハイランダーなんてみんな同じさ」

「そんなことはないわ。ガサラの町には行ったことがないけれど、とても賑《にぎ》やかなのでしょう？　大勢のヒトたちが、生まれや種族や外見に関係なく、仲良く混じって暮らしているんでしょう？」

エルザはワタルたち三人の顔を見回して、熱心に尋ねた。三人が揃ってうなずくと、彼女は今度は両手でファンロンの手を握りしめ、彼の顔を見あげた。

「ねえ、トニ。そういう町もあるのよ。だからお願い、ただハイランダーだというだけで、ワタルさんたちを嫌ったりしないで」

「あのぉ」キ・キーマが鉤爪《かぎづめ》の先っちょで頬をかきながら、遠慮がちに言い出した。

「邪魔して悪いんだけど、オレたちには事情がよくわからないンだ」

「そうですよね、ごめんなさい」エルザははっとしたように赤くなった。そしてファンロンの手を借りて起きあがり、ベッドに座った。

「エルザさんのお父さん――ブランチ長とファンロンさんのあいだには、何か意見の違いがあるみたいですね」ミーナが言った。

「意見だと！」ファンロンがまたカッとなった。「種族差別主義者の言うことが、まっとうな意見なんかであるもんか！」

「だから、そんなふうにいきなり怒らないで」エルザが笑った。ワタルとミーナも吹き出してしまったので、さすがにファンロンもきまり悪そうな顔になった。

「自分の親のことですもの、わたしも申しあげにくいのだけど……」エルザは俯《うつむ》いて話し始めた。「父は、アンカ族以外の種族のヒトたちを、ひどく劣ったものだと決めつけているんです」

「だけどパムさんはブランチ長でしょ？　そんな偏った考え方をしていたら、町を守ることなんかできないんじゃないんですか？」

「だから、リリスでは、アンカ族以外の住民たちは、ハイランダーを頼ることができないんだ」ファンロンが苦い顔で言った。「泥棒に遭っても、強盗に襲われても、住まいや店に火を付けられても、被害者がアンカ族でなければ、リリスのブランチは腰をあげない。それどころか、そういう非道なことをした犯人がアンカ族である場合には、事件そのものをもみ消したり、犯人を逃がしてしまうことさえある」

「そりゃ非道《ひど》い！」と、キ・キーマが大きな声をあげた。

「逆に、アンカ族以外の種族の住民が、アンカ族の住民に対して犯罪を働いたり、過って彼らに怪我をさせたり、財産を損なうようなことをしてしまうと、問答無用で捕まえられてしまう。裁判など待たずに、その場で殺されてしまうこともあるし、ブランチの留置所で拷問を受けて死んでしまうこともあるんだ」

ファンロンは拳《こぶし》を握りしめた。

「近頃ではこの傾向がさらに強くなって、アンカ族の住民が被害を受ける事件が起こると、捜査も何もしないままに、すぐに他種族の住民の仕業だと決めつけてしまうようにさえなった。そして、ただ被害者の近所に住んでいるからとか、貧乏で金に困っているからとかいう理由で適当に犯人をでっちあげて、留置所に連れて行くんだ。後はおきまりのコースさ」

まるで、アパルトヘイト時代の南アフリカみたいな話だ。ワタルは尋ねた。「それじゃ、ふだんの生活のなかにも差別があるんじゃないですか？」

ファンロンはちょっと目を瞠《みは》った。「そのとおりだ。どうして知ってる？」

「前に、別の場所で似たようなことが行われてたのを知ってるだけです」

現世《うつしよ》で、映画の中で観ただけだったけど。

ファンロンは腕組みをすると、工房の窓際まで歩いていって、外を眺めた。

「ここの表通りは、レンガ職人通りと呼ばれてる。リリスの町ができたばかりのころ、町の建物を造ったレンガ職人たちが、みんなここに集まって住んでいたからだ。家々でレンガを焼いたりこしらえたりするから、土埃《つちぼこり》はすごいし音もうるさいし、竃《かまど》の熱で一年じゅう暑い。だから、町の建設が一段落して、レンガ職人たちがだんだんと去っていった後も、ここは貧しいヒトたちが暮らす場所になってしまった」ファンロンは振り返ってワタルたちを見た。「さっき外にいるとき、気づかなかったかい？　窓や戸口から君らを見ているヒトたちは、みんな他種族だったろう？」

そういわれてみればそうである。

「僕はこの通り沿いに暮らしている、たった一人のアンカ族なんだ」と、ファンロンは呟《つぶや》いた。「他種族のヒトたちは、リリスの町の総人口の二割足らず。昔はもう少し多かったそうだけれど、町のこの不公平な仕打ちに怒って、出ていってしまったんだそうだ。出てゆくあてがあったり、他所《よそ》でも仕事を見つけることができる能力があったり、若ければそれもいいだろう。でも、いろいろな事情でそうはできないヒトたちだっている。そして残ったヒトたちは、このレンガ職人通りに沿った細長いスラム地区に、ぎゅうぎゅうに押し込められている。他所の通りを歩いてみれば、すぐにわかるよ。立派な屋敷や間口の広い店は、すべてアンカ族の所有物だ。他種族の住民たちは、狭くて不便で不衛生なスラム地区から、その日の稼ぎを求めて毎日仕事に出てゆく。もちろん、半端仕事ばかりさ。リリスでは、アンカ族でなければまともな職にはありつけない。だから当然、他種族のヒトたちはみんな貧乏だ」

「悪循環なんです」エルザが辛《つら》そうに呟いた。

「そういう種族差別は、老神信仰と何か関係があるのですか？」

ワタルの問いに、エルザとファンロンは顔を見合わせた。

「ワタルさんは、老神信仰に詳しいの？」

「キ・キーマに教えてもらったんです」

にわかにみんなの視線を浴びることになったキ・キーマは、照れながら、ワタルに説明したことを繰り返した。

「そうですか……。ガサラの町にも広がっているの」

「でも、ガサラじゃ、こんなにあからさまじゃないよ。みんな、老神信仰を警戒してるしな。なにしろ、北の帝国がからんでるから」

エルザはうなずいた。「そうですね。わたしは時々、アンカ族以外のヒトびとが収容所送りになったり、虐殺されたりしたという北の帝国と、今のリリスはそっくりなんじゃないかと思うことがあります。規模は小さくても、やっていることはよく似てる——」

「北の老神信仰の影響も、もちろん否定できないが、リリスはもともと他種族差別思想の強い土地柄だったんだ。いったい何が原因なのかわからない。もう百五十年も昔に、最初にこの土地に入植した開拓団は、他の土地の開拓団と同じように、いろいろな種族が入り交じって構成されていた」ファンロンは言った。「事情が少し変わってきたのは、リリスを囲む岩山のそこかしこに、宝玉の鉱山が発見されてからだ。鉱脈にたどり着くためには、地底深くまで掘り潜っていかなくちゃならない。それには力持ちで体力のある獣人《じゅうじん》族がぴったりだった。その一方で、掘り出された原石を磨いて加工する作業には、手先の器用なアンカ族が向いていた。そうやって、仕事が分かれていったんだ」

「そうか、それで今のような工芸の町リリスができたのね」と、ミーナが言った。「鉱山の方はどうなってるんですか？　今でもそこでは獣人族のヒトたちが働いているの？」

ファンロンはかぶりを振った。「発見から八十年ぐらいのあいだで掘り尽くされて、閉山になった。それほど大規模な鉱脈じゃなかったんだよ。今でも欠片《かけら》程度のものが発見されることはあるが、商売になるような量じゃない。今リリスで加工されている宝玉は、大半がアリキタからの輸入品だ」

そしてアンカ族の支配だけが残った——というわけなのか。

「あ、そうか」と、キ・キーマがすっとんきょうな声をあげた。「オレは南大陸じゅうを股《また》にかけるサーカワのダルババ屋だけど、リリスに来るのは初めてだ。アリキタから輸入される宝玉の原石は、あんたたちのギルドが直《じか》に運んでいるんだよな？」

「そうだよ。それはやっぱり、この町の権力者である工芸品ギルドの親玉たちも、激しい他種族差別主義者だからさ。水人族が町に足を踏み入れるのを許したくないんだ」

「ダルババ屋はオレたちの専業みたいなもんだけど、アンカ族の業者だっていないわけじゃないもんな」キ・キーマは言った。「ふうん、そういうことだったのか。今まで全然気づかなかったよ」

「外からは、リリスの実状はなかなかわからないと思います」エルザが悲しげに首を振ると、美しい黒髪がさらさらと流れる。「工芸師を目指して修業しに来るのはアンカ族ばかりだし、ほかにはこれという産業のある町ではありませんから、実は、ヒトの出入りはすごく少ないんですもの」

「だけどさぁ、パム所長がそんなスゴイ差別主義者なら、どうしてオレやミーナを見て嫌な顔をしなかったんだ？」

ミーナもくるりとしっぽの先を動かして、その疑問に同意を示した。

「それはやはり、あなたたちが外から来たハイランダーだからです。露骨な差別をしては、ガサラのブランチを怒らしてしまうから」

確かに、カッツが鞭《むち》を持って飛んできそうな話だ。

「だけど、いきなり差別思想を退治できるかどうかはともかくとしても、事件の捜査や治安を守る大切な業務に関わることで、そんなデタラメがまかり通っているなんて、ハイランダーにとっても聞き捨てならない話だと思います。ボグのブランチを束ねる首長に、訴えかけてみたらどうですか？」

　ファンロンは、最初の冷たいまなざしに戻ってワタルを観察した。「僕らがそれを試みなかったとでも思うのかい？」

「やってみたの。何度もやってみたわ」エルザがあとを続けた。「でも、スルカ首長は、この問題には深入りしたくないみたいなの。事なかれ主義というのかしら」

「そうじゃない。あいつも差別主義者なのさ」ファンロンが唾《つば》でも吐くような勢いで言った。「連合政府がシュテンゲル騎士団を創設するとき、ハイランダーと同じような種族混成型の騎士団にするか、種族別に団を分けて名称も変える形式にするかで、大変な議論になった。最終的には投票で決めたんだが、参考意見を求められて答えたハイランダーの首長のうち、スルカ首長だけは種族別賛成派だったんだ」

「そうか、シュテンゲル騎士団もアンカ族ばっかりだったよね」ワタルは自分で自分に呟いた。「だけど、種族別に分ける必要なんて、あんまりなさそうな気がするけど」

「理由はどうにでもつけられるさ。装備がバラバラになるとか、団体生活をするのに生活習慣が違うとか」ファンロンはまた怒っている。「でも、どういう名目であれ、一度種族別に分けてしまうと、それは必ず、種族別に業務を分けるということにつながってしまうんだ。現にシュテンゲル騎士団だって、出来立てのころにはアンカ族以外の団員だっていたのに、今では彼らは鎧《よろい》も兜《かぶと》もなしで、災害の救助や復旧、山林の開拓みたいなことばかりをやらされている。シュテンゲル騎士団と言えば、あの銀の鎧兜でカッコをつけたアンカ族の奴らの団体の代名詞になってしまった。最初はそうじゃなかったのに」

「なんかなぁ」キ・キーマがぽつりと言った。「オレたち、あんまり長居しない方がよさそうな感じがしてきたよ。な、ミーナ？」

ミーナは考え込んだ様子で、しっぽを動かしている。

「ファンロンさんは、この町を出ようと思ったことはないんですか？」

ワタルの質問に、ファンロンとエルザがまた目と目を見合わせる。その代理を務めるように、じいっと自分のしっぽを見つめていたミーナが、そのままの姿勢で短く言った。

「エルザさんを置いて出ていかれるわけがないじゃないの。ね？」

「でもさ、駆け落ちってこともあるじゃない？　ねえ？」

あわてて言い足すワタルに、エルザは少し涙ぐんだような瞳《ひとみ》を向けた。「わたしは、もちろんトニについてゆきたい。でも、父を見捨てて出ていくわけにもいきません。

父に目を覚ましてほしいんです」

「他種族差別主義は間違っているって、わかってほしいんですね？」

「ええ！　父だって、若いころからああいう思想を持っていたわけではないんです」

「いつごろから変わってしまったんです？」

「七、八年ほど前からのことになるかしら。母が病気で亡くなって――」エルザは記憶をたどるように瞳を泳がせた。「そのあと、寂しさをまぎらわすためでしょうけれど、聖堂の活動を熱心にするようになったんです。ほら、あの大鐘楼のある聖堂」

「だけどあれは、女神さまの聖堂でしょ？」

「そうですけれど――でも、これも話すと長くなるけれど、リリスではそうとばかりも言い切れないの。宝玉の生み出す美を司《つかさど》る精霊を祀《まつ》るための聖堂だという意味もあって」

そういえば、ガサラには聖堂などなかった。

「女神さまの教えは本当に素朴なもので」エルザはちょっと姿勢を正し、歌うように続けた。「地に満ちる命よ、労《いたわ》りあい、助けあい、栄え、光の下《もと》へ集え」

「たったそれだけ？」

「そうなの。基本はこれだけ。ただ、その他に少し細かい戒めがあって、もっとも強い禁忌とされているのは、女神の姿を映した像を造ることと、女神のために大きな聖堂を造ること。このふたつは厳禁なのよ。だから、どんな町へ行っても、女神さまの教えについて説いた書物はたくさんあるし、それらはどこでも手に入るし、町の広場に集って女神さまを讃《たた》える歌を歌う集まりとか、小さな信仰行事はいろいろとたくさん行われているし、そのための集会所のようなものもあるけれど、聖堂はないわ。リリスだけなの」

しかも、今の話だと、あの塔と大鐘楼は、むしろ女神さまの教えに反してるみたいな存在ということになる。すっごいヘンだ。

「父はあの聖堂に通うようになって、どうやらそこで誰かに会って、今の考え方を吹き込まれたようなの。確かな証拠があるわけではないけれど、わたしにはそう思えるの」

聖堂に行ってみようと、ワタルは決めた。

# 17 町と聖堂

ブランチに戻ると、ちょうどパトロールに出発する時間だといって、パム所長が待ち受けていた。

「ところであんたら、ファンロンには会えたかね？　彼はちょっとへんくつだろ？」

当のファンロンからあれだけの話を聞かされた後なので、これまでの経緯からしたらごく自然なはずのこの問いかけに、素直に答えるのが難しかった。そしてそれが顔に出た。

「なんだ、彼には会えなかったのか」パム所長は探るような目をした。「ひょっとして、エルザが一緒に行くとか言わなかったかね」

「エルザさんは、道案内をしてくださいました。美人なだけじゃなく、とっても優しくて親切なお嬢さんですね」モジモジしているワタルに代わって、ミーナがてきぱきと答えた。「でも、ファンロンさんの工房にはご一緒しませんでした。それに彼はお留守で、わたしたち無駄足だったんです」

「ふうん、そうか」所長の視線が少し和らいだように、ワタルには見えた。「もし時間があったら、パトロールの合間にもう一度訪ねてみたらどうかね。そのくらいの時間はあるだろうから」

　所長は机の上に地図を広げ、ブランチが取り決めているパトロール区間の区分けと、これからワタルたちを同行させるパトロール・ルートについて説明した。レンガ職人通りは、そのなかに含まれていなかった。聖堂もだ。

「わかりました、よろしくお願いします。でも所長」ワタルは言った。「僕、ぜひとも聖堂を訪ねてみたいんですが。あの塔と大鐘楼、立派ですね。他の町では見たことがありません。なかを見学できたらいいんですが」

　所長は笑った。「パトロールだからなぁ。見学は明日にしたらどうだい？」

　そこを何とか食い下がっても、所長はぐねぐねとはぐらかして、うんと言わない。

「聖堂は、信者以外は入れないからね」

「だけどあれは女神さまの聖堂でしょう？　それなら僕ら、みんな信者です」

「リリスの聖堂は違うんだ。女神はご自分のために聖堂を建てることを禁止してるんだぞ、学校で習ったはずだ」

「だったら――」

「あの聖堂は、システィーナという美の精霊のために建てられたものだ。システィーナは、わしらの前に現れる時には、アンカ族の若い娘か美少年の姿をしておられる。もっとも、充分に腕を磨いた工芸師のもとにしか現れないのだがね」

「システィーナは、リリスでは女神さまよりも偉いんですか？」

「そんなことはないよ。だが、工芸師にとっては美を生み出す技術と才能をもたらしてくれる、誰よりもありがたい精霊だ。だからああして聖堂を建てて祀っている」

おしゃべりしている時間はないぞ、出発だとせき立てられて、三人は所長の後についてパトロールに出た。まずは町の中心部、ブランチや役場の周りを歩き、それからレンガ職人通りとは反対方向の道を進んだ。白っぽい石を積みあげてつくられた建物が並んでいる。窓々には洗濯物がはためいて、元気な子供たちの声が聞こえる。建物の隙間やところどころにある小さな広場には、立木や花木が植えられており、石畳の道とあいまって、こざっぱりとしたきれいな町だ。

「このへんは全部、集合住宅だ」パム所長は楽しそうにあたりを眺めながら言った。「リリスの町で働く若い家族や、子供たちを育てあげた老夫婦などが、安い家賃で暮らしている。清潔で快適そうだろう？　リリスは工芸品の産業のおかげで財政が豊かだから、こうした町の整備にも金をかけることができるんだ」

もちろん、所長の言葉に嘘はない。ワタルだって、こんな町ならちょっと住んでみたい。でも、ここの住民たちはアンカ族ばかりだ。それを意識しつつ、レンガ職人通りのゴミゴミして不衛生な環境と引き比べると、とてもとてもひっかかる。四人が歩いて行くと、道ばたで立ち話をしている若い主婦たちや、輪になって遊んでいる子供たちが、キ・キーマとミーナの姿を見かけて、一瞬ぎょっとしたり、怯《おび》えて誰かの背中に隠れたり、眉《まゆ》をひそめたりすることに気づいてからは、さらにひっかかる。大きなトゲが、心に刺さって抜けない。

「この通りを一本南側に入ると、一戸建ての家が並ぶ区画に出る」

パム所長は説明した。歩いていると、住人たちからときどき投げかけられる挨拶《あいさつ》に、気持ち良さそうに手を振って応じている。

「そこはまあ、屋敷町だな。リリスで成功した工芸師や、リリスの工芸品を扱うことで財を成した商人たちの家があるんだ。商人たちは首都のランカにも家を持っている場合が多いから、ここのはまあ、別荘だな。その分、豪奢《ごうしゃ》な造りの屋敷が多い。びっくりするぞ」

と、予告されていても、それでも驚くほどの立派なお屋敷町だった。ワタルは現世《うつしよ》で（テレビのニュースで）見たことのある首相官邸を思い出した。社会見学で行った浜離宮も連想した。

「どうだね？　素晴らしいだろ」パム所長は、自分のことのように自慢気だ。「ここらは当然、治安も良い。だから、リリスの町には不慣れなあんたらには、この一帯をパトロールしてもらうことにするよ」

「オレやミーナがこのへんを歩いていて、大丈夫なのかな」キ・キーマが、彼らしい素朴な疑問を出した。「住んでいるのはアンカ族ばっかりだもんな」

ワタルとミーナはちらっと視線を交わした。所長は何も気づかない様子で、腰に手をあててわっははと笑う。妙に大きな声だ。

「そんな心配は要らないよ。あんたらはハイランダーなんだ。それにこの屋敷町には、他種族の連中だっていっぱいいるよ。みんな使用人だがな」

最後の言葉は、歯のあいだから押し出したみたいに潰《つぶ》れてかすれていた。

「それじゃ、ルートを逆戻りしてみるか。往復すりゃ、もっとよく道がわかるだろう」

共同住宅街のなかを抜けてゆくとき、ワタルたちのいちばん後ろを歩いていたキ・キーマが、突然、

「痛《いて》テ！」と叫んで足を止めた。それと同時に、彼の顔の横にぶつかった何かがはずんで道に落ちた。所長がそれを拾おうとかがみ込んだが、それよりも早く、ミーナがさっとしっぽをのばし、落ちたものを巻き取って拾いあげた。

「わ、これ何？　尖《とが》ってる！」ミーナはしっぽから取り出したものを指先でつまんだ。

「石の欠片《かけら》かしら」

現世の五百円玉ぐらいの大きさの、ゴツゴツと尖った半透明の石だ。相手がキ・キ

ーマだったから、「痛テ！」ぐらいで済んだけれど、ミーナやワタルだったら、下手すれば大怪我になっていただろう。

「くっそぉ、誰が投げやがったんだ？」キ・キーマは肩をいからせて、周りの集合住宅の窓を見回した。「上から石を投げつけるなんて、イタズラとしちゃ悪質だし、喧《けん》嘩《か》を売るにしちゃめちゃめちゃヒキョーだぞ！」

　ワタルは急に心配になってきた。家々の窓に人影は見あたらないけれど、これを投げた奴がどこかに潜んで、まだこっちに狙いをつけているかもしれない。次の石は、ミーナの頭にあたるかもしれないのだ。

「行こう、キ・キーマ」

「そうだな。だいぶ時間をくった。急いだ方がいい」パム所長は、言葉とは裏腹の呑《のん》気《き》な口調で言った。それどころか、ちょっと面白がっているみたいだ。「なぁに、そんなのは子供のイタズラだよ。怒りなさんな」

　キ・キーマは腰に手をあてて所長を見おろした。彼の方がずっと背が高い。

「投げた方はイタズラのつもりでも、あたった方は大怪我をするぜ？　放っておいちゃまずいよ、所長」

「だったらあんたはこのへんをパトロールしないことだ」所長は眉毛ひとつ動かさずに応じた。「あんたやそっちの娘みたいな種族は、ここでは珍しいんでな。子供らが興味を持つんだろう。悪気はなくても、誰がイタズラを仕掛けてくるかわからんし、捕まえきれん。そうだ、お二人には、レンガ職人通りを担当してもらおう。他種族が多い場所だから」

翌朝ブランチで食事を済ませると、ワタルはパム所長と連れだって、午前中のパトロールに出た。

昨夜のうちに、キ・キーマとミーナと相談し、ともかくしばらくは所長の提案に従っておこうと決めていたので、二人は何事もなかったみたいな愛想の良い顔で所長に挨拶したけれど、本当はすごく怒っていた。ミーナは、レンガ職人通りをパトロールしながら、これまで住民たちがパム所長にぬれぎぬを着せられたり、事件が起こって訴え出ても取りあげてもらえなかったりした具体的なケースを聞き集めてみると、張り切っている。

「だけど、慎重にしないとね。危ないことになったらいけないから」

「わかってるって。大丈夫、任せてよ」

ワタルはワタルで、せいぜいパム所長に調子をあわせて、リリスの町の隠された部分に接近してみるつもりだった。

パトロールをしながら、所長はあれこれとワタルの身の上について尋ねた。〝旅人〟であることは秘密だから、答えるのにワタルはけっこう苦労した。僕はナハトの生まれです。両親はガサラで宿屋をやってましたが、僕が生まれてまもなく病気で死にました。それで僕はブランチに引き取られて、ブランチ長《おさ》に育てられたんです——カッツが、ブランチ長が迷子や孤児を引き取り、そのまま育てあげることもあると話してくれたことを、自分風にアレンジしてしゃべった。

「それで君は、まだ小さいのに立派にハイランダーをやっとるわけだ」パム所長は嬉《うれ》しそうに言った。「アンカ族の子供は優秀だからな。頭がいいし、勇気もある」

「いえ、僕なんかいくじなしです」

所長はあっはははと笑った。「本当のいくじなしなら、ガサラからここまで旅をしてこられるわけがない。しかもあんなお荷物と一緒にさ」

すぐには、「お荷物」というのがキ・キーマとミーナを指しているのだとわからなくて、ワタルは笑って時間を稼いだ。そして言葉の意味に気がつくと、さすがにその瞬間には笑みが凍りついてしまった。

パム所長は、そんなワタルを横目でじっと観察していた。口元は笑っているけれど、目はニコリともしていない。

「君は賢い子だから、大人の忠告をちゃんと聞き入れることができると思うがね」

所長は、道の脇の店屋の主人に、お役目ご苦労さまですと挨拶を受けて、手を振り返しながら言い出した。ほとんど口元を動かさず、ワタルにだけ聞こえるような小声だ。

「立派なアンカ族のハイランダーが、水人族やネ族なんぞとあんまり親しくするのは、感心した話じゃないね。ガサラは人の出入りが激しいから、目立たないのだろうが」

「ここでは目立っちゃいますか？」

「うむ。昨日、あの水人族が石を投げられたのは覚えているだろ？」

「イタズラじゃなかったんですか？」

所長は大げさに目を見開いた。「もちろんイタズラさ。子供のイタズラだ。だが、子供は正直で純粋なものだ。理屈抜きに良いものと悪いものを選《よ》り分ける目を持っている」

あとは言わなくてもわかるだろうという顔で、パム所長はにんまりと笑った。ワタルは胸がムカムカして吐きそうだった。

「これから聖堂を見学できますか？」気持ちを抑えて、そう言ってみた。「美の精霊であるシスティーナの像を、ひと目見てみたいんです」

「おお、いいとも」

聖堂に向かうのに、所長はレンガ職人通りを通らなかった。いったん町の中心に戻り、そこから大きく迂《う》回《かい》した。でも、そのルートを通ったおかげで、レンガ職人通りの環境が、他の道筋と比べて格段に劣ることも、町の北にそびえ立つ聖堂が、どれほどまでに邪魔くさく空を覆って見えるか、どれほど傲慢《ごうまん》にレンガ職人通りを中心に広がる〝スラム〟を見おろしているか、聖堂の影のなかで暮らさなければならない住民たちにとって鬱陶《うっとう》しい存在であるかということが、かえってよくわかってしまった。

正面から見あげる聖堂は、ワタルに、『サーガ』シリーズに登場する神聖教会を連想させた。石壁。太い柱。そこここにはめこまれた美しいステンドグラスには、たぶんこれがシスティーナなのだろう、長い髪に衣を纏《まと》った裸足《はだし》の乙女が、草原を駆けていたり、竪琴《たてごと》を弾いていたり、泉に足をつけていたり、火の点《つ》いた松明《たいまつ》をひれ伏すヒトびとの頭上に掲げていたり――と、さまざまなことをしている様子が描かれている。

ゲームのなかの神聖教会では、特に宗教は設定されていないのだけれど、親切な神父さんがいて、主人公があるイベントをこなしてから訪れると、一度にひとつずつ貴重な神聖魔法の呪文《じゅもん》を教えてくれる。さらには、体力も全回復してくれるという親切さ！　でも、ここリリスの聖堂はどうだろう？

荘厳で美しい。それはもちろんだ。ワタルと同じ歳の子供たち百人に、「聖堂ってどんな建物？」と尋ねて、返ってくる答をそのまま集めたみたいな、イメージの完璧《かんぺき》さ。

「素晴らしいだろう？」パム所長は鼻の穴をふくらませている。「正式な名称は、システィーナ・トレバドス聖堂というんだ。トレバドスというのはリリスの古い地名でね。システィーナは、かつてそこにあった泉から誕生した精霊なんだが、その泉の水を汲《く》んで女神に献上することで、おそばに仕えることを許されたという伝説があるんだ」

「本当に美しいです」ワタルは言った。「でも、システィーナのためだけにこんな立派な聖堂を建てちゃって、女神さまはお怒りにならないでしょうか？」

「女神のいる運命の塔は、この聖堂よりも百倍も千倍も立派なんだろうから、大丈夫だ」所長はあっさりと答えた。「女神が自分のために聖堂を建てることを戒めたのも、自分が創って野に放った種族の力では、どうせ立派な建物なんか建てられやしないと思っていたからだそうだよ」

なんだか、女神と女神の創造物をバカにしているような言い方だ。

「なかを見学しようか。もっと驚くぞ」

大扉を押して聖堂内部に足を踏み入れると、色とりどりの光がワタルの頭上に降ってきた。ステンドグラスを通過した光が、聖堂のなかに満ちているのだ。

中央の通路を挟んで、信者たちが腰かけるための長い椅子が何列も並んでいる。通路の突き当たりには祭壇があり、正面にはひときわ色鮮やかなステンドグラスがあって、その前に、石造りのシスティーナの像が据えてあった。像の足元は、新鮮な切り花で埋め尽くされている。

そここに、頭《こうべ》を垂れて祈っている若者や、信者の椅子に腰掛けて静かに本を読んでいる老人の姿などが見受けられる。ワタルは足音を忍ばせて祭壇の正面まで進み、そこであらためてシスティーナ像を見あげた。

長い髪の乙女。整った顔立ち。袖《そで》と裾《すそ》の長いローブを着て、右手に宝玉のついた杓《しゃく》を、左手に手鏡の柄を握って、それを空に向かって捧《ささ》げるように高く掲げているので、袖がめくれて二の腕が見える。

「あの手鏡は、ヒトの心の美醜を映し出すものだ」所長が説明した。「右手の杓は、美しいものを害しようとする邪悪なものを打ち据えるために使われる」

もう一歩前に出て、石像を上から下まで観察して、そこで初めてワタルは気づいた。切り花に埋もれて見えにくいけれど、このシスティーナは、地面の上に立っているのではない。何かの上に乗って――いや、何かを踏んづけている。おまけに、えらく頑丈そうなサンダルを履いている。

ワタルはしゃがみこみ、手で切り花をそっと避《よ》けてみた。すると、キ・キーマそっくりの水人族の顔がのぞいた。苦しげに歪《ゆが》んでいる。すぐ後ろでは、トローンを思わせる獣人《じゅうじん》族が、顎《あご》をのけぞらせて苦しんでいる。

この石像のシスティーナは、彼らの頭や胸を踏みつけているのだ。

ワタルは思わず、さっと立ちあがった。背後からパム所長がワタルの肩に手を載せた。

「どうだね、素晴らしいだろう？」

その問いにかぶるように、祭壇の右手から別の声が呼びかけてきた。

「これはこれはパム所長。ようこそお越しくださいました」

白い法衣《ほうえ》に身を包み、システィーナ像が手にしているのとよく似た形の、銀製の杓を持った老人が、こちらに近づいてきた。

「おじゃましております」所長は丁寧に頭をさげると、ワタルに言った。「こちらはダイモン司教さまだ。この聖堂でいちばん位の高いお方だよ」

ダイモン司教は、にこやかな笑顔で礼を返した。すらりとして姿勢がよく、見事なまでのつるりとした禿頭《はげあたま》で、その頭の形といったら完璧だった。ふさふさとした白髪まじりの豊かな眉《まゆ》の下で目が輝いている。ワタルはぐっと気圧《けお》されてしまった。このヒトは、年齢はともかく、中身は〝老人〟ではないという気がした。一種、精悍《せいかん》な感じがする。猛々《たけだけ》しいという言葉を使ったら、言いすぎかもしれないけれど……。

「とんでもない。わたしは精霊システィーナの仕えビトに過ぎません」

「おお、そうでしたな。失礼いたしました」

「新しいお客様ですな？」ダイモン司教がワタルを見た。その目は、さっきのパム所長と同じように、値踏みするように冷静だ。

所長がワタルを紹介すると、司教は驚いたように顎を引いた。

「ほう、そのお歳でハイランダーとは立派なものだ。わたしはまた、工芸の修業にいらした方かと思った」

「ワタル君は、ご友人の消息を探して旅をしているのですよ。ただ、トニ・ファンロンの工房を訪ねてみたいと言っているんですが、あの男は変わり者ですからなぁ」

「おお、ファンロンね」ダイモン司教は杓の先を額にあてて、首を振った。「彼ほど精霊システィーナに深く愛《め》でられた工芸師も珍しい。同時に、彼ほどシスティーナのお恵みを理解しようとしない工芸師も珍しい」

ワタルのおなかの底から、言葉が群をなして込みあがってきた。言ってやれ！　ぐっとこらえて、ワタルはもう一度システィーナ像を見あげた。「この像のお顔は、ちょっとエルザさんに似ていますね」

パム所長は笑み崩れた。「それはもったいない話だが、嬉《うれ》しいな」

「エルザは美しいですからな」ダイモン司教も言った。「まこと、システィーナの生まれ変わりのような美の化身です」

「でも、エルザさんは僕だけじゃなく、キ・キーマにもミーナにも親切ですよ。そこはシスティーナとは全然違うな」

言葉が迸《ほとばし》るままに言ってしまって、ワタルは口をつぐんだ。所長と司教の視線の温度が、いっぺんに一〇度ぐらいさがったのを感じたのだ。でも、二人とも微笑している。

「僕は、ここで失礼します」ワタルはぺこりと頭をさげた。

聖堂から外に出たところで、大鐘楼の鐘が鳴り始めた。おなかの底に響くような低音が、遥《はる》か頭上から、まるで誰かがワタルを狙って投げ落としているみたいに、次から次へと降ってくる。ワタルは両手で耳を塞《ふさ》ぎ、振り返りもせずに立ち去った。

# 18　ミツルの消息

長居は無用だと、ワタルは言った。これ以上キ・キーマにもミーナにも嫌な思いをさせたくないので詳しいことは話さなかったけれど、聖堂で見たシスティーナ像のことだけはうち明けた。あれだけで充分だとも思えた。

「でも、それじゃミツルを捜せないじゃない？」ミーナは心配そうだ。「もう少し辛抱してみましょうよ。わたしたちなら平気だから。ね、キ・キーマ？」

「そうだよ。レンガ職人通りの聞き込みも、手をつけたばっかりだしさ」キ・キーマは大きな手を広げた。「ビックリするくらい、いろんな話を聞き出せたよ。あそこの住民たちは、ホントに不公平な目に遭わされてるんだ。放っておけないよな」

「もちろん放っておけないよ。でも、僕ら三人だけの手には余る仕事じゃない？カッツさんに相談しよう。ボグのスルカ首長があてにならないなら、ガサラのブランチを通して、ナハトのギル首長に訴え出るんだ。絶対にその方がいいよ」

キ・キーマはしげしげとワタルを見た。「珍しく弱気だなぁ、ワタル」

「嫌な予感がするんだ」ワタルはきっぱり言い切った。「早くここを離れた方がいい。ファンロンさんとエルザさんには、必ず戻ってくるって約束して、出発しよう」

　夕食後のことで、三人はブランチのなかの与えられた部屋にいた。充分に気をつけて、声をひそめて話していたつもりだったけれど、ドアの外で突然所長の声がしたときには、シュテンゲル騎士団の事情聴取の時と同じように、天井まで飛びあがりそうになった。

「くつろいでいるところに悪いが、ちょっといいかね？」

　所長は室内に入ってくると、鋭い目でキ・キーマとミーナを見た。彼らは床に柔らかな座布団みたいなものを敷いて座っていた。

「ワタル君、どうやら君の友人と思われる少年が、リリスの町の郊外に滞在していることがわかったんだ」

　ワタルは立ちあがった。「ホントですか？　郊外のどこに？」

　所長は地図を持参していた。それを床の上に広げて、指をさす。

「町の北に、我々が〝精霊の森〟と呼んでいる、スラの木だけが集まってできている森がある」

「スラの木？」

「システィーナがことのほか愛でられた香木だ。彼女の杓はスラの木でできている。

だから聖堂の聖具の素材も、スラの木と銀しか使わないのがきまりだ」

その森のなかに、リリス周辺ではいちばん古い、トリアンカという病院があるという。

「いい病院なんだ。スラの木の香りには、病を癒《いや》す力があるのだよ」

「ミツルはそこにいるんですか？」

ワタルは急《せ》き込んで訊《き》いた。病院にいるなんて、怪我でもしたのだろうか？

「名前は確認できていないが、黒いローブを着た、ワタル君と同じくらいの歳の魔導士だというのだから、たぶんそうだろう。怪我や病気というわけではなくて、道に迷って偶然に病院へたどり着いたようだよ。それで数日滞在して、旅の疲れをとっているのだろう。私は、トリアンカに家族を預けている住人から話を聞いたのだがね、彼らは旅の魔導士が珍しくて、みんなで引き留めて、旅先で見聞きした話をねだっているらしい」

パム所長はにっこりした。

「良かったな。こんなに早く消息がわかって。明日の朝いちばんで出かけるといい。万が一、その魔導士がミツル君でなくても、リリスからそう遠く離れているわけじゃないのだから、また戻ってくれば済むことさ」

ここを離れる口実が、向こうから転がってきた。ワタルは心底嬉しかった。生まれてから今まで、こんなに不愉快で怖い経験をしたのは初めてだ——と思って、ふと田中理香子《りかこ》が押しかけてきて母さんともみ合いになったときのことを思い出した。あのときも怖かった。すごい無力な感じがして、とても悲しかった。ベッドの下に隠れているあいだは、死ぬほど惨めだった。

「ワタル、良かったね」ミーナがワタルにきゅっと抱きついた。驚いて我に返ると、パム所長の冷たいまなざしが、ワタルの上に注がれていた。

翌日は、所長に会わずに済むように、夜が明けるとすぐにブランチを出ることにした。早朝番の槍《やり》使いのハイランダーが一人、まだ眠そうな顔をして出てきたので、彼に挨拶《あいさつ》をしてそそくさと出発した。

「ま、道中気をつけるこったな」

槍使いはニヤニヤ笑いと共に言って、すぐにワタルたちが使っていた部屋に入っていった。ダルババ車に乗り込み、ブランチから離れてゆくとき、ワタルは他の二人に気づかれないようにそっと振り返った。槍使いが、さっきまでキ・キーマとミーナが使っていた毛布や座布団を、ブランチの窓から外に放り出していた。余計なものを見てしまったと、ワタルはくちびるを噛《か》んで後悔した。

精霊の森は、リリスの町を離れて平地のなかをしばらく進むと、緩やかな丘陵地のなかほどに、忽然《こつぜん》と姿を現した。遠くからでは、まったく見えない。これには三人とも驚いて、何度も地図と引き比べて確かめた。

「スラの木か」キ・キーマが首をひねる。「精霊の杓の材料に使われるような木なら、魔力を秘めているのかもしれない」

ミツルに会えるかもしれない嬉しさの底に、ワタルはふっと嫌なものを感じた。

# 19 魔病院

スラの木は、確かに良い香りを放っていた。香水の匂いだ。濃い匂いだ。木の幹も枝もほっそりとしていて、まるで踊っているみたいに、優美に身をくねらせている。尖《とが》った葉がみっしりとついているだけで花が咲いているわけではないから、木の本体が香っているのだろう。

ダルババ車で森に分け入ってまもなく、ミーナが「鼻が痛い」と言い出した。

「この匂い、わたし嫌い。強すぎるわ」

「そうかぁ？」キ・キーマは鼻の穴をヒクヒクと動かした。「オレにはそんなに匂わないぞ」

「慣れちゃったからよ。でも、わたしたちネ族はキ・キーマやワタルたちより百倍くらい鼻がいいから、これじゃたまらないわ。気持ちが悪くなって、目が回りそう」

「ちょうどいいや、行き先は病院だぜ」

そのとき、群舞するバレリーナたちの指先みたいに差しのばされた枝々の隙間から、ちらりと灰色の四角い建物がのぞいた。

「あ、あれかな？」ワタルは身を乗り出した。「どれ」キ・キーマは鞭《むち》をあげて、ダルババ車の上にまで覆いかぶさってくるスラの木々の枝を押しのける。「おう、あれだな」

白っぽい灰色の岩。サイコロの形に切り出したその岩を、無造作に三階分の高さに積み重ねたという感じの建物だ。窓はたくさん開いており、その窓の内側には灯《あか》りがともっている。まだ早朝だというのに――そういえば、スラの森に入ってから、妙に薄暗くなったような気がする。

ダルババ車の上で頭上を仰ぐと、驚いたことに太陽が見えなかった。あんなに晴れていたはずなのに、どうしたことだろう？　青空も霞《かす》んでしまって、まるで白いヴェールを一枚かぶせられたかのようだった。

「おかしいな、霧でもないのに」

キ・キーマが手綱を握り直しながら呟《つぶや》いた。ダルババがぶるると唸《うな》って、足踏みをする。どうどうと宥《なだ》めてやっても、数歩進んだだけでまた足踏みを始めてしまう。

「おいおい、何を怖がってンだ？」

キ・キーマはダルババの耳の後ろを撫《な》で始めた。ダルババは足踏みを続けるだけでなく、少しずつ後ずさりしている。

両手で鼻を押さえ、荷台で縮こまっていたミーナが、ぱっと身を起こして耳を立てた。

「何かいるよ！」

ワタルもその気配を感じた。どこに？ ここに――そこにも、ここにも。周りを取り巻かれているみたいな感じがする。空気が動く。前で。後ろで。ざわりとスラの木立が騒ぎ、強い香りが弾《はじ》ける。

ひゅん！

何かが空《くう》を切った。次の瞬間、ミーナがキャッと叫んで荷台から転がり落ちた。

「ミーナ！」

ダルババ車は急停車し、ワタルは地面に飛び降りた。ミーナは前輪のすぐそばに俯《うつぶ》せに倒れて、ぐったりと気絶している。なぜかしら頬に血がにじんでいる。

すると今度は御者台の上でキ・キーマが「うぉう！」と唸り、怒鳴った。

「ワタル伏せろ！」

振り仰ぐと、彼の右肩に、深々と矢が突き刺さっているのが見えた。毒々しい真っ赤な矢羽が、ワタルの目に飛び込んできた。

「木の上から射かけてるんだ！ 車の陰に隠れろ！」

キ・キーマはもがくようにして御者台から降りようとしたが、ワタルの目には、まるで彼が急に酔っぱらってしまったみたいに見えた。水のなかをゆるゆると泳いでいるようにも見えた。

「やばいぞ――こりゃ――」

鋭い音がいくつも重なり、ワタルが身を伏せている荷台の枠に、続けざまに矢が数本突き刺さった。ワタルの鼻先をかすめて、森の下ばえのなかに飛び込んだ矢もあった。

「――痺《しび》れ――グスリだ――」

キ・キーマはずってんどうと御者台から転がり落ちた。ワタルは前後を忘れて彼のもとに駆け寄った。彼はまぶたを閉じて、歯のあいだから長い舌がちょっぴりはみ出している。

「キ・キーマ、しっかりして！」

叫んだ瞬間、右足に焼けつくような痛みを感じた。見おろすと、腿《もも》に矢が刺さっていた。信じられないような光景だった。真っ赤な矢羽と、銀色の矢尻《やじり》。その先端がワタルの腿の肉に食い込んでいる。

ワタルがそれを目で確認できるまで待っていたみたいに、血が一筋流れ出した。矢を抜こうと身体を動かすと、血の流れが太くなった。ズボンが真っ赤に染まってゆく。

視界がぐるりと回って、上が下に、下が上になった。濃厚なスラの木の香りが押し寄せてくる。舌が痺れる。指先も言うことをきかない。膝《ひざ》がガクガクし始めた――

ぽきんと両膝を折って地面にひざまずき、それからゆっくりと、居眠りして机の上に半身を倒すみたいに、ワタルは前のめりになった。ちょうどキ・キーマの背中の上に身体を乗せる恰好《かっこう》になって、彼が息をするたびに胴が上下するのが感じられた。

――大丈夫、死んでないよね。

まぶたが閉じる寸前の、ごく限られた地面に近い視界のなかに、革の編み上げ靴を履いた二本の足が、唐突に現れた。ごつい靴で、太い足だった。

「用があるのは小僧だけだ。残りの二人はうっちゃっておけ。森が始末してくれる」

冷たい声が、そう命じた。ワタルは気を失い、真っ暗な闇のなかに落ちていった。

囁《ささや》くような、小さな物音が聞こえる。カサコソ、かさこそ。

ワタルは眠っていた。リビングの床でごろ寝しているのだ。いつも母さんに叱られる。昼寝するなら、ソファの上でしなさい！　床の上でゴロゴロしないで。あんたは埃《ほこり》にアレルギーがあるのよ、また鼻炎にかかるじゃないの！

だけどワタルは、硬いフローリングの感触が好きなのだ。夏は涼しいし、冬は暖房の吹き出し口のそばが温かい。広々として、手足がのばせて、身体が沈まないし、天井が高く見えてせいせいするし――

だけど今日はちょっぴり身体が痛い。それにうるさいなぁ、このカサコソいってる音。何だろう？　開けっ放しの窓から、羽虫でも飛び込んだのだろうか。顔の周りを飛び回っているんだろうか。追っ払わなきゃ――手を持ちあげて――追っ払わなきゃ――

「ワタル、ワタル、起きなさい」

　上の方から、はっきりとした声が呼びかけてきた。どこかで聞いた覚えのある、甘い声だ。女の子の声だ。可愛《かわ》い娘《こ》ちゃんの声。

「起きてしゃんとするのよ、ワタル。逃げ出さなくちゃいけないわ。ねえ、しっかりしてよ！　大変なことになってるのよ！」

声に叱咤《しった》されてというより、耳にわんわん響いてうるさくて、ワタルは渋々目を開けた。逃げ出す？　なんで？　うちのリビングで昼寝してるだけなのに――

　身体が痛い。この床、フローリングじゃないぞ。白っぽいもの。それに足が痛い。右足の腿がすごく痛い。鉄の爪でつねられてるみたいだ。何だよ、これ？

カサコソ、かさこそ。ワタルの耳元やうなじのあたりで、何かがうごめいている。ぎょっとして、いっぺんで眠気が飛んだ。ワタルは跳ね起きようとして、今度は腿の傷の痛みに飛びあがった。見ると、ズボンの上から汚らしい布きれがぐるぐると巻きつけられて、そこにべっとりと血がにじんでいる。

　記憶が戻ってきて、ワタルを平手打ちした。ダルババ車が襲われたことを、ミーナとキ・キーマのことを、気絶する寸前に見た二本の足と、冷たい声の命令を思い出した。

真四角の部屋だった。床も壁も天井も、遠目に見たあの病院と同じ、白っぽい石でできている。堅くて冷たいのはそのせいだ。金属でできた重そうな扉がひとつ。もちろん、鍵《かぎ》がかかっている。反対側の壁には、ワタルの背丈ではやっと手が届くくらいの高さに、小さな窓がひとつ。太い格子がはまっている。

そしてカサコソと囁き、うごめくものの正体は、この部屋の床いっぱいに散らばり、四隅に積もっている大量の枯れ葉だった。どうやらスラの木の枯れ葉らしい。独特の匂いが、カラカラになってもまだ残っている。

「ああ、良かった。気分はどう？　死にそうな感じじゃない？」

甘い声は、窓の方から聞こえてくる。誰かが格子の外にいるのだ。あの甘い声——

「ワタル、わたしよ。覚えてる？」

妖精《ようせい》だ！　いや、たぶん妖精だと推理しただけだっけ。でもワタルにとっては妖精だ！

「君、そこにいるんだろ？　ここは何処？　キ・キーマとミーナは無事かい？　いったいぜんたい何がどうなってるの⁉」

甘い声は拗《す》ねたように低くなった。「ワタルったら、わたしのこと覚えてるかって訊《き》いたのに」

ワタルは必死で窓の下まで這《は》っていき、壁にすがって身体を持ちあげながら、声を張りあげた。「ごめんよ、でもそれどころじゃないんだ。それに、君って助けに来てくれたんじゃないの？」

「助けられないわよ」と、あっさり。「だってわたしじゃどうしようもないもの」

ワタルは何度か口をパクパクさせて、それからやっと言った。「じゃ、せめて何がどうなってるか教えてよ。僕は痺れ矢で打たれて、ここへ運び込まれたんだね？」

「そうね」

「あとの二人は？」

「知ぃらない」甘い声はフンと言った。「あんなしっぽのある女の子が好みだったのね。期待はずれだったわ」

「そういうことじゃないんだってば！」ワタルは本格的に歯噛《はが》みをした。「ここは何処？　あの病院のなかかい？」

「そう。で、スラの森の中心でもあるわね」

「君も捕らえられてるの？」

「そうじゃないわよ」

ワタルは壁にすがりついた。「だったら何とかならない？　扉の鍵が手に入れば――

「――」

「だから、わたしじゃ無理だって」甘い声は突き放すように言った。「わたしはただ、ワタルを励ましに来ただけよ。それだって、早く目を覚まさせてあげないとまずいと思って、一生懸命ここまで這いあがったんだから。感謝してほしいものね」

「感謝ったって――」ワタルは窓を睨《にら》んだ。でも、這いあがるってどういうことだ？

「ワタルね、そこであんまり深呼吸しちゃダメよ。できるだけ窓のそばで息をするの」

「どうして？」

「スラの木の香りは、頭に良くないから」

ワタルは壁にぴったり背中をくっつけて、部屋じゅうに散乱し、窓からの微風《そよかぜ》でカサコソと生きもののように動き回る枯れ葉の群を見つめた。

「頭に良くない？」

「セイシンがサクランする」甘い声は言った。「そういう拷問に使われる香木なんだもの」

やめてくれと叫びそうになったとき、重たそうなドアの外で、ガチャガチャと音がした。

ワタルはすでに、頭の後ろが痛くなるほど強く壁に張っついていたのだけれど、さらにひっつこうとして後ずさりした。ドアはちょうつがいをきしませて外側に開き、隙間から一瞬人間の腕が見えたかと思うと、大柄な男が一人、ボウガンを構えて入ってきた。

作業着のような服を着てごついブーツを履いた、ヒゲ面の男だった。ブーツは、森で目撃したあの二本の足が履いていたのと同じだ。

ボウガンにセットされた矢の先は、ぴたりとワタルの顔の真ん中を狙っていた。胸を狙われた方がまだましだ。ヒゲ面の男は無言のままドアの脇に寄って、二人目の人物が入ってきた。最初の男よりもずっと小柄で痩《や》せている。身につけているのは、リリスのシスティーナ・トレバドス聖堂で会ったダイモン司教が着ていたのとよく似た、裾《すそ》の長いローブだ。それだけではない。右手には杓《しゃく》、左手には手鏡という出《い》で立ちは、システィーナ像そのものとまったく同じだ。

「気がついたようですね」ローブの男が、妙に甲高い声で言った。「ここがどこだかわかりますか？」

ワタルは引きつった舌を必死で動かして、何とか答えた。「トリアンカ——病院」

「なるほど。記憶は消えていないようです」

ローブの男は微笑した。よく見ると、ナイーブそうな美男子——いや、もしかしたら女の子なのかも？

「と、友達を捜しに来たんです」ワタルは震えながら言った。「リリスのブランチのパム所長に、トリアンカ魔病院にそれらしい少年がいると聞いて、それで訪ねて来たんです」

ローブの男は微笑を浮かべたまま、ワタルの方に近づいてきた。彼が歩くと、室内に散乱しているスラの枯れ葉が、道を空けるみたいに左右に分かれた。

「我々もパム所長から連絡を受けました。邪《よこしま》な企《たくら》みを胸に抱き、瞳《ひとみ》には禍々《まがまが》しい狂気を湛《たた》えた女神の使い魔が、我らの聖なる土地に足を踏み入れたと」

「パム所長がそんなことを？」ワタルは目を見開いた。「だって、僕らにトリアンカ魔病院のことを教えてくれたのも所長なんだよ！」

そこで、やっと気がついた。僕らはここに誘い込まれたんだ。所長は嘘をついてたんだ。ミツルの消息なんて知らなかったんだ。僕らをスラの森に入り込ませ、こいつらに捕まえさせるために、嘘をついてたんだ！

「罠《わな》だったんだな……」

抑えようもなく震える声で呟《つぶや》くワタルに、ローブの男は依然として微笑を絶やさないまま、さらに近づいてきた。しゃがみこんで、息がかかるほどそばに顔を寄せた。

「あなたは〝旅人〟だ。そうですね？」

ワタルは返事をしなかった。パム所長もそのことは知らないはずだ。

「黙っていても、隠しおおせることではない」ローブの男は続けた。「我らは、あなたがガサラの町で何をしたか知っている。情報をつかんでいるのですよ。パム所長も、知らん顔をしていただけで、最初からすべてを承知しておられた」

そうだったのか。キ・キーマの忠告を守れなかったことが、こんなところで悪い目に出てしまったのか。

「もし、僕が〝旅人〟だったら？」ワタルはひるむ心を叱咤《しった》して問い返した。「あなたたちに何か不都合なことがあるんですか？　何かまずいとでもいうんですか？」

頬笑みを顔に貼りつかせたまま、ローブの男は静かに答えた。「〝旅人〟は我らが永遠の仇敵《きゅうてき》。誅《ちゅう》さずば老神の教えに背くことになります」

難しい言葉なので、意味がわからなかった。チュウさずばって、何？

でも、ひとつだけはっきりわかることがある。こいつらはやっぱり――

「あんたら、老神教の信者なんだね？」

ローブの男はにっこりとうなずいた。「そのとおりです」

「リリスの町の他種族差別が激しくなってるのも、あんたらの影響なんだな？　システィーナ・トレバドス聖堂も、あんたらのための聖堂なんじゃないのか？　表向きはシスティーナを祀《まつ》ってあるけれど、あれは本当は老神のための聖堂なんだろ？　そうだろ？」

ローブの男は答えなかった。でも、その瞳の輝きを見るだけで充分だった。

「そうか！　あんたらは、システィーナ・トレバドス聖堂で密《ひそ》かに老神教の布教活動をしてるんだな？　パム所長も、そこで信者に引き入れられたんだ」

「なかなか頭が良いようだ」

ローブの男はワタルにではなく、背後にいるボウガンを構えた男に向かって言った。ヒゲ面は返事もせず、ボウガンを抱え直してワタルの顔に狙いを定めている。

　そのとき、ローブの男が不意に手を動かした。杓で殴られるのかと、ワタルはとっさに頭をかばおうと手をあげた。でも、そうではなかった。ローブの男はワタルの目の前に手鏡を突き出しただけだった。

「見よ、これこそが動かぬ証《あかし》」ローブの男は、呪文《じゅもん》でも唱えるみたいに節をつけて言った。「邪なる女神の使い魔は、清らかなる魂の器を見分け得る真実の鏡には、その姿を映すことかなわず！」

　確かに、手鏡には何も映っていなかった。鼻の頭がくっつきそうなほどに近づいても、背後の白い石の壁が映るだけだ。

「命運は尽きたぞ、女神の使い魔よ。汝《なんじ》は我らの手によって、汝の素なる汚泥と罪障の塵《ちり》に還《かえ》るのだ！」

　ローブの男は、白い頬を紅潮させてそう叫ぶと、跳ねるように立ちあがりながら、杓と手鏡を頭上にかざした。その隙をついて、ワタルは、渾身《こんしん》の力を込めて、両手で彼を突き飛ばした。この奇襲は成功だった。男はわっと大声をあげて倒れると、後ろにいたヒゲ面を巻き込んで、床の上に転んだ。ヒゲ面はまともにひっくり返り、ゴッンといい音がした。ワタルは飛びあがり、つんのめるようにして扉を目指した。

「逃がすか！」床に這《は》いつくばったまま、ローブの男が叫んだ。

彼が床を杓で一打ちすると、風が巻き起こり、部屋じゅうの枯れ葉がいっせいに動き出した。みるみるうちに部屋の左右に分かれて、ふたつの山を作りあげていく。ワタルは一瞬だけそれに気をとられたけれど、すぐにドアの取っ手をつかんで廊下に転がり出た。

のっぺりとした石の壁の廊下の片側に、たった今出てきたばかりの扉と同じ扉が、いくつもいくつもくっついている。反対側の壁には、ひとつの窓もない。右も左も、白い廊下の先は薄暗がりだ。どこまで続いているかもわからない。

とりあえず、ワタルは右に走った。右足が痛い。廊下はまったく曲がっておらず、ただどこまでも真っ直ぐに続いているだけだ。扉と白い壁。同じ眺めが続いているだけだ。

突然、ワタルの三メートルほど先の扉が大きく開いた。勢い余って壁にぶつかった扉が、ゆっくりと元に戻ろうとする。その隙間から、枯れ葉の塊が現れた。無数の枯れ葉が集まって、ヒトの形を成したものが現れた。それはワタルの倍ぐらい背が高く、頭が大きく、古い映画のなかに出てくるミイラ男みたいに、両手を前にのばしている。そしてワタルの前に立ち塞《ふさ》がった。

ワタルは急停止して、首筋が攣《つ》るくらいの勢いで振り返った。背後の扉も、次から次へと開いていた。そしてそこから、前方を塞いでいるのと同じ枯れ葉の塊の怪人が、のっそりと現れた。

長い廊下に、スラの葉の濃厚な匂いが立ちこめた。ワタルは足元がグラグラするのを感じた。目が回る。視界が霞《かす》む。

「エドロ・ワラ・サブタルオンギ・シグル」

いつの間にかローブの男が廊下の端に立ち、胸の前で杓《しやく》と手鏡の柄をぶっちがいに組み合わせて、声高に祈っていた。

「出《い》で給《たま》え森の精霊よ、邪悪なる女神の企《たくら》みを打ち砕く戦士よ、我らに和して叫び給え、正義の勝ち鬨《どき》を！」

枯れ葉の怪人たちが、いっせいに、ぽっかりと口を開いて叫んだ。特大の布を引き裂くような声のコーラスが廊下いっぱいに響きわたる。そしてそれらは、ワタルに向かって殺到してきた。

気がついたら、今度は真っ暗だった。

右腿《みぎもも》の傷がずきんずきんと脈うっている。寝ころんでいるみたいな感じがする。固い地面の感触だ。手が動かない。縛られてる？　足も動かない。持ちあがらない。寝返りをうとうとすると、ジャラリと音がした。鎖がぶつかりあうような音だ。それにしても、どうしてこんなに暗いんだ？　そうか、何かかぶせられているんだ！　低く呟くような歌声が聞こえてくる。一人じゃない。大勢の声だ。それほど遠い場所じゃない。どっちから？　右？　左？　前？　後ろ？

足音がして、ヒトの気配を感じた。手が伸びてきて、後ろ襟をつかまれて、乱暴に引き起こされる。その手はさらに、ワタルのうなじのあたりで何かをほどくような動作をした。すると、急に暗闇が消えた。やっぱり何かかぶせられていたのだ。それが取り外されたのだ。

屋外にいた。夜になっていた。トリアンカ魔病院の建物が見える。スラの森も見える。

ワタルは大勢のヒトたちに取り囲まれていた。特大の穀物袋みたいなものを着込んで、手に手にろうそくを持ち、目のところだけ穴をあけた白い頭巾《ずきん》をかぶったヒトたち。顔は見えないけれど、全員がアンカ族であることは間違いない。

トリアンカ魔病院を根城にしている、老神教の信者たちの群だ。

呪文のような歌声は、彼らの声だった。ぐるりと円を描いて並んでいる。ワタルは彼らの中心にいた。両手と両足に、鎖のついた枷《かせ》がはめられている。

　スラの葉の匂いが、鼻の底の方にこびりついている。頭がフラフラした。

「立て」

　すぐそばから声が降ってきた。そこにも一人、同じ出で立ちの信者がいた。穀物袋みたいな衣の下から、大きな両手がのぞいている。

「立て」

　巨人の手が伸びて、ワタルの襟をつかんで立ちあがらせた。甲にも指にも真っ黒な毛がもじゃもじゃとはえた手だ。もしもそれが見えなかったら、泥人形の手ではないかと思うほどに、冷たく硬い手だった。

「歩け」

　手が動き、円の一方の端へと、ワタルを突き飛ばした。ワタルがよろけて倒れると、ぐいぐい引き起こす。

「手間取らせるな。立って歩け」

　ワタルはよろよろと足を前に出した。勇者の剣は腰に収まっている。でも、手枷の鎖が短くて手が届かない。どうすることもできない。頭が働かない。

　ワタルがのろのろと進み始めると、信者たちの歌声が大きくなり、大合唱に変わった。円の一端が切れ、その先にあるものが見えた。

目を疑う——これがそういうことだとワタルは思った。何度まばたきしても、咳払《せきばら》いしても、頭を強く振っても、見えているものが消えない。変化しない。断頭台。ギロチンだ。マンガとゲームのなかでしか見たことがない。罪人の首を切って落とす処刑装置。

あのローブを着た美男子が、今は片手に杓だけを携え、微笑はそのままに、禍々《まがまが》しい装置のすぐ脇に立っていた。先ほどのローブの上からもう一枚、濃いワイン色のような袈裟《けさ》をかけている。すぐ後ろで大きな篝火《かがりび》が焚《た》かれており、炎の発する光を背負って、彼は金色のオーラに包まれているみたいに見えた。

ワタルは一歩も先に進めなくなって、膝《ひざ》をがくがくと笑わせながらその場に立ちすくんでいた。命運は尽きたぞ、女神の使い魔よ。ローブの男の声が蘇《よみがえ》って、夜の闇のなかに、マンガの吹き出しみたいにくっきりと見える。

見あげると、ギロチンの刃が篝火の炎を受けてギラリと光った。まるでワタルに向かって、愛想笑いをして歯を剝《む》き出したみたいだ。

こんなバカな。考えられるのはそれだけだ。なんでこんなことに。僕が何をしたっていうんだ？

「邪なものも、恐れることは知っているのですね」

優しく丁寧な口調で、ローブの男は言った。「でも、案ずることはありませんよ。

女神に操られたその身を滅することにより、あなたは浄《きよ》められる。大いなる老神の加護により、あなたの清浄な魂は再びこの幻界《ヴィジョン》に生まれ変わることができる。あなたの望む形で」

「そんなの、まっぴらだ」言葉が口からこぼれ出た。「あんたたちに、僕を殺す権利があるわけがない！　僕は老神教の信者なんかじゃない。現世《うつしよ》から、自分の運命を変えるために訪れた〝旅人〟だ！」

ローブの男はなおも微笑する。

「我らは、邪教の虜《とりこ》となっているものと語る言葉を持たない」

「勝手なことを言うな！」ワタルは叫んだ。最初はローブの男に向かって。次には、周りを取り囲んでいる信者たちに向かって。「あんたたちは何をやろうとしているのかわかってるのか？　これがどういうことなのかわかってるのか？　どうして――」

そのとき、断頭台の向こうにもう一人、同じ出で立ちで袖《そで》まくりをし、斧《おの》を握っている信者がいるのが目に入って、ワタルの言葉が途中で消えた。あの斧で、ギロチンの刃を吊《つ》りあげているロープを切るんだ――

「おしゃべりはそのくらいにしておけ、汚れた魔物め」

背後から手ひどく突き飛ばされて、ワタルは膝から転んだ。信者たちがどよめいた。喜びのどよめきだった。

　また引きずり起こされて、断頭台の方へとひっぱられて行く。ワタルは足を突っ張り、肘《ひじ》を突き出して抵抗したけれど、相手はすごく力が強くて、まるで太刀打ちできない。土埃《つちぼこり》がたち、信者たちが喜ぶだけだ。ワタルはめまいを感じ、吐き気がしてきた。力の無駄使いだ。これじゃダメだ。だけどほかにどうすればいいっていうんだ？

　じりじりと断頭台が近づいてゆく。嫌だ、絶対嫌だ、こんなのデタラメだ！　声を張りあげて叫べば叫ぶほど、信者たちの歌声が大きくなる。

「ひとつ、チャンスを与えましょう」ワタルに近づいて、ローブの男は言った。「あなたの魂をより完璧《かんぺき》に浄め、より早く幻界に生まれ変わるためには、処刑の前に告白することが必要です。さあ、言いなさい。もう一人の〝旅人〟はどこにいるのです？」

　ワタルは総毛立った。こいつ、ミツルのことを訊《き》いてるんだ！　ミツルのことも捕まえて処刑しようとしてるんだ！

「知るもんか！」

「ほほう、強情ですね」

「知ってたって言うもんか！」

　嗄《か》れかけた声で叫ぶと、ワタルはローブの男の顔に唾《つば》を吐きかけた。自分でも驚いた。こんなこと、誰に教わってもいないのに。

　ローブの男はゆっくりと手をあげて頬を拭《ぬぐ》うと、いっそう大きな笑みを浮かべた。

「哀れな犠牲者よ。女神に取り込まれて、魂を壊されている。今のままでは、どうやっても我らの正義の声が届くことはないようだ」

「誰が正義だって決めたんだよ！」

ローブの男は重々しく答えた。「我らは老神の使徒なのだ」

「そんなの認めない！」ワタルは全身の力を振り絞って声を張りあげた。「あんたは北の帝国から来たんだな？　広めたいのは老神への信仰なんかじゃない、非アンカ族差別主義の方だろう？」

ローブの男の顔から、拭ったように笑みが消えた。口元が真っ直ぐになった。

「嫌だ！」

「言え」と、彼は低い声を出した。「もう一人の〝旅人〟の居場所を言うのだ」

「言わねば、我らは自力で捜すのみ。必ず捜し出すぞ。しかしそれまでに、多くの血を流すことになろう。炎を見、阿鼻《あび》叫喚の声を聞くことにもなろう」そして笑った。

「それはみな、おまえのせいだ」

ワタルは愕然《がくぜん》とした。炎を見るだって？

「マキーバの山火事は――あんたたちの仕業だったのか？」

返事のかわりに、ローブの男は尋ねた。「言いなさい。もう一人はどこにいる？」

「ここだ」闇の空から、凛《りん》とした声が響いた。

# 20　ミツル

ワタルはぽかんと口を開けたまま、夜空を仰いだ。声はどこから——あそこだ、トリアンカ魔病院の屋上、断頭台が据《す》えられている中庭を見おろす、いちばん高い場所。小さな人影。闇に紛れる漆黒のローブ。手にした杖《つえ》の宝玉が、清らかな蒼《あお》い光を放つ。その光輪のなかに——

ミツルがすっくと立っていた。

「おまえは！」

頭上を振り仰いで、ローブの男が驚きの声をあげた。断頭台のそばの斧の男も、ワタルの首筋をつかんでいた巨人も、はっと身じろいでいるのがわかった。

「邪教の使徒よ、我らの聖域で何をしている！」ローブの男が甲高い声で叫んだ。

「降りてこい！　降りてくるのだ！　その汚れた身で聖域に踏み込むなど、おまえは自分が何をしているかわかっているのか！」

信者たちの描く円が乱れ、ろうそくの火が揺れ始めた。消えてしまうものもあった。

ミツルはまったく動じていなかった。いつものあの、相手を小バカにした笑みを浮かべている。ずいぶんと距離があるのに、表情がはっきり見える。杖の宝玉が放つ光の力だ。くちびるの端を何かにひっかけているみたいなその笑い方が懐かしく、頼もしく、ワタルは胸が熱くなった。

でも、感激している場合じゃない。ミツルまで捕まってしまう。

「ミツル、逃げろ！」ワタルは精一杯の大声で呼びかけた。「そんなところにいちゃダメだ！　早く逃げるんだ！　逃げて、助けを呼んで来てくれ！」

ミツルは頭を動かして、ワタルの方を見た。そして、もうひとつの懐かしい表情を浮かべ、ため息をついた。呆《あき》れているのだ。

「どこの誰に助けを求めろって言うんだ？」と、彼は落ち着き払って問い返した。

「オレがどっかへ行ってるあいだに、おまえは首を斬られちまうよ」

「そんなこと言ってンじゃないよ！」

「言ってるじゃないか。バカだな。おまえ、そんな自己犠牲的なタイプじゃなかったはずだけど」ミツルははあっと息を吐いた。「相変わらず、お人好しなんだな」

「おしゃべりしてる場合じゃ——」

「ないよ、わかってるさ」そう言い捨てて、ミツルは杖を持っていない方の手で、真っ直ぐにローブの男を指さした。

「この屋上の魔法陣を描いたのは、おまえか？」

ローブの男は、ただ指さされただけなのに、矢を射られたみたいにたじろぎ、顔を歪《ゆが》めた。「お、おまえだと？」うろたえて、彼はローブの裾《すそ》を踏んだ。「誰に向かって口をきいていると思っているのだ？」

「だから、おまえだよ」

ミツルの声は、一グラムのためらいもない信念を持って生徒を叱る先生のような威厳に満ちていた。

「何を招喚するつもりで描いたか知らないが、間違ってるぜ」ミツルはへへっと笑った。「方位がずれてるし、線の長さも違う。どこの魔導院で習ったんだ？　ちゃんと卒業したのか？」

「お、おまえ」ローブの男は顔を真っ赤にして、病院の建物のそばまで駆け寄った。今にも爪で外壁をひっかいて登り始めそうな勢いだったけれど、その場で地団駄を踏み始めたところを見ると、そういう体力と技術は持ち合わせてないらしい。

「私を侮辱するのか？」

「質問してるだけだよ。声が遠くて聞き取りにくいな。あんた、ちょっとここまであがってきてくれないか？　エア・ラダーの魔法を使えば簡単だろ？」

ローブの男の顔から、今度は血の気が引いた。信者たちの輪は完全に崩れ、ギザギザ模様の半円を描いて、今やその中心には、ローブの男ではなく、ミツルが位置している。

「なんだ、エア・ラダーを唱えられないのかい？」ミツルは驚いたように言った。「手間のかかるヒトだなぁ。老神は神であると同時にもっとも偉大な魔導士だったはずじゃないか。ヘンだね」

わざとらしく顎《あご》に手をあてて、ミツルは考え込むふりをした。

「あんたこそ、老神を名乗るインチキな魔物にたぶらかされてるんじゃないのかな？」

「な、何を言う！」ローブの男が杓《しゃく》を振りあげた。そのとき、ミツルが顎から手を離し、その手の人差し指でぴたりと頭上を指して、何か短く唱えた。次の瞬間、一筋の稲妻が空に光り、まっしぐらにローブの男に向かって落ちてきた。

「うひゃあ！」悲鳴をあげて、ローブの男はひっくり返った。目もくらむような閃光《せんこう》を放って、稲妻は地面に激突して消えた。だがその後に、はっきりとした印を残していた。穴だ。鋭い槍《やり》が刺さったような穴だ。

「次は外さないぞ」と、ミツルは言った。「黒焦げになりたくなかったら、ワタルの手《て》枷《かせ》足枷を外せ」

ローブの男はへたりこんで両手を地面につき、口をあわあわさせている。ミツルの視線は、ワタルの方――ワタルのそばの巨人に移った。「そこのでかいの！」

巨人が頭巾《ずきん》の下で「ヒッ」と息を吸い込むのを、ワタルは聞いた。

「ワタルの手枷足枷を外せ」

ミツルの命令に、ほとんどためらうこともなく、巨人は従った。彼の大きな指は不器用で、おまけにガタガタ震えているので、枷の鍵穴《かぎあな》に鍵をさすことができない。

「じれったいな。僕がやる」

ワタルは彼の手から鍵を取りあげて、自分で枷を外した。ミツルはそれを見届けると、再び指で頭上を指し、今度は断頭台を指さした。落下してきた光の槍は、あやまたず断頭台のロープを断ち切り、台の上に突き刺さって消えた。閃光のなかで、ワタルはギロチンの刃が落ちて、台座に噛《か》み合うのを見た。斧を持っていた男が、台座の後ろ側に倒れるのも見た。

「物騒だからな」ミツルは独り言のように呟《つぶや》いて、少し立ち位置を変えた。そしてワタルに向かって言った。「おまえには全然わからないだろうけれど、ここはこいつらの張った結界の内側だ」

「ケッカイ？」ワタルは大声で問い返した。

「そうだ。結界形成の魔法としちゃ、えらく初歩的なものだけど、スラの木の作用に助けられているんだろうな」

「よくわからないよ」

二人のやりとりを、信者たちはウィンブルドンの決勝戦を見るように見守っている。ろうそくを捧《ささ》げ持っていた手が、みんな下がってしまった。

「トリアンカ魔病院なんて、存在していないんだ」と、ミツルは続けた。「昔はあったけど、今ここに残っているのは病院の廃墟《はいきょ》だけだ。それを結界の内側に囲い込んで、こいつらがアジトに使ってたのさ」

腰に片手をあてて、フンと鼻を鳴らすと、

「ただ厄介なのは、スラの森は実在してるからな。魔の成分がそこらじゅうに満ちてる。この結界を壊すには、そこで腰を抜かしてる魔導士の先生が呪文《じゅもん》を唱えるぐらいじゃダメだ。僕の言ってること、わかるかい、あんた？」

ミツルはローブの男に呼びかけた。

「もともとはあんたの作った結界なんだろうけど、スラの木の魔力を集めすぎちゃったんだな」

「な、生意気な」ローブの男は、極めて威厳を欠いた姿勢ながら、声の張りだけはちょっと盛り返してきた。「言わせておけば許し難い侮辱！　誅殺《ちゅうさつ》してくれる！」

もがくようにして立ちあがると、彼は何か呪文を唱えた。屋上のミツルは、杖によりかかるようにして興味深そうに見おろしている。

ローブの男の呪文に吸い寄せられるように、どこからともなくスラの木の枯れ葉が飛び集まってきて、みるみるうちに、二体のヒトの形を成した。ワタルに襲いかかってきた枯れ葉の怪人だ。何度見ても気味が悪くて、ワタルは後ずさりした。そばにいたはずの巨人は、とっくに信者たちの輪の方へ逃げていってしまっていた。

「忠実なる我が僕《しもべ》よ、悪しきものを倒せ！」ローブの男はミツルを指さした。

枯れ葉の怪人たちは、病院の外壁に取りつくと、まるで猿のようにするすると登り始めた。ミツルは面白そうに目を瞠《みは》って眺めていたが、それらが屋上まであと一歩というところまで達すると、胸の前で素早く手を動かして印を刻み、杖をさっと振った。

「汝《なんじ》我が内なる志の矢を受けよ！」

早口で唱えられた呪文が終わるや否や、枯れ葉の怪人たちはぴたりと動きを停めた。そして、今度は登って来たときと同じくらいのスピードで下に降り始めた。

「な、何だ？」

ローブの男は大あわてだ。また裾を踏んづけて、今度は完全に転んでしまった。そこへ、二体の枯れ葉怪人が襲いかかった。ローブの男の悲鳴が闇をつんざいた。

「消え失せろ《バニッシュ》！」

ミツルの鋭い声が飛ぶと、ローブの男を捉《とら》えて首っ玉をねじりあげようとしていた枯れ葉怪人たちは、一瞬のうちに形を失い、その場で枯れ葉の山となった。

「まあ、こういうことだ」ミツルは言って、杖を肩に担いだ。「言っとくけど、何体招喚しても同じだよ。あんたが魔力切れになるだけだ」

信者たちが再びどよめいたかと思うと、ろうそくを取り落とした。なにしろ大人数だ、彼らが動き出すのかと、ワタルは身構えた。

しかし、すぐに唖然《あぜん》として、今度は笑いだしてしまった。

信者たちが、次々と地面にひれ伏してゆく。両手で頭を抱え、命乞《いのちご》いをしている者もいれば、お辞儀を繰り返しているものもいる。もちろん、ローブの男が相手ではない。彼らは屋上のミツルを仰いでいるのだ。

ワタルは笑顔のままミツルを見あげた。「もう大丈夫だ。ありがとう！」

しかし、ミツルは全然笑っていなかった。むしろ、さっきまでより怖い顔をしていた。荷物みたいに肩に担いでいた杖をおろすと、仁王立ちの姿勢になった。

「調子のいい奴らだ」と、唾《つば》を吐くように言い捨てた。「強い者には、すぐに従う。みんなと同じことをしている分には、何をやっても安心ということか」

「ミツル？　降りてこいよ！」

ミツルはその冷たい視線を、ワタルの上にぴたりと据えた。

「見世物は終わりだけど、結界を壊す作業は残ってる」

「え？」

「オレがこんなところで足止めを喰《く》っていたのも、スラの森の魔力が濃くて、脱出するのに手間取っていたからなんだ。だけどこれだけの人数の気があれば――」

ワタルは一歩、建物に近づいた。「何言ってる？　どうする気だよ？」

ミツルはまた数歩動いて、立ち位置を変えた。打席に入ったバッターみたいに、足元を踏み固めている。

「気をエネルギーにして、魔法で結界を壊すんだ。森をなぎ倒し、葉という葉をすべて散らす魔法をさ」

「ミツル――」

「悪いけど」ミツルはちらっとワタルを見て、にやりと笑った。「どこに飛ばされるか、そこまではオレにもわからない。風次第だからな。せいぜい身体を丸くして頭をかばって、怪我をしないようにしてくれよ」

「どういうことだよ！」

「だから、こういうことだってば」

ミツルは両手を広げると、空を仰いだ。そして朗々とした声で唱え始めた。

「大いなる風の精よ、天に満ちるその力、請い招きて従う魔導の徒、ここに在り。願わくばその恩寵《おんちょう》をもって、我を封ずる魔を取り去り給《たま》え、打ち砕き給え、混沌《こんとん》の深き淵《ふち》へと捨て去り給え、エアロ・ラル・ステニグル――」

宙に差し出されたミツルの杖の宝玉が光り、それに呼応するように、夜空の一角が明るくなった。雲の切れ目が見える。風が——吹きつけてくる。ミツルは雲の上から風を呼んでいるのだ。

まともなことを考えられたのは、そこまでだった。次の瞬間には、吹き倒されて地面に転がっていた。つかまるものが見あたらなくて、身体を丸めたまま、ただごろごろと病院の建物の壁にぶつかるまで転がっていった。そこで外壁の装飾柱につかまって、かろうじて姿勢を立て直した。

そして、信じられないものを見た。

漆黒の空から、淡い銀色に輝く竜巻が降りてくる。ほとんど優雅と言っていいほどたおやかに、生きもののようにやわらかく、ゆっくりと左右に身をくねらせながら。

それは地上に近づいてくる。信者たちが、端から次々と吸い込まれてゆく。みんな泣いたり叫んだり祈ったりしているはずなのに、突風に遮られて何も聞こえない。断頭台の柱がぽっきりと折れて、竜巻の中心に呑《の》みこまれてゆく。斧《おの》が宙を舞い、その後を追いかけるように、斧の男の身体が吸い込まれてゆく。

何か布の塊が宙を泳いでゆくと思ったら、端っこからもがくように手が出て、足が出た。最後に顔が出た。ローブの男だった。あさましいほど大きく口を開けていたけれど、悲鳴は聞こえない。

ワタルが両腕を巻きつけてつかまっていた装飾柱が、不意に手応《てごた》えを失った。目をやって、驚きのあまり息が停まった。

石でできていたはずの柱が、いつの間にか木の葉の塊になっていた。風に煽《あお》られてふるふると震えながら崩れてゆく。

ワタルの身体も宙に浮いた。

# 21　嘆きの沼

風に巻かれ、目もくらむほど高い夜のてっぺんまで飛翔《ひしょう》し、空をよぎる――星が見えた。眼下の雲の切れ目で町の灯《あか》りが見えた。竜巻の真ん中に取り込まれると、そこは不思議なほど静かで、間断ない上昇気流が、まるで赤子を抱きあげる母親の腕のように柔らかく、ワタルが地上へと墜落しないように、優しく持ちあげてくれていた。

やがて少しずつ高度が下がり、雲の下に出た。どれくらいの距離を運ばれてきたのか見当もつかない。見おろす足元はただ一面に暗く、家々の屋根も牧場も山の端も見分けがつかない。それでも、高度はさらに下がってゆく。竜巻が下降しているのではなく、竜巻の内部で、ワタルの位置だけが少しずつ下がっているようだった。

やがて、地面に足がついた。竜巻の風の抱擁が離れると、思い出したように右腿《みぎもも》の傷がずきりと痛んで、ワタルは地面に倒れ込んだ。そこはベトベトと湿った土――いや、泥の海のようなところだった。

はっとして振り仰ぐと、銀色の竜巻のしっぽが、雲のあいだに消えてゆくところだった。空はまだ暗く、星が輝いている。

ミツルは、どこに飛ばされるか責任を持てないなんて言ってたけど、あの竜巻は親切だった。本当に危ないところを助けてもらった。ガサラで留置場に放り込まれたときとはわけが違っていた。今度こそ死が目前に迫っていたのだ。

――あいつには、二度も命を助けてもらっちゃった。

身体の下の泥は冷たいが、柔らかかった。凍るような冷気が身体にしみてくる。ともかく、こんなところにいつまでも座り込んでいるわけにはいかないと、立ちあがろうとしたけれど、ぬるぬる滑って上手《うま》くいかない。何かにつかまろうにも、目の届く範囲内には、ちょうどススキか蘆《あし》みたいなひょろひょろした草が茂っているだけで、手がかりにならなかった。

何とか二本の足で立ちあがったときには、ワタルはどろんこになっていた。腿の矢傷を縛ってある包帯も真っ黒だ。早くきれいにしないと――何だっけ、母さんが言ってた怖い病気、ハショウフウとかハイケツショウとかいうものにかかってしまうかもしれない。

蘆のような草の茂みを手でかき分けながら抜けてゆくと、前方に真っ平らで真っ暗な場所が見えてきた。とても広い。近づくと、そこは広場ではなく沼なのだとわかった。水面《みなも》が夜風にかすかに揺れ、星の光を撥《は》ね返している。ほとんど波もない眠ったような沼の畔《ほとり》に立つと、冷え冷えとした空気に包まれた。

ワタルはくしゃみをした。身体がぶるぶる震え始めた。

ここはどこだろう？　どこもかしこも真っ暗で、凍えそうなほどに寒い。

星明かりを頼りに、景色を見回す。沼はけっこう大きくて、視界には収まりきらない。蘆やススキに似た草が生い茂る湿原も、同じくらい広いようだった。

ただ一ヵ所だけ、ワタルの右手の前方に、こんもりと丸い森が見える。お椀《わん》を伏せたようなその森の中央に、か弱い光が灯《とも》っているようだ。ひょっとして地平の低い場所の星の光が、森の木立のなかに紛れているだけかもしれないと、よくよく目を凝らしてみた。はっきりわからない。

ワタルは両腕で身体を抱き、少しでも暖をとるためにさすりながら、とりあえず歩き出した。ともかく行ってみよう。ここで肺炎になるのを待っているわけにはいかない。歩いていれば少しは温かいし、そのうちに夜明けが来るかもしれない。

のろのろと進んでゆくと、森が近づくにつれ、あの灯りは星ではないとわかってきた。またたくのではなく、揺れているのだ。ランプか松明《たいまつ》の灯だろう。ヒトがいる——

湿原には生きものの気配さえ感じられず、底冷えがひどかったけれど、森が近づいてくると、ホウ、ホウという野鳥の鳴き声が聞こえてきた。さらには、森のなかに小さな三角屋根も見えた。ラウ導師の小屋をひとまわり小さくしたような小屋が、木立のあいだに隠れるように立っている。遠くから見えた灯りは、間違いなくこの小屋の窓灯りだった。

ドアを叩《たた》き、ワタルは呼んだ。「ごめんください、誰かいますか？　ごめんください」

返事はなかった。ワタルはさらにドアを叩いた。旅の者です、道に迷って困っています、誰かいませんか。

かすかな足音がして、ドアが内側に引き開けられた。黒いローブを着て、頭からすっぽりとフードをかぶった小柄なヒトが、こちらをのぞきこんでいる。

「ああ、すみません。こんな夜中に」ワタルは頭をさげた。「道に迷ってしまったんです。灯りを見つけて、ここまで来ました。少し休ませていただけないでしょうか。道を教えてもらえないでしょうか」

フードの下から、思いのほか柔らかな声が聞こえてきた。「怪我をしているのね」

女のヒトだった。ワタルは、ドアを押さえている指を見た。すんなりと白い指だ。

「どうぞお入りなさい。手当をしましょう」

女のヒトは脇に退《ど》いて、ワタルを通してくれた。小さな部屋に、赤々と暖炉が燃えていた。窓際でランプが光を放っている。さっきまで女のヒトが座っていたのだろう、暖炉のそばのゆり椅子が、まだ少しだけ前後に揺れていた。

女のヒトはワタルを小さな木の腰かけに座らせて、てきぱきと傷の手当をしてくれた。温かくて甘い飲み物もくれた。

「ありがとう。本当に助かりました」

ワタルのお礼の言葉を、女のヒトはフードを軽くうなずかせて受け入れた。ずっとかぶったきりなのだ。だから、顔が全然見えない。

「着替えた方がよさそうね。でも、あなたに合いそうなサイズのものがないの」

「大丈夫です」

「せめてシャツだけでも替えなさい。シャツなら、少し大きめでも大丈夫だから」

差し出された清潔で乾いたシャツは有り難かった。女のヒトはワタルの脱いだシャツや、ほどいた包帯をまとめて、小屋の外に出ていった。

狭い小屋のなかには家具も少ない。ほかには誰もいないようだ。ゆり椅子の脚元に置かれたカゴのなかに、真っ黒な毛糸の玉と編みかけのものが入っている。人心地がついて好奇心が出てきて、ワタルはちらりとその中身をのぞいた。とても小さな衣類——赤ちゃんに着せるものみたいだ。靴下もある。やっぱり小さい。するとこのヒトには子供がいるのだろうか。

だけど、それにしちゃヘンなこともある。カゴのなかの毛糸も編みかけの品も、みんな黒色なのだ。赤ちゃんに着せるものを、黒い毛糸で編むなんてことがあるだろうか。

——あのヒトの服も真っ黒だし。

「あの……」

女のヒトが戻ってきたので、ワタルは尋ねた。「すみません、あなたはもしかして、魔導士の方ですか？」

女のヒトは動きを止めて、ワタルをじっと見つめているようだ。

「いえ、ずっとフードをかぶっているから。それとも、ひょっとして星読みの方ですか？　ここに一人で暮らして、研究をしているのですか？」

フードに包まれた頭が俯《うつむ》いた。女のヒトはゆり椅子に近づいて腰をおろすと、小声で言った。「わたしのことは、知らない方がよろしいでしょう」

ひどく哀しげな口調だった。

「もうすぐ夜が明けます。東の空が白んできました。この森を反対側に抜けると、小道があって、やがてティアズヘヴンという町に出ます。町長を訪ねれば、旅の方には親切にしてくれるはずです」

「わかりました」ワタルは丁寧に頭をさげた。「何から何までありがとうございます。失礼なことを訊《き》いてごめんなさい。でも——あの、僕、本当に困っていたので、とっても嬉《うれ》しいんです。有り難いんです。こんなに親切にしてくださった方の、名前とかお顔とか知りたくて、それで——」

女のヒトは、ちょっと小首をかしげた。それから白い手をあげて、フードをとった。

ワタルは胸の奥であっと叫んだ。

——田中理《り》香《か》子《こ》だ。

父の愛人。父が母とワタルを捨てて家を出ていった原因。それなのに、家に訪ねてきて、母の方こそ悪いのだとなじっていった女。

うりふたつだった。気味悪いほどそっくりだ。

「これは失礼をしました」

女はやわらかな口調で言った。顔には微笑の欠片《かけら》さえなく、両の眉《まゆ》も目尻《めじり》も力なく下にさがっている。田中理香子の、最初から喧嘩《けんか》腰に尖《とが》った口元や、吊《つ》りあがった両目とは全然違う。

でも、くちびるのあいだから出てきた声もよく似ていた。少なくとも、理香子が静かにしゃべればこんな感じだったろうと思わせるくらいに。

「わたしときたら、ずっとこの悲しみの服装をしているので、今の今までフードをかぶったままでいることさえ忘れていたのです」

ワタルは声が出せなかった。それがかえって幸いだった。何か言えたとしたら、とんでもないことを言うに決まっているからだ。

「どうかしたの？　そんなに驚いて」

女は言って、ワタルに半歩近づいた。ワタルは一歩退いた。

「まあ……」女は当惑したようで、片手で頬を押さえた。「わたしはあなたを怖がらせてしまったのかしら。そうだとしたら、ごめんなさい。でも、なぜかしら」

ごめんなさい。田中理香子ならば、終生口にしそうもない言葉だ。それでワタルも少し正気に戻った。ここは〝幻界《ヴィジョン》〟だ。現世《うつしよ》じゃない。あの女がここにいるわけはない。

「す、すみません」ワタルは首を振った。「僕の知ってるヒトに、とってもよく似ていたから、ビックリしちゃったんです」

「そうだったの」女はうなずいた。だが、やはり笑みはない。愛想笑いさえも。よほど深い嘆きに沈んでいるのだろうか。

「悲しみの服装って言いましたね。何か辛《つら》い出来事があったんですか？」

女はすっと足を動かして窓際に寄ると、ランプの灯を消した。そしてうなずいた。

「この沼は〝嘆きの沼〟というのです」

ランプが消えても、小屋のなかは薄明るかった。確かに、夜が明け始めていた。ワタルも女に並んで窓際に立つと、黒い沼の水面を遥《はる》かに見渡すことができた。

「深い悲しみに嘆く者だけが、この畔《ほとり》で暮らすことを許されます。悲しみが消えたら、沼から立ち去らねばなりません。ここにいるあいだは黒い衣服しか身につけることができません。立ち去るときには、黒衣は沼に投じて捨てるのです」

「笑顔を見せないこともきまりですか？」

「ええ。ここにいるあいだはね」

「誰が決めたことなんですか」

「ティアズヘヴンの掟《おきて》なのです」

女は俯いて、なぜかしら、自分のおなかのあたりを掌《てのひら》で撫《な》でた。「わたしも元は、あの町の住人でした。帰れればいいのだけれど……」

その仕草に、ワタルはようやく思い当たった。信じられない。でも――

「おなかに赤ちゃんがいるんですね？」

女はさらに深く俯いた。「ええ……」

それもまた、田中理香子と同じだ。あの女は、父さんとのあいだに赤ちゃんができたと言っていた。そっくりだ。偶然？　それとも、幻界と現世は、何かしらシンクロするところがあるのだろうか。

「どうかしたの？」女はワタルの顔をのぞきこんでいる。「そんなに冷汗をかいて――。沼地を歩いたせいで、風邪をひいたのかもしれないわね」

その気遣いに溢《あふ》れた口調にすがって、ワタルは自分の心の混乱を収めようと、必死で努力をした。このヒトはあの女じゃない。だってこんなに優しいんだもの。このヒトはあの女とは全然違う生き方をしているヒトであるはずだ。

赤ちゃんができたなんて、すごくおめでたくて嬉しいことのはずだ。でもこのヒトは悲しんでいる。そうか、きっと赤ちゃんの父親、このヒトの愛するヒトが亡くなったんだ。だからここでひっそりと、赤ちゃんと二人きりで嘆き悲しんでいるんだ。そうに違いない。

「元気を出してください」ワタルは言った。大丈夫だ。僕もこのヒトに優しくできる。このヒトはあの女じゃないから。

女は顔をあげ、ワタルを見た。そのとき、昇り始めた朝日が、彼女の顔を明るく照らした。理香子そっくりの顔に金色の光が照り映え、その瞳《ひとみ》が輝くのを見て、ワタルはまた憤怒《ふんぬ》が突きあげてくるのを感じ、急いで心に封をした。違う、違う、別人なんだってば！

「いい子ね。ありがとう」

女はワタルの肩を軽く撫でると、小屋の戸口の方へ押しやった。

「でも、もう行った方がいいわ。わたしにそんな慰めの言葉をかけたことは、ティアズヘヴンのヒトたちには内緒にしておきなさい」

そして、サヨナラも言わずに小屋のドアを閉めてしまった。

小屋の後ろ側に回ると、森を抜ける小道が見えた。沼の畔ほど湿気《しけ》てはおらず、おはようとさえずりかわす小鳥たちの声を聞きながら、ワタルはゆっくりと歩いた。森を抜けるとすぐに小道は広くなり、ダルババ車の轍《わだち》の跡がある、広い街道に出た。矢印のついた標識が立っている。

「ティアズヘヴンはすぐそこ」

型押しされたようなきれいな活字の下に、落書きがあった。

「あんたが幸せなら用のない町」

# 22　ティアズヘヴン

本当に〝すぐそこ〟だった。

広々と平らな野原の真ん中に、きれいな白い石垣をぐるりと円形に築いて、町の周りを囲ってある。街道に面した側に、ガサラのそれよりもずっと小ぶりな門があって、見張り台の上で大柄な番人がタバコを吸っていた。

なんとなく、今までの町と様子が違うな。漠然とそう思った。何が違うのかと考えつつ、ゆっくりと歩いていると、門番が大声で呼びかけてきた。

「おーい、そこを行く坊ず、ティアズヘヴンに用があるかないか？」

痛む足をかばいながら、ワタルは返事を考えた。さっきの落書きが浮かぶ。今の僕は幸せだろうか？

結局、「よくわからないんです」と、素直に答えた。「道に迷ってしまって――。ここが何処なのかもわからない。僕はまだ、ボグ国のなかにいるんですか？」

門番はタバコを口の端にくわえると、ぴょんと地面に飛び降りた。そしてワタルに近づいてきた。

「とんでもない、ここはもうアリキタ国だ。と言っても、アリキタは広い。ここからアリキタの首都へ行くよりは、ボグとの国境の関所へ行く方がまだ近いよ。坊ずはどこから来たんだね？」

「リリスの郊外から」

門番がえっと驚いた拍子に、タバコが足元に落ちた。目が覚めるようなきれいな青い目の獣人《じゅうじん》だ。

「あんな遠くから？　その足で？　怪我をしているようじゃないか」

竜巻に巻かれて空を飛び、嘆きの沼に着地したと説明すると、門番はまた驚いた。ただ、竜巻云々《うんぬん》に驚いたのではないようだった。

「何てこった、嘆きの沼とは」感に堪えない様子でヒゲを動かしながら、彼は唸《うな》った。

「なあ坊ず、沼の畔で誰かに会ったかい？」

ワタルは黒衣の女のヒトに助けてもらったことを話し出した。が、ものの半分も話さないうちに、今までいちばん仰天した様子で、門番は両腕を振り回した。

「小屋だって？　あの女が小屋に住んでたって？　こりゃ参った！　ヤコムの奴、本当に独りで小屋を建てやがったのか！」

吠《ほ》えるように言って空を仰ぐと、

「坊ず、とにかくティアズヘヴンに寄ってくれ！　町長は坊ずに会いたがりなさる」

足が痛そうだからと、門番はワタルを背負ってくれた。

町に入ると、さっきの違和感の原因が、はっきりとわかった。この町は、建物がみんな平屋建てなのだ。屋根は真っ平らで、雨樋《あまどい》がすごく太い。そのうえ、建物はすべてみっしりと密集している。町じゅうの道路を全部あわせた面積よりも、屋根の面積をあわせた方が、うんと広くなるんじゃないか。

「珍しい建物ですね」ワタルは番人の背中で言った。

「ああ、そうか。坊ずはここのこと、何も知らないんだな」番人は笑った。「これは、空から降る雨を一滴でも多く受け止めるための造りだ。その雨を丁寧に濾《こ》して、何度も何度も濾して、俺たちは〝涙の水〟をつくる」

「涙の水？」

「この世でいちばん清らかな水さ。病人に与える薬や、最高級の化粧水の原料になる」

町長の家は、キューブのような建物が密集する、ほぼ真ん中にあった。そこにたどり着くまで、家のドアを開けてはズカズカとなかを通り抜けてゆくので、ワタルは住人に叱られないかと冷や冷やした。

「この町はこういう造りだから、通行用の家がちゃんとあるんだよ」

なるほど。どうりで家具が見あたらないはずだと納得したけれど、やがて到着した

「町長の執務室」も、物がなくて殺風景なほどさっぱりしていることでは、通行用の部屋と大差なかった。簡素な木の机と椅子、小テーブルがあるだけだ。

「やあやあ、わしが町長のマグですわい」

マグ町長は水人《すいじん》族だった。キ・キーマよりもっとオサカナっぽくて、頭のてっぺんに、大きな赤いヒレが、とさかのようにくっついている。驚くと、丸い目がぐるぐる動く。

ここでは、アンカ族ではない他種族が町の要職に就いている。トリアンカ魔病院で老神教信者たちと遭遇したことも話していいだろう——ワタルはそのあたりを簡単に説明し、沼で出会った黒衣の女のことまで話した。ただし彼女の忠告を容《い》れて、彼女に慰めの言葉をかけたことは黙っていた。

「いやぁ、これはまた驚きましたわい」マグ町長は水掻《みずか》きのついた大きな手で、自分の頭をぺしぺしと叩《たた》いた。「ワタルはん、あんたはその歳でハイランダーですかい。偉い、偉い。しかしお仲間は心配ですわいなぁ」

ただ、水人族ならば、

「ここから西に戻り、ボグ国境を渡ってさらに西へ進むと、お仲間の郷《さと》のサーカワですわいな。彼らは物を運ぶだけでなく、情報にも消息にも通じているから、訪ねれば、お仲間の行方が知れるかもしれんですわいね」

ワタルはほっとした。嬉《うれ》しかった。

「ありがとうございます。早速サーカワへ行ってみます」

「いやいや、それは傷がよくなってからにした方がよろしですわい。ここには良い薬がありますわいな。〝涙の水〟で煎《せん》じた薬は、そこらの売り薬とは効きが違いま」

　なんか、商売上手っぽい町長だ。

「それより町長――」すっかり腰を据えてしまった門番が、そわそわとせっついた。

「そろそろ、ヤコムの女房を呼んでこようか？」

　町長はちらりとワタルを見た。怪しげな感じではなかった。むしろ心配そうだ。

「ワタルはんは立派なハイランダーとは言え、まだお子や。こんなことに巻き込むのは、わしは気が進まんわい」

「だけどさ、追放してからずっと、誰もあの女の様子を見に行ってなかっただろ？　ワタルさんから話を聞ければ助かる――」

「追放？」ワタルは素早く問い返した。「あの女のヒト、町を追放されたんですか？」

わたしも元はティアズヘヴンの住人だったと言っていた――

　マグ町長は悲しげに首をうなだれると、

「よろし」と、短く言って立ちあがった。「ワタルはん、ちょぃとご足労ねがいま。なに、すぐそこですわい」

だからもうおんぶは要らんと、門番を仕事に戻すと、町長はワタルの手を引いて歩き出した。通行用の家をひとつ通り過ぎて、次のドアを開けると、町長は明るい声を出した。

「やあご婦人がた、今日はお加減いかがかな？」

そこは病室のようだった。明るく暖かい部屋に簡素なベッドが六つ据えられて、そのうちの五つが塞《ふさ》がっている。種族はとりどりだが、みんな女のヒトだ。

「や、サラ、お母さんのお見舞いか？！」

いちばん手前のベッドに、痩《や》せて顔色の悪いアンカ族の女性が横たわっている。その傍らに、まだ幼稚園児くらいの女の子がぴったりと付き添って、暗い目をしていた。

町長はその子を抱きあげると、頬ずりしながら、

「サラはまたべっぴんさんになったわい。それでも、もう少し元気な方がよろし。昼間は陽にあたって遊ぶこっちゃ」

女の子はとても可愛かった。視線があったので、ワタルは頬笑みかけたが、彼女は暗い目のままだった。

「すみません、町長さま」ベッドの婦人が枕に頭をもたせたまま、消え入りそうな声で謝った。「わたしもだいぶ具合がよくなってきたのですけど――」

「気にせんこっちゃ。サタミ、あんたの場合は、くよくよ考えるのがいちばんいかん。

よろしか？〝涙の水〟で煎じた薬でも治せない病気を治す薬が、この世にたったひとつだけおます。それは〝時間グスリ〟ですわい」

町長はサラをベッドの上に座らせると、頭を撫《な》でてやって、にこにこした。

「さあ、わしはこれからこちらの小さなお客人をご案内して出かけます。ご婦人方は、お医者の先生の言うことをよく聞いて、のんびりと療養してください。よろしな？」

ワタルは皆に会釈して、町長の後にくっついて執務室に戻った。再び向き合って座ると、町長はあのサラと同じくらい暗くうち沈んだ目になっていた。

「さてワタルはん」と、町長は切り出した。「あなたが嘆きの沼の畔《ほとり》で出会った女は、リリ・ヤンヌという名前のこの町の住民です。三月《みつき》ほど前に、ある理由があって、このわしが町を追放しました。わし――と、わしが代表する町の住人たちが許さない限り、リリはここへ帰ることはできまへん。他所《よそ》へ立ち退くこともできまへん。ティアズヘヴンを追放された者を、市民として受け入れる町も村も、どこにもございまへんからな」

「そこまでひどく罰せられるような何を、あのヒトはしたんですか？」

マグ町長はため息をついた。頭の上のひれが、ふるふると揺れた。

「それをお話しする前に、まずティアズヘヴンの成り立ちと歴史を、ざっと説明しないとあきまへん」

ティアズヘヴンは、南大陸に連合国家が形成される遥《はる》か以前から、「悲しみの町」として広く知られていたのだ、という。

「この町の暮らし方に、とりわけ他所の町と違うところはありまへん。違うのは、この住人たちのほとんどが、それぞれの故郷や住み暮らした土地で、死んでしまいたいほどの強い悲しみを味わって、それを癒《いや》すためにここに移り住んで来たヒトたちだ――ということだけですわい。つまりここは〝心の病院〟なのです。悲しみという病が癒《い》えるまで、一時的に身を寄せる場にすぎまへん。だから、家の造りも家具も調度も簡素なのですわい」

悲しみが癒えたら、いつでもこの町を出てかまわない。去る住民に、代々の町長は、

「二度とお会いすることのありませんよう」

と、声をかけるのがしきたりだという。

「悲しみの原因はいろいろですわな。愛するものを失ったり、信じていたヒトに裏切られたり。わしらは、深く理由を問いただすことはしまへん。ただ一緒に暮らし、助け合い、時が過ぎて傷が塞がるのを、淡々と待つだけですわい。半年で立ち退くヒトもいれば、十年いてもよくならないヒトもいる。悲しみの深さは、ヒトそれぞれだからですわい」

一方で、雨水から〝涙の水〟を精製し、それを町の生業とするようになったのは、

そう遠い昔のことではないという。

「本格的に精製を始めたのは、三十年ばかり前のことでおます。わしの前の町長が、それは頭の切れるヒトで、この地に降る雨の格別に清いことと、水を精製するというような、根気が要って、静かで、単純な作業だけれども片手間にはできないという仕事が、悲しみに沈んだ心にはよく効くということを、うまく結びつけたのですな」

町がそれを生業《なりわい》とするようになって、今の建物が建った。〝涙の水〟は、アリキタ国内で、目の玉が飛び出るほどの高値で売れるので、町の財政は豊かだという。

「この地に降る雨がなぜそんなに清いのか、はっきりとはわかっておりまへん。ササヤの星読みの大学者の先生が言うことには、ここから遥か西にあるアンドア台地を常に包んでいる純白の霧が、吹きおろす風に乗って、ちょうどこのあたりで雨に変じるからだということでおます」

アンドア台地――謎のデラ・ルベシ特別自治州があるところだ。そう、老神信仰の。

「しかしいくら清い雨水でも、濾しとらねば〝涙の水〟にはなりまへん。濾せば、水は清くなり、清くないモノが残ります。わしらはその清くないモノを、町からそう遠くない場所にはあるが、鳥さえ寄りつかず魚も棲《す》まぬ、暗い沼地に捨ててきました。それが〝嘆きの沼〟ですわい」

あの沼は、いわば〝穢《けが》れ〟の受け皿だったのだ。ワタルはあの冷え冷えとした沼の感触と、波さえ立たない水面《みなも》を思い出した。

「さて、ここはそういう町でおますから」マグ町長は続けた。「住民たちも他所者の集まりです。人口も知れたものです。ですから、大切なきまりがあります。皆ここに悲しみを癒しに来ているヒトばかりなのだから、互いに思いやり、労《いたわ》りあい、譲り合うこと。ティアズヘヴンのなかで争いごとやもめ事を起こし、ここで新たな悲しみの元をつくってはならぬということでおます。ところがリリ・ヤンヌは、長い長い町の歴史で初めて、公然とその決まりを破ったのですわい」

他人の夫を盗んだのだ、という。

「あの病室の、病んで痩せ衰えたサタミという女。あれの夫で、ヤコムという行商人の男と、いつの間にか密《ひそ》かに情を通じ、ついには赤子までもうけました。そして二人で駆け落ちしようとしたのでおます」

ワタルは目の前が真っ赤になり、耳の奥から津波のような音が押し寄せてきて、一瞬何も聞こえなくなった。ただマグ町長の悲しげな顔と、もぐもぐ動く口元が見えるだけ——

あの女はやっぱり田中理香子だ。

田中理香子と同じことをしてる。

田中理香子と同じ侵略者だ。

他人の幸せを食い尽くすケダモノだ。

「わしらは事情を知ると、すぐにリリ・ヤンヌを追放しました。サタミは夫を許し、取り戻したがっておりましたので、町に留《とど》めました。どれほど時間がかかっても、二人を和解させたかったのでおます。しかしリリ・ヤンヌの虜《とりこ》になったヤコムは勝手に町を飛び出し、行商の仕事をしながら、女のもとに通っているようでおますな」

リリ・ヤンヌは身ひとつで追放された、だからあの小屋は、ヤコムが愛人のために建ててやったものだろうと、町長は言う。

「サラが哀れじゃ」

目を拭《ぬぐ》って、そう続けた。

「サタミさんたちは――そもそもどんな悲しいことがあって、この町に？」

やっと声を絞り出して、ワタルは尋ねた。

「彼らはボグの出身でおます。流行病《はやりやまい》で、サタミの両親と、サラのすぐ下の赤子を失ったのです。こちらに来たのは一年ほど前のことですわい」

「あの女――リリ・ヤンヌは？」

「許嫁《いいなずけ》を病で亡くしたということでしたわい。父親はササヤの星読みで、なかなか立派な人物なのです。亡くなった許嫁も、星読みのたまごだったという話でおます」

ワタルはまた冷汗をかいていた。シャツの背中が湿っぽい。走っているみたいに心臓がどきどきする。

サラの暗い瞳《ひとみ》が思い出された。母さんが田中理香子になじられているとき、彼女に、妊娠していると告げられて逆上したとき、ワタルを引き取ると言われて彼女に飛びかかっていったとき、自室のベッドの下に隠れて縮こまっていたワタルも、きっとあんな目をしていたことだろう。リリ・ヤンヌが田中理香子ならば、サラは僕だ。痩せさらばえてベッドに横たわるサタミは母さんだ。

思わず、口走っていた。「許せない」

マグ町長が大きな頭をかしげてワタルを見た。「今、なんと？」

ワタルは手で顔を拭った。「何とかして、ヤコムの目を覚まさせないと」

町長は大きな目をぐりりと瞠《みは》った。「それはそうですが」

「ヤコムがリリ・ヤンヌの小屋に通っているならば、直《じか》に彼に会って説得するチャンスもあるってことですよね？」

「それはそうですが、わしらティアズヘヴンの住民は、〝嘆きの沼〟に近寄ることはできんのですわい。穢れが移りますからな」

「僕が行きます」ワタルはきっぱり宣言した。「僕なら住民じゃないから大丈夫です」

マグ町長はうろたえている。「しかしあんた、ワタルはん、あんたはお子や――」

「でも、ハイランダーです」

「そりゃそうかもしらんが」

「町長、僕もサラと同じなんです。僕の父も、母と僕を捨てて別の女のところに行ってしまいました。すごく自分勝手な理由を並べて、正しいことをしてるみたいに顔をあげて。だから僕は、捨てられる側の気持ちがわかるんです。嫌というほどよくわかります。お願いです、僕にヤコムを連れ戻させてください。サラのためにやらせてください！」

マグ町長は、口を開いたり閉じたり、赤いひれをぶるぶるさせたり、両手を組んだりほどいたり、しばらくのあいだ、ただただ困っていた。が、やがて小さく息を吐くと、

「よろしし、お願いしま。どのみち、わしらだけでは手に負えん。サラの気持ちを代弁できるというあんたに、頼ることにしましょ」

# 23 暗黒の水

それでもマグ町長は、ワタルの傷がよくなるまでは、〝嘆きの沼〟に近づかないこと——という条件を出した。それを呑《の》むのは易しいことだった。〝涙の水〟で煎《せん》じた傷薬は奇跡のようによく効いて、どれほど長くても十日も待てばよさそうだったからだ。

そのあいだ、ワタルは〝涙の水〟を精製している作業所を見学したり、自分もちょっぴりその作業を習ったり、町のあちこちを散歩したりして過ごすことにした。ティアズヘヴンでは、毎日朝と晩、さわさわと音をたてて、小一時間雨が降る。だから、町中で受けた雨水を溜《た》めておく貯水槽はいつも満杯で、濾《こ》しても濾しても材料には事欠かなかった。

雨水の精製に使われるのは、光沢のある滑らかな白い布で、それもまたこの町の住民たちの手作りだ。フフルネという特殊な草の繊維を紡いで作った糸で、それだけでも高級品なのだという。実際、〝涙の水〟の作業所で働くヒトびとは、必ずこのフフルネの糸で織った作業服を身につけなければならないのだが、それを買うだけのお金があれば、物価の安いナハトだったら一年は楽に遊んで暮らせるという。

町長の話では、サタミは水の作業所ではなく、フフルネ布の織り工場で働いていたという。これもまた集中力の要る作業で、女性向きなのだろうか、工場の織り手たちの大半が女性だった。サラは母親の病室にいるとき以外は、たいてい、この工場にいた。彼女の身の上を案じて世話をやいてくれる、サタミの友達がいるからだろう。ワタルは彼女を見かけると、こんにちはとか、何して遊んでるのとか、明るく声をかけるようにしたが、サラはヒト見知りなのか、さっと逃げ出してしまうか、そばにいる大人の背中に隠れてしまって、なかなかうち解けることは難しかった。

ティアズヘヴンの町には、子供が少ない。夫婦や家族でここに滞在しているヒトが、案外いないのだ。圧倒的に一人で来ているヒトが多く、長いこと外部とは手紙のやりとりさえしていないヒトも珍しくはないという。

「でもまあ、考えてみりゃそうだよな。そばにいる家族や友達じゃ癒《いや》しきれないほどの悲しみを抱えている――家族や友達を失くしたことが悲しみの原因になっている――どちらにしろ、当人はひとりぼっちだ。そもそもこの町に身を寄せようという時点で、悲しみだけじゃなく孤独も背負ってるんだよ」

これはあの門番の言葉だ。獣人《じゅうじん》の彼の名はブート。ナハトの生まれで、本当の職業は〝風来坊〟だという。彼自身はここの住人ではなく、マグ町長に雇われた使用人だった。

「もう五年くらい前になるかなぁ。風来旅の途中の関所で、ティアズヘヴンへ行きたいんだけど、一人では道中が不安だというヒトを、ここまで送ってきてやったんだ」

で、そのまま居着いてしまったのだという。

「ここは女が多いし、数少ない男たちは水汲《みずく》みや水運びの力仕事に忙しい。門番とか見回りみたいなことをやる男手が足りなかったんだな。それで町長に頼まれちゃってさ」

気のいい感じのいいヒトだけど、もしかしたらけっこう腕っ節が強いのかもしれないと、ワタルは思った。

「俺は物心ついたころにはもう風来坊だったし、ずっと一人だから、一人を孤独だとは思わない。不思議だよな。孤独はそれだけじゃけっして害のあるものじゃないのに、怒りや悲しみとくっつくと、すごく性質《たち》の悪いものに変わっちまうんだ」

昼過ぎのこと、ワタルはブートと並んで門の上に腰かけていた。彼はプカプカとタバコをふかし、ワタルは足をぶらぶらさせる。

「門番っていったって、たいした仕事があるわけじゃない。街道をヒトが通りかかったら、ティアズヘヴンへの来客かどうかを確かめて、お客だったら門を開ける。お客じゃなかったら手を振って見送る。ダルババ屋が来たら荷運びや荷おろしを手伝ぅ。そンだけさ。あとは日向《ひなた》ぼっこしてりゃいいんだ」

ブートはなぜここを離れないのだろう？　風来坊ゴコロが騒がないのかな。この町のヒトたちへの同情が、彼をここに留《とど》めているのかな。ワタルがそんなことを考えていると、ボグ側の街道にぽつりと人影が見えた。ぽくぽくと、早いペースで近づいてくる。ウダイに乗っているのだ。

「おーい」ブートが両手を口にあてて呼びかけた。「そこを行く旅のヒト、ティアズヘヴンに用があるかないか？」

ウダイの乗り手は手綱から片手を離して大きく振りながら、

「俺は行商人だぁ、あんたらこそ俺に用はないかぁ」と、呼びかけ返した。

「タバコはあるかぁ」

「あるある、いろいろあるよぉ」

行商人はアンカ族の小父《おじ》さんで、荷箱のなかにはタバコのほかにお菓子や玩具《おもちゃ》も入っていた。小さな木彫りの人形がワタルの目を惹《ひ》いた。簡単な彫りだけど、笑顔が可愛い。

「これ、ひとつください」

そしてブートに説明した。「サラにあげるんだ」

ブートは笑った。「いい兄ちゃんになれるなぁ」

行商人はウダイを降りて、自分もタバコをふかしながら、ひとしきり世間話をした。そのなかに、このあいだリリスの北の森の方で、不思議な銀色の竜巻が発生したという話があって、ワタルは耳をそばだてた。

「町は何ともなかったけど、スラの森はきれいさっぱり、刈り取られたみたいになっちまったんだよ」

ブートも興味深そうに話を聞いていたけれど、横にいるワタルがその竜巻に運ばれてきただなんて、顔にも出さなかった。余計なことはしゃべらない。〝悲しみの町〟の門番だ。

「ところでさ」タバコを吸い終えてウダイにまたがりながら、思い出したように行商人が言った。「最近、〝涙の水〟のまがい物が出回ってるという噂を聞かないかね？」

ブートは身を乗り出した。「何だぁ？」

「いや、俺もアリキタの港町で小耳に挟んだだけだけど、ただ、どうもティアズヘヴン以外の場所で作られた〝涙の水〟が、密《ひそ》かに高値で売り買いされてるらしいんだ。で、そのまがい物で煎じた薬を飲んだ病人が死んだとか」

「そりゃ、放っておけない話だ」真顔になるブートだ。

「つまり、誰かがまがい物を売りつけて詐欺をしてるってことですね？」と、ワタルは言った。「本物の〝涙の水〟を見分ける方法って、ないんですか？」

見た目はただの水だから、瓶に詰めてそれらしいラベルを貼れば、誰でも偽物をつくることができそうだ。

「もちろんあるよ」ブートは答えた。「簡単さ。〝涙の水〟には魚が棲《す》めないんだ。小魚なんぞ、十数えるうちに浮いてきちまう。もちろん、毒だからじゃないよ。あまりにきれいすぎるからなんだ。ここから売りに出すときだって、取引先じゃ小魚を用意していて、抜き取り検査をするんだよ」

「それじゃ、なおさら大変だ！」ワタルは立ちあがった。「そのまがい物は、お客を騙《だま》すために、ただの水に魚が浮いてくるような悪いモノを混ぜてるんですよ！」

「いやいや、そりゃないよ、坊や」行商人は首を振った。「アリキタのハイランダーは、強者《つわもの》ぞろいで有能だからね。病人がおかしな死に方をしたという訴えがあったとき、残りの水を押収して、調べたんだ。毒みたいなものは出てこなかった。出てきたのは、煎じた薬の成分だけだったそうだ」

ブートは鼻先に拳《こぶし》をあてて、ううんと唸《うな》った。「ブランチが動いているんじゃ、笑い事じゃないなぁ。こりゃ困った」

さっそくマグ町長に報告すると、大きな目をぐりぐりさせながら、すぐに詳しい情報を集めねばと、いきり立った。

「もし本当にそんなものが出回っているならば、ティアズヘヴンの存亡に関わる一大事だわい！」

ワタルも厳しい気持ちになって、町長の執務室を出た。通行部屋を抜けて青空の下に立つと、織り工場の方から、サラが小さな足を一生懸命にバタバタさせて、門の方へ駆けてゆくのが見えた。

「サラ、どうしたの？」

追いかけながら、ワタルは呼んだ。サラは振り返りもせず、一心に門のそばまで駆けていって、両手で門を押し開けようとし始めた。

「おいおい、サラ。どうしたね？」

ブートが上から尋ねると、

「ウダイは？」と、彼女は訊《き》いた。「門のところにウダイがいるって」

「ああ、そりゃさっきの行商人のウダイのことだな。もう行ってしまったよ」

サラの小さな頭が、がっくりとうなだれた。追いついたワタルは、その背中があまりにも寂しげで悲しげで、ちょっと声がかけられなかった。

ブートは門の上から身を乗り出して、優しくサラに話しかけた。「サラ、お父ちゃんのウダイが帰ってきたなら、このブートがでっかい声を張りあげて、サラがどこにいたって聞こえるように、ちゃあんと報《しら》せてやる。だから、心配しないで遊んでな」

そうか。サラは門のところにウダイがいると聞いて、父親が帰ってきたのじゃないかと、駆けつけてきたのだ。ワタルは胸をつかれた。

「こっちの兄ちゃんが」と、ブートはワタルの方に手を振った。「サラにいいものをプレゼントしてくれるってさ。何かな？」

促されて、ワタルはあわててポケットから木彫りの人形を取り出した。しゃがんでサラと同じ目の高さになると、

「はい、これ」と、差し出した。

サラはちょっとのあいだ、両手を背中に回したまま、小さな人形を見つめていた。それからやっとワタルの顔を見た。

「サラにくれるの？」

「うん」

「どうして？」

「このお人形の顔が、サラに似てるなって思ったから」

おそるおそるという感じで指をのばして、サラは人形に触った。ワタルはそれを、彼女の掌《てのひら》のなかにそっと預けてやった。

「アリガトウ」サラは小さく言った。「なんて名前？」

「僕？」ワタルは自分の鼻の頭を指さした。

「そうじゃないよ、人形の名前だ」ブートが笑った。「この兄ちゃんは、サラの好きな名前をつけてほしいってさ」

「トチー」と、サラは指で人形の頭を撫《な》でながら言った。

「トチーか。いい名前だね」

「妹の名前」

流行病《はやりやまい》で死んだサラの妹か。

「お母ちゃんが、トチーはお星さまになっちゃったから、もう帰ってこないって。でもお父ちゃんは帰ってくるって。くるよね？」

「サラが元気でいい子にしてたらな」と、ブートは言った。ワタルは、よちよち駆け去る彼女を見送りながら、拳を握りしめていた。

嘆きの沼の近くで、ヤコムがウダイに乗っているのを見かけた――という報せを受けたのは、それから二日後のことだった。〝涙の水〟を運び出すためにやって来たダルババ屋が、御者台の上から見たのだそうだ。

ワタルはさっそく嘆きの沼に出かけることにした。足はほとんどよくなったし、マグ町長がウダイを一頭貸してくれた。湿地を通ることになったら、これをウダイの蹄《ひづめ》につけるといいと、ちょっとごついカンジキみたいなものも渡された。

「これさえはいていれば、ウダイが泥や水に足をとられて転ぶこともないですわい」

ヤコムに会ったら何をどう話そうかなんて、筋道立てて考えてはいなかった。でも、父親を恋しがっているサラの切ない心の内は、泣きたいくらいによくわかっていたから、それさえちゃんと伝えることができれば、きっと上手《うま》くいくはずだ。ワタルは気負う気持ちでいっぱいになっていた。

森を抜け、リリ・ヤンヌの小屋に近づくと、小屋の窓には覆いがかかり、煙突からも煙が出ていないのがわかった。森のなかにウダイがつながれている様子もない。ドアや窓を軽く叩《たた》いてみても、しんとして返事がない。

二人で出かけているのだろうか。しばらく時間を潰《つぶ》してみても、何の変化もない。ワタルはもう一度ウダイにまたがり、沼の方へと向かった。あんなジメジメした場所に散歩に行くとも思えないけれど、ここに住み着くことを余儀なくされている身の上となれば、何かしら用事だってできるかもしれない。

嘆きの沼の水は、陽光の下で見ても真っ黒で、さざ波さえもたっていない。雨水から濾《こ》しとられたありとあらゆる不純物がここに集まっているのだと知った今では、こののっぺりとした静けさのなかに、ひどく不吉で不気味なものが潜んでいるような気がして仕方がなかった。沼の水それ自体が、アメーバみたいなひとつの大きな生きもので、じっと息をひそめ、卑屈に身を丸めてうずくまっている。でも、もしも誰かが不用意に近づけば、その生きものは敏感にそれと悟って、身体の一部を触手のようにのばし、襲いかかってくるのではないか。そして獲物を呑《の》みこんだ後は、たちまち静けさと平坦《へいたん》さを取り戻し、巨大で真っ黒な泥水の塊のふりをする作業に戻るのだ。

——悪いモノや穢《けが》れたモノだって、そこにそう在るためには、エネルギーを摂《と》り続けなきゃならないんだから。

どうしてこんなことを考えるんだろう。自分で自分を怖がらせているだけじゃないか。ワタルは軽く頭を叩くと、ウダイの脇腹を踵《かかと》で軽く小突き、人っ子ひとりいない水際に沿って足を速めた。

そのとき、ごくかすかに、「キー」というような声を聞いた。

ウダイを停めて、耳を澄ます。空耳だろうか？　いや、確かに聞こえる。でも、鳥の声もないこの沼に？

「キ、キー、ククク」

動物の声のようだ。弱々しい。周りを見回す。するとまた聞こえる。すぐ近くだ。前方の、蘆《あし》に似たひょろ長い草の茂みが、ざわざわと動いている。一瞬だけ、草の葉のあいだから、何か赤い鳥の翼みたいなものがちらっとのぞいた。

ワタルはウダイから降りて、勇者の剣を抜くと、ゆっくりと近づいて行った。空いた手で茂みを押しのけると、すぐに赤い翼が見えた。鳥ではない。羽毛や羽のかわりにウロコがはえている。真紅のウロコだ。そして、ワタルの手と同じくらいの大きさだけど、はっきりそれとわかる鉤爪《かぎづめ》の指。

——ドラゴンだ。

あまりの驚きに、息をするのも忘れて立ちすくんだ。嘆きの沼の黒い水と泥にまみれて、一頭のドラゴンが横ざまに倒れている。身体の半分ぐらいは沼に浸《つ》かり、翼と両手を弱々しく動かして、ひどく苦しそうだ。

その目が動いて、ワタルを見た。濃い色の瞳《ひとみ》が驚きで大きくなり、長い顎《あご》が持ちあがって口がパクパクする。鋭い牙《きば》はまるで真珠のネックレスみたいに粒ぞろいで、白く輝いている。

「おや、ヒトの子だ！」と、ドラゴンは声をあげた。「もしも君が良いヒトの子なら、僕を助けてくれるかい？」

ワタルは唖然《あぜん》とした。威厳さえ感じられる姿——とりあえず今は倒れて弱っているけれど、それでもなお——だけど、聞こえてきた声は拍子抜けするくらいに素朴というか、子供っぽいというか。

「どうしたの？」ぬかるみに足をとられないように気をつけながら、ワタルはドラゴンに近づいた。するとドラゴンが、長い舌をのぞかせてシャッというような声を発した。ワタルはぎくりとして固まった。

「この沼の水に、素手や素足を浸けてはいけない！」と、ドラゴンは言った。

どうやら、さっきの変な声は注意を促すためのものだったらしい。

「大丈夫だよ、僕はブーツを履いてるから。転ばなければ平気だよ」

ドラゴンはしばしばとまばたきをした。「そうか。君が良いヒトの子なら、その剣はもう鞘《さや》に収めていいと思うよ。僕は君を噛《か》んだりしないから」

ワタルは勇者の剣をしまうと、さらにドラゴンに近づいた。おっかなびっくり手をのばし、彼の首のあたりに触れると、さらりと乾いた感触と、体温が伝わってきた。キ・キーマの肩のあたりと、ちょっと似ている。

「怪我をしてるの？」

ドラゴンは悲しげに目を伏せた。「調子に乗って曲芸飛行をやりすぎたんだ。バランスを崩して、このとおりさ」

ちょっと可笑《おか》しい。ドラゴンでもそんな失敗をするのか。

「それで落ちちゃったんだね。でも、ここの柔らかい湿地で運が良かった——」

ワタルの言葉を遮って、ドラゴンは両手で泥をかきむしりながら、

「とんでもない！　この沼の水は痺《しび》れグスリみたいなものなんだ。ちょっとでも身体が浸かったら、そこからどんどん痺れが広がっていって、しまいには動けなくなっちまう！　僕はもう、身体半分が全然動かないんだよ。動くのは首と、この両手、僕の

身体のなかでいちばん小さいこの二本の手だけなんだ。おまけにここのどろんこには爪も立たない！　だから、どうやっても抜け出せないんだよ」

どうやらこのドラゴンは、ドラゴン族の子供であるらしい。それでも体長は二メートル以上あるだろう。とてもじゃないが、ワタル一人で水から引っ張り出してやることはできそうにない。どうしよう――と考えて、はっと思いついた。

「泥を上手くつかむことができたら、自分の力で水からあがれそうかい？」

「うん、たぶん」ドラゴンはうなずいた。「翼が乾けば、また飛べるだろうし」

「じゃ、ちょっと待ってて！」

ワタルは急いでウダイのところにとって返すと、蹄にはかせていたカンジキをふたつ外して、ドラゴンのそばに駆け戻った。

「ほら、これを手にはめてごらんよ。これなら、しっかりと泥の地面をつかむことができるんじゃない？」

試してみると、少しずつではあるけれど、ドラゴンは自力で自分の身体を引っ張りあげられるようになってきた。

「うーんしょ」頭を振り立てながら、真っ赤になって頑張っている――たぶん。もともと真っ赤だから、よくわからないけど。

「よいっしょと！」

ようやく翼が水から出た。さっきまで沼の水に浸かっていたその部分は、確かに、麻酔でもかけられたみたいにだらりと力を失っている。ワタルはちょっとだけぞっとした。

「うーん、うーん」

「もうちょっとだ、ガンバレ！」

ワタルも彼の背中に手をあてて押したり、首のあたりをひっぱったりして手伝った。ようやく、ドラゴンの身体の大部分が水から抜け出し、あとはしっぽが浸かっているだけになった。

「あとちょっとだ」

そのとき、「ぎょ？」というような声を出して、ドラゴンが両目を剝《む》いた。

「しまった！　カロンだ！」

「え？　何？」

ドラゴンはあわてて身体をくねらせ、自分のしっぽの方を振り返った。

「カロンだよ！　カロンが僕のしっぽの先に喰《く》いついてる！」

沼の水面に目をやると、さっきまで真っ平らだったところに、小さな波が立っていた。

「カロンて何？」

「この沼の魚さ！ おっそろしい食いしん坊なんだ！」ドラゴンは両手をじたばたと泥に突き立てた。「ああ、どうしよう！ ひっぱられる！ 水に引きずり込まれたら、僕なんか頭からガリガリ喰われちまう！」

騒いでいるあいだにも、確かにドラゴンの大きな身体が、じりじりと沼の水のなかへと引き戻されてゆく。カンジキの跡が、泥の上に線になって残る。水面のさざ波は、さらに大きくなっていく。

「その魚、やっつけよう！」ワタルが勇者の剣を抜いて身構えると、ドラゴンは大きく首を振り、ワタルを沼から遠ざけた。

「ダメだ、ダメだ！ そんなちっぽけな剣じゃ、カロンには歯がたたないよ。それより、僕のしっぽを切り落としておくれ！」

ワタルは、ドラゴンの大慌ての顔と、釣り糸みたいにピンと張ったしっぽを見比べた。

「しっぽを切る？」

「そうだよ。これから僕がうんと力を出して、できるだけ強くしっぽをひっぱり返す。そしたら君は、僕のしっぽを、できるだけ水面ギリギリのところで切っておくれよ。いいね？ できるだけギリギリだよ。たくさん切ったら痛いからイヤだよ。合図をするから、そしたらいっぺんですっぱりと切るんだよ。もたもた切ったら痛いからイヤだよ」

「ちょ、ちょっと待ってよ！」

「待ってたら僕はカロンに喰われちゃうよ。剣の準備はいい？ 足元を固めて。いいね？ じゃ、行くよ。いち、にい、さん！」

ドラゴンはうんとばかりに渾身《こんしん》の力を込めてしっぽをひっぱった。ワタルは無我夢中で勇者の剣を構えると、しっぽが水面から引っ張り出され、ぴりぴりと震えている場所めがけて振りおろした。

スパッ！

手応《てごた》えがあった。ドラゴンがぎゃっと叫んだ。嘆きの沼の水面がざざざと波立ち、その波の中心に、丸ノコギリの一部分みたいなものが一瞬だけのぞいて、水面下に消えた。

「痛《い》ったいよぉ！」ドラゴンは両手をバタバタさせている。目から涙がポロポロ落ちる。「ひどいじゃないかぁ、ギリギリのところで切らなかったろ！」

ワタルははあはあ息を切らしていて、すぐには何も言えなかった。ようやく出てきた言葉は、

「今のあれ、何？」

「何って、だからあれがカロンだよ！」

「あの丸ノコギリみたいなのが？　あれが口？」

「あれはカロンの背びれだよ。歯はもっともっとスゴイんだ」

ドラゴンは涙を流しながら、自分のしっぽを点検した。切り口は、ちょうど大根ぐらいの太さだ。赤い血が流れ出ている。ワタルは心配で背中が冷えたけれど、傷はみるみるうちに塞《ふさ》がって、涙よりもよっぽど早く、血は止まった。

「ああ、寒いなぁ」

ドラゴンはぶるぶる震えた。彼が震えると、周りの草むらも一緒に揺れた。

「君、ちょっと退《ど》いてくれる？」

ワタルは一歩離れた。

「そうじゃないの。もっともっと遠くまで退いて。あのウダイのところまで」

ワタルが言われたとおりにすると、ドラゴンは大きく息を吸い込んで、沼の方に首を向け、「せえの」という声と共に吐き出した。

ごうううううう！

呆気《あっけ》にとられて、ワタルはぽかんと口を開いた。ドラゴンの口から、炎が迸《ほとばし》り出たのだ。特大の火炎放射器だ。

炎が生み出す熱波はドラゴンを包み込み、ワタルの方にまで押し寄せてきた。まるで一陣の風のように、それが来たりて通過するのを、ワタルは肌で感じた。一瞬の熱気と、あとに残った焦げ臭い匂い。

――髪がコゲたんだ。

「やあ、乾いた、乾いた」

ドラゴンは上機嫌で、大きく翼をはためかせた。もう泣いてない。

「君、大丈夫だった？　どうもありがとう。ちょっと剣の腕が悪いけど、でも君は僕の命の恩人だよ」

「や、や、や、そんなこと」

膝《ひざ》がガクガクして、ワタルは動けなかった。ドラゴンは身軽に足を動かし、どしんどしんとワタルのそばに寄ってきた。

「君はどこから来たの？　どこへ行くの？　ウダイに乗ってるとこ見ると、行商人かい？」と、ドラゴンは尋ねた。

「う、うん。まあそんなとこ」

「そう。じゃあさ、助けてもらったお礼に、いいものをあげるよ」

ドラゴンは巨体の割には小さな手を持ちあげて、自分の首の後ろから、真っ赤なウロコを一枚引き抜いた。

「ホラ、これ」

ワタルはウロコを受け取った。紅宝石《ルビー》でできた靴べらみたいだ。

「それ、リリスに持っていって、腕のいい工芸師に見せてさ、笛を作っておもらいよ。龍《りゅう》の笛だ。君がどこにいても、それを吹いたら、僕には聞こえる。すぐに飛んできて、君を背中に乗っけて、どこへでも、行きたいところへ運んであげるよ」

ただ、気をつけてねと続けて、

「龍の笛は長持ちしない、すぐ壊れちゃうから、二度しか使えないよ」と言った。

「あ、ありがとう」

「こちらこそ。じゃ、そういうことで」

サヨナラの挨拶《あいさつ》か、ドラゴンは小さな手をしゃかしゃかと振ると、ゆっくりと羽ばたき始めた。次第にスピードが速くなる。アイドリングから、本格的なエンジンの始動。

ドラゴンの太い両足が、沼地からふわりと持ちあがったとき、ワタルはやっと声を張りあげて尋ねた。「な、名前は何ていうの？　僕、ワタル！」

ドラゴンはますます速く翼をはためかせながら答えた。「僕はジョゾ。ファイアドラゴンの末裔《まつえい》のジョゾだよ」

ジョゾは飛び立った。巻き起こる旋風《つむじかぜ》に、ワタルは思わず手で目をかばって頭を伏せた。風が収まったときには、ジョゾの姿は、天空の一角をピカリと彩る、真昼の赤い星つぶになっていた。そしてそれもすぐに、雲と光の狭間《はざま》に消えてしまった。

なんてこった。本物のドラゴンを見ちゃった。今まで、〝幻界《ヴィジョン》〟のヒトびとからドラゴンの話を聞かされたことは、たった一度しかない。カッツの語ってくれた、ファイアドラゴンの伝説。それだけだ。しゃべったり翼をバタバタさせたり、空から落ちて困っている生身のドラゴン族の話なんて、これっぽかしも耳にしたことはなかったのに。

いまだ夢を見ている気分で、ワタルはぼんやりとウダイにまたがり、ぽくぽくと歩き出した。ジョゾの吐いた炎の息が、あの鮮やかな真紅の色が、まだ頭のなかをいっぱいに満たしていて、陰気な沼地の光景も湿っぽい風も、現実味がなくなっていた。

そのせいだろう、行く手の湿地のなかに、小さな荷車をつけたウダイが一頭、ぽつんと停められているのを見かけても、すぐには何も感じなかった。荷車の荷台には、小さな瓶がたくさん積み込んである。ウダイの乗り手は荷車のそばを離れて、嘆きの沼の水際にかがみ込み、しきりと何かやっていた。

——手を水に浸《つ》けてる。

その瞬間、やっと夢の包囲が破けて、ワタルは大声で叫んだ。

「そこのヒト、駄目だよダメだ、沼の水に触っちゃ危ないよ！」

鳥の声も木立のざわめきも存在しない嘆きの沼に、その声は驚くほど鋭く響きわたった。水際にかがんでいたヒトは、はじかれたように立ちあがり、ワタルの方に向き直った。

　ワタルは急いでウダイを駆った。近づくにつれて、水際にいるそのヒトが、鞭《むち》のように鋭く身構えていることがわかった。頭からすっぽりと頭巾《ずきん》をかぶっているので、顔が全然見えない。

　ワタルが近づいて行っても、そのヒトは動かなかった。それでも、頭巾の目のところに空いた穴から、じっとこちらを見ている視線は感じられた。

　ウダイから降りながら、ワタルは言った。「もしかして、道に迷ったんですか？　喉《のど》が渇いているなら、僕が飲み水を持ってます。沼の水には手をつけちゃいけない」

　そのヒトは頑丈そうな革のブーツで足元を固め、こざっぱりした筒袖《つつそで》のシャツとズボンに、ポケットがたくさんついた革のチョッキを着込んでいた。行商人によくある出《い》で立ちだ。よく見ると両手にも革の手袋をはめている。その手で、荷車の荷台に積み込んでいるのと同じ形の瓶を握っていた。瓶の口が濡《ぬ》れている。

「この沼の水は痺《しび》れ薬みたいなもので――」

　言いかけて、ワタルはいきなり悟った。身体のなかの小さな小さな賢者が、いつまでたっても何も理解しようとしないワタルに焦《じ》れて、内側から杖《つえ》で頭を叩《たた》いたのかもしれない。それほどに出し抜けに、ごつんという感じで認識がやってきた。

　荷台に積まれたたくさんの瓶。頭巾で顔を隠したヒト。水際で何かしていた。

——まがい物の涙の水が出回っていて。

——それで病人が死んだ。

知識と目の前の光景が結びつき、ワタルは目を見開いた。その瞬間、頭巾のヒトがワタルめがけて手のなかの瓶を投げつけた。

ワタルは危ういところで瓶を避《よ》けた。頭巾のヒトは逃げ出して、荷車のウダイのところへ駆けてゆく。

「待て！」

ワタルは叫び、ほとんど反射的に勇者の剣を抜いた。何も考えずにしたことだったけれど、剣を見た頭巾のヒトは、ブーツの爪先《つまさき》が沼地の泥に食い込むほどの勢いで足を止めると、こちらを振り返った。

「生意気なガキめ」頭巾の下から、低い声が聞こえた。「そんな剣なんか取り出して、俺を捕まえようっていうのか」

明らかに男の声だった。相手の態度が変わったことが、それも危険な方向に転じたことが、ワタルにもはっきりと感じ取れた。

「そうだよ、捕まえるんだ。あんたを放っておくことなんかできない！」ワタルはシャツの袖をまくって、ファイアドラゴンの腕輪を見せつけた。「僕はハイランダーだ！」

頭巾の男は笑いだした。「驚いたね！　ブランチも安っぽくなったもんだぜ。夜寝る前に、お母ちゃんに子守歌を歌ってもらっているような小僧に、大切なファイアドラゴンの腕輪をやるとはな。坊ず、白状するなら今のうちだ。今の名乗りは嘘だろう？　腕輪は本物じゃないんだろ？　ハイランダーごっこをしてるだけなんだろ？」

ワタルはとりあわなかった。毅然《きぜん》として続けた。「あんたはこの沼の水を汲《く》みあげて、それをティアズヘヴンの〝涙の水〟だと偽って売っているんだろう？　立派な詐欺だ。死人まで出ている。自分のしていることがどれほどの悪事か、わかってるのか？」

頭巾の男はひるむどころか、両手を打ち合わせて大笑いをした。「おまえこそ、自分がどんな立場にいるのか、まるでわかってないようだな、坊ず」

すばやくチョッキの下に手を突っ込むと、何かを取り出してワタルに突きつけた。

これは——銃だ。ワタルが現世《うつしよ》で知っている銃よりは曲線の部分が多いけれど、それだって想像はつく。

ワタルが思わず一歩後退すると、頭巾の男は一歩前進した。そして言った。

「へえ、坊ず、これが何だかわかるのか？　感心、感心。こいつはな、魔導銃というものだ。アリキタで最近発明された、剣なんかよりもずっと頼りになる武器だ。おまえが剣を振りかざして俺に襲いかかってきたところで、俺はここから逃げもせずに、ただ指先を動かすだけで、おまえの頭に大きな穴を空けることができるんだ」

「銃ならば、知ってるよ」ワタルは静かに応じた。心臓がドキドキしているので、声を抑えるのは難しかったけれど、何とかできた。

「おかげで話が早い。坊ず、命が惜しければ、黙っておとなしくしていることだ。俺はとっととここを立ち去る。おまえは俺がいなくなったら、俺と会ったことも忘れて、誰にも何も言わないことだ。おまえだって、あたら若い命を散らして、おっかさんを泣かせたくはないだろう？」

ワタルは半歩右に動いた。魔導銃の銃口は、ぴたりとワタルに狙いをつけたまま、半歩分だけ一緒に動いた。

「逃げようとしたって無駄だ。避けられるものじゃない。ガキだから見逃してやろうと言ってるのに、ものわかりの悪い小僧だ」

「僕はガキじゃない、ハイランダーだ。ティアズヘヴンのヒトたちを守る責任がある。あんたの売りさばくまがい物の〝涙の水〟から、大勢のヒトたちの命を守る責任だってあるんだ！」

「バカらしい」頭巾の男は吐き捨てた。「あんな町の住民どもなど、守ってやる価値があるものか！　メソメソうじうじしながら、ただ寄り集まってるだけじゃないか」

ワタルはカッとなった。「あんたになんでそんなことがわかるんだ？　何も知らないくせに！」

「あいにくだな。俺はティアズヘヴンのことならよく知ってるんだ。つい最近まで、あの忌々《いまいま》しい町に閉じこめられていたんだから」

頭巾の男はウダイの鞍《くら》に片手をかけた。

「おまえとおしゃべりしているヒマはない」

ひらりとウダイに飛び乗ろうとする。ワタルは勇者の剣の柄《つか》を握りしめると、前後を忘れて突進した。

頭巾の男は大きく腕を振りあげると、ワタルに魔導銃を見せつけて、それから発砲した。バンという音がして、身を伏せるまもなく、ワタルの目の前に白い光が炸裂《さくれつ》した。

「え？」

いつか教会の廃墟《はいきょ》の地下で怪物《モンスター》と闘ったときと同じだった。勇者の剣を握った腕が勝手に動いていた。剣はワタルの前の空間を左から右へ移動し、あやまたず魔導銃の放った弾を捉《とら》えて、鋭く撥《は》ね返したのだ。

頭巾の男も驚いていた。一瞬手のなかの魔導銃を見おろして、それからあわててもう一度銃口を持ちあげた。

「小賢《こざか》しい小僧め！」

再びの発砲音。ワタルも今度はあわてなかった。心を鎮めて勇者の剣に任せた。剣はまた跳ねるように動いて弾をはじいた。跳弾が沼に飛び込んだのか、小さな水飛沫《しぶき》があがった。飛沫《ひまつ》がほんの一滴か二滴、ワタルの顔に降りかかった。冷たい。

「あんたの銃には、弾が何発入ってる？」ワタルは少しずつ頭巾の男との間を詰めていった。「残らず全部撃ち尽くすまで、やってみるかい？」

「クソ、何てことだ」

頭巾の男は悪態をつくと、身軽にウダイに飛び乗った。そして鞍の上で身をよじり、銃口をウダイと荷車をつないでいる縄の結び目に向けて、一発で撃ち抜いた。

その短いあいだに、ワタルの頭のなかに、凛《りん》として優しい声が囁《ささや》きかけてきた。

（ワタル、勇者の剣を使いなさい）

それは剣から——剣の鍔《つば》にはめこまれた、あの宝玉から聞こえてくるのだった。ワタルの指を伝わり、腕を伝いのぼり、頭のなかに直《じか》に訴えかけてくる。

（剣を使いなさい。この剣も魔弾を放つことができるのです）

ためらわず、ワタルは勇者の剣を上げると、さっき頭巾の男が魔導銃でそうしたように、剣の先で男に狙いをつけた。今にもウダイに鞭《むち》をくれようとする、その腕の付け根に。

剣はまたも、自然に動いた。空に素早く十字を切り、その十字の中心に剣先が戻る。

その動作をしながら、心のなかに伝わってきた言葉を、ワタルはそのまま唱えた。

「大いなる女神さま、聖なる精霊の英知の力よ、虚空を飛べ！」

鍔の宝玉が光った。剣先から白い輝きが迸《ほとばし》り出て、まっしぐらに頭巾の男の方へ飛んでいった。

光の弾丸は、男の右肩を撃ち抜いた。男は悲鳴をあげてウダイから転がり落ちた。怯《おび》えたウダイが走り出す。倒れ伏した頭巾の男の脇を、危ういところで蹄《ひづめ》が駆け抜ける。ワタルは男に駆け寄った。興奮と感動で頬が熱かった。勇者の剣でこんなことができるなんて！　こんな力が秘められていただなんて！

男は肩の傷を押さえて呻《うめ》いていた。落ちた拍子に頭巾がずれて、鼻先と顎《あご》が見えている。無精ひげの浮いた頬に泥がついている。

「ハイランダーが、魔法剣を使うなんて」驚きでうわずった声で、男は言った。「それもこんなガキが――おまえはいったい、何者なんだ？」

男のそばに膝《ひざ》をついたワタルは、しかし、彼の問いかけなど耳に入らないほどに、別のことで驚いていた。この顎の形。鼻の感じ。どこかで見た覚えがある。とても懐かしい感じがする。誰かに似ている――

まさか。そんなバカな。

閃《ひらめ》いた直感を、理性が押し返す。でも胸騒ぎを鎮めることはできない。左手が男の頭巾の方へ伸びてゆく。やめろ、その男の頭巾を剝《は》ぐのはやめろ、そんなことをしてはいけない、きっと後悔する。身の内の小さな賢者が叫んでいる。でも止められない。

　ワタルは男の頭巾をむしりとった。

現れた顔は、父の顔だった。三谷明《みたにあきら》に生き写しの顔が、そこにあった。いつも落ち着いて冷静で、時には非情にさえ思える瞳《ひとみ》の色までそのままだ。

嘘だ。こんなことがあるもんか。

父にそっくりな男は、憎しみに目をギラギラさせてワタルを睨《にら》んでいた。傷が痛むのか、歯を食いしばっている。

「あんたは――誰だ」

かろうじて、ワタルは訊《き》いた。舌が痺《しび》れたみたいになって、うまく声が出ない。

「名前など意味はない」男は食いしばった歯のあいだから言った。「俺はひとりの男だ。おまえのような小僧にはわからないだろうが、けっして悪人ではない。ただ自分の幸せを求めて、自分にできることをやろうとしているだけの男だ」

　この男は、さっき口走った――つい最近までティアズヘヴンに閉じこめられていたと。

　ワタルは悟った。「そうか、あんたはヤコムだ」
初めて、男がひるんだ。ワタルの顔から目をそらした。

「あんたはヤコムだ！　奥さんとサラを捨てて、リリ・ヤンヌと駆け落ちしようとして失敗した。リリ・ヤンヌは町を追放されて、今はこの〝嘆きの沼〟の畔《ほとり》にいる――」

それでわかった。

「あんたがまがい物の〝涙の水〟なんか売っているのは、リリ・ヤンヌを養うためだな？　彼女に小屋を建ててやったろ？　そのための金も、そうやって稼いだんだな？」

ヤコムの目が、険悪に細くなった。

「坊ず、なぜおまえが俺とリリのことを知っているんだ？　いやに詳しいじゃないか。誰にそんな話を吹き込まれたんだ？」

「誰に吹き込まれたわけじゃない。僕はリリ・ヤンヌに会ったこともあるし、あんたの奥さんのサタミに会ったこともある。サラのことも知ってる。サラがどんなに父親を恋しがってるのか、よく知ってる。それだけだ」

ヤコムは泥まみれになって起きあがると、魔法弾のあたった肩の傷を手で押さえて、ワタルから顔を背けた。サラの名前に反応したのか、父親という言葉が刺さったのか、瞳が沼の水の色を映して暗くなった。

「おまえのような子供が、生意気なことを」

呟《つぶや》く声も、張りを失っていた。

「俺だって、自分が何をしているか、わかっていないわけじゃない。勝手なふるまいをしているということぐらい、ちゃんと承知している」

「だったら——」

ヤコムはワタルの方を振り仰いだ。正面から見ると、その顔は本当に三谷明に生き写しで、ワタルは胸の底で何かがズキンと痛むのを感じた。

「だがな、坊ず。ヒトには、理屈ではどうしようもない〝想い〟というものがあるのだ。サタミはけっして悪い女じゃない。真面目で働き者で、優しい女だ。だが、リリと巡り合い、愛し合ってしまった以上、俺はもう引き返すことができないのだ。本当の愛というものを知ってしまったからには、もうまがい物のもとへ戻ることはできないのだ」

ワタルは声を振り絞った。「サタミさんとの愛がまがい物で、リリ・ヤンヌとの愛が本物だなんて、どうしてあんたに見分けられるのさ？」

ヤコムは口の端をひん曲げてニヤリと笑った。「坊ずも大人の男になればわかるさ」

「そんなもの、わかりたくもない！」

自分でもビックリするほどの大声が飛び出した。動揺した心が、身体の内側であっちに転がってぶつかり、こっちに転がってぶつかっている。ワタルは必死で自分自身に言い聞かせた。これは父さんじゃない。ヤコムだ。行商人のヤコムだ。僕の父さんの三谷明じゃない。別人なんだ。たとえ姿形がそっくりであろうと、似たようなことをして母さんと僕を苦しめていようと、こいつは父さんじゃない。違う、違うんだ。

「愛を知ることは、ヒトにとって何よりも大切なことだ」説教臭い口調で、ヤコムは言った。「一度愛を得たならば、それを手放すことは死よりも辛《つら》い。坊ず、おまえも一人前の男になれば、必ずそれがわかる。もっとも、おまえが本物の愛に出会えるかどうかは、俺にも保証できないが」

フフンと笑うヤコムの顔も、やっぱり父さんの顔とそっくりだった。ワタルが何か小生意気な意見を述べたとき、好きなだけ言わせておいて、ではこれから君の意見がどれくらい間違っているか、僕がじっくりと検証してあげようと、ゆったりと椅子に座り直すときの三谷明に。

——ワタル、君は少し考え違いをしているようだね。

そう切り出すときの、父の微笑に。

とうとう耐えきれなくなって、ワタルは足元の泥に視線を落とした。そのまま言った。「サタミさんの気持ちはどうなんだい？　サタミさんがあんたに感じてる〝愛〟はどうなんだい？　それだって本物だ。今あんたが言ったことが正しいなら、サタミさんがあんたへの愛を手放すのは死ぬより辛いと思うことだって正しいはずじゃないか」

ヤコムは首を振った。「サタミは俺を愛してなどいない。ただ生活のために、俺にしがみついているだけだ」

「勝手に決めつけるなよ！」

「坊ずこそ、他人の家のなかのことに黄色いクチバシを突っ込むんじゃない！」

ワタルはひるまなかった。「サラはどうなんだ？　サラが父親であるあんたに抱いてる〝愛〟はどうなんだよ！」

「親子の愛は、また別物だ」

「あんたは卑怯《ひきよう》だ。自分に都合のいい屁《へ》理屈ばっかりこねてるじゃないか。サラは、あんたが帰ってきたんじゃないかって、ウダイがティアズヘヴンのそばを通りかかるたびに、小さい足で一生懸命に門のところまで駆け出してくる。その姿を、あんた見たことないだろ？　一度だってそんなサラを目にしたら、今みたいな屁理屈、絶対に並べられないはずだよ」

一瞬、ヤコムは押し黙った。それから急に、怪我をしていない方の手を素早く動かして、傍らの泥をひとつかみすくいとると、ワタルに向かって投げつけた。とっさに避けたけれど、泥の飛沫《しぶき》がワタルの顎に飛び散った。「何するんだよ！」

再び、ヤコムの目が燃えていた。さっきワタルに銃を向けたときと同じ、憎しみの光が、彼の瞳を内側からギラギラと輝かせている。

「子供、子供、子供！」と、ヤコムは絶叫した。「子供だから何だというのだ！　もともと俺が与えてやった命じゃないか！　子供だというだけで一生親を縛りつける権利があると言い張るのなら、こっちにだって言い分がある。どうしても俺という親がいなくては生きていけないというのなら、そんな命など、最初《はな》から無用だ！　俺がこの手でサラの命を絶ってやろう。サタミだって同じだ。どうしても俺がいなくては生きられないというのなら、俺がこの手で殺してやる！」

　ワタルは息が詰まるのを感じた。頬が熱くなるのを感じた。突き出されたヤコムの顎。唾《つば》を飛ばさんばかりの勢いで言い募る口。吊《つ》りあがった眉《まゆ》。強い自己主張に光る瞳。父さんだ。父さんにそっくりだ。いや、父さんそのものだ。耳に突き刺さるのもヤコムの声じゃない。これは父さんの声だ。三谷明が、ワタルに向かって宣言しているのだ。

——子供だから何だというのだ。もともと僕が与えてやった命じゃないか。ワタル、おまえが僕の子供だというだけで、一生僕を縛りつける権利があると言い張るのなら、僕にも考えがある。おまえを捨てるのは残酷だと言うのならば、おまえが望むとおりにしてやろう。

——父さんはおまえを捨てはしない。

——もともとおまえは、父さんがいなくてはこの世に誕生しなかった命だ。

——だから父さんは、おまえが生まれてこなかったことにしようと思う。

――おまえを捨てるかわりに、おまえを消してしまうことにしよう。

それこそがワタル、おまえの望みなのだろう？

ふらりとめまいを感じた。足元がふわふわする。心のなかでは怒りがマグマのように煮えたぎっているのに、なぜかそれが急に遠いものになったような感じがする。

――倒れそうだ。

宙に手を泳がせて、ワタルはつかまるものを探した。そんなものはあるはずもなく、足が一歩、大きく脇に動いてよろけた。

「どうしたんだ、坊ず？」

ヤコムが問いかける。その声も、さっきまでより小さく聞こえる。ガラスごしに話しかけられているみたいだ。いや、ヤコムだけじゃない、周囲の何もかも、嘆きの沼の冷たい空気や陰気な風までも、透明な壁一枚隔てた向こう側のもののように感じられる。まるで、ワタル一人がコップのなかにでも落としこまれたみたいだ。

「坊ず、おまえは家に帰った方がいい」ヤコムが薄笑いを浮かべてそう言った。「帰って、おまえの親に訊《き》いてみろ。俺とおまえのどちらが正しいか尋ねてみろ。もちろん、おまえの親は、俺が間違っていると答えるだろう。だがな、坊ず。それはまやかしだ。真実の答ではない。親の本音ではないのだ。おまえの親たちだって、俺と同じように、一度しかない人生に、大事な決断を迫られたならば、必ず、俺と同じ結論を出す。そうしておまえら子供は捨てられるのだ。いいじゃないか、もともと親にもらった命だ。何の代償もなしに、無料《ただ》でもらった命だ。ありがたいと思って、おとなしく捨てられるのが身のほどというものだ！」

　ワタルの視界が暗転した。

# 24　死の幻影

倒れてゆく。身体が後ろにひっぱられる。棒立ちになったまま、仰向《あおむ》けにひっくり返る。波打ち際に立って、足の下の砂が波にさらわれてゆくのを感じる——あれとそっくりだ。倒れる、倒れる、倒れる——

だがワタルは倒れなかった。

自分がふたつに分かれるのを見た。

身体の前面から、まるで魂が抜け出るみたいに、半透明のワタルがするりと分離した。それは沼の泥の上に立つと、ちらりとワタルを振り返り、親しみを込めてニコリと笑った。

ワタルは動けなかった。声を出すこともできない。痺《しび》れたみたいに、指一本動かすこともできない。

——さっきの、あの泥。

顔に跳ねた湿った泥には、沼の水が含まれている。その毒が効いてきたのだ。だから痺れて動けないのだ。そして今ワタルが目の前にしているもう一人のワタルは、沼の水の毒が見せる幻覚だ。幻影だ。

その幻影は、ヤコムの方に足を踏み出した。そしてするりと、勇者の剣を抜いた。

ヤコムが泥のなかに座ったまま、わずかにひるんだように身構えて、ワタルの幻影に向かって何かを叫んだ。

ワタルの幻影が、勇者の剣を振りあげた。ヤコムが傷ついていない方の手で顔をかばう。そのあいだにも、必死で叫んでいる。

——いけない。僕はそんなことをするつもりじゃない。

幻影の手のなかで、勇者の剣の切っ先がぴかりと光る。

僕はヤコムを殺そうなんて思っていない父さんを殺そうと思ってなんかいない父さんを憎いなんて思っていないこれは父さんじゃないこれは僕じゃない——

勇者の剣が振りおろされる。

一撃、二撃。ヤコムが悲鳴をあげ、四つん這《ば》いになって逃げ出す。その背中に刃《やいば》が刺さる。幻影のワタルから剣を取りあげようと、ヤコムは抵抗する。その掌《てのひら》を刃が斬る。

今やヤコムは全身泥まみれで、顔には彼自身の血が飛び散っている。腰が抜けたみたいにわなわな震えながら、それでも逃げ出そうとする。幻影のワタルが彼の襟首を後ろからつかまえる。そしてその首に――

――やめろ！

グサリと勇者の剣を突き立てた。血が噴き出して、幻影のワタルのシャツに跳ね返る。

泥の上につっぷしたヤコムの手が、助けを請うように宙に差しのばされ、やがて、ぱたりと落ちた。

ワタルの幻影は、ヤコムの亡骸《なきがら》から剣を引き抜いた。サッとはらうと、刃に残った血が跳ねた。ワタルの幻影は、無造作に剣をしまうと、一歩下がってヤコムを見おろし、無慈悲にもその身体を足で蹴《け》り飛ばした。

ヤコムの亡骸は、沼の浅瀬に転がった。ワタルの幻影がもうひと蹴りすると、それはさらに深いところまで行った。ヤコムの衣服に沼の水が染みこみ、その重さで、さらに深い方へと沈んでゆく。

黒い沼の水を分けて、カロンの背びれがぎらりと姿を現した。ワタルは依然として身動きもできないまま、ただじっと、恐ろしさに身体の芯《しん》まで凍りつきながら見つめるだけだ。

カロンはヤコムの亡骸の周りを円を描いて泳いでいる。ヤコムはどんどん沈んでゆく。そして、彼の背中とシャツの一部がぽこんと水の下に消えたとき、大鎌のようなカロンの尾びれがざばりと持ちあがり、水面を叩《たた》き、凶悪な銀色の光をワタルの目の底に焼きつけて、水の下へと潜っていった。

気がつくと、幻影のワタルがこちらを見ていた。さっきと同じように、親しみのこもった頬笑みを浮かべている。

ワタルはかぶりを振りたかった。でも首が動かない。なんてことをするんだと叫びたかった。でも声が出ない。

笑顔のままワタルに背を向けて、幻影のワタルは歩き出した。ワタルもそれについてゆく。足は動かないのに、歩けないのに、それなのについてゆく。まるでワタルの方が実体のない幽霊で、宙を漂っているみたいだ。

どこへ行く？　幻影のワタルは、しっかりとした足どりで進んでゆく。沼の泥を踏みしめ、頭をしゃんと上げて。

やがて、リリ・ヤンヌの粗末な小屋が見えてきた。幻影のワタルはそちらに歩み寄る。ノックもせず、ためらいもなく、そのドアを開け放つ。そして小屋のなかに足を踏み入れた。

黒衣の女は、あの夜ワタルに勧めてくれた硬い椅子に腰かけて、フードをかぶった頭を深く垂れ、両手で顔を覆っていた。

幻影のワタルが彼女のそばに立つと、リリ・ヤンヌは顔をあげた。泣き濡《ぬ》れていた。

「ああ」と、彼女は呻《うめ》いた。「あなたはあのヒトを殺してしまった」

ワタルの幻影は、頰笑みながら勇者の剣を抜いた。

「わたしはあなたを助けてあげたのに、あなたはわたしの愛する男を殺してしまった」

リリ・ヤンヌは幻影のワタルに両手を差しのべ、すがりついた。

「どうして？　どうしてわたしのヤコムを殺したの？　あのヒトが、わたしたちが、どんな悪いことをしたというの？　わたしたちはただ愛し合っていただけ。その愛をまっとうしようとしただけ。それなのに、どうしてあなたはあのヒトを、まるで罪人を裁くように斬り殺してしまったの？　あのヒトを沼の水に沈めて、カロンの餌にしたりしたの？」

幻影のワタルは剣を構えた。

「なぜなら、おまえたちが邪悪だからだ」

笑顔のまま、ワタルの声でそう言って、それはリリ・ヤンヌの胸に剣を突き立てた。彼女は声もなく椅子から崩れ落ち、床に倒れて黒い布のかたまりのようになってしまった。

剣を鞘《さや》に収めると、幻影のワタルはワタルに近づいてきた。ワタルは逃げようとした。それとひとつになることはできない。こんなことをしたのは僕じゃない。これは僕じゃない。僕にはこんなことはできない。

しかし、幻影のワタルはあっさりとワタルのなかに戻ってきた。

とたんに、地面に両足がついた。居眠りから覚めたみたいに首がガクンとなり、ワタルははっと身をこわばらせた。

リリ・ヤンヌの小屋の外に立っていた。

小屋のドアはきちんと閉じられている。ワタルは、全速力で走った後みたいに息を切らし、汗びっしょりになっていた。これもまた、悪い夢から覚めたときと同じだった。

——そうだ、これは幻覚だ。

僕は幻を見ていたんだ。あれはホントに起こった出来事じゃない。今、手をのばしてドアを開けたら、リリ・ヤンヌはあの椅子に座っていて、黒い毛糸で赤ちゃんのおくるみを編んでいるだろう。彼女は死んでない。僕は彼女を殺してなどいないのだから。

確かめるのは簡単だ。ドアをノックしてみればいい。ごめんくださいと声をかければ、きっと彼女が開けてくれる。さあ、やってみろ。やってみるんだ。

できない。そうしようと思っているわけじゃないのに、足が後ずさりしてゆく。できない、僕にはできない。

沼の畔《ほとり》に戻ってみよう。ジョゾを助けたあの場所に、ウダイをずっと待たせたままだ。あれにまたがって、ティアズヘヴンに帰ろう。診療所の先生に診てもらうんだ。沼の水の毒にあたってしまいました。解毒剤をください。そして冷汗に濡《ぬ》れたシャツを着替えて、サラの顔を見に行くんだ——

リリ・ヤンヌの小屋のドアが、つと開いた。ほんの十センチくらいだろう。その隙間から、小さな手が出た。腕が出た。そして頭がするりとのぞいた。

赤ん坊だった。

素っ裸で、手も足もまるまると太っている。絵本に見る天使のように整った顔をしていて、目は閉じられている。

それでも、どこかがおかしかった。何かがへんてこだった。普通の赤ちゃんじゃない。肌が——

肌が灰色だ。石の色だ。そうだ、この赤ちゃんは石でできていた。

それはドアからすっかり姿を現すと、閉じた目をワタルの方に向けた。そうか、この子は盲目なのだとワタルは悟った。

赤ちゃんの口が開いて、ワタルに話しかけてきた。それは赤ん坊の声ではなかった。重々しく、かすれて割れた老人の声だった。

「おお、この血も涙もないヒト殺しめ」

ワタルは総毛立った。足ががくがくした。

「おまえが私の父と母を手にかけたが故に、わたしはこの世に生を享《う》けることができなかった。この目は光を見ることあたわず、この口は母の乳房を含むこともなく、この耳は子守歌を聴くこともなく、この足で大地を踏みしめることもない」

ゆっくりと、ゆっくりとかぶりを振りながら、ワタルは後ずさりをした。

「僕じゃない」

わなわな震えるくちびるから、やっと声が出た。

「僕が殺したんじゃない」

「言い訳など空しい。おまえはヒト殺しだ」赤ちゃんがぷっくりした指でワタルをさした。「おまえの汚れた魂をどうしてくれよう。この悲しみをどうすればよい？　行き場を失った私の身体は石と化し、もはや涙さえも流れぬというのに」

ワタルは絶叫した。「僕が殺したんじゃない！」

赤ちゃんの口が醜く歪《ゆが》んだ。「このうえは、おまえの剣を取っておまえの身体を貫き、その魂をえぐり出してくれよう。おまえの肉が腐れ、おまえの骨が凍《い》てつく地で風にさらされ、うつろな音をたてるよう、百の夜と昼が過ぎるまで呪ってやろう。死さえもおまえには安住の場を与えず、彷徨《さまよ》うおまえの魂は、混沌《こんとん》の淵《ふち》で、久遠の罪の業火に焼かれるのだ！」

信じられないようなスピードで、赤ちゃんがはいはいのままワタルに飛びかかってきた。ワタルは声もなく、まろぶようにして逃げ出した。

走っても走っても、肩ごしに振り返ると、石の赤ん坊は風のような速さで追いかけてくる。その顔は今や安らかな赤子の表情とはほど遠い。こけつまろびつ、転んでは地面をひっかくようにして立ちあがり、追いつかれないかと振り返って一瞬盗み見るだけなのに、ワタルは赤ん坊の顔の上に無数のヒトを見た。ヤコムを、リリ・ヤンヌを、サタミを見た。父を見た。母を見た。理香子を見た。ヒトを憎み呪うすべてのヒトの顔を見た。ヒトを傷つけ足蹴《あしげ》にするすべてのヒトの顔を見た。

そこにはもちろん、自分自身の幻影の顔も混じっていた。

走って走って、キョトンとしている自分のウダイのそばを通り過ぎた。沼の水を詰め込んだ瓶を載せた、ヤコムの荷車のそばも通り過ぎた。走って走ってゆくうちに、沼の水の上にカロンが背びれを見せて、ワタルに並んで進んでいることに気がついた。

カロンは、ここに獲物がいることを知っているのだ。ワタルが石の赤ん坊に倒されて、沼に投げ込まれるのを待っているのだ。恐怖のあまり泣きながら、呼吸を求めてあえぎながら、ワタルは走って走って走り続けた。

やがて目の前に白い霧が漂い始めた。足元の地面も、沼の黒い水面も、霧に閉ざされて見えなくなってしまった。もくもくと濃い霧のなかを、ワタルは泳ぐようにもがいて走り、何度目かに振り返ったとき、背後の赤ん坊も見えなくなっていることに気がついた。

――安心しちゃダメだ。逃げなくちゃ。

心は叱咤《しった》しても、もう足が動かなかった。膝《ひざ》が折れ、がくりと前のめりになると、もうどうやっても立ちあがることができなかった。

――ダメだ、ダメだ、走るんだ。

怯《おび》えて縮みあがった魂が、助けを求めて泣き叫んでいる。身体の内のその声を聞きながら、ワタルは気を失った。

白い霧の底に、闇が滑り込んで来た。やがて闇はすべてを満たし、ワタルはそのなかに俯《うつぶ》せにつっぷして、精根尽き果てて眠るだけだった。

ケロロロ……ケロロロ……

どこからか、カエルの鳴き声が聞こえてくる。

ケロロロ……ワタル……ケロロロ……

どうしてこんな場所にカエルがいるんだ？　途切れた意識の底で、ワタルのなかの小さな賢者だけが目覚めていて、周囲に聞き耳を立てている。

ケロロロ……ワタル……聞こえる？

甘い声が語りかけてくる。何度も聞いたことのある声だ。知っているはずの声だ。

ケロロロ……気にすることないわ。あなたは間違ってない。正しいことをしたのよ。あなたが本当にやるべきことをしたのよ。現世《うつしょ》にも〝幻界《ヴィジョン》〟にも、まやかしの善意ばかりが満ちている。そんなものには何の価値もないわ。あなたは正しいことをしたのよ。

何かの命を絶つことが、正しい場合だってあるのよ。あなたは邪悪なヒトを殺しただけ。あれは正しいことだったのよ――

「違う！」ワタルは叫んだ。「僕は殺してない！」

ぜいぜいとあえぎながら、手で口元を押さえた。震えが止まらない。どこだ？　ここはどこだ？　あの石の赤ん坊は？

「君、大丈夫かい？」

すぐ傍らから声がした。ワタルはまたぎゃっと叫んだ。やみくもに逃げ出そうとして、どこかから転がり落ちた。床の上に落ちた。

「おいおい、しっかりしてくれ。君は夢を見てたんだよ。もう目を覚ましたんだ。ここは安全だよ」

生真面目そうな黒い瞳《ひとみ》が、ワタルの顔をのぞきこんでいた。

# 25
# 北の凶星《まがぼし》

とても若い男のヒトだった。ちょっと見には、リリスの教会の司教がまとっていたのとよく似た灰色のローブを着ているけれど、これは袖《そで》が筒になっていて、丈も少し短く、動きやすそうな感じだ。

「どれどれ、熱はどうかな？　ちょっと失敬」と言って、彼はワタルの額に手をあてた。そして、すぐに顔をほころばせた。

「ああ、良かった。さがったようだ。薬箱のなかに毒消しと熱冷ましが入っていて、本当に助かった。一時はどうなるかと思ったよ」

ちょうど六畳一間くらいの、小さな部屋のなかだった。ワタルは質素な木の寝台に横になっていた。上掛けも枕も素朴な生成《きなり》の色だけれど、布団はふかふかして温かい。

「ここは……？　あなたは？」

若い男のヒトはにこにこ笑いながら、ちょっと頭をさげた。「僕の名前はシン・スンシ。ササヤの国営天文台付属研究所の研修生だ。どうぞよろしく」

「はあ……よろしく」ワタルはあわてた。「というか、僕はあなたに助けてもらったんですね？　ありがとうございました」

「どういたしまして。おなかがすいたろう？　たいしたものはないけれど、今、温かいスープをあげるからね」

　パタパタと足音をたてて、彼は部屋の隅の小さな台所のようなところへ行った。室内にはほかに、たくさんの書物が山積みになった机がひとつ。対になった椅子がひとつ。書棚にもぎっちりと書物。さらにそこから溢《あふ》れた書物が床にも積みあげられていて、実際のところ、シン・スンシが今行ったり来たりしている細いスペースが、唯一、自由に移動できる〝道〟になっているようだった。

　どうやらここも小屋のようだ。天井は見あげるほどに高く、ロフトのような屋根裏がついている。そこに上るには、机のすぐ脇にある梯子《はしご》を使うようである。

　――ササヤの国営天文台？

　ワタルは、いちばん最初にキ・キーマに教わったことを思い出した。

「スンシさん、もしかするとあなたは星読みの仕事をしているんですか？」

　シン・スンシは「うん、そうだよ」と、気さくに答えた。「研修生だから、まだ見習いだけれどね。それから、僕のことはシンでいいよ。さあ、どうぞ」

　彼が運んできてくれた盆には、美味《おい》しそうな匂いのするスープがいっぱいに満たされた鉢が載っていた。

「僕の指導教授のバクサン博士は、星読みは天文台に籠《こ》もっていてはいかん、あちこち旅をして、その土地に馴染《なじ》み、その土地の季節を知り、その土地の作物を食べ、そして星を仰いでそのメッセージを読み取る——それこそが真のあるべき道だという主義なんだ」

だから研修生たちも、一年の大半を、南大陸のあちこちに散らばって過ごすのだそうだ。

「自分でこれと思う観測地を決めることもあるし、バクサン教授から指定された場所に行くこともある。それがとんでもないへんぴな場所だったりすることもあるから、その場合はまず観測小屋を建てるところから始めなきゃならなかったりして、苦労するんだ。それでなくても、バクサン教授は、それはそれは厳しい先生だから、ちょっとでも観測にあやふやなところがあると、すぐに落第させられてしまうし」

と言いつつも、シン・スンシは本当に楽しそうに語っている。ワタルはふと、彼の若々しい顔の上に、現世《うつしよ》の学校ともだちの宮原祐太郎《みやはらゆうたろう》の顔を重ね合わせた。あいつはガリ勉の優等生じゃなくて、勉強することが好きなんだ——

出し抜けに、懐かしさと、家に帰りたい、友達に会いたいという激しい感情が込みあげてきた。場違いだとわかってはいるけれど、止められなかった。僕はこんなところで何をしてるんだろう？　こんなことをしていて、何になるというんだろう——

「おや、ごめんよ」シン・スンシが心配そうに目をしばたたかせた。「なにしろまるまる三日も寝込んでいたんだから、君はすっかり身体が弱っているのに、僕ときたら勝手なおしゃべりをしてしまった」

「いえ、いいんです」ワタルはブンブンと首を振った。こんな親切なヒトに、うっかり涙を見せてはいけない。甘えることになってしまうのだから。

「もう一年以上ここに独りで籠もっていて、たまにダルババ屋さんと二言三言話すことがあるぐらいなものだから、おしゃべりに飢えているんだなぁ」シン・スンシは頭をかいた。「さ、冷めないうちにスープをお飲みよ」

ワタルはうなずいて、スープの鉢を両手で包み込んだ。

「僕、三日も寝てたんですか……」

「そうだよ。〝嘆きの沼〟の毒が全身に回っていて、ぐったりしていた」

「あの、僕はどこに？」

シン・スンシは人差し指を軽く振って、逆に問いかけた。「全然覚えてない？」

覚えていないわけじゃない——〝嘆きの沼〟で起こった出来事——今では夢のようにおぼろでつかみどころがなく、細かいところははっきりしないけれど、でも、あそこで何があったのか、自分が何をしたのかは、忘れていない。心にこびりついている。

「ティアズヘヴンという町は知ってる？」

「はい」

「君は〝嘆きの沼〟を隔てて、あの町のちょうど反対側の湿地のなかに倒れていたんだ。僕たちが今こうしている観測小屋は、その湿地のはずれにあるんだけどね」

　そのときようやく気づいたのだけれど、質素な格子柄のカーテンがさがった窓から差し込む陽射しは、すでに茜色《あかねいろ》もかなり薄れている。夕暮れなのだ。

「三日前の、今ぐらいの時刻だったかな。ウダイが一頭、小屋の裏の方でウロウロ迷っているのを見つけたんだ。背中に鞍《くら》を載せているし、湿地の泥除《どろよ》け用の蹄覆《ひづめおお》いをつけていたから、あ、これは〝嘆きの沼〟で誰か遭難したのかもしれないと思って行ってみた。そしたら、沼の出口に近いところで、君が倒れていたってわけさ」

　ワタルはあらためてお礼を言った。そして、胃がせり上がってくるような恐怖感を覚えながらも質問した。

「ほかにも誰か見かけませんでしたか？　ヒトでなくても、荷車を引いたウダイとか」

　シン・スンシはかぶりを振った。「いいや、見かけなかったよ。君はお連れのヒトと一緒だったの？」

「いえ、そういうわけじゃないんですけど」

「そう。迷子のウダイは、僕には世話ができないし、餌もないから、昨日ここに寄ったダルババ屋さんに頼んで、とりあえず近くのソン村に連れて行ってもらったんだ。あそこなら、家畜を扱うことに慣れたヒトたちがいるからね。君が元気になったら、いつでも引き取りに行かれるよ」

ワタルはゆっくりとスープを口に運んだ。きっと美味しいはずだろうに、砂を噛《か》んでいるみたいに味がしなかった。

ヤコムのウダイはどこに行ったのだろう？　沼にいないということは、彼がまたあのウダイに乗り、沼の水を詰めた瓶を運んで、どこかに立ち去ったということではないのか。だったらヤコムは生きているのだ。ワタルの心に残る恐ろしい光景は、ただの幻覚、沼の水の毒が見せた悪夢に過ぎないということになる。リリ・ヤンヌだって、ぴんぴんしていることだろう。石の赤ん坊だって、最初から存在しないことになる。

きっとそうだ。そうに違いない。そうであってほしい。僕には、ヤコムを殺す気なんかなかったんだもの。確かに彼には腹を立てたけれど、彼の顔、彼の言動が父さんのそれとあまりにそっくりだから、彼が父さんになり代わり、父さんの本音をぶつけてきたから、僕はとても恐ろしかったけれど、でも、それでも殺そうなんて思わなかった。そんなこと、僕にはできない。僕はそんな人間じゃない。

でも――〝幻界《ヴィジョン》〟を訪れてから、ワタルは、自分でも信じられないようなことを、けっこうやりこなしてきたのではないか？　知恵と体力を尽くして怪物《モンスター》と闘った。二度も処刑されそうになったけれど、二度とも泣いたり喚《わめ》いたりしなかった。必要とあらば、いつだって〝勇者の剣〟を引き抜いて――

ふと、気がついた。いちばん最初に〝おためしのどうくつ〟で試練を受け、四神将から四つの力を授かったとき以来、ワタルは現世のワタルとは違う人間になったのではないか。それでこその〝旅人〟なのだ。現世の三谷亘《わたる》とは比べものにならないくらい強く、勇敢で、知恵の働く幻界のワタルは、もし本当にそうしようと決心したのならば、その手でヒトを殺《あや》めることもできるのかもしれない。

そしてそういうワタルこそ、三谷亘がずっと憧《あこが》れてきた〝勇者〟ではないのか。だからこその〝勇者の剣〟ではないのか。

ヤコムは悪《あ》しきヒトだった。リリ・ヤンヌは彼ほど悪くはないかもしれないが、それでも身勝手で我欲の強いことでは同類だ。もしもあれが幻覚ではなく、本当に起こった出来事であったとしても、ワタルが悩み苦しんで自分を責める必要などないのじゃないか。

「君は、ハイランダーなんだね」

シン・スンシに問われて、ワタルは自分のファイアドラゴンの腕輪を見た。シン・スンシもそれを見ていた。そして微笑した。

「どこのブランチから来たの？」

「ガサラです」

「そうか。ずいぶん遠くから来たんだね」

「僕みたいな子供がハイランダーなんて、おかしいですよね」

「そんなことはないさ。僕の生まれ故郷の村では、作物がつくれない冬のあいだには、大人たちはみんな出稼ぎに出てしまうのでね。老人と子供たちだけで、村を盗賊や怪物たちから守らなくてはならなかった。だから、村のブランチ長《おさ》は腰の曲がったお年寄りだったし、ハイランダーたちもみんな幼かった。それでも、立派に働いたものだよ」

シン・スンシは照れくさそうに、ぼさぼさ頭をかいてみせた。

「もっとも、僕ときたらてんで弱虫で、全然役に立たなかったんだけどね」

陽が落ちて、小屋のなかが薄暗くなってきた。シン・スンシは立ちあがり、机の上のランプを灯《とも》した。やわらかな金色の灯《あか》りが部屋を照らし、ちょっと薬くさいような油の匂いが漂った。

「でもシンさんは、こんなところで独りで観測をして、研究をしてる。充分、勇敢じゃないですか」

「ああ、それは」と、シン・スンシは気弱そうに微笑した。「勇敢なんてこととは違うよ。それが星読みの仕事だから、というだけさ」

まだ何か言いたそうな表情で、でも急に元気がなくなって、彼は黙った。とても個人的な心配事を思い出した——という感じだ。

内気なヒトなんだな。あんまりいろいろ訊《き》いたらいけないかもしれない、と思った。

——僕の、ファイアドラゴンの腕輪。

指先で、赤い革に触れてみる。

カッツは言っていた。もしもハイランダーが不正義に手を染めれば、たちまちのうちに、この腕輪に封じられたファイアドラゴンの炎に焼き尽くされてしまうと。そう、〝嘆きの沼〟でジョゾに出合って、まざまざと見せてもらったじゃないか、あの炎の息吹のすさまじいまでの威力を。

でも、ワタルの腕輪はここにある。ということは、ワタルは何も間違ったことはしていないということだ。

やっぱり、あれは幻覚だったのではないか。

いや、本当に起こった出来事でも、不正義ではなかった——正義の裁きだったのではないか。

——ダメだ、考えてると、頭がヘンになっちゃう。

夢だ、夢だ、すべては夢だ。やっぱりそう思うことにしよう。だって、ヒト殺しに〝正義〟はないはずだもの。真の勇者がヒト殺しをするなんて、あってはならないことだもの。

「詮索《せんさく》するつもりはないんだけど、君はどこへ行く途中だったの？」

シン・スンシに問われて、ワタルは目をあげた。

「〝嘆きの沼〟を調べていたのかい？」

「い、いいえ、そうじゃないです」とっさに嘘をついてしまった。「実は僕、仲間とはぐれてしまって」

ワタルはリリスの郊外で起こった事件について、手早く説明した。話を聞くうちに、シン・スンシの聡明《そうめい》そうな目が大きく見開かれ、やがて暗く翳《かげ》っていった。

「そうか――リリスでねえ」彼は腕組みをして、がっくりと肩を落とした。「君が遭遇したヒトたちが、必ずしも正しい老神教の信者であるとは言えないけれど、でも、やはりその種の活動が活発化しているんだな」

バクサン博士のおっしゃったとおりだと、小さく呟《つぶや》く。

「北の統一帝国の影響ですか？」

「もちろんそれもあるけれど、それ以上に、時期の問題なんだよ」

「時期？」

シン・スンシは暗い目をしたままうなずいた。「これはまだ公にはできないことだけれど、それでも、そうだなぁ――みんながそれを知って、騒ぎが始まるまで、せいぜいあと半月ぐらいあるかどうかだし、君はハイランダーなんだから、話してもいいよね。きっと君たちは、すごく忙しくなって大変な思いをすることだろうから」

〝幻界〟には、千年ごとに、大きな危機が訪れる——という。

「僕らの住むこの世界は、無限に深い混沌《こんとん》のなかに在る。本来、混沌のなかではすべてが無に帰して、命あるものはなにものも存在することはできないのだけれど——」

〝大いなる光の境界〟が、混沌から守ってくれているのだというのだ。

「女神さまがこの世界を創世されたとき、混沌を統べる闇の冥王《めいおう》と盟約を交わした。千年に一度、幻界から冥王にヒト柱の犠牲を捧《ささ》げることにしたんだ。冥王はそのヒト柱の命のエネルギーを以《もっ》て〝大いなる白き光の境界〟をつくる。それによって幻界は守られるというきまりをつくったんだよ」

ワタルは目を瞠《みは》った。「じゃ、さっきの〝時期の問題〟というのは——」

「そうだよ。その時が近づいているんだ。ヒト柱の犠牲によって、〝大いなる光の境界〟が作り直される時がね」

「なぜわかるんです？」

「北の空に」と、シン・スンシは小屋の屋根の一角を指さした。「その時の到来を告げる凶星《まがぼし》が現れるからさ。そもそも、〝星読み〟という職業ができたのは、その凶星をいち早く発見するためだったんだ」

「じゃ、今、シンさんには見えるんですか？　その、北の凶星が」

シン・スンシは首をすくめた。「今はね。でも、自力では見つけられなかったよ。僕よりも優秀な先輩は、ふた月も前に、アリキタの首都の大天文台から最初の発見報告を出していたけれど」

シン・スンシがここに小屋をつくって観測を始めたのは、バクサン博士の命令で、

「博士は古文書をひもといて、前回の〝光の境界の作り直し〟の時期に、ちょうどこのあたりで初期の観測報告が出されているという記録を見つけられた。そのときの座標もわかった。それで僕をここに派遣されたんだ」

それで、一年以上も前からここに籠《こ》もっているのだというのだ。

「そんなに前から――」

「でも、僕ときたらやっと十日ほど前に、ひょっとしたらあれがそうじゃないかという兆しを見つけることができたところなんだ。博士には叱られてしまったよ」

と、シン・スンシはまた小さくなった。

「だけど、そんな、ヒト柱だなんて」

あまりにも残酷じゃないか。

「そのヒトは死ぬんでしょう？」

「いいや、死にはしない。だが、死よりももっと辛《つら》い、孤独な不死を得る」

次の〝作り直し〟の時期がくるまで、冥王の臣下となり、世の全ての生きるものの営みを目の下に見て、それらが混沌に侵されることがないように守り続ける——

「愛や友情や助け合いや、笑顔や歌声を守るだけならば、その甲斐《かい》もあるかもしれない。でもこの世には、憎しみも裏切りも妬《ねた》みも、奪い合いも殺し合いも存在する。生きるものは皆、そのどちらをも等しく生み出すものなのだからね」

一瞬、ヤコムとリリ・ヤンヌの顔が浮かんで、ワタルはぞっと寒くなった。ああ、そのとおりだ。本当にそのとおりだ。

「自分の欲望のままにかけずり回り、他者を傷つけて憚《はばか》らない——そんなヒトたちの姿をつぶさに見たら、そんな連中のために、一人でこの世から切り離され、混沌と幻界の境界となり、ヒトとしての幸せや喜びから切り離されて、千年もの時を耐え忍ばなければならないなんて、バカらしいと思うかもしれないじゃないか。でも、我慢しなくてはならないんだ。すべてを受け入れ、すべてを許す。そうでなければ〝大いなる光の境界〟は消失し、幻界は滅びてしまうのだから。ヒト柱となるものは、そんなにも重いものを背負わなくてはならないんだよ」

ワタルは考えた。確かに、シン・スンシが言うように、争いばかりを繰り返すヒトびとを守るのも辛かろう。バカバカしく感じることだってあるだろう。でも、もっともっと辛いのは、ヒトびとの幸せを守ることの方じゃないのか。自分ひとりが犠牲になり、この笑顔を守っているのだ。自分がここで孤独に耐えているから、このヒトたちは笑っていられるのだ。だけど、そう思う一方で、どうしたって考えるじゃないか。どうしてこの自分なのだ？と。どうして他のヒトではなかったのだ？と。こんなの不公平じゃないか、と。その嘆きを胸の内に封じながら千年もの時を耐えるなんて、ワタルには、その方がずっとずっと我慢できないことだ。

「ヒト柱は――どうやって選ばれるんですか？」

シン・スンシは首を振った。「こればかりはわからない。古文書にも手がかりは記されていない。女神さまのご意志ひとつにかかっているからね。とても若いヒトが選ばれることもあれば、老人が召されることもある」

「それじゃ、本当に確率の問題なんだ！」

「そうなんだよ」

北の凶星は、北の空に現れたばかりのときには、まばゆいばかりの白い光を放つ。だが、女神がいよいよヒト柱を選ぶ作業にとりかかった時から、その作業が終わって冥王がヒト柱を混沌の淵《ふち》に召す時までのあいだは、まるで血のように赤く輝くのだという。そして、境界の作り直しが終わると、凶星はまた白い光を取り戻し、夜明けと共に消えてゆくという。

「だから僕らは、北の凶星が赤く輝く時期のことを、〝柱の時〟と呼んでいるんだ。

アンカ族の古語で綴《つづ》られた歴史書では、同じ意味で〝ハルネラ〟という言葉を使っているよ」

「ハルネラ――」

女神が犠牲者を選ぶとき。

「女神さまは、なぜそんな仕組みをつくったんだろう？　残酷じゃないですか」

幻界《ヴィジョン》を創世するほどの力のある神ならば、ヒト柱など使わずに、自力で混沌から守ってくれればいいじゃないか。それで済む話じゃないか。あまりに無責任じゃないか。

「やっぱり、そう思うかい？」シン・スンシは哀しげに目をしばしばさせた。

「当然ですよ！」

「そうだよね。そこが星読みたちのあいだでも、長年の問題とされているんだ。女神さまは我らに何を求めておられるのか？　なぜかような試練を与えられるのか？　女神さまは我らを徒《いたずら》に苦しめ、弄《もてあそ》んでおられるだけなのではないか？」

神が、その創造物を弄ぶ。気まぐれに、面白がって？

「そして、そこがまた老神教信者たちの論点でもあるのさ。彼らは主張する――女神さまは幻界のヒトびとを愛してなどいない、愛しているならば、たとえ千年に一度であっても、このような酷《ひど》い仕打ちをするはずがないと」

女神が幻界の生きものたちを愛していないのは、そもそも幻界が女神の創造物ではなく、老神が創ったものをかすめ盗っただけであるからだ、と。

「だから、〃ハルネラ〃が訪れるたびに、老神教信者たちは勢いづくんだ。そして彼らは祈る。今度こそ老神が我らの願いを聞き届け、再び幻界に降臨し、悪しき女神さまを追い払ってくれることをね。それこそが、彼らの信じる〃世直し〃なのだから」

そんなふうに教えてもらうと、ワタルでさえ混乱しそうになる。過激なアンカ族至上主義と、理不尽なヒト柱の要求に対する抵抗は、〃女神を否定する〃ということでは、根をひとつにしているわけだ。老神教に惹《ひ》かれるヒトたちが増えるのも、無理はないような気がしてくるのが恐ろしい。

「シンさん。今、僕に話してくれたような事柄は、幻界では広く知られているんですか？　それとも、星読みのヒトたちのあいだだけの、限られた知識なんですか？」

シン・スンシは疲れたように目のあいだをこすった。「今までは、限られた知識だった」

「ってことは――」

「北の凶星の出現が予想される時期が来て、星読みたちの総本山であるササヤの国営天文台では、何度となく頂上会議を開いた。それから連合政府の議会とも話し合った。そしてついに結論が出たそうだ。昨日のダルババ屋さんは、その決定書を持ってきてくれたんだ」

シン・スンシは椅子から立ちあがると、机のいちばん上の引き出しを開けて、巻物をひとつ取り出した。

「これがその決定書だ。連合政府は、このような〝ハルネラ〟の知識を、南大陸のすべてのヒトたちに向けておふれを出して、広く知らしめることに決めたそうだ」

ああ、だからこそ、シン・スンシはさっき言ったのだ——ハイランダーたちは忙しくなって、大変なことになると。

「幻界には、何千万人ものヒトびとがいる」

シン・スンシは、窓際に立って夜空を仰いだ。

「ヒト柱として選ばれるのは、そのなかのたった一人だ。だから、〝ハルネラ〟について知らしめたにしても、それほど大きな騒ぎにはならないかもしれないという意見もある。自分一人が選び出される確率は、すごく低いのだからね」

「でも、もしも選ばれてしまったら、そのヒトにとっては、自分は自分一人だけだ！」ワタルは思わず大声をだした。「そこには確率なんか関係ないよ！　シンさん、もしかしたらあなたが選ばれるかもしれない。そのときのことを考えてごらんよ！」

「そうだよね……」

窓の外から、夜鳴き鳥のホウ、ホウという声が小さく聞こえてくる。静かな宵だ。でも、今この静けさのなかでも、この空のどこかに、北の凶星は現れつつあるのだ。

「それなら君は、〝ハルネラ〟について、ヒトびとには知らせない方がいいと思うかい？　何も知らなければ、怯《おび》えることも苦しむこともないからね。ある日ある時、どこかの町や村から、あるヒトがふっと姿を消して、どこにもいなくなってしまう――そのヒトの家族や身近なヒトびとは、心配して探し回り、ずっと案じ続けるだろうけれど、それも、この広大な幻界のなかでは本当にささいな出来事だ。それでいいと、君は思うかい？」

　ワタルは返事ができなかった。

「バクサン博士は」と、シン・スンシは夜空を仰いだまま続けた。「どんなに辛《つら》いことであっても、悪いことであっても、それが幻界のヒトびとすべてに関わる知識であるならば、伏せておいてはいけないとおっしゃっている。ササヤの国営天文台の頂上会議では、バクサン先生に賛成する博士たちと、〝無用の知は無用の苦しみを生むだけだ〟と主張する反対派の博士たちとが、まっぷたつに分かれて、何日も何日も、大論争をしたそうなんだよ。反対派の博士のなかには、〝ハルネラ〟について研究すること自体を禁止するべきだと言い張るヒトもいたそうだ。〝知らなければ、それは存在しないことになるのだから〟と。君はそれでいいと思うかい？」

　問いかけておいて、ワタルの返事を待たず、シン・スンシは窓際で頭を抱えた。

「僕は怖いよ」と、小声で言った。「こんなこと、知りたくなかった。〝ハルネラ〟について詳しいことがわかればわかるほど、怖くて怖くてたまらない。バクサン博士に教わらなきゃよかった、星読みなんかにならなきゃよかったって、後悔してさえいるんだよ」

シン・スンシがこうして話さずにいられないのも、その恐怖の故だろう。ただヒト恋しくて、おしゃべりに飢えていただけじゃないのだ。それでもワタルがハイランダーでなかったならば、彼もぐっと我慢したに違いない。子供でも、行き倒れでも、ファイアドラゴンの腕輪を見たから、シン・スンシは自分の知っていることをしゃべらずにはいられなかったのだ。

「心配なのは自分のことだけじゃない。両親のことも兄弟のことも、許嫁《いいなずけ》のことも、親しい学友たちのことも、みんなみんな同じように気にかかる。僕の知っている誰かがヒト柱に選ばれたらどうしよう——そう思うと、夜も眠れなくなってしまうんだ」

当然だ。誰だって同じようになる——

いや、そうでもないかもしれないと、ワタルは頭の隅で思った。たとえばヤコムは？サタミがヒト柱に選ばれたら、彼女を厄介払いできたと、むしろ喜ぶのじゃないのか。ヒトはそういうものじゃないのか。身近なヒトたちの身を案じるのは、そのヒトたちを好いている場合だけじゃないのか。

ワタルだってそうだ。自分はヒト柱になるなんてごめんだ。だけどたとえば石岡《いしおか》だったら？　あいつならオーケイじゃないのか？　あいつがミツルの招喚した魔物に襲われて姿を消したときにも、そんなに心配しなかったじゃないか。

「ごめんよ、僕ときたら取り乱して」

目のあたりをこすりながら、シン・スンシは振り向いた。

「これだから弱虫だって言うんだ」

「シンさんは弱虫なんかじゃないです」

みんな同じだと、ワタルは思った。

「君はもう休んだ方がいいよ。疲れたんじゃないかい？　ホントにすまなかったね」

「大丈夫です。ねえシンさん、この梯子《はしご》の上にあるのが、観測装置ですよね？」

シン・スンシはうなずいた。

「シンさんは、あれで北の凶星《まがぼし》を観察しているんですよね？」

もしできたら、僕にも見せてもらえませんかと、ワタルは頼んだ。

「知識のない僕には見えないかしら」

「どうかな。やってみようか。北の凶星が昇ってくるのは、真夜中過ぎのことだ。その時刻になったら、起こしてあげるよ」

そして約束どおり、夜も更けてから、シン・スンシはワタルに観測装置をのぞかせてくれた。それはまさしく精度のいい天体望遠鏡で、無数の星で彩られた夜空は、無《む》垢《く》な魂そのもののように美しかったが、熱心に教えてもらっても、ワタルには、そのなかから北の凶星を見分けることができなかった。

## 26　サーカワの郷へ

翌朝、質素だけれど美味《おい》しい朝食をご馳走《ちそう》になったところで、ワタルは発つことにした。

「まだ休んでいてもいいんだよ。身体は大丈夫かい？」

「すっかり気分が良くなりました。ありがとう」

それでなくても、キ・キーマとミーナのことが気にかかる。彼らはどうしているだろう？　トリアンカ魔病院に囚《とら》われてはいなかったのだから、どこかへ無事に逃げ出したに違いないけれど、今どこにいるだろう。〝ハルネラ〟が近いと知った以上は、なおのこと、一刻も早く再会したい。彼らの笑顔が恋しかった。

「お仲間のなかにダルババ屋の水人族がいるならば」と、シン・スンシは言った。

「ひょっとしたら、サーカワの郷に戻っているかもしれないよ。とにかく彼らは郷を拠点にして南大陸じゅうを駆け回っているのだし、たとえお仲間がサーカワに居なくても、一族ですぐに居所を調べてくれるだろう」

サーカワの郷もガサラも、どちらもここからは遠いというが、

「ソン村には、しょっちゅうカルラ族が取引に来ている。彼らは誇り高いだけに、ハイランダーが困っているから手を貸してほしいと頼めば、まず断ったりしないはずだ。カルラ族なら、サーカワまでは二日ほどで連れて行ってくれるだろう。君なら、身体も軽いしね」

そうだな、それだったら急いだ方がいいなと、シン・スンシは急にソワソワした。

「まもなく連合政府議会が、〝ハルネラ〟についてのおふれを運んでもらうために、南大陸じゅうのカルラ族を呼び集めるだろう。その前に出発した方がいいよ」

ソン村までは、湿地と藪《やぶ》のなかの道もないようなところを抜けていかねばならなかったが、生活用品を買うために、シン・スンシが行き来しているからだろう、足で踏みしめた道ができていて、迷うことはなかった。

ソン村は、これまで〝幻界《ヴィジョン》〟でワタルが通り抜けてきた町や村のなかでは、いちばん小さい集落だった。草葺《くさぶ》き屋根の粗末な家が十戸ぐらい、藪を切り開いた狭い土地に肩を寄せ合っている。だが、なだらかに傾斜した山の斜面につくられた家畜牧場はその何倍も広く、細かく仕切られた囲いのなかには、ダルババやウダイばかりか、これまでワタルが見たこともないような珍しい動物たちがたくさんいた。元気に鳴き声

をあげたり、角を突き合わせたり、草をはんだり居眠りしたりしている。

ソン村の長《おさ》は、耳の長い優しい犬の顔をしていて、ふさふさの眉毛《まゆげ》の下に隠れた小さな目も、温かな光を宿していた。ワタルのウダイは念入りにブラシをかけてもらったのか、毛並みがつやつやになっていた。

「カルラ族なら、ちょうど来てますぞ」

彼らはソン村に、季節変わりで抜けた飾り羽と物々交換で、モルという小動物を仕入れに来るのだそうだ。モルはネズミよりももっと小さな生きもので、カルラ族の羽の下に巣くう寄生虫をきれいに食べてくれる「掃除屋さん」なのだという。

「このように幼いハイランダーでも、ハイランダーならばハイランダーだ」

ソン村長に引きあわされたカルラ族は、真っ赤な羽も派手な頭飾りも、尊大な口調までも、いつかねじオオカミの不帰の砂漠で助けてくれたカルラ族とそっくりだった。余計な心配だけど、彼らはどうやってお互いを見分けているんだろうと、ワタルはちょっと思った。

「そしてハイランダーに頼まれたとなれば、カルラ族たるもの断ってはカルラ族がすたるというものだ。そうだな、村長殿？」

「はい、まさに」長耳の長はニコニコと応じた。「こちらはカルラ族カックウ派のトウゴウトウさんとおっしゃる方じゃ。カックウ派ではいちばん速い翼をお持ちじゃから、サーカワまではアッという間だ」

「それは正確な表現ではないな、村長殿」トウゴウトウはそっくりかえって胸の羽毛を震わせた。「私はカックウ派だけでなく、ラッカ派でもいちばん速い翼を持っておる。しかしそれでも、アッ！　という間にサーカワの郷へ飛ぶことはできんぞ。まあ、我らカルラ族の歴史を、始祖の誕生から語り始めて二代目酋長《しゅうちょう》のガラ峠戦役大撃破あたりまで語るくらいの時は要るだろう！」

トウゴウトウが出発の支度をしているあいだに、村長がそっと、ワタルに耳栓をくれた。

「モルの毛を玉に丸めたもので、これさえ耳に詰めておけば、咆哮《ほうこう》するドラゴンの足元でさえも安眠できるほどじゃ。トウゴウトウさんは確かに速いが、講釈も長い。付き合っていては大変ですからな」

「わかりました」ワタルは笑った。

「あとは何を言われても生返事をしていればよろしい。ときどき、〝おお、それは素晴らしい！〟と、感嘆するのを忘れずに」

ねじオオカミの砂漠のときと同じように、トウゴウトウの鉤爪《かぎづめ》につかまえられて空を飛ぶのかと思っていたら、縄を編んでつくった座席みたいなものが、ちゃんとあるのだった。トウゴウトウは、身体からそれをぶらさげるのである。

「何か、僕だけ楽するみたいでスミマセン」

「ハイランダーたるもの、簡単に謝ってはいかん。そも謝罪というものは、真に謝罪するべき罪状明らかなる時に、正しい手続きを以《もっ》てなすべきもので、然《しか》るに我がカルラ族の始祖はタロ戦役の講和の折にも――」

離陸前から語りが始まった。集まってきたソン村のヒトたちが見物するなか、ワタルは空へ飛び立った。

ソン村の家々の屋根が、踵《かかと》のすぐ下をかすめ過ぎる。子供たちが手を振っている。ワタルは手を振り返し、周囲を見回した。幸い抜けるような好天で、一面の青空には切れっぱしほどの雲もない。

トウゴウトウは一気に上昇し、ワタルはジェットコースターに乗ったみたいな気分で、思わず歓声をあげた。

山が、丘が、野原が、小川が森が、美しい幻界の自然が、ワタルの目の下、視界の届く限り、いっぱいに広がっている。方向の見当をつけて身をよじると、左手後ろに〝嘆きの沼〟の黒光りする水面が見えた。湿地に漂う霧も見えた。すると沼のさらに後方に、ほんの一瞬ちらりとよぎったあの町は、きっとティアズヘヴンだ。

空を飛ぶと寒いからと、村長が貸してくれた綿入れみたいな上着が有り難かった。

ホントに上空の空気は冷たく、しかも風を切って進むからなおさら凍える。

見知らぬ山の中腹を飛びすぎ、村をひとつ飛び越し、川を越える。村長の話では、トウゴウトウさんは張り切っているから、きっと宿には泊まらず、たまに小休止をとるだけで、真っ直ぐサーカワへ飛ぶだろう、それでも今夜遅くまでかかるから、居眠りするなら座席から落ちないようにということだった。

——これじゃ眠ってなんかいられないよ。

怖いからではない。景色に目を奪われて、心が躍ってしまうからだ。

最初の小休止で降りたのは、アリキタとボグの国境の関所だった。街道沿いに、行商人たちが集まっている茶屋があり、あたりにはバクワの木がたくさんはえていた。通関手続きの順番を待っているあいだに、食べすぎるとおなかをこわすこの赤い実の、小さめのを選んでひとつだけ食べた。

「地図は頭に入っているか？　我々が今どこを飛んでいるかわかっているか？」翼を休めながらトウゴウトウが尋ねた。

「それが、全然」ワタルは正直に言った。「でも、すごく気持ちがいいです！」

「ハイランダーたるもの、観光気分で喜んでいてはいかん」と、トウゴウトウはそっくりかえった。「我らは風に乗り、ソン村からまっすぐ西に飛んできた。サーカワを目指すのだから、ここからは北へ針路を取ることになる。サーカワはボグの海沿いにある郷だからな。それでいいのだな？」

ワタルは了承し、お願いした。

「ところでここから飛び立つと、北に頭を向ける前に、上昇気流に乗るカンケイで、ほんの一時だが、今までいちばん高いところまで到達する。一瞬だが、アンドア台地の一部が見えるかもしれぬ。一年じゅう、霧と雲で覆われ、道など一筋もなく、足で登っては、けっして見ることかなわぬ未踏の台地だ」

誇らしげに、トウゴウトウは仰向《あおむ》いて謳《うた》いあげた。

「その片鱗《へんりん》でも見物することができるのは、ハイランダーとしては見聞を広める良い機会ではないか？　おお、全能の女神さまの恩寵《おんちょう》、我らカルラ族の剛《たけ》き翼よ！」

アンドア台地。デラ・ルベシ特別自治州のあるところ。そこもまた、老神教の信者たちが集まっているであろう秘密の土地。

「おお、素晴らしい！」

ワタルは本気で言ったのである。トウゴウトウも上機嫌だ。通関手続きが終わると、早々に出発した。

トウゴウトウはとても雄弁であるだけでなく、口にすることにはまったく嘘がなかった。今度の離陸は凄《すご》かった。気合いの入った急上昇で、ワタルは危うく振り落とされてしまうところだった。

螺旋《らせん》を描いて空に駆け昇ってゆく。耳栓をしていても、トウゴウトウの真紅の翼が空《くう》を切る音が、身体全体に響いてくる。昇って、昇って、白い霧を突き抜け雲を破り、突然身体が座席ごとフワリと持ちあがったところで、ワタルは自分たちがこれまででいちばん高い空の上にいることを知った。

それはもう、飛行機の窓から下をのぞくのと変わりがなかった。関所の建物がマッチ箱のように見える。こんもりとした森はブロッコリーみたいだ。足の下に広がるパノラマは、ワタルを魅了した。一面の緑と大地の色。そして、遠く遥《はる》かに散らばる町。点在する湖沼はまるで手鏡。絹糸のような川の流れ。

トウゴウトウが何か言ったので、ワタルは耳栓を外した。

「ハイランダーよ、あれがアンドア台地だ！」

くちばしの先を南の方向へよじって、トウゴウトウは叫んでいた。

「おお、今は雲が切れている！　彼《か》の地の頂きに雪が積もっているのが見えよう！」

ワタルは見た。まるで純白の塔のように立ちあがる雲の中央に、ひときわ高く突き出た灰色の台地を。その側面を彩る無数の白く繊細な輝きは、きっと氷河であるに違いない。

台地の頂きは、確かにうっすらと白い衣をかぶっていた。雲の切れ目はごく狭く、しかも絶え間なく揺れ動いている。だからアンドア台地の頂きを目にすることができたのは、ほんの一瞬のことだった。それでもその刹那《せつな》に、ワタルはそこに、光る建物の尖塔《せんとう》を見た。ひとつではない。いくつもいくつも立ち並び、雲の切れ間を通って差し込む陽を受けて、キラキラとワタルの目を射貫いた。ガラスか、水晶か。それとも氷でできているのか。雲の結晶をはじいて虹色《にじいろ》に輝く。

デラ・ルベシ特別自治州は、本当にあんなところにあるというのか。

「北への気流に乗るぞ！　しっかりとつかまっておれ！」

トウゴウトウがひと声合図して、大きく翼をはためかせた。とたんに、ワタルの足元の景色が流れた。強い気流を受けたトウゴウトウは、まるで弾丸のように空を切って進み始めた。

アンドア台地と雲の塔が、ぐんぐん遠くなってゆく。ワタルはそれでも、できるだけ長いこと、飛び去る台地に向かって身をよじっていた。冷たいのを通り越し、痛いほどの風が頬を叩《たた》いても、雲の塔が見えなくなるまで、どうしても目を離すことができなかった。

あれは――あれはまるで――

神々の住まいだ。

心に、自分でも意外な考えが湧いてきた。

あれが、運命の塔ではないのか。女神はあそこにいるのではないのか。幻界《ヴィジョン》のヒトびとは誰も訪れたことがないという運命の塔は、実はアンドア台地にこそ存在するのではないのか。デラ・ルベシ特別自治州のヒトびとが、幻界の下界のヒトびとと交流しないのは、実は彼らが古くからの老神教の信者集団などではなく、女神を擁し守るヒトびとだからなのではないか。
自分は今、それを垣間《かいま》見《み》たのではないか。あれこそが、目的の地ではないのか。

感動に打たれて、ワタルはかなり長いあいだぼうっとしていた。耳栓などなくても、身体の内の血と心が騒ぐ音以外、何も聞こえはしなかった。

時おり小休止をとりながらも、トウゴウトウは疲れた様子さえ見せず、北へ、北へと飛んでいった。陽が傾き、宵闇が迫るころになって、遥か前方に海が見えてきた。

そのころにはずいぶんと下降していたので、ワタルは仰向いて、さほど大きな声も出さずに、トウゴウトウに話しかけることができた。

「あの海が、南大陸の周りを囲んでいる海ですか？」

「そのとおりだ！」トウゴウトウは答えた。

「じゃ、あの海の向こうが北大陸なんですね。トウゴウトウさんは、北大陸まで飛んだことはありますか？」

「おお、とんでもない！」

トウゴウトウが身を震わせたので、ワタルはちょっと揺れた。あわてて座席につかまった。

「ハイランダーよ、おまえは知らないのか？　南北の大陸を隔てる海の中心には、〝針の霧〟が立ちこめているのだ！」

「針の霧？」

「そうだ。おまえが今日目にした南大陸の中心、アンドア台地を包んでいる雲や霧とはまったく違う、我々が馴染《なじ》んだものとはまったく違う、恐ろしく禍々《まがまが》しい死の霧だ！」

その霧の粒のひとつひとつが、さながら鋭利な短剣のように尖《とが》っていて、そこを飛ぶものは皆、血を流して命を落とすという。

「いくら我らカルラ族の翼が強くとも、無数の針で刺されていては、いくらも飛び続けることはできぬ。あんなところを飛んでゆけるのは、屈強なウロコの鎧《よろい》で身を固めたドラゴン族の戦士ぐらいなものだろう！　実際、この世界でも数少ないドラゴン族は、俗世を避けて、針の霧のなかを漂う海の小島に暮らしていると言われている。だから、我らもめったに彼らと出会うことはないのだ」

ワタルはズボンのポケットに手を入れて、そこに大事にしまいこんであるジョゾの赤いウロコの一枚に触れた。

では、ワタルがジョゾに出会ったのは、本当に運の良い、貴重な体験だったのだ。

「商人たちの風船《かざぶね》は、女神さまの恩寵の風を受けて北と南を行き来するが、それでも時に、思いもかけぬほど低いところまで〝針の霧〟が降りてきて、立ち往生することがある。〝針の霧〟が立ち去るまでは、船員たちも皆、帆をたたみ舵《かじ》を離れて船室に隠れていなければ、たちまちのうちに血を流してもだえ死ぬことになるからな！」

　やがてすっぽりと夜が訪れ、星々がまたたき始めた。地上は闇に沈んでしまった。ワタルは夜風に震え、綿入れみたいな上着の襟をかきあわせた。

　それからどれくらい飛んだろう。さすがに疲れて座席にもたれていた。が、そのうちに、右前方の地上に、その星々にもまがうほどたくさんの光の粒が、小さな円を描いて敷き詰められているのを見つけて、目をパチパチさせた。幻界の夜景だ。きれいだなぁ！

「あれが、ボグの首都ランカである！」

　ミーナが住んでいた町だ。

「サーカワもこの近くだ。少し北西の方向になるが、もうそろそろ見えて来るだろう。商都ランカは夜中でも明かりを絶やさぬから、暗闇のなかでもああしてよく見えるが、サーカワの水人たちは夜目がきくのでな、無駄な灯《あか》りは灯《とも》さん。だから空からは見つけにくいだろう」

　ランカの夜景を左手に、トウゴウトウは翼を西へと切り返した。さらに下降する。

頬を撫《な》でる風に潮の匂いが混じってきた。

うとうとしかけたワタルに、トゥゴウトゥの依然衰えぬ元気な声が呼びかけてきた。

「ハイランダーよ、サーカワの郷《さと》だ！」

座席から身を乗り出しても、最初は暗闇しか見えなかった。やがて、足元を浜辺が通過した。夜目にも白く、波が砕けている。トゥゴウトゥは一度海の上に出て、そこでぐるりと旋回すると、スピードを落としてなだらかに下降してゆく。

そう、町だ。草で葺《ふ》いた屋根が見える。建物の梁《はり》が見える。ところどころに吊《つる》された看板みたいなものも見える。ダルババたちが囲いのなかにいる。

# 27 再会

水人たちが路上にいる。ダルババの世話をしている。建物には壁らしい壁がなく、簾《すだれ》のようなものがさがっているだけだ。それを持ちあげて、そこからも水人たちが顔を出す。海辺にも同じような建物が立ち並び、ベランダは海の上に突き出していて、そこでは水人たちがテーブルを囲んでいる。

「おーい、カルラ族が来たぞ！」

下で水人の一人が叫んでいる。

「お客を乗せてるぞう！」

わらわらと集まって出てきた水人たちが、トウゴウトウに向かって手を振り、

「西の浜辺に降りろやーい！」と、声を張りあげて指示を飛ばした。

「承知した！」

トウゴウトウは返事をして、白い波頭が砕ける磯を飛び越し、ごつごつした岩を越えて、白い砂がなだらかに広がり、波が静かにうち寄せる浜辺へと下降していった。

「ではハイランダーよ、足がついたら座席から離れるのだ！　ぐずぐずしていると、私がおまえの上に降りてしまうぞ！」

ワタルの顔に、波飛沫《なみしぶき》がちょっとかかった。砂浜に足が一瞬こすれた。それからふわりと両足が着き、ワタルはタイミングよくジャンプして、ころりと横に転がった。そのすぐ脇に、トウゴウトウが鮮やかに着地した。

ザザザ、ザザザ——夜の海の波が、子守歌のように優しい音をたてている。

「おお、速かったな！」と、トウゴウトウは翼をたたみながら感嘆の声をあげた。

「良い旅であった！」

「うん、本当にありがとう」

磯の方からこちらに向かって、水人族たちが大勢駆け寄ってくる。その群のなかから、ひときわ大きな身体の水人がひとり飛び出し、飛んだり跳ねたりしながら、ちぎれるほどに手を振り始めた。

「おーい、おーい！」

声が耳に届く前に、ワタルにもわかった。砂を踏んで駆け出す。ずっと座ったきりだったから、足が痺《しび》れたみたいになって、うまく駆けられない。前のめりになったり手をついたりしながら、それでも力いっぱいに声を張りあげて呼びかけた。

「キ・キーマ！」

「ワタル！　ワタルだな？」

駆け寄ってくるキ・キーマに、ワタルはジャンプして飛びついた。大男の水人は苦もなくワタルを受け止めると、両腕を差しあげて、頭の上まで持ちあげて、ぐるぐる回った。

「本当にワタルだ！　夢じゃないぞ！　俺の幸運の旅人だ！　やっぱり無事だった！　ゼッタイに大丈夫だって信じてたんだ！」

キ・キーマの肩の上から、ワタルは駆け寄ってくるもうひとつの懐かしい顔を見た。

「ミーナ！」

話したいこと、聞きたいことは、お互いに山ほどあった。

キ・キーマの住まいは、水辺に土台柱を張り出した小ぎれいな小屋で、屋根は大きな草の葉で葺いてあった。シュロに似たその葉は、敷物にも上掛けにも、食べ物の器としても使われていた。さらには、蒸し暑い日中には団扇《うちわ》のかわりにもなった。

三人は波の音の聞こえるその小屋で、あのトリアンカ魔病院ではぐれて以来の出来事を語り合った。一方では、キ・キーマの近所のヒトたちや、親しい仲間たちが盛んに出入りしては、よく熟れてとろけるように甘い果物や、一人では持ちあげられないほど大きな肉の丸焼きや、香ばしく焼いた魚や、木をくりぬいて作った器に満たした、ほんのりと甘く美味《おい》しい水などを運んできてくれた。

お互いの話を突き合わせてみると、キ・キーマとミーナは、ワタルが連れ去られたあと、そう時間をおかずに意識を取り戻したようだった。

「俺は身体がでかいから、あの矢の矢尻《やじり》にちょっぴりつけてあった程度の痺れ薬じゃ、長くは効かなかったんだな」

「わたしは、矢がかすっただけだったし」

それでもミーナは、歩き回れるようになったあとも、しばらくのあいだは舌やくちびるが麻痺《まひ》したようになっていたそうである。

「目が覚めたら、ワタルが消えていたんで、ミーナが泣きだしてさ」

キ・キーマが冷やかすように言うと、ミーナは真っ赤になった。

「大げさなこと言わないでよ」

「え？　ホントのことじゃねえか」

「泣いたりなんかしなかったわよ。ただ、心配だったから――」

「僕も二人のことが心配だったよ。早く会いたかった」

えへへと、三人で照れ笑いをした。

「それで俺たち、スラの森で迷っちまってね。あの木の魔力のせいだろうけど、一生懸命歩いているのに、気がつくと同じ場所をグルグル回っているだけなんだ。病院の建物が見えているのに、どうやっても近づくことができなかったんだ」

「そのうちに頭がフラフラしてきて、キ・キーマが二人いるみたいに見えたり、歌声みたいなものが聞こえてきたり」

「ミーナの顔が、こーんなにひん曲がって見えてきたりするしさ」

キ・キーマは、大きな両手で自分の顔をひっぱり、滑稽《こっけい》なふうに歪《ゆが》めてみせた。ワタルは大笑いをしたけれど、心の底ではゾッと寒くなっていた。矢を射かけてきた連中が、ワタルを連れ去るときに吐いた台詞《せりふ》を覚えていたからだ。

――放っておいても、森が始末してくれる。

「本当に危ないところだったよ。あのままだったら、俺もミーナもスラの森の魔力にあてられて、疲れ果てて動けなくなって、あのまま死んじまうところだった」

だが、足を引きずりながら森のなかを彷徨《さまよ》っているうちに、突然大きな竜巻が来て、状況はいっぺんに変わったのだ。

「あの竜巻が、森を端から蹴《け》散《ち》らしてくれた。こいつは天の助けだって思ったね。だから、吹き飛ばされないように、大慌てで地面に穴を掘ってさ、隠れたんだ」キ・キーマは鉤爪《かぎづめ》のついた手を誇らしげに振ってみせた。

「それで、はっと気がついたら、森じゅうの木がみんなへし折られて、葉っぱも散って、夜空に星がいっぱい見えたの。見晴らしが開けたので、病院の建物も全部見えるようになっていたけれど、さっきまで見ていたのとは違って、まるっきりの廃墟《はいきょ》になっていたんでビックリしちゃった」

もちろんそれは、ミツルの呼んだあの竜巻である。

「ミーナと一緒に大急ぎで病院の廃墟へ行ってみたんだけど、やっぱり竜巻でめちゃくちゃになってて、怪我して動けなくなってるヒトも大勢いたよ。で、連中はみんな、俺たちを見ると逃げようとするんだ。なんだかやたら怖がっててさ。だからしょうがない、なんか偉そうなローブを着た奴を一人捕まえてよ」

「凄《すご》かったのよぉ、キ・キーマったら、そのヒトの襟首をつかんで持ちあげちゃったんだから」

おまえらは何者だ、オレたちに毒矢を射かけたのもおまえたちか、おまえたち、男の子を一人ここにさらってこなかったか。

そのローブのヒトが、しどろもどろに説明をしたので、やっとこさ、二人はワタルがあの病院にいたことを知った。病院にたむろしていた連中が、過激な老神教徒たちであることも知った。

「男の子はどこへ行ったって訊《き》いたら、竜巻に巻かれて、高く高く飛ばされていったっていうじゃないか。俺はもう目の前が真っ暗になったよ」

とりあえずサーカワの郷《さと》に戻り、水人族たちの手を借りてワタルを捜そう。今はそれしか手がないと決断するまで、二人とも本当にがっくりと悲しくて、辛《つら》かった。でも、一瞬たりとも、ワタルの無事を疑ったことはなかったと言った。

「女神さまの加護を受けた〝旅人〟なんだからな。そう簡単に死んだりするもんか！」

ワタルはしみじみと嬉《うれ》しくて、心が温かくなって、目に涙がにじんだ。照れくさくて、手でごしごしこすってごまかしたけど、本当は手放しで「ありがとう」と泣きたいくらいに心が震えていた。

「それにしても、ワタルのお友達は、すごい魔法使いになったのね」

ミーナが、きかん気の強い男の子みたいに凛々《りり》しい顔をすると、しっぽの先をひょこひょこ動かしながら言った。

「竜巻を呼ぶなんて——風の大魔法だわ。最高位の魔導士でなければ唱えることのできない呪文《じゅもん》よ」

「やっぱり〝旅人〟だってことさ。知恵と勇気があるってことさ。ワタルだって同じだよ」

キ・キーマが自分のことのように誇らしげに言った。ワタルは頬笑んだけれど、頭の隅にある出来事がよぎって、その頬笑みがこわばってしまった。

嘆きの沼で起こった出来事については、二人には話していない。そこだけは話せなくて、省いてしまったのだ。だって、どうして言えよう？　僕はヒトを殺したんだよ。

二人も殺したんだよ。石の赤ん坊に指さされ、血も涙もないヒト殺しだと罵《ののし》られ、追いかけられて、あわてて逃げ出したんだ――

いや、あれは幻覚だ。嘆きの沼の瘴気《しょうき》にあてられて、悪い夢を見ただけだ。真実じゃない。本当に起こった出来事じゃない。ティアズヘヴンに戻って確かめれば、すぐにわかることだ。リリ・ヤンヌは、今も嘆きの沼の畔《ほとり》で黒い産着を編んでいることだろう。サタミは悲しみにうち沈み、サラは父親の帰りを待ち続け、しかしヤコムは妻と子を捨てて、暗黒の水を売って稼いだ金で、リリ・ヤンヌと新しい人生を築くのだと、頑《かたく》なに思いながら荷車を走らせていることだろう。

「ワタル、どうしたんだい？」

　呼びかけられて、ワタルははっと我に返った。「ううん、何でもない」

「とんだ道草をくっちまったけど、やっと三人揃ったんだし、二番目の宝玉を探さなくちゃな。でも、あわてることもないぜ。海を眺めて、しばらくゆっくりしてもいい。ここにいても、手がかりは集められるかもしれないし」

「大陸をまたにかける水人族の目と耳を頼って、ね」と、ミーナが笑った。

「えへん、そうさ！　ワタル、サーカワの郷はどうだい？　割といいところだろ？」

「うん。海もきれいだし、食べ物も水も美味しいし、みんな親切で、明るくて活気があって」

「だろ？　サーカワの郷の美しさと、海の恵みは、女神さまからの賜り物だ。だからオレたちは、一生懸命に働いて、お返しするんだよ。働きものってことについちゃ、水人族は、南大陸で一番だ」と、キ・キーマは胸を張った。

「キ・キーマのお国自慢は聞き飽きてたけど、でも、自慢するだけのことはあるわね」

明るく笑う二人の顔を見ていると、本当に楽しくて幸せだったけれど、ワタルは、この平和で活気に満ちたサーカワの郷にも、もうまもなく、笑い事ではない知らせが飛び込んでくることを思い出して、切なくなった。

連合政府議会は、もうカルラ族に召集をかけたろうか。それとも、すでにもう国じゅうのあらゆる町、集落に向かって、あの赤い翼たちが飛び立った後だろうか。ここにはいつごろ舞い降りてくるだろう。

〝幻界《ヴィジョン》〟を守る〝大いなる光の境界〟を作り直すために、犠牲となるヒト柱。星読みのシン・スンシから話を聞いた時も、充分に恐ろしく、理不尽な話だと思った。でも、大切な仲間たちの顔を間近に見ている今は、恐怖を通り越して怒りさえも感じる。もしもキ・キーマが、ミーナがヒト柱に選ばれたら？　そんなこと、ワタルにはけっして許せない。黙って見ているわけにはいかない。たとえ、本人たちが進んでその立場を受け入れると言ったとしても、ワタルには認められない。

いずれわかることとしても、今はまだ、二人にはこのことを言いたくなかった。□

を閉じて、寄せては返す波の音に耳を傾けた。何か尋ねられたら、輝く海が眩《まぶ》しくて、

しかめっ面みたいになっちゃうんだよと言っておこう——

道はただひとつだ。ワタルはあらためて心に誓った。のんびりしてはいられない。できる限り早く運命の塔にたどり着くのだ。そして女神に会って、ヒト柱などという残酷なしきたりを止めてもらうように頼むのだ。混沌《こんとん》を統べる闇の冥王《めいおう》との契約だと？　契約なら、結び直せばいい。更改すればいいのだ。間違っていることは、あらためなければならない。一生懸命に頼めば、心の底から訴えれば、きっと女神だって聞き届けてくださるだろう。そうでなかったら、神様なんかじゃない。

その晩は、サーカワの郷じゅうの水人たちが長老の住まいに集まり、ワタルのための宴会を開いてくれた。またまたたくさんのご馳走《ちそう》が並べられ、お酒の壺《つぼ》もいくつも運び込まれ、いくら広い長老の住まいでも、町のヒトたち全部は入りきらず、外の階段や地面にまで大勢座り込んで、それはもうクラクラするほど賑《にぎ》やかだった。もっとも、そのクラクラは、水人族たちの好む強いお酒のせいもあったかもしれない。ワタルには飲ませちゃいけないと、キ・キーマが止めてくれたのだけれど、水人族の小父《おじ》さんたち小母《おば》さんたちが、一杯ぐらいならいいじゃないかと、みんなして勧めるのだ。

サーカワの長老は、キ・キーマの話だと「四百二十歳」ということだけれど、現世《うつしょ》のトカゲに似た硬いウロコと、つるつるした水人族の肌からは、年齢を推し量るのが

難しい。ただ、とても威厳のある顔つきだ。

　集まったヒトびとが、ワタルの旅の様子とか、現世から初めて幻界に来たときに受けた試練のこととか、〝旅人〟であるのはどんな気持ちかとか、様々な問いを投げて話を聞きたがるなかで、長老は座の中央に静かに座って、口元にかすかな笑みを浮かべているだけで、何も言わなかった。その穏やかな視線に、ワタルは何か、試されているように、測られているように感じないでもなかった。そして、長老の心にあるその問いかけが、どういう内容のものであるにしろ、この温かい歓待の場では、けっして投げかけられることはないだろうということもわかった。

　キ・キーマも質問攻めにあって、ガサラ郊外の地下洞窟《どうくつ》での冒険や、リリスの町の賑わいや、あの町の秘密や、スラの森で襲われたことなどを、身振り手振りで説明し、ミーナにも言葉を足してもらって、大忙しだ。ミーナは請われて一曲歌い、そのはずむような明るい歌声に、宴席はまた大いに盛りあがった。歌が終わると拍手が湧き、もう一曲、もう一曲！　と望まれてまた一曲。ミーナは、エアロガ・エレオノラ・スペクタクルマシン団の花形の面目躍如というところで、水人たちもよく知っているという歌を披露して、これにはみんな輪をかけて大喜び！　手を打ち足を踏み鳴らして踊りながら、一緒になって歌い始めた。ワタルもその輪に混じってしまい、飛んだり跳ねたりする水人たちと手をつなぎあっていると、さらにお酒が回ってきて、本当に頭がクラクラ、歌が終わるころには床にのびてしまいそうになった。

「大丈夫かい？　ワタル」

「あんまり大丈夫じゃないみたい」

ガサラの町で、お酒の樽《たる》のそばに潜んでいて酔っぱらっちゃったときと同じだ。

「ちょっと浜辺を散歩してくる。風にあたれば醒《さ》めるかも」

手すりにつかまってよろよろと小屋の前の階段を降りて、賑やかに酒を酌み交わしている外の水人たちのあいだを抜け、ワタルは白い砂浜に出た。一人になると、とたんにほっと気が抜けて、すとんとお尻《しり》をついてしまった。

さやさやと海風が頬を撫《な》でる。夜空は少しも暗くなく、天のテーブルいっぱいに広げた深い藍色《あいいろ》の布のように見える。きらめく星ぼしは、そこに鏤《ちりば》められた金銀の砂だ。身体の両脇に手をつくと、砂の感触が心地よい。うち寄せては引いてゆく波が奏でる調べは、子守歌のように優しい。

この美しい幻界。ワタルは両手両足を広げて、大の字に寝転がった。座って眺めていたときよりも、こうして仰ぎ見る方が、夜空がぐっと近く見える。天界が、手をのばせば届くところにあるようだ。

また、ミーナの歌声が聞こえてきた。

今度は緩い曲調のバラードだ。甘やかなミーナの声が、哀切な震えを帯びて、波の囁《ささや》きに同調する。

愛《いと》しいヒトよ　遠く離れて
あなたは今　どの空の下

歌詞が聞き取れる。水人たちも、今度は静かに聴き入っているのだろう。

わたしの歌を　あなたへの想いを
どの風に乗せれば　届くのでしょう
風よ　教えておくれ
あのヒトは今どこにいるの
風よ　教えておくれ
あのヒトが見あげる星を
この耳を白い貝にして
夜明けまで　待っているから

二人を隔てる距離を嘆く恋の歌だ。それともこの歌の主は、片思いなのだろうか。

半ば目をつぶってうとうとしながら、ミーナの声に心を撫でてもらえる幸せ——

「ワタル」

すぐ傍らで、甘い声がした。

「ワタルってば、寝ているの？」

ワタルは目を開いた。これはミーナではない。ミーナの歌声はまだ続いている。別の甘い声だ。

ワタルはがばりと起きあがった。背中についた砂がさらさらと落ちる。周囲を見回しても、誰も見あたらない。白い砂は、それ自体が光をもっているようにほの白く光っていて、遠くまでよく見通せるのに。

「あたしのこと、探してるの？　だったらやめて。どうせ見つけられやしないわ」甘い声は続けて言った。「あたし、今はまだあなたに、この姿を見られたくないの。だから隠れているのよ」

この声は、そう、現世にいるときからお馴染《なじ》みの、あの女の子の声じゃないか。ワタルの〝妖精《ようせい》〟だ。

「君は——スラの森の、あの魔病院のとき以来だね」

閉じこめられている部屋で、呼びかけてきてくれた。だが、甘い声はちょっと笑った。

「アラ、その後にも話したわよ。忘れちゃったの？　嘆きの沼で倒れているところを、あの気弱そうな星読みに助けてもらったでしょ？　あのとき、眠っているあなたの夢のなかで、あたしが話しかけたの覚えてない？」

ぼんやりと曇った頭にむち打って、ワタルは思い出そうとしてみた。何だかはっきりしなかった。夢――気がついたらシン・スンシが心配そうにのぞきこんでいた――

「冷たいのね。まあ、いいわ。こうしてまた会えたから」甘い声は機嫌が良かった。

「ごめんね。僕、あのときは嘆きの沼の毒にやられちゃってたから、幻覚を見たりして」

「まあ、あれは幻覚なんかじゃないわよ。ホントにあったことよ」

ワタルはぎくりとした。背中の骨がポキリと鳴るほどに、身体がこわばった。え？　今なんて言った？　幻覚じゃないって？

「あ、あ、あの、君――」

「いいのよ、あんなことはもうどうでもいいの。それよりワタル、あなたこれからどうするつもり？」

「どうするって？」

「女神さまに会って、ヒト柱をやめてもらうように頼むつもりなんでしょ？　そんなこと、本当にできると思ってるの？」

　ワタルは目を瞠《みは》り、砂の上で座り直した。「君、どうしてそんなことがわかるの？」

「あなたの考えぐらい、お見通しよ」うふんと鼻を鳴らすように笑って、甘い声は続けた。「だから心配してるの。あなたねえ、それがどういうことかわかってるの？　自分が何をしようとしてるのか、自覚してる？」

「自覚って？」

「女神さまに会って、ヒト柱をやめてくれって頼むのは、そりゃあなたの自由よ。女神さまは、自力で道を探し出し、運命の塔にたどり着いた〝旅人〟の願いをかなえる。それもまた古くからの約束なんだから。だけどねワタル、忘れてない？　女神さまがかなえてくれる〝旅人〟の願いは、たったひとつだけなのよ。ふたつも三つも聞いてくれるわけじゃないのよ。ヒト柱をやめてくださいって願っちゃったら、あなたはもう、自分の運命を変えることはできないのよ？　そしたら、幻界《ヴィジョン》に来た意味がなくなっちゃうじゃない」

　頰を撫で髪を揺らす穏やかな海風が、急に冷たくなった。音をたてて、ひゅうっと体温が下がるのを感じた。

　そうだ――女神への願いは、一度にひとつだけ。

「どうやら、目が覚めたみたいね」満足そうに喉《のど》を鳴らして、甘い声は言った。「あなたって、ホントにお人好《ひとよ》しなんだから。幻界の連中たちのことなんか、どうでもいいじゃないの。あなたはいずれ、現世に帰る。そしたら、こっちのヒトたちとは、二度と会うこともないのよ。誰がヒト柱に選ばれようが、あなたには関係のないことじゃないの」

ワタルは両腕で身体を抱いた。何てことだ――そうだ、そうなのだ。幻界の旅に心を囚《とら》われて、ここに来た目的を忘れかけていた。

母さんのことを忘れかけていた。

「だ、だけ、ど、僕は」気がついたら、急《せ》き込むあまりにつっかえながら、ワタルは言っていた。「ヒト柱を認めたり、できないよ」

「自分には関係ないことなのに？」

「関係なくない！」と、ワタルは叫んだ。

「僕はこっちに来て、いろんなことを経験した。怖い目にも遭ったし、嫌なヒトもいたけど、親切なヒトも優しいヒトも大勢いたよ。幻界で起こることは、けっして僕にも無関係じゃないんだ！」

「だけど、お母さんのことはもっと無関係じゃないはずでしょ？」

意地悪く尖《とが》った口調で、甘い声は迫った。

「ふたつにひとつを選ばなくちゃならないのよ。どうするの？　お母さんにはガマンしてもらうの？　今の運命を受け入れて、辛抱してくださいって言うの？」

「それは――」

「二度と会いもしないヒトたちと、二度と訪れることもない幻界のために、あなたのお母さんを犠牲にするっていうの？　お母さんはそれを喜ぶかしら？　それでいいって言うかしら？　そういうワタルこそわたしの子だって、満足するかしら？」

ワタルは両手で耳を押さえた。「そんなこと――そんなことは聞きたくない」

「いいえ、あなたは聞かなくちゃいけない」

甘い声は、まるでワタルの苦しみを楽しんでいるかのように、一段とはずんで明るくなった。

「幻界を選ぶか、お母さんを選ぶか、どちらかなのよ。もしもあなたが幻界を選んで、お母さんにごめんなさいって、しおしおと頭《こうべ》を垂れて現世へ還《かえ》ってごらんなさい。お母さんは言うでしょうよ。そういう優しい子に育ててよかった、自分のことよりも、他人のことを思いやる子になってくれて嬉《うれ》しいって。でもね、そんなの口先だけよ。そんなの嘘なのよ。お母さんは心のなかでは――」

「やめろ！」

ワタルの叫びを遮って、甘い声は言い募る。「心のなかではがっかりするわ。ああなんて冷たい子だろう、苦労して育ててきたのに、わたしの幸せなど考えてもくれない、恰好《かっこう》をつけてヒトに褒められたいばっかりに、周りにはいい顔をしてみせるけれど、母の苦しみを和らげようとはしてくれない、そうしようと思えば簡単にできたのに、そのチャンスをなげうってしまったって」

「やめろよ！　母さんはそんな人じゃない！　絶対に違う！」

「どうして違うと言えるの？　なぜそんなふうに信じられるの？　あなたはお父さんに裏切られたばかりじゃないの。あなたのお父さんだって、お母さんとあなたを捨てるような人じゃないって、ずっと信じてきたのでしょう？　それなのに、あっさりと、ばっさりと裏切られた。見捨てられたじゃないの。あなたはもう要らないと、置き去りにされたのじゃないの。人はそういうものなのよ。お母さんだって、本音はお父さんと同じだわ」

もう波の囁《ささや》きは聞こえない。耳のなかいっぱいに、甘い声の詰問が響きわたり、脳に突き刺さる。

「元をただせば、あなただって同じよ」

甘い声は、ニヤニヤ笑いの色を帯びた。

「僕も同じ……？」

「そうよ。あなたは運命を変えたくて、この幻界にやってきた。お父さんが愛人を捨て、愛人のおなかにいる赤ん坊も捨てて、あなたとお母さんのもとへ戻ってくるように」

そうだ、そのとおりだ。不当な仕打ちを受けたから、それを正すために来たんだ。

「でもそうしたら、愛人はどうなるの？ おなかの赤ん坊はどうなるの？ 今度は彼女たちが捨てられる。それとも、もっと前から運命を修正して、彼女がお父さんと会わないようにし向けるの？でも、それでも、お父さんの気持ちは変えられないわよ。本当に好きな人と一緒になれなかったという、お父さんの心の空洞は埋められないわよ。お父さんにその空洞を抱えることを強いて、あなたとお母さんだけは幸せになるの？ 幸せに、なれるというの？」

身体じゅうの力が、気力が、すべて浜辺の砂に吸い込まれてしまって、ワタルは立ちあがることはおろか、頭を持ちあげることさえできなかった。うなだれて、甘い声の発する言葉に、なぶられているしかない。

「身勝手なのは、どちらも同じよ」

きっぱりと、甘い声は言い捨てた。

「それじゃ君は――僕に、どうしろって言うんだ？」

弱々しく、ワタルは問いかけた。

「そう。わたしはその問いを待っていたの。あなたがそれを尋ねてくれるのを、待っていたの」

女神を倒しなさい――と、甘い声は言った。

「女神を滅ぼすのよ。そしてあなたが幻界の王になればいい。ラウ導師があなたにどんなデタラメを聞かせたか知らない。でも、あたしは知っている。現世《うつしょ》と幻界は、ひとつの盾の裏表。鏡の内と外。幻界を統べるものは、現世をも動かせる。そもそも、そうでなかったら、どうして女神が現世のヒトの運命を左右することができるでしょう」

　ひとつの盾の裏表。鏡の内と外。

「あなたは女神に請い願い、その膝《ひざ》にすがって、自分のちっぽけな運命を変えてくれと願うより、幻界と現世を手中に収めることを望みなさい。みんながあなたにひれ伏して、なんでも言うことをきく。お父さんに、心に空洞など持つなと命じれば、彼はそれに従う。お母さんに、あなたを愛せと命じれば、彼女はそれに従う。お父さんの愛人に、おまえなどこの世には必要ないと言えば、彼女は消える。おなかの赤ん坊には、おまえは最初から存在しなかったと言えば、存在しなくなる。世界がそのとおりになるのだから、あなたは何をしようと、罪の意識を欠片《かけら》も感じなくて済む。そのとき、あなたは悟るのよ」

　世界は、あなたの意のままに存在するということを。

「なんという至福でしょう。なんと美しい世界の形かしら。ねえ、ワタル？」

　しばし、空白のような沈黙。

　ワタルはゆっくりとかぶりを振った。

「僕は嫌だ」と、囁いた。

「そんなの嫌だ」今度は囁きではなく、しっかりした声を出すことができた。

キ・キーマを、ミーナを好きなのは、彼らが彼らだからだ。ワタルの言うとおりになってくれるからじゃない。彼らの親切や、優しさが心に染みたから、大事な仲間になったんだ。

トウゴウトウが僕を運び、空を飛んでくれたとき、「ハイランダーの頼みをむげに断るわけにはいかぬ」と言った。カッツが一人でミーナの病室を張り込んだ僕を助けに来てくれたのは、彼女にはハイランダーとしての使命があるからだ。

みんなが僕の言うとおりになるから、だから好きなわけじゃない。それを美しいだなんて、僕には思えない。

「君は間違ってる。そんなことを唆す、君の正体は何だ？」

波の囁き。また沈黙。

「あなたにはガッカリしたわ」

甘い声は、低く応じた。

「まあ、いいわ。お人好しの勇者さん。まだ考え直す時間はある。いずれ、あなたは必ず、あたしの忠告に従うことでしょう」

「絶対に嫌だ！」

「怒鳴ったって無駄よ。いいわ、とっておきのことを教えてあげる」

あなたは騙《だま》されているのよ、最初から。甘い声は、そう言った。

「あの若い星読みは、〝大いなる白き光の境界〟の作り直しのことも、そのために捧《ささ》げられるヒト柱のことも、すべてを知っているわけじゃないのよ。大事なことを知らなかった。まあ、彼だけじゃない、幻界《ヴィジョン》のヒトたちは、ほとんどこのことを知らないのだけれどね」

「それをあんたは知ってるっていうのか？　何を知ってるというんだ？」

「ヒト柱は、一人ではないの」甘い声は、ゆっくりと言った。「幻界から一人。そして、現世から来た〝旅人〟が一人。〝大いなる光の境界〟を作り直すためには、二人のヒトが必要なのよ。だからそれぞれのヒトは、〝半身《はんしん》〟と呼ばれるの」

自分の耳で聞いたことが、よく理解できなかった。

「さっきも言ったでしょう？　幻界と現世はひとつの盾の裏表。だからこそ〝大いなる光の境界〟は、幻界の側からのみ、作り直すことはできないのよ。現世からも犠牲を捧げなければならないの」

十年に一度、要御扉《かなめのみとびら》が開くとき、現世から〝旅人〟が一人、幻界を訪れる。自らの運命を変えたいと望み、強い意志を持った者。

「いつもはそれだけのことなの。一人の〝旅人〟を受け入れ、その者の声を女神に届けることで、幻界と現世は、いわば血を通わせているのだから。でも、千年に一度、〝大いなる光の境界〟を作り直す時には、事情が違ってくる。〝旅人〟が二人、幻界にやって来る。そして、二人のうち一人は、〝半身〟としてその身を捧げることになるの。そうしなければ、現世も幻界も、混沌《こんとん》のなかに泡と消えてしまうのだから」

　あなたは騙されているのよ。甘い声はもう一度、念を押すように繰り返した。

「ラウ導師は、こんなこと、欠片《かけら》も教えてはくれなかったでしょう？　あなたとあなたのお友達、ミツルとかいう名前だったかしら。二人のうち一人は、〝半身〟に選ばれることになっているなんて、ちらりとも話してくれなかったでしょう？　知っているくせに、あのおじいさんは黙っていたのよ。あなたが怖がって、それなら現世に還ると言い出すと困るから。もちろん、ミツルだって、こんなことは知らないはずよ。もっとも、あの子はあなたよりずいぶんと賢いようだから、ひょっとしたら今ごろは、何か気づいているかもしれないけれど」

　こぼれるような愛らしい笑い声が聞こえた。こんなときに、誰が笑っているんだ？

「ごめんなさいね、笑ったりして」甘い声は謝った。「だけど、あなたのぽかんとした顔が、あんまり可笑《おか》しくて。ねえ、そんなに怖がることはないじゃないの。まだ、あなたが〝半身〟だと決まったわけじゃないわ。でも、そうねえ、ミツルはあなたより強い〝旅人〟だし、かなり以前に出発しているから、あなたより先に運命の塔にたどり着いて、さっさと願いをかなえてもらって、現世に還ってしまうかもしれないわね。そうしたら、二引く一は一。残ったあなたが〝半身〟になるしかないわよねえ、気の毒に」

そんなの嘘だという言葉が、口元まで込みあげてきた。きっと嘘だ。嘘に決まってる。こいつは僕をからかっているんだ。

「信じていないようね」

ああ、また見抜かれている！

「いいわ、信じないのも自由よ。そのうち抜き差しならなくなって、わたしの言っていることが真実だとわかるでしょう。でも、そのときにはもう手遅れだったりして」

うふふと笑った。

「さあ、わたしは去るわ。また会いましょう」

でも、忠告を忘れないで。

「女神を倒しなさい。どう転んでも、あなたには、ほかに道はないのよ」

# 28　サーカワの長老

ワタルは、キ・キーマの小屋に帰っても、ほとんど眠ることができなかった。明け方近くになって、キ・キーマがお酒のせいでふらふらしながら戻ってきて、床の上に大の字に倒れるなりいびきをかいて寝始めたときだけは、彼に悟られないよう眠ったふりをしていたけれど、あとはずっと両目を開けて、じっと天井を仰いでいた。頭のなかでは、あの甘い声が語りかけてきた言葉が、何度も何度も逆回しされては再生されていた。

明け方になり、空が白んでくると、波の音も少しずつはっきりと聞こえるようになってきた。海も夜は眠り、朝になると起きるんだ――できればこの心地よい波の音と朝の微風《そよかぜ》で、昨夜《ゆうべ》の浜辺の出来事など、記憶のなかから洗い出してしまいたい。

小屋の外の砂地を、水人たちの誰かがパタパタと走ってゆく。

「おい、おい、お使いだよ！」

潜めた声だが、誰かが誰かを起こしているのか、呼びかけている。会話が聞こえる。

「ホラ、東の空だ。ありゃ、カルラ族じゃないか？」

「本当だ。あの金色の吹き流しは――連合政府からの使者の印じゃねえか！」

ついに来たんだ。ワタルはサラサラとした木の葉のしとねの上で身を起こした。小屋の出入口の簾《すだれ》を持ちあげて外をのぞくと、数人の水人たちが、東の空を指して寄り集まっていた。屋根に登っているヒトもいる。

ようやく青みを帯びてきた夜明けの空に、ぽつりと赤く、朝と夜の境界ぎりぎりまで輝く強い星のように浮かんでいるものがあった。目を凝らすと、それは羽ばたいていた。おそらく尾に結びつけてあるのだろう、夜明けの光を受けて金色に輝く長い吹き流しが、優雅に空にたなびいていた。

ワタルは、小山のように横になっているキ・キーマを、そっと揺り起こした。

「ううーん、ほじゃ？　なんだワタル、もう起きたのか」

キ・キーマは寝ぼけていた。ワタルは小さくて真剣な顔で彼を見た。早く起きて顔を洗った方がいいよ、と言おうとしたのに、すぐには言葉が出てこなかった。そんなワタルの様子に、キ・キーマはようやくむっくりと起きあがった。

「おやおや、どうしたんだい？　わかった、頭が痛いんだろう？　みんなして酒を飲ませちまったからなぁ。ごめんよ」

ワタルは首を振った。そうして、自分でも思いがけないことを訊《き》いてしまった。

「キ・キーマのお父さんとお母さんは、どこにいるの？」

キ・キーマはまた「ほじゃ？」という声をだした。そして、ごつい手で目をごしごしこすった。

「昨日は、キ・キーマのお父さんとお母さんには会わなかったよね？」

「おお、そういえばそうだったな」まだぼんやりした目つきながら、キ・キーマは笑った。「なにしろおしゃべりと宴会に夢中だったからな。俺のおとうとおかあは、この三月《みつき》ばかり、仕事でアリキタに行ってるんだ。パースという町で、大きな病院を建てているんだが、そこに資材を運び込む仕事を任されてな」

そうだったのか。

「ワタルを紹介できなくて、残念だなぁ」

「いつもは一緒に住んでいるの？」

「いんや、ここは俺の小屋だよ。おとうとおかあは、長老様の住まいのそばに、もっと大きな二階建ての小屋を持っているんだ」

そう言ってから、やっと、キ・キーマは不思議そうにワタルを見た。「なんでそんなことを訊くんだい？」

「なんでもないんだ」

ふうん――と、キ・キーマは顎《あご》を撫《な》でて、それから言った。「もしかして、お父さんとお母さんの夢を見たのかい？　それで、ちょっと寂しくなったんじゃないかい？」

　そうじゃないんだよ。ただ——

　ちょうどそのとき、小屋の外から、金だらいを打ち鳴らすような音が聞こえてきた。

「おーい、おーい、おふれだ、おふれだ、皆の衆！　連合政府からおふれが来たぞ、長老さまのところへ集まれぃ！　おふれだ、おふれだ、おふれだぞーい」

　キ・キーマはあんぐりと口を開いた。「こいつは大変だ！　いったい何事だろう？」

　あつつ、頭が痛い。キ・キーマは両手で頭を抱えると、ちょっと海に飛び込んでしゃっきりしてくるからなと言い置いて、急いで出ていった。ワタルも小屋の外に出た。東の空に、カルラ族の姿は見えない。すでにどこかに着地したのだろう。

　小屋の出入口のところにある梯子《はしご》段《だん》のてっぺんに腰かけて、金だらいというよりはお鍋《なべ》のフタみたいなものを打ち鳴らしながら、おふれ役の水人が、この一角を行き来するのを眺めた。おふれ役は何人もいるのだろう、町のあっちこっちで、同じような音と声が駆け回っているのが聞こえる。

「おはよう、ワタル」

　気がつくと、すぐ隣の小屋の簾をあげて、ミーナが顔をのぞかせていた。耳の後ろの白い毛が、寝乱れてちょっぴりハネている。

「何かしらね、あれ？」不安そうに瞳《ひとみ》を翳《かげ》らせて、ミーナは言った。

「こういうおふれは、よくあることなの？」と、ワタルは尋ねた。

「ううん。わたしは今までに、一度しか見たことがないわ。誰か連合政府の偉いヒトが亡くなったときだったかしら。どっちにしろ、めったにあることじゃないわ」

長老の小屋を中心に、昨夜の大宴会を再現するような規模で、集会は始まった。

当然のことながら、雰囲気は昨夜とがらりと変わってしまっていた。みんな静まり返っていて、長老のそばにぴたりとついた補佐役みたいな水人が、熱心に話した。彼はまず、カルラ族の翼で運ばれてきたおふれの内容について一同に説明した。それから、長老が何か小声で彼の耳元に向かって言う言葉を、ちょうど通訳するみたいにして、皆に伝えるのだった。

「長老はお歳だから、もう大きな声が出せないのですって。だから、ああして取り次ぎをするヒトが必要なんですって」と、ミーナが教えてくれた。

町の住人ではないワタルとミーナは、水人たちの輪の外の方にいて、集まったヒトたちのたくさんの背中ごしに、集会の様子を見ることになった。

「長老はおっしゃっている――もとより、我らのこの世、我らのこの命は女神さまよりの賜りもの」と、取り次ぎ役の水人が言った。「それは、今さら申し述べることもないほどの自明の理。我らの日々の糧も、我らのこの強き身体も、我らを生み我らを育《はぐく》みやがて我らがそこへ帰るところの海の滴の一滴一滴も、すべて女神さまのお創りになられしもの」

「そのとおり！」と、一同が唱和する。

「されば、今ここにて女神さまが一人のヒト柱を求められるならば、それも我らの受ける恩寵《おんちょう》の内にあること。皆の衆、ゆめゆめ恐れるべからず。女神さまの指の差しのべられる、そのところにこそ真実はあり」

「そのとおり！」

「選ばれし者あらば、そは真実の体現者なり。女神さまの差しのべられし指の先にひざまずき、戦士として立つべし」

「そのとおり！」

「我々は恐れたりなどしません！」

集まった水人たちは、口々にそう言った。一同が鎮まるのを待って、長老がまた取り次ぎ役に何か囁《ささや》き、それは今度は少しばかり長い言葉で、取り次ぎ役はしきりとうなずきながら、それを聞き取った。そして、長老のそばから離れると、集まっている水人たちの最前列ぎりぎりのところまで進み出て、厳《おごそ》かに言った。

「我ら水人族は、女神さまの古《いにしえ》の教えを尊ぶことでは、この〝幻界《ヴィジョン》〟に住むどんな種族にも負けるものではない。それ故に、知識も多い。今回の〝大いなる光の境界〟の作り直しのことも、ヒト柱のことも、親から子へと、伝説や昔話としてならば、伝え聞いて、すでに知っているという者たちも多かろう」

一同のなかで、たくさんの頭がうなずいている。ミーナが小さく「まあ」と言った。

「わたし、全然知らなかった」

「それだから、長老は、我らの郷《さと》の者たちについては、何も心を痛めてはおられぬ。皆を信じているとおっしゃっておる」

わあっと声が沸いた。取り次ぎ役は、丸太のような両腕をあげて、皆を鎮めた。

「しかし幻界は広い。他種族の者たちのなかには、我らのような幸せな信仰を持ち得ず、心のよりどころを失い、ヒト柱の選出に、徒《いたずら》に怯《おび》え騒ぐ輩《やから》も大勢いることだろう。皆の衆、それらの狂騒に、心を乱されてはならぬ。我ら水人族は太古から女神さまと共にあるのだ！」

おう、おう！と、一同は腕を突きあげた。取り次ぎ役は、北の空を指さした。

「連合政府のおふれによれば、ササヤの大学者たちの読み取るところ、まさに今宵より、〝ハルネラ〟は始まるという。北の凶星《まがぼし》が地平に現れ、赤く輝くのだ。皆の衆よ、心安んじて〝ハルネラ〟を過ごそう。我ら水人族の誇り高き魂にかけて、女神さまへの忠誠を、ここに誓おう。そして、女神さまが混沌《こんとん》を統べる冥王《めいおう》と結びし聖なる契約をあらため終えるときを、謹んで待とうではないか！」

水人たちは立ちあがって歓呼の声をあげた。そのなかに、キ・キーマもちゃんと混じっていた。

一同はそれから、声をあわせて女神を讃《たた》える歌を歌った。興奮が鎮まると、結びの言葉として、取り次ぎ役は言った。

「おふれを運んできたカルラ族の話では、アリキタやナハトの一部の町では、すでにかなりの混乱が起こっているらしい。信仰を失うと、ヒトはかくも弱きものなのだ。我らはダルババ業を生業《なりわい》とする故に、各地に出向くのが日常。先々で騒乱に巻き込まれることもあろうが、己を強く持ち、互いに助け合ってほしい。ダルババ屋の頭たちは、年若いものたちを、よろしく導いてくれるよう」

こうして集会はひけた。ダルババ屋で働く水人たち——町の成年の大半だ——は、今度は個別に頭のもとに集まるようだ。みんなぞろぞろと移動してゆく。

「ミーナ、大丈夫？」と、ワタルは訊《き》いた。「ショックを受けてない？」

ミーナは頬笑んだ。「平気よ。ちょっと驚いたけど、でも——わたしが選ばれると決まったわけじゃないしね。だって、大勢のなかから、たった一人だけでしょう？」

解散する水人たちの邪魔にならないよう、ミーナは軽くワタルの手を取ると、近くに積みあげてあった木箱の上へと、ひょいと移動した。

「スペクタクルマシン団のみんなは、どこでこの報《しら》せを受け取っているかしら。子供たちが怖がってないといいけど。ブブホ団長がいるから、何も心配はないと思うけれどね」

　ワタルは俯《うつむ》いてしまった。

「ワタルこそ、大丈夫？　顔が青いわ」

　ミーナはワタルの手を取ったまま、顔をのぞきこんだ。

「わたしたちのこと、心配してくれてるのね。ありがとう」と、にっこり笑う。「わたしたちネ族は、ここの水人さんたちほどには強い女神信仰を持ち合わせていないけど、それでも、祈る気持ちはちゃんと持っているわ。わたし、今夜から毎晩、北の凶星を見あげてお祈りするわ。女神さまにお願いするの。ヒト柱をお召しになるならば、どうぞお慈悲と共にお召しください。嘆きが深くならないようにって」

「それでいいの？」と、ワタルは鋭く問い返した。「ヒト柱を差し出せなんて、女神さまは残酷だとは思わない？　そういうやり方を変えてほしいと思わないのかい？」

　ミーナはつぶらな青灰色《ブルー・グレイ》の瞳をまん丸に見開いた。「まあ、ワタルったら」

「だってそうじゃないか。たとえ千年に一度だって、世界を保つために犠牲を捧《ささ》げるなんて、おかしいよ」

「だって……だって、そもそもこの世界は女神さまがおつくりになったものなのよ。わたしたちがつくったものじゃない。わたしたちではどうすることもできないことなのよ」

「ミーナ、もしも自分がヒト柱に選ばれても、そんなふうに言える？」

ミーナは握っていたワタルの手を離すと、自分の頬にあてた。「それは――わからないわ」

「わからなくないよ。嫌に決まってるよ！」

「そうかしら。選ばれた瞬間に、そんな気持ちからは解放されるのかもしれないわ。残されたヒトたちも、そうかもしれない。悲しみが残らないように、女神さまが計らってくださるのよ」

だって――と、少し狼狽《ろうばい》したように首を振りながら、ミーナは言った。

「さっきの連合政府のおふれのなかにも、書いてあったというじゃない。ヒト柱も、〝大いなる光の境界〟の作り直しも、〝ハルネラ〟も、古くからあったことだって。ただ、今までは歴史の表に出てこなかっただけだって。現に水人さんたちは、伝説として知っているというのだし――」

「そうだよ。過去はそうだった。それでよかったんだ。でも、今は違う。幻界の南大陸に連合政府ができて、その政府が、これについては国民に公表しなくちゃならない、もう伏せてはおけないと判断したこと自体、事情が違ってきてるという証拠じゃないか。僕は、アリキタやナハトのなかで騒乱が起き始めていると聞いて、ちょっとほっとしたくらいだよ。みんながみんな、ここの水人たちみたいに平気な顔をしていたら、その方が変だよ」

ミーナは泣きだしそうになってしまった。

「ワタル――そんなことを言って――それがどういうことだかわかってる？　ねえあなた、あの魔病院で老神教徒たちに危うく殺されるところだったんでしょう？　それを忘れたの？　今のあなたの言っていることは、女神さまを否定する老神教徒たちと同じよ」

違う。それは違う。言いかけて、しかしワタルは口をつぐんでしまった。僕が言いたいのは――女神を信じるか否定するかということじゃなくて――そうじゃなくて――

結局、僕は怖いんだよ。心のなかで言った。ヒト柱が幻界のヒトたちからのみ選ばれると思っているときだって怖かった。君やキ・キーマが選ばれるんじゃないかと思うと、怖くてたまらなかった。

でも、今はそれ以上だ。だって僕は〝旅人〟だもの。ヒト柱に選ばれる確率はぴったり五十パーセント。ミツルか僕か。どちらか一人。だもの、怖くて当然じゃないか。だけどわからない。どうすればいいんだ？　ミツルより先に運命の塔に着いて、自分の願いだけさっさとかなえて、とっとと現世《うつしよ》に還《かえ》ってしまえばいいのか？　それで忘れられる？　それで幸せになれる？

それとも、女神に会って頼むのかい？　僕の運命は変えなくていいです。でも、ヒト柱のしきたりだけは変えてください。そしたら僕は、安心して現世に還れます。

でも、還ってどうなる？　傷ついて生きる希望を失った母さんと、二人ぽっちだ。父さんは僕らを捨てて、二度と振り向いてもくれないだろう。追いかけて行けば、またあの女、田中理香子に手ひどい仕打ちを受けるだけだ。

不当、不等、あまりにも酷《ひど》い。どの道を選んでも行き止まりじゃないか。だけど、悩んでぐずぐずしていれば、ミツルが先に運命の塔に着き、僕は一人取り残されて、自動的にヒト柱にされてしまう。

「その〝旅人〟よ」

強い声で呼びかけられて、ワタルは顔をあげた。木箱のすぐ足元に、あの取り次ぎ役の水人が立って、こちらを見あげていた。

間近に見ると、彼の目の周りと剝《む》き出しの両肩には、繊細な細い線で、凝った文様の入れ墨がほどこされていた。彼がにこりと頰笑むと、目のそばの線も一緒に緩んだ。

「長老が、あなたとお話をしたいとおっしゃっている。少しよろしいかな？」

あとの問いかけは、ミーナに向けられたものだった。はいと、小さく彼女は答えた。

「それでは、こちらへ」

取り次ぎ役はワタルを手招きした。

「それからネ族のお嬢さん、連合政府のおふれを運んできたカルラ族が、郷《さと》の門のそばの小屋で休んでいる。まもなく飛び立つことだろう。あなたの郷や家族に手紙など託したいならば、今のうちに頼んでみてはいかがだろうか」

　長老は、集会のときと同じ場所に座っていた。それでも、さっきよりは少しくつろいだ姿勢で壁にもたれ、片膝《かたひざ》を立てている。

「ここにお座りになるがよい」

　取り次ぎ役が、丸く編んだござを勧めてくれた。ワタルはそこにかしこまった。長老の真ん前だ。一メートルも離れていない。

「実は、我が長《おさ》は高齢ゆえ、ほとんど耳が聞こえぬ」

　長老の脇に控えて、取り次ぎ役は言った。

「それでも心の耳で、何でも聞くことができる。最前から、しきりとあなたの声を聞き取り、ご心痛の様子だ。だからおいでいただいたのです」

「僕の心の声？」

　問い返すワタルの言葉が終わらないうちに、長老はびっくりするくらい素早く進み出て、両の掌《てのひら》ですっぽりとワタルの頭を包み込んだ。ぎょっとして下がろうとすると、

「動いてはならぬ！」と、取り次ぎ役が厳しい声を発した。「暫時、そのまま」

　身をすくめて、ワタルはかちんかちんになった。そうしていたのは、ほんの十秒ほ

どだったろうか。長老は手を離すと、元の場所に戻ってまたゆったりと座った。そして、取り次ぎ役の耳元に何か囁《ささや》いた。

ゆっくりとうなずくと、取り次ぎ役はワタルを見た。

「あなたは魔に魅入られている」

「魔——？　魔物ということですか？」

「左様。必ずしも姿の恐ろしいものではない。時には甘い声を以《もっ》てあなたに囁きかけているやも知れぬ。しかし、あなたの間近に魔の気配がする。長老はそう申されている」

昨夜の浜辺での出来事——現世にいるときから語りかけてきた、あの甘い声。とっさに、それを考えた。

長老はうなずき、また取り次ぎ役に何か言った。

「どうやら、覚えがあるようですな」

ワタルは両手で額を押さえた。「だけどそれは——」

「恐れてはいけない」と、取り次ぎ役は言った。「魔はあなたの恐怖を喰《く》らう。顔をあげて、長老の目をごらんなさい」

何度か促されて、ワタルはやっと、そのとおりにした。

長老は、肌も張りを失い、肉が落ちて骨張った身体は、何か支えになるものがなければ、一人で立つことも難しそうだ。しかし、その目は頑健な若者よりも強い光を宿し、海のような青い色をしていた。

長老は、その瞳《ひとみ》をひたとワタルの上に据えたまま、話し出した。取り次ぎ役がそれを伝える。

「〝旅人〟よ、我ら古老は知っている。〝ハルネラ〟は、あなたがた二人の〝旅人〟にとってこそ、真の試練であることを」

ワタルは驚いた。「知ってるって？　じゃ、僕がヒト柱になるかもしれないことを？」

「すべてを知っておる。古《いにしえ》より、〝大いなる光の境界〟を作り直すときがくるたびに、女神さまがなさってきたことであるから」

思わず前に出た。「それなら、どうして放っておくんです？　ヒト柱なんて、残酷じゃないですか！」

長老はピクリともしなかった。「幻界《ヴィジョン》には幻界の成り立ちがある。あなたはそこに、女神さまに招かれてやって来た。この世界の成り立ちに、あなたが介入することはできぬ」

「だって、あなたたちだって！」

「あなたが今、心に抱いている疑問を、あなたの力で解くことはできぬ」

ワタルの疑問。この袋小路。

「あなたが今、そこで煩悶《はんもん》しているすべてのこと。己がヒト柱に選ばれるかもしれぬという恐怖。もう一人の〝旅人〟、あなたの友を、ヒト柱として置き去りにせねばならぬかもしれぬという恐怖。女神さまに会うて、ヒト柱のしきたりをやめるよう願えば、その願いと引き替えに、自らの運命を変える望みを捨てねばならぬという恐怖。すべてあなたが生み出し、あなたが形を与えた恐怖であるが、あなたには消すことのできぬ恐怖だ」

ホントにお見通しなんだ。ワタルはまたヘタヘタと座ってしまった。何も言ってないのに、心を読まれたみたいだ。

「〝旅人〟よ。あなたは女神さまに招かれながら、女神さまを信じられなくなっている。それすなわち、旅の目的を見失うこと。あなたをして道を踏み迷わせ、暗黒へと誘い込もうと謀る魔を近づけてはならぬ」

長老はまるで呪文《じゅもん》のように呟《つぶや》き続け、取り次ぎ役は滑らかにそれを取り次ぐ。

「あなたの煩悶は、さながら砂漠の蜃気楼《しんきろう》だ。あなたはありもしないものを恐れ、ありもしないものから逃げようとしている。それはただの、時の浪費。女神さまに会いなさい。世界は女神さまの御心《みこころ》の内にある」

「だけど僕――僕より先にミツルが――」

「速く走る〝旅人〟だけが、運命の塔を見《み》出《いだ》すのではない」

その言葉は、ぴしりとワタルを打った。

「運命の塔は、正しき道をたどった〝旅人〟の前にしか、その姿を現さぬ。幼き〝旅人〟よ。迷いを捨て、運命の塔を目指しなさい。そこにこそ真実が在る。女神さまに問いかけて初めて、あなたは答を得る」

長老は、かすかに頬笑んだ。

「女神さまの御前に至り、何を問いかければ良いのかということも、運命の塔にたどり着けば、自《おの》ずとわかる」

ササヤを目指しなさいと、長老は言った。

「今こそ、かの大学者たちの知恵を借りるときですぞ。彼らは幻界の歴史を研究し、幻界の成り立ちを知ろうとしている。女神さまのおわします運命の塔は、果てしなく遠い。しかし、正しき道は、真っ直ぐにそこに続いている。正しき道をこそ探すべきだ。古の知を司《つかさど》る星読みの大学者たちならば、その道を照らす宝玉の眠る場所を知っているかもしれぬ」

それだけ話して、長老は壁にもたれて目を閉じた。取り次ぎ役がすっと立ちあがり、部屋の隅の棚から膝掛けのようなものを持ってきて、それをそっと、長老の身体にかけた。

「長老はお疲れのようだ」と、彼は言った。「今のお言葉を、どうか忘れぬように。〝旅人〟よ、私からもお願いする」

ワタルはためらいながらもうなずいた。

「おっしゃるとおり、ササヤへ行くことにします。国営の天文台があるそうですね？」

「うむ。星読みたちの集うところだ。天文台があるのは、ルルドの町じゃ。ダルババを使いなされ。五日ほどで着くはずだ」

ワタルは、思わず取り次ぎ役の手をつかんだ。「僕は、僕はだけど、本当に自分の運命を変えたいのかどうかさえ、わからなくなってきちゃったんです。運命を変えるってどういうことなのか、それもあやふやになってきちゃって――」

「あなただけではない。幻界を訪れる〝旅人〟は、皆、一度は同じような悩みを抱える。そこから抜け出せる者もあれば、抜け出せずに道を踏み外す者もいる」

「道を踏み外したら、どうなるんです？」

取り次ぎ役は首を振った。「それは我ら幻界の住人の与《あずか》り知らぬこと。女神さまがお決めになることだ」

ワタルは思わず言った。「それがわからないんです。どうして皆さんは、そんなふうに純粋に、なんの疑いもなしに女神さまを信じていられるんですか？　幻界のなかだって、皆さんほど強い信心を持っていないヒトたちが増えているからこそ、アリキタやナハトでは騒動が起こっているんでしょう？」

ヒト柱と〝ハルネラ〟について知識を得て、騒いでいるというヒトたちならば、きっとワタルのこの気持ちを理解してくれることだろう。もしかしたら――そんな女神は倒してしまえと――あの唆しにだって賛成するかもしれない――そっちの方が正しいのかも――

長老のしわがれた声が聞こえた。取り次ぎ役が長老のそばに行って、何か聞き取り、すぐにワタルのそばに戻ってきた。

「さあ、行きなさい〝旅人〟よ」

取り次ぎ役は、そのがっちりとした腕で、優しくワタルを押しやった。

「あなたの道が正しければ、我らは二度とまみえることもない。長老の最後のお言葉を伝えます。今、こうおっしゃいました――」

神を信じぬ者に、神は倒せぬ。

# 29　ルルドの国営天文台

ササヤに渡り、ルルドの町を目指す旅は、思いもかけないほど陰鬱《いんうつ》なものになった。ひとつには、ワタルとミーナのあいだに、サーカワの長老小屋の前で言い争ったことの、後遺症のようなものが残ってしまったからだ。ミーナに不安げな眼差《まなざ》しを投げかけられると、ワタルはつい目をそらしてしまう。するとミーナも、まるで悪いことでもしたみたいに大慌てで俯《うつむ》き、それを横目で盗み見て、ワタルもまたうなだれる。あいだに入ったキ・キーマは、どうやら二人が喧嘩《けんか》でもしたらしいと推察しているようだけど、手の出しようがなくて、やっぱり黙っている。ときどき、妙に陽気な声を出して何か話しかけてくるけれど、会話は続かない。

それにワタルは、自身の心のなかに引きこもって考え込むことも多かった。〝迷いを捨て、女神さまに会え〟という忠告を、もちろん忘れてはいないけれど、ハイそうですねと捨てられるような迷いなら、最初から苦しむことなんかないのだから。

ミツルはどうしているだろう。しきりと、それを考えた。今、どこにいるのだろう。

彼は迷いを感じていないのかしら。〝幻界〟で身につけた大魔法を駆使して、ひたすら運命の塔を目指し、ほかのことは何も考えていないのかしら。

——ミツルはきっと、僕みたいに弱くないんだ。

考えてみれば、いつでもそうだった。

リリス郊外のトリアンカ魔病院で再会したときのミツルは、本当にカッコよかった。彼のおかげでワタルは命びろいをしたのだ。彼の唱えた風の大魔法が生んだ大竜巻が、あのトリアンカ魔病院を包んでいた結界を打ち壊し、スラの森を根こそぎにしてくれたから。

あのときは、ああするしか方法がなかった。あれがいちばん適切なやり方だった。だけどキ・キーマは言っていたじゃないか。竜巻が去ったあと、トリアンカ魔病院へ行ってみたら、怪我をしたヒトたちが大勢いたと。当然だろう。あそこにはたくさんの老神教徒たちが集まっていたんだ。百人、いやそれ以上いたかもしれない。そのヒトたちにも、竜巻は襲いかかったのだ。怪我をしたヒトたちは運が良かったくらいで、竜巻に飛ばされて命を落としたヒトたちだって、いっぱいいたのじゃなかろうか。

いいじゃないか。自業自得とは、こういうときに使う言葉だ。あいつらの方が先に手を出してきたのだ。一方的にワタルを捕まえて、閉じこめて、処刑しようとしたのだから。

でも――ミツルと同じ立場だったなら、ワタルにも同じことができただろうか。何のためらいもなく？　自分の力をふるうことができただろうか？

――どこへ飛ばされるかわからないぜ。

あっさりとそう断っただけで、呪文《じゅもん》を唱えることができただろうか。

――そういえば。

ワタルが幻界《ヴィジョン》に来るきっかけになった、あの事件。大松《だいまつ》さんの幽霊ビルで、ミツルは石岡健児《けんじ》たちに囲まれて、危うくボコボコにされそうになっていた。でも、ミツルが呪文を唱えて魔性のものを招喚すると、形勢はたちまち逆転した。石岡たち三人は、あの恐ろしいバルバローネに襲われて、石岡は頭から丸呑《まるの》みにされてしまい、魂を抜きとられてしまった。

　あのとき、ミツルは彼らをどうするつもりだったのだろう。バルバローネを招喚したとき、石岡たちに対して、あの魔物が何をするか、彼はちゃんと承知していたのだろうか。わかっていてバルバローネを呼んだのか。

　あのときの彼の表情にも、迷いなんてものは欠片《かけら》もなかった。打たれたから打ち返す。その決意があっただけだった。いつだって、ミツルには揺るぎない意志があった。どんな困難が運命の塔への道を阻もうとも、彼は決してひるんだりしないだろう。

　それに引き替え、ワタルは弱い。そして、勝負事や競い合いには、やっぱり強いものが勝つのだ。速く走るものだけが運命の塔を見《み》出《いだ》すのではないと、サーカワの長老は言った。だけど、ミツルはただ足が速いだけではなく、意志の力も強いのだ。ワタルには最初から勝ち目などないのかもしれない。

　そんなことを考えていたら、ダルババ車の御者台の上から落ちないように身体を支えているだけでも精一杯で、とうてい笑顔など浮かべられない。

　おまけに、旅路の景色が、ワタルたちの歩みをさらに憂鬱なものにした。サーカワを出て、海べりの草原で最初の野宿をしたときまでは、まだ良かった。街道に出ると、様子が変わった。道連れが、ぽつりぽつりと増え始めたのだ。あるヒトたちは粗末な荷車に家財道具を載せ、あるヒトたちは大きな包みを背負っている。子供連れもいれば、老人たちもいる。ダルババ車の荷台に病人を乗せているヒトたちもいる。

　最初のうちは、彼らがどんなヒトたちで、どこへ行こうとしているのか、さっぱり見当もつかなかった。二泊目の野宿のとき、もうボグとササヤの国境関所は間近で、街道を行くヒトたちのグループも、両手に余るほどに増えており、食べ物を譲り合ったり、話をする機会もあって、それでやっとわかったのだった。

　彼らは避難民だった。〝ハルネラ〟が終わるまで、逃げ隠れるために旅しているのだ。

「女神さまのなさることに、逆らうわけにはいかないけれども、やっぱり今あたしや亭主がヒト柱に選ばれるようなことになったら、子供らは生きていかれないから」

六人の幼い子供たちを連れた、獣人《じゅうじん》族のお母さんが、言い訳するみたいな顔で、そんなことをワタルに言った。彼らは野宿用にテントを持っていたけれど、どうやって張ればいいかわからずに困っているようだったので、キ・キーマとワタルで手伝ってあげたのだ。

「それで、どこに行くんですか？」

「あたしは国境沿いの山のなかの木こりの集落で生まれたんですよ。家はもうないし親もいないけれど、小屋は残っているからね。北の凶星《まがぼし》が赤いうちは、そこで暮らそうと思って」

　見あげるような大男のご亭主は、奥さんが見ず知らずのヒトと話をするのが嫌な様子で、ひどく怖い顔をしていた。あとで奥さんを脇に呼んで、ガミガミ叱っているのが聞こえてきた。

「あんなことを言って、もしあいつらがくっついてきたらどうするつもりだ？　俺らは隠れ住む場所があるから、まだましな方なんだ。言いふらすんじゃねえよ」

　避難民たちのなかには、確かに、これという目的地を持たないヒトたちが多かった。とにかく目立たない場所へ行きたい、そういうあんた、ハイランダーだろ？　何処に行くのだと問われて、ワタルがルルドと答えると、

「そうか、あすこには天文台があるもんね。星読みもたくさんいるし、もしかしたら、

どうやったらヒト柱に選ばれずに済むか、知恵を授けてもらえるかもしれないね」

じゃあわしらもルルドへ行こう——などと言い出す始末だったりする。

彼らと話をするたびに、ワタルはあえて明るい顔をしてみせて、

「でも、ヒト柱はたったの一人だけですよ。地上にはこんなに大勢のヒトたちがいるんだもの、あなたやあなたの家族が選ばれると決まったわけじゃない。そんなに心配しなくてもいいじゃないですか？」

と、問いかけてみた。するとみんな、一応は、「そうだよね」「そうだわねえ」「うん、俺もそう思うんだけどな」と、返事を寄越す。ちょっと笑い返したりもする。でも、そのあと一様に顔を曇らせて、少しばかり決まり悪そうに目を伏せ、こう続けるのだ。

「でも、万にひとつということがあるだろう？　避けられるものならば、避けたいじゃないか」

「お金持ちの商人や、お役人はいいんだよ」

と、暗い目をして口を尖《とが》らせるヒトもいた。

「日頃から、女神さまを讃《たた》える歌や祈りの会を開いているし、信徒の集会所を切り盛りしたり、花を供えたりしているものね。そういう連中は、ヒト柱にならずに済むんだ」

だけどあたしらは貧しくて、自分たちの口を養うことだけで精一杯。女神さまにお供物を捧《ささ》げることなんざできやしない。

「だから、ヒト柱に選ばれる可能性も高いと思うんですか？」

「そうさ。だって、あたしらには、捧げるものといったらこの身しかないものね」

道を急ぎながらも、街道を進むにつれて増えてゆくこうした避難民たちを観察して、ワタルも確信するようになった。〝ハルネラ〟を恐れ、逃げ隠れせずにはいられずに家を故郷を離れてきたこのヒトたちは、本当に、圧倒的に貧しいヒトたちばかりじゃないか。

　道中ではさらに、憂鬱を通り越して不愉快な光景にも遭遇した。女神を讃える歌が聞こえてくるべき礼拝堂から、怒号と悲鳴と泣き声が漏れてくる。かと思えば、今まで聞いたこともないような、呪文みたいなものを唱える老若男女の声が響く。関所を越えた先の小さな村では、打ち壊され火をかけられ、ごうごうと燃えあがる礼拝堂を背に、真っ黒なローブを着た若い男が、木箱の上に乗って、拳《こぶし》を空に突きあげながら何か演説をしていた。集まった村人たちは、半円を描いて彼を取り囲み、憑《つ》かれたような目で見あげている。彼らの注目を一身に集めて、黒いローブの若い男のふたつの眼は、浅い水たまりに映った太陽のように、ギラギラと底光りしていた。ひょっとしたらこの若い男は、第二のカクタス・ヴィラになるのではないか、ガサラ郊外の荒地のあの教会で、カクタス・ヴィラが信者たちを集めてやってのけたようなことを、もう一度繰り返してしまうのではないか。ワタルは恐怖を感じた。

　ササヤに入って二日目の午後、街道がY字に分かれているところにぶつかった。右は海寄り、ササヤの首都へ、左は山地へ、ルルドへ続くという標識が立てられている。左の道へと進路を取ると、避難民たちの道連れは少なくなったけれど、それと入れ替わるように、ダルババ車に乗ったり、一人でウダイを駆ったりして道を急ぐ、星読みたちと行き交うようになった。ある者はルルドから首都の方へ向かい、ある者は首都からルルドへと走ってゆく。

　星読みたちは、年齢も種族も様々だけれど、みんなシン・スンシと同じような筒袖《つつそで》の服を着ているので、すぐに見分けることができた。ただ、服の色によって、たとえば学生の学年分けみたいな区別があるようだった。階級があるのかもしれない。道中で見かけたなかで、いちばん立派な服装をしていた星読みは、ちょうどワタルの母さんくらいの年齢のアンカ族の女性で、美しい紫色の筒袖の袖口と裾《すそ》に、金色の線が入っていた。円筒形の風変わりな帽子には、勇者の剣の鍔《つば》に刻まれているのと同じ、星の形がついていた。

　山道を、雑木林のあいだを縫うようにして半日進むと、それは前方に見えてきた。

「ほら、あれだ」

御者台から、キ・キーマが指をさして教えてくれた。

「あの透き通った丸い屋根。あれがルルドの国営天文台だよ」

もう夕暮れだった。茜色《あかねいろ》の空を背景に、それはうっとりするほど美しく輝いていた。ちょうどプラネタリウムみたいな形の建物だ。ドーム型の半透明の屋根には、窓のような切り込みが入っている。きっとあれは、天体望遠鏡のための窓だろう。そのサイズからして、シン・スンシの小屋にあった望遠鏡の、十倍も二十倍も大きなものであるに違いない。

やがて雑木林を抜けると、国営天文台と、それを取り囲む町の全景が、目の前に広がった。山の一角を切り拓《ひら》いてつくられたであろうその町は、ぐるりを土色の煉瓦塀《れんがべい》に囲まれ、建物も大半が同じ色の煉瓦でできていた。どこもかしこも古びていて、建物のなかには窓ガラスが割れたり、煉瓦の一部が崩れているところもある。あの美しい天文台を造るには、さぞかし高価な素材が使用され、高い技術を持つ職人たちが、何人も関わらねばならなかったろうから、お金はそっちに回してしまったに違いない。

現世《うつしよ》の大学と、ちょっと似ている。

「星読みたちは、研究したり勉強したりするために、ここに住み着いてるんだ。だから、町の外周近くにある建物は、みんな彼らのためのアパートだよ」

筒袖を着たヒトたちが、そこらじゅうを歩き回っている。ダルババ屋の荷車が町の門のところに停まっており、門番とダルババ屋で、一生懸命荷下ろしをしている。とても重そうな木箱だ。あれは全部書物だろうと、キ・キーマは言った。

「星読みは、夜中に観測をするだろ？　で、彼らは交代で昼間のうちに眠るんだ。だからアパートは、地上部分よりも、地下の部分の方が広くなるように造られているんだ」

実際、町を囲む外壁と、そのすぐ内側にある星読みたちの居住区の建物の背の高さは、ほとんど同じだ。それも、一軒家の一階分くらいしかない。そして驚いたことに、その低い塀や建物の屋根の上を、剣や槍《やり》や弓矢で武装した数人のハイランダーたちが、ゆっくりと巡回していた。ファイアドラゴンの腕輪をはめているから、間違いない。

「何をしてるのかしら？」と、ミーナが不思議がった。「ここで何かあったのかしら」

ダルババ屋の荷車が去って、ワタルたちは門番小屋に近づいた。門扉は太い鉄格子で造られた重々しいもので、頑丈そうな錠前が取りつけられている。門番はキリリと耳の立った獣人だった。

「おや、あんたらはハイランダーじゃないか。交代要員かい？」

門番は革の胸当てを着け、腰に短剣を帯びている。ひどくものものしい様子だ。

「そうではありません。天文台のバクサン博士にお目にかかりたいんです。星読みのシン・スンシさんに紹介していただきました」

勝手なことをして、シン・スンシには申し訳ないけど、きっと今は恐ろしく多忙なはずの博士に取り次いでもらうには、こう言っておいた方がいいだろうと思った。

「ああ、そうかい。だったら通行証を書いてあげるから、ちょっと待っててよ」

外堀の上に立ったハイランダーがこちらを見ている。初めて見る種族のヒトだった。姿形はアンカ族そっくりだけど、肌の色が新緑のように鮮やかなグリーンなのだ。右手に弓、背中に矢筒を背負い、胸当てと肩当てだけの簡素な革鎧《かわよろい》を着けているが、手も足も剥《む》き出しだ。髪の毛は一本もなく、つるりとした頭はつくりもののように美しい。すらりとしてスタイル抜群、目鼻立ちも整っていて、マネキン人形みたいだ。

ワタルと目が合うと、そのヒトは門の方にぶらぶらと近づいてきた。にっこり笑うと、真っ白な歯がのぞいた。

「あんたたち、どこから来たの？」

声を聞いて、女性だとわかった。

「ガサラです」

「あらまあ、あんな遠くから？」

「このヒトたちは、バクサン博士に会いに来たんだよ」と、門番が説明してくれた。

「ほい、これが通行証だ」

ハガキくらいの大きさの紙の札をもらった。裏側には建物の案内図が描かれている。

「バクサン博士の研究室は、屋上天文台のすぐ下の階だよ」

「ありがとう」

「坊や、あんたなら、バクサン博士とすっごく話しやすいかもよ」と、緑の肌のハイランダーが言って、コロコロと笑った。

「は？　どうしてですか？」

「会ってみりゃわかるわよ」

「あの、どうしてこんなに厳しい警備をしているんですか？」と、ミーナが尋ねた。

「だって、見てのとおりだからよ」緑の肌のハイランダーは、空いている方の手でワタルたちの後ろの方を指し示した。大勢のヒトたちがたむろしている。その後ろには、雑木林を抜けて、こちらにやってくるヒトの列も見える。

「おふれが出て以来、ずっとこうなのよ」と、緑の肌のハイランダーは言った。「みんな、どこの誰がヒト柱に選ばれるのか、どうやったら選ばれずに済むか、知りたくてしょうがない。ここに来れば、星読みたちが何か教えてくれるんじゃないかと期待するのね」

「外塀の周りをうろうろされちゃ困るんで、注意してるんだがね。裏手へ回ってごらん。キャンプ村ができとるよ」門番が言った。「それでも、おとなしくしていてくれるならいいんだがね、なかには、天文台に入れろ、星読みの偉い博士に会わせろと暴れたり、ものを壊したりするヤツらもいるからね。警備が必要なんだ」

「そういう荒っぽい連中が、これからますます増えるわよ」

塀の上から周囲を見渡して、緑の肌のハイランダーは険しい顔をした。

「〝ハルネラ〟が終わるまで、ここは、連合政府の建物と同じ、第一種警備強化地区の扱いを受けることになったの。だからあたしたちも駆り出されて――」

言葉の途中で、彼女はカモシカのようにしなやかに駆け出した。塀の上を飛ぶように走ってゆく。

「あ、あそこ！」ミーナが指さした。「誰かが塀を乗り越えようとしているわ！」

みすぼらしい身なりの痩《や》せた男が、煉瓦塀をひっかくようにしてよじ登ろうとしている。緑の肌のハイランダーは、その男が射程距離に入る場所までゆくと、ぴたりと止まって弓を構えた。

「そこの者！　止まれ！　塀から離れろ！　警告に従わねば撃つぞ！」

塀の上を巡回していた他のハイランダーも、反対側から駆けつけてきた。こちらは槍を構えている。二人の手厳しい警告に、痩せた男はすごすごと後ずさりして塀から離れた。

「なるほどなぁ」と、キ・キーマが唸《うな》った。「これじゃ警備も要るわなぁ」

「俺はただ、建物のなかに入れてもらいたいだけなんだ」と、みすぼらしい身なりの男は、ハイランダーたちを見あげて訴えた。「悪いことをするつもりはないよ」

「天文台には、許可なき者は入れない」

「だって、どこへ行けば許可を出してくれるっていうんだい？」

「ここは政府の施設だ。一般人は立ち入ることができない」

「そんなの不公平じゃねえか」と、男は口を尖《とが》らせた。「政府の偉い奴らはいいよ、絶対にヒト柱に選ばれっこないからな。高処《たかみ》の見物だ。だけど俺たちにとっちゃ、切実な問題なんだぜ。星読みの学者さんたちに会って、ヒト柱にされないためにはどうしたらいいのか、教えてほしいと思うのが当然だろ？」

いつの間にか男の周りにはヒトびとが集まっていて、そうだそうだという声をあげた。

「たとえ星読みの大学者でも、女神さまのお決めになることを、事前に知ることはできない。諦《あきら》めて家に帰り、おとなしくしていることだな」と、ハイランダーは言った。

「そんなのひどいじゃないかよぉ」

「さあ、あんたらも今のうちに、グズグズしないで早くなかに入ってくれ」門番が、錠前に鍵《かぎ》を差し込みながら促した。「すぐに閉めないと、集まっている連中がうるさいから」

ワタルたちが門の内側に入り、鉄の門扉は音をたてて閉じられた。それを聞きつけて、またヒトびとが門の方へ集まってきた。制止する門番を押しのけるようにして、てんでに鉄格子にすがりつき、隙間に顔を押しつけている。

「あたしたちも入れておくれよう」

「あんたらだけ特別扱いなんて、ずるいじゃないか！」

鉄格子をあいだに隔てると、ヒトびとの顔はなおさらに悲しく、無力に、そして惨めに見えた。あちら側からは、僕らがどう見えているのだろう。ワタルはやりきれなくなった。

「早く、そのバクサンとかいう博士のところに行こうぜ」キ・キーマが促した。彼にしては本当に珍しく、嫌悪感でげんなりしたような表情を浮かべている。「俺は、信仰を失った、ああいう連中を見るのも嫌だ」

ミーナは黙っていた。ワタルも口を閉じたまま、案内図に従って歩き始めた。

建物のなかは、迷路のように入り組んでいた。小さな部屋があちこちにあり、場所によっては、部屋のなかを通り抜けなければ、先へ進む廊下に出られないところもあった。とにかく階上を目指すつもりでいても、階段がどこにあるかわからない。

驚くほど大勢のヒトびとがいた。大部分は星読みたちだったけれど、まだあの筒袖《つつそで》を着る資格のない学生なのか、作業着のようなものを身につけた若いヒトびとも、せっせと立ち働いている。小部屋のなかに溢《あふ》れんばかりに集まって議論しているかと思えば、ずらりと並んだ机に向かって何かしら計算していたり、辞書のような分厚い本のページに天眼鏡をあてていたり、巻物から巻物へ文章を書き写していたり、とにかく忙しそうだ。狭い通路で、両手に本を抱えた星読みとぶつかって、謝ったり本を拾ったり、今度はまた別の星読みとぶつかったり。おまけに、星読みたちはみんな、頭のなかが学問や研究ではちきれそうなのだろう、階段はどこですかとか、ここは何階ですかとか問いかけても、とんちんかんな返事がかえってくるばかりである。

「ここは、最初からこんな背の高い建物じゃなかったんだろうな」汗を拭《ふ》きながら、キ・キーマがこぼした。「建て増し建て増しで、どんどん上に積みあげていったんだろう。だから、階段がひとつの場所にないんだ」

それでも、階段を見つけてのぼるたびに、灯《あか》り取りの窓から見おろすと、地上が遠くなってゆくのがわかった。やがて、門番の言っていた、裏手の森のなかのキャンプ村も見渡せるくらい、高いところまでのぼった。

「案内図だと――この階のはずだ」

十階か十一階分のぼったところで、ワタルは息をついた。その階にはヒトが少なかった。廊下など、がらんとしている。静かだ。

「この突き当たりだと思うよ」

と、指さしたドアがさっと開いて、赤い筒袖を着た女性の星読みが、せかせかと出てきた。またぞろ両手いっぱいに本を抱えている。

「バクサン博士はおいでですか？」

ワタルは大声で訊《き》いた。星読みの女性は、口のなかで何か公式みたいなものをブツブツ呟《つぶや》いているだけで、返事もせずに階段を駆け降りていった。

「ま、行ってみようよ」

そのドアに近づき、ノックをした。

「無用である！」と、大きな声が返ってきた。なかなかの張りのある、男のヒトの声だ。

三人は顔を見合わせた。

「入っていいってことじゃないの？」と、ミーナが言った。

そろそろとドアの隙間から室内に首をのばしてみると、目の前に、うずたかく積みあげられた本と巻物の山が鎮座していた。山はひとつではなく、ざっと見た限りでも五つはあった。部屋の二面は大きな窓で、その外側には青い空が広がっている。室内は陽の光でいっぱいで、眩《まぶ》しいほどに明るかった。

「バクサン博士はいらっしゃいますか？」

部屋の奥にあるふたつの本の山のあいだで、埃《ほこり》がぼわんと立ちのぼった。

「無用である！」と、またあの声が言った。

「あの、僕らバクサン博士にお会いしたくて来たんです」

また埃がぼわんと舞いあがる。

「ならばこちらにおいで！　私はそんなところにはおりませんぞ！」

あら、あの声がバクサン博士なんだ。失礼しますと前置きして、ワタルたちは部屋のなかに踏み込んだ。

「博士、どこですか？」

「ここぢゃ！」と、また埃。さっきとはちょっと場所が違う。なにしろ本だらけで狭いので、ワタルたちはバラバラに分かれ、とにかく通れる場所を通って部屋のなかほどまで進んだ。

しかし、博士の姿はない。キ・キーマは首をひねっている。「いないぜ？」

「博士、どこにいらっしゃるんです？」

「ここにおると言うておろうが！」

ワタルのすぐ足元で声がする。ちょっぴり怒っているみたいだ。

「ここって――」

誰かがブーツの紐《ひも》をひっぱっている。ちらりと視線を落として、ワタルはきゃっと叫んだ。思わず後ろに飛び退くと、背後の本の山にぶつかってしまって、

「おお、危ない！」

ガラガラと崩れ始めた。キ・キーマがわっと喚《わめ》いた。その山の向こう側にいたらしい。

# 30　バクサン博士は語る

「何という粗忽《そこつ》！」

　バクサン博士は小さな拳《こぶし》を振り回し、ワタルの腿《もも》をポカポカ殴り始めた。

「ここにある書物は、女神さまのつくり賜《たも》うたすべての金、すべての水晶、すべての玉《ぎょく》を集めてもまだ購《あがな》えぬほど貴重なものばかりなのぢゃ！　こら、その足を退《ど》けんか、そこにも本が落ちておる、踏んでしまう！」

　ワタルはできる限り急いで、できる限り静かに身体を移動させ、その場に低くしゃがみこんだ。そうするとやっとこさ、バクサン博士と同じくらいの身の丈になった。

　バクサン博士は、とてもとても小さなヒトだった。身長は、ワタルの腰のあたりぐらいまでしかない。濃い紫色の地に、金色の線が何本も入ったきれいな筒袖を着て、同色の円筒形の帽子をかぶっている。帽子のてっぺんにはあの星の形の文様が刺繍《ししゅう》されている。

　バクサン博士は、とてもとても歳をとっているようでもあった。ふさふさした白髪が、肩の上まで豊かに垂れている。眉毛《まゆげ》も真っ白で、こちらは博士の胸元まで届く長さだ。さらには口髭《くちひげ》も真っ白で、博士の爪先まで届いている。実のところ、ピンク色の鼻のてっぺんを除いては、顔の大部分が眉毛と口髭に隠れてしまっている。

「バクサン博士ですよね？」

ワタルの問いかけに、小さな博士は鼻の頭を真っ赤にして拳を振り回した。

「この部屋におる博士は私だけぢゃ！　無駄な問いに時を費やす者はお仕置きぢゃ！」

ポカスカぽかすか！本の山をかき分けて顔をのぞかせたキ・キーマとミーナが、

「ワタル、そんなところにしゃがんで何やってるんだ？」

「あー、そこの図体の大きな水人よ！」バクサン博士はぴょんぴょん跳ねた。「その本の山に触るでない！」

二人も、ワタルが相対している小さな博士に気がつくと、あんぐりと口を開けた。

「博士は、パン族のヒトなんですね」

「俺、パン族に会ったのは初めてだ」

「パン族って？」

「とても身体が小さくて、とても頭が良い種族なの。もともとはアンカ族の仲間だったと言われているんだけど」

「遠い昔に、アンカ族とパン族のあいだで戦争が起こって、パン族は身体の大きいアンカ族に滅ぼされそうになって逃げ出したんだ。それからは流浪の民になって――」

キ・キーマは珍しそうにしげしげとバクサン博士を観察している。

「とっくに滅びたと思ってたぜ」

「滅びておらずに悪かったな！」バクサン博士は、今度は蹴《け》りを出した。とても可愛らしい革の編み上げ靴をはいていた。「ササヤには、野蛮なナハトや強欲なアリキタでは生きられない少数種族がまだまだおるのぢゃ！」

「ス、スミマセン！　失礼しました」

ワタルはあわてて謝りながら、両手でバクサン博士の攻撃を遮った。

「僕たち、博士に教えていただきたいことがあって伺ったんです。先生のお名前は、星読みのシン・スンシさんから聞きました」

ちっちゃな拳を振りあげたまま、バクサン博士はぴたりと止まった。

「なに、シン・スンシとな？」

「はい。先生のお弟子さんですよね？」

「弟子ではない。生徒ぢゃ」博士は長い口髭をひっぱりながら、首をかしげた。

「あのいくじなしがハイランダーと知り合いになるとは意外ぢゃな」

ポカスカやりながらも、博士はちゃんと、ワタルのファイアドラゴンの腕輪には気づいていたようである。

「シンさんはいくじなしなんかじゃありませんよ。〝嘆きの沼〟のそばで、立派に観測を続けています。僕、道に迷って、シンさんに助けてもらったんです」

「なるほど。なれば感心なことぢゃったな。それ以前に、道に迷うハイランダーというのは少々情けないと言わねばならんが」

ミーナがぷっと吹き出した。

「おぬしら、何の用があるか知らぬが、わしは忙しいのぢゃ」

「それはわかってます。でも——」

「でも、は通らぬ。わしは忙しい。帰るがよろしい。では！」

子猫のようにすばしっこく、積みあげられた本の隙間に紛れこんでしまおうとする博士を、まことに失礼なことながら、ワタルはつかまえた。とっさに服の後ろ襟をつかんで持ちあげたので、ホントに猫みたいにぶらさげることになってしまった。

「わわわ！　何をする！　この無礼者！」

「すみません、でも、どうしても教えていただきたいんです、博士ならご存じだと思うんです、運命の塔に続く道を——」

「運命の塔ぢゃと？」ぶらさげられてジタバタしていた博士は、その苦しい体勢のまま、首をよじってワタルを見あげた。

ワタルはうなずいて、言った。「僕は〝旅人〟なんです」

長い両眉を持ちあげて、博士は目を瞠《みは》った。それで初めて、つぶらな黒い木の実みたいな瞳《ひとみ》が見えた。それはけっして老人の瞳ではなかった。その輝き。ふと、ミツルの瞳を思い出した。

キ・キーマがちょっと首をすくめて、ミーナに、「博士はものすごい物知りのはずだろ？　〝旅人〟っていうだけで、なんであんなに驚くんだ？」と、囁《ささや》いた。

「そうか」と、バクサン博士は、うってかわって静かな口調で言った。「それではまず、わしのブーツを探してくれんかの？」

「ブーツ、はいてますよ？」

「この靴ではないのぢゃ。そのへんにある。おお水人よ、おぬしの後ろぢゃ」

それは木でできたブーツだった。正確に言うならば、ロングブーツの形に似せて作った、丈の高い踏み台だ。ワタルはその上にバクサン博士を乗せてあげた。すると、ワタルがしゃがまなくても、顔を合わせて話ができるくらいの高さになった。

「この水人とネ族の娘御は、あなたの仲間かな？」と、博士はワタルに尋ねた。

「そうです」

「ならば、二人は外してくれい。下の様子を知っておろう？　おふれ以来、無知で無《む》垢《く》で無力なものたちが詰めかけてきて、日頃は静かなこの学府が、まるで市場《バザール》のような有様ぢゃ。行って、警備を手伝ってやっておくれ」

二人とも少し不満げな目をしたけれど、ワタルがうなずきかけると、黙って部屋を出ていった。

「扉を閉めておくれ」バクサン博士はワタルに言った。「閉めたら、こちらへおいで」

ワタルが博士のそばに戻ると、博士は眉毛を持ちあげていっそう大きく目を見開き、ひとしきりワタルを観察した。それから、おもむろに小さな両手を差し出して、ワタルの手を握った。

「ようこそ、〝旅人〟よ」

厳粛な、重々しい口調だった。

「その顔色、その目の翳《かげ》りから察するところ、あなたがここに来られたのは、〝ハルネラ〟の何たるかをすべて知ったからぢゃと思うが、いかがかな？」

「おっしゃるとおりです。僕は、自分がヒト柱に選ばれるかもしれないと知っています」

「ふむ」バクサン博士はワタルの手を放すと、祈るように胸の前で指を組んだ。「あの二人のお仲間は、あなたが知っていることをまだ知らぬ。そうですな？」

「そうです。僕は話していませんから」

「して、あなたはここに何を求めておいでになったのぢゃろうか？」

この問いに、答える言葉を知らないからこそ来たのです。ワタルは少し間をおいてから、「長い話になります」と言った。

「かまいません。どうぞお話しなされ」

いちばんはじめから、ワタルは語った。そもそもミツルに助けられて、〝旅人〟の資格を得ることになったところから、サーカワの長老と話したところまで。

バクサン博士は、ワタルの言葉が途切れるまで謹聴していた。高いブーツ形の踏み台の上で、その小さな身体はピクリとも動かない。

やがて、言った。「我ら星読みは、星の動きと、この〝幻界《ヴィジョン》〟で起こる事どもを照らし合わせて、世の理《ことわり》を見《み》出《いだ》すべく学問をしております」

小さな身体から迸《ほとばし》る、威厳に満ちた声の響き。

「しかしまことに残念なことながら、サーカワの長老は少しばかり我らを買いかぶりすぎておられるようぢゃ。〝旅人〟を運命の塔へ導く宝玉の在処《ありか》については、わしをはじめとしてこの学府の誰も、何の知識も持ち合わせてはおりませぬ。古文書にもそれらの記述はない。そも、わしは〝旅人〟にあいまみえるのは、今が初めてのことでございます」

丁寧な口調のままに、博士はワタルに一礼をしてみせた。

「そうですか……」

落胆は隠せなかった。反面、ほっとしたような気もした。こんな気持ちのままでは、たとえ今この瞬間に奇跡が起こり、宝玉が全部揃ったとしても、それを使って運命の塔へ行くことができるかどうか、自信がない。

「サーカワの長老は、女神さまの御前にたどり着けば、何を問いかけるべきか、自《おの》ずとわかると言っていました」

「しかし今のあなたは、その言葉が信じられぬ。そうですな？」

「はい」

「それはすなわち、あなたがあなた自身を信じられぬということぢゃ」

静かな断言だった。

「僕は――どうすればいいんでしょうか」

バクサン博士の口髭《くちひげ》が動いた。どうやら頬笑んだようだった。

「わしが何か答えましたら、あなたはその答に従いますかな？」

もちろん、返事などできなかった。

バクサン博士は、両手を腰のあたりで組むと、講義をするような口調になって言った。「先ほども申したとおり、星読みは世の理を解き明かそうとして学問を重ねております。むろん、まだまだ道は遠く、我らにわかっていることよりも、わかっておらぬことの方が多い。我らが得た知識を、ひと匙《さじ》分の砂糖に喩《たと》えるならば、まだ得られずにおる知識は、視界いっぱいに広がるサトウキビ畑に喩えることができる」

「砂糖の山じゃなくて、サトウキビ畑？」

「そのとおり。そのままではただ広大であるばかり。砂糖を得るには、刈り取り、精製をせねばなりませぬ。効率の良い刈り取りの仕方も、不純物の混じらない精製の方法も、同時に学び研究していかねばなりませぬ。学問し知識を得るというのは、そういうこと」

ワタルの通っている現世《うつしよ》の学校では、そんなことは言ってなかった。

「今、わしが手にしておるひと匙の砂糖のなかから、ほんの少し、あなたに差し上げられるものがあるとすれば、それは――」

木のブーツの上で、バクサン博士はよちよちと向きを変え、わざとワタルに背を向けた。

「幻界は、〝旅人〟の心を映して姿を変える――という知識でございますかな」

ワタルは、ずいぶん以前に同じような言葉を聞いたことを思い出した。そう、ラウ導師だ。〝おためしのどうくつ〟の試練を終えて旅立つワタルに、こう忠告してくれた。

――幻界は、そこを行く者によって姿を変えるのじゃ。

だから、ワタルの見る幻界とミツルの見る幻界は別物だと。

それだけじゃない、当のミツルも言っていたじゃないか。幻界は、現実世界に住む人間の想像力のエネルギーが創り出した場所だと。

「今、幻界を訪れている二人の〝旅人〟は、珍しいことに現世でも友達ぢゃ」と、バクサン博士は言った。「それ故に、あなたたち二人、それぞれの心に応じて姿を変える幻界に、似通ったところがたくさん出てきた。重なり合うところもたくさん出てきた。互いに気にかけあっているからこそ、そういうことが起こる。だから、あなた方は時折だが遭遇する。袖《そで》すりあう。そういうことです。けっして、ラウ導師のお言葉は嘘ではありませんぞ」

ワタルはうなずいた。でも、それだけじゃ納得がいかない。

「でも博士、僕はこんな、ヒト柱なんて残酷なことを望んではいません。幻界が本当に僕の心を映しているなら、どうしてこんな辛《つら》いしきたりが——」

「本当にそうぢゃろうか？」

思いがけないほど大きな声で、博士はワタルを遮った。そして、腰のところで手を組んだまま、きゅっと振り向いた。ところが、そんな急な動作をするには、木でできたブーツの上は、あまりに狭すぎた。

「おりょ！」と声をあげ、両手をバタバタさせて、博士はブーツの上から転がり落ちた。

「博士！　大丈夫ですか？」

ワタルが叫んでブーツの後ろをのぞきこんだとき、研究室のドアがバタンと開いた。扉が壁で跳ね返るほどの凄《すご》い勢いだった。

怒声が轟《とどろ》いた。「バクサン博士はいるか？　出てこい！　出て来るんだ！」

ただならぬ声の響きに、ワタルは本の山のあいだをすり抜けて、ドアの方へ向かった。山積みされた本のあいだから顔を出したとたんに、

「近寄るな！　誰も近寄るんじゃねえ！　言うとおりにしないと、こいつを殺すぞ！」

思わず息を呑《の》んで、ワタルは本の陰に隠れた。そうっとのぞいてみると、ドアのところに、見あげるような大男の獣人《じゅうじん》が立ちはだかっていた。一人ではない。さっきここへあがってきたとき、すれ違ったあの女性の星読みが一緒だ。彼女は獣人に捕らえられている。背後から羽交い締めにされて、首のところに獣人の鋭い爪を突きつけられているのだ。

「バクサン博士、いるんだろ？　出てこい！　弟子が死んでもいいのか？」

「わしはここにおる！」バクサン博士が大声を出している。「ここにおるが、一人では起きられんのぢゃ！」

ワタルは背後を見た。なるほど、床に落下したバクサン博士の上に、あの木のブーツが倒れかかっていた。どうやら、ワタルがドアの方へと急いだときに、肘《ひじ》でブーツを押してしまったらしかった。あわてて近寄ってブーツを起こし、博士を救出した。

「わしはここぢゃぞ！」

博士はあたふたとドアの方へ走り出した。ワタルはまた博士の襟をつかんで止めた。

「飛び出しちゃダメです。相手は人質をとってます」

「なに？」

「博士ぇ」星読みの女性が泣き声を出した。「すみません、この忙しいのにぃ。でもわたし、殺されそうですぅ」

「なんと、あれはロミぢゃ！」

今度はつかまえるまもなく、博士はドアの方へ飛び出した。ワタルはそろりそろりと床を這《は》い、本の山をさっきとは反対側に迂《う》回《かい》して、獣人の姿が見えるところまで移動した。

「おお、ロミ！」

とととと走って近寄ろうとするバクサン博士に、獣人は足を蹴《け》り出した。「近寄るな！　下がれ！」

危ういところでキックをかわした博士は、床に転がった。がばと起き直ると、両手を振りあげ、鼻の頭を真っ赤にして怒った。

「わしがバクサンぢゃ！　おぬしが出てこいと言ったから出てきたのに、その態度は何ぢゃ！　早く弟子を放せ！」

「博士ぇ、危ないです」ロミが苦しそうな声を出した。「このヒト、本気です。近寄っちゃいけません」

「わしとて本気ぢゃ！」バクサン博士は勢いよく跳ね起きると、「痴《し》れ者め、わしに何の用があっての狼藉《ろうぜき》ぢゃ？　話があるなら、乱暴をせずにきちんと話したらどうぢゃ？」

　もっともな問いかけだけど、ワタルの見るところ、ロミを捕らえている獣人は、理屈の通じる状態ではないようだった。ガサラのハイランダー、トローンを思い出させるトラに似た姿だが、トローンよりもさらにふた回りぐらい身体が大きい。簡素な布の服を着ているが、汚れている上にボロボロだ。興奮で両目は血走り、口の端にはあぶくのような泡がたまっている。息づかいは荒く、呼気は熱い。自分でも抑えがきかなくなっているのだろう、足の爪まで剝《む》き出しにしている。

　床の上に点々と血が垂れていた。ロミが傷つけられたのかとドキリとしたが、よく見ると、獣人の左腿《ひだりもも》に矢が一本突き刺さっていた。警備のハイランダーに射かけられたのだろう。

「おい、チビのジジイ！　本当におまえがバクサン博士なのか？」

「さっきからそうぢゃと言うておろうが！」

　バクサン博士は小さな足で地団駄を踏んだ。こんな緊急の場ではあるけれど、まるでタップダンスを踊っているみたいな見事な足さばきに、ワタルは感心した。博士、弟子の星読みたちを相手に、しょっちゅうこうやって地団駄を踏んでいるのかもしれない。

獣人は口から泡を吹きながら、いっそう強くロミを羽交い締めにした。ロミがきゅうというような声をあげた。

「おまえはたいそうな学者だそうじゃないか。知ってるんだろう？　教えろ。どうやったらヒト柱に選ばれずに済む？」

バクサン博士は地団駄をやめると、口髭《くちひげ》を床に垂らし、ちょっとのあいだ獣人を見つめた。それから言った。

「なんぢゃ、結局はそのことか」

「当然じゃないか！　ちゃんとわかってるんだからな！　おまえらは研究してるはずだ。政治家たちや金持ち連中にその知識を流して、たいそうな金をもらってるんだろ？」

「わしらはそんなことはしておらん」博士の口調が、急に沈んだ。「おぬしらがそんな益体《やくたい》もない妄説に振り回される気持ちはわかる。わかるが、それはデタラメぢゃ。ヒト柱に選ばれずに済む方法など、この世の誰にもわかりはせん」

「嘘をつくな！　ごまかそうったってそうはいかねえぞ！」獣人は血走った目を剝き、

唾《つば》を飛ばして怒鳴った。「こいつが死んでもいいのか？　俺は本気なんだからな！」

　ロミはさらに首を絞めあげられる。小柄な彼女は、すでに、獣人の腕で半分吊《つ》りあげられたような恰好《かっこう》になっていて、それだけでも充分に苦しそうだった。必死で爪先立ちしているけれど、今度ぎゅっと持ちあげられたら、足が完全に床から浮きあがってしまうだろう。

　ワタルは本のあいだに隠れながら、そろそろと移動した。何とかうまく、獣人の脇に回り込みたい。

「おぬしが本気なのはわかっておる。〝ハルネラ〟が終わるまで、心安んじて眠れる者は、この幻界《ヴィジョン》にはおるまいて」バクサン博士は、言い聞かせるような静かな口調で続けた。「わしとて、ヒト柱に選ばれるかもしれぬ。誰にとっても他人事《ひとごと》ではない。わずかに、選ばれるのは地上でたった一人だということにしがみついて、己は大丈夫であろうという希望的観測の糸にすがって、皆、恐怖に耐えているのぢゃ」

　ワタルは獣人の左側に回り込んだ。ワタルの潜んでいる本の山を挟んで、右手に獣人、左手には窓。こちら側から、肩のあたりに魔法弾を一発あてることができれば、獣人はロミをつかまえている腕を放すだろう。そしたら前に飛び出して、ロミと獣人のあいだに割り込むのだ。

研究室の入口の方からは、さっきから人声がしている。ハイランダーたちが戸口を固めているに違いない。ロミが自由になったとわかれば、彼らも室内に突入してくる。タイミング勝負だ。ワタルはゆっくりと勇者の剣を引き抜くと、しっかりと柄《つか》を握りしめた。もうちょっと――もうちょっと向こうを向いてくれよ――そうでないとロミにあたってしまう――もうあとほんの少し――十センチくらいでいいから。

そのとき、甲冑《かっちゅう》を鳴らす音も重々しく、研究室の入口に、一人の騎士が姿を現した。

「そのくらいにしておいたらどうだ」

穏やかだが張りのある声で、騎士は獣人に呼びかけた。

「博士のお言葉に嘘はない。ここでいくら騒ぎを起こしても益はないぞ。ただおまえが監獄に逆戻りするだけの話だ」

思わず、ワタルは構えを解いて剣を下げた。あのヒトは――シュテンゲル騎士団のロンメル隊長じゃないか。

白銀の鎧《よろい》に包まれたその姿は、さながら鋼でできた騎士の像のように堂々としていた。でも、よくよく見れば、胸板《プレート》や肘あてや臑《すね》あてに、無数の傷がついている。隊長は兜《かぶと》をかぶらず、無造作に顔をさらしていたが、その金色の髪は乱れ、初めて会ったときと比べると、心なしか頬がこけたようにも見えた。

剣は腰につけたまま、手甲《てっこう》に包まれた拳《こぶし》を軽く握って身体の脇に、一切の武張った構えを見せずに、隊長は一歩獣人に近づいた。

「〝ハルネラ〟は女神さまの御心《みこころ》のなせる業だ。地上の我々にできるのは、女神さまの御意志が示される時を粛々として待ち、時至ればさらに粛々とそれを受け入れることだけだ。さあ、人質を解放して、こちらに来なさい」

獣人は荒い息を吐きながら、ロミを捕らえたままじっと固まっていた。瞬間、彼は隊長の説得に従いそうに見えた。ロミの首を絞めあげる腕が緩みかけたようにも見えた。

が、次の瞬間、何か凶暴な風のようなものが獣人の身内から湧きあがり、それが彼をぶるぶると身震いさせた。

「貴様はシュテンゲル騎士団だな」獣人は食いしばった歯のあいだから呻《うめ》いた。「おまえらのようなヒト殺しの言うことに、誰が耳を貸すものか！」

この言葉には、ワタルだけでなくバクサン博士も驚いたようだった。南大陸の治安を守るシュテンゲル騎士団を、ヒト殺し呼ばわりするとは何事だ？

ロンメル隊長は動じなかった。軽く右手を差し出して、「おまえが私の知っている、ナハトの農民ギュ・タイタスであるならば、今の悪罵《あくば》は、おまえ自身にこそあてはまる言葉ではないかね？」

「うるさい！」獣人は喚《わめ》いた。「俺はヒト殺しなんかじゃない！」

「ナハトのジュザで強盗を働き、駆けつけたハイランダー二人を手にかけて逃亡したのはおまえだ。応援の要請を受け、捕縛に向かった私の部下を傷つけたのもおまえだ」

　ロンメル隊長の落ち着き払った口調は変わらなかった。

「その罪で捕らえられ、ガサラで裁判を受けて終身刑となり、ゴルゴグ監獄へ送られた。三日前、そこを脱走する際にも、看守二人を襲ってそのうち一人を殺害している。行く先々で血を流し、ヒトの命をふみにじっているのは私ではない。シュテンゲル騎士団でもない。おまえだ」

「うるさい、うるさい、黙れぇ！」獣人が闇雲に片手を振り回すと、鋭い爪が空《くう》を切った。「俺たちを故郷の村から追い出したのは誰だ？　強盗や追い剥《は》ぎをしなくては暮らしがたたないように追い込んだのは誰だ？　みんなおまえたち連合政府の奴らじゃないか！　俺たちを根絶やしにしようとしやがった！　そうして今度は、一族でたった一人生き残った俺をヒト柱にしたてあげようとしてやがる！　知ってるんだ、俺は知ってるんだ！　連合政府は、女神さまが勝手にヒト柱を選ぶ前に、こっちから先にヒト柱を捧《ささ》げてしまおうとしてるんだ！　囚人さ！　俺たちのような囚人をヒト柱にして、それで女神さまと手を打とうという魂胆だ！」

　ロンメル隊長は、睫毛《まつげ》の先さえ動かさなかった。ほとんど黒に近いほど濃い蒼色《あおいろ》の瞳《ひとみ》は、冴《さ》え冴《ざ》えと冷たかった。

「それも、おまえの妄想に過ぎん」

「うるさいぃぃ！」

　ひび割れた声で叫ぶと、

「俺は捕まらんぞ！　二度と捕まったりするもんか！」

　喚きながら、ロミを抱えたまま、獣人はワタルの左手の窓に向かって突進した。ここが最上階であることを忘れているのか、その突進にはまったく迷いがなかった。呆《あっ》気《け》にとられるような一瞬、ワタルは、両目を恐怖に見開いたロミが、首を絞めつけている獣人の腕から逃れようと空しく抵抗しながらも、軽々と運ばれてゆくのを見た。獣人の突進による振動で、そこらじゅうの本の山がガラガラと崩れだした。獣人の後を追おうとして前に飛び出したロンメル隊長の上にも、たくさんの本が倒れかかって道を塞《ふさ》いだ。

「うおおおおおぉ！」

　獣人は肩から窓にぶつかり、ガラスが木《こ》っ端《ぱ》微塵《みじん》に砕け散り、次の瞬間には、その身体は宙に飛び出していた。道連れにされたロミの筒袖《つつそで》の裾《すそ》が、優雅に空に泳いだ。

　獣人とロミは、またたきするほどのあいだだけ、中空に止まっているみたいに見えた。

　絶叫があがった。

　獣人の声だった。にわかに正気に返り、地上までの高さを思い出したようだった。

耳が逆立った。

そして彼は落ち始めた。ロミを連れて。

ワタルは飛び出した。足の下でガラスがメリメリと鳴った。剣を放り出し、両手を前に、窓の手すりにしたたかおなかをぶつけて、それでも前に。

ふんわり。ロミの筒袖が空にたなびく。ワタルの指がそれに触れ、それをつかまえてがっちりとつかんだ。ぐいと重みがかかった。

獣人の腕はロミから離れていた。それでも、いくら彼女が小柄でも、重力は容赦なかった。ワタルは彼女の服をつかんだまま、自分の両足が床から浮くのを感じた。ひっぱられる。窓の外に引きずり落とされる――

獣人と一緒に、横様に飛び出した彼女の筒袖の、ワタルは腕と脇の部分をつかんでいた。彼女は仰向《あおむ》けになっていた。落ち始めたとき、眼鏡が緩んで顔から外れた。それが今、持ち主よりも一足先に、石ころのように落下してゆく獣人の後を追って地上へ落ちてゆく。ロミもそれに続く。ワタルもそれに続く。

本能でもなく機転でもなく、純粋な偶然が、ワタルの両足の爪先を、ぐいとばかりに立てさせた。それは窓枠にひっかかった。ワタルは窓から逆さまにぶらさがった。物理的な法則に従って、彼女の身体はワタルの下で建物の壁にどすんとぶつかり、片方の靴が脱げて眼鏡の後を追った。

まだ落ちてない。認識が、ワタルの頬を殴りつけた。落ちてない、まだ。でも時間の問題だ。爪先が——長くは保《も》たない。ちょっとしか保たない。足首が伸びてしまう。そしたら一緒に真っ逆様だ——

窓の内側で怒声と騒音が入り乱れている。この本はどうなってるんだ！　クソ！

ガラガラ、どさどさ！

「ダ、駄目」恐怖に色を失い、口を開けて、ロミがかすれた声を絞り出す。「お、落ちちゃう。あなたまで落ちちゃうわよ」

返事ができなかった。口をきいたりしたら、そんなところにエネルギーを回したら、足首が伸びてしまう。手が緩んでしまう。

そう思っただけで、指が滑った。ロミの服の脇をつかんでいた左手が、離れた。彼女はがくんと下がった。はずみで、彼女の腕をつかんでいる右腕も緩んだ。

「つ、つかまって」ワタルは必死で言った。「つかまって、る、んだ、よ」

早く助けに来てくれ！　隊長！　早く本の下から抜け出して！

「あ、たし、駄目——落ちるぅ」

ワタルは右手でつかんだ彼女の腕をひっぱろうとした。それがかえってまずかった。すべすべした布が、手のなかで逃げた。つかみなおす——つかみなおして——滑って

——

何か硬い小さなものが、ワタルの手のなかに奇跡のようにひっかかった。ロミの足が揺れた。その振動が、ワタルにまで伝わって足首が伸びそうになって、ブーツが壁にこすれて、わずかに下へずるりと動いた。

「離して——離さないと——あなたまで」

この硬い小さな丸いもの。ロミの筒袖の袖口のボタンだ！　指と指のあいだにしっかりと挟まっている。これに力を込めるのだ。これでロミを引っ張りあげるのだ。

そのとき、無情にも、手のなかでボタンがブツリと音をたてた。糸が切れたのだ。スローモーション。ロミの髪がふわりと揺れる。そして彼女は落ちる。ワタルの手のなかにボタンの感触だけを残して。上と下。驚きで顔を見合わせる二人。ワタルの足首も緩む。緩んでゆく。逆さまになったまま、身体が建物の側面に沿ってずり落ちる。

突然、腰のあたりを誰かの強い腕につかまれた。ぐいっと引き戻される。そして視界の隅を、何か真っ赤なものが矢のように横切った。赤い流星。

「ロミ！」

ワタルは窓の内側にひっぱり込まれながら、翼をたたんでまっしぐらに下降してきたカルラ族が、地上すれすれのところで鮮やかにロミをキャッチするのを見た。それから、後ろざまにひっくり返った。

床の上は本だらけだ。そこらじゅうに落ちた分厚い本の角が、背中にあたって痛いったらない！

「間にあったようだな」

窓枠から外に乗り出して、ロンメル隊長が声をあげた。地上から大勢のヒトたちの声が聞こえてくる。歓声をあげている。ひゅうひゅうと指笛も聞こえる。

ワタルは床の上で起きあがった。隊長が振り向いてこちらを見ると、にやりと笑った。

「また会ったな」

「はい」と応じる声が、今さらのように腑抜《ふぬ》けみたいにフワフワしていた。「僕を助けてくれたのは、隊長さんですか？」

室内には大勢のヒトたちがいた。本だらけの床の上を這《は》い回っている。シュテンゲル騎士団の甲冑《かっちゅう》をつけた騎士達も混じっている。

「君が自分で自分を助けたんだよ。よく頑張ってぶらさがっていたものだ」

「もう駄目かと思いました」

「窓まで駆けつけるのに、手間取ってしまった。まるで本の雪崩だよ。もがいてももがいても抜け出せないんだ」

「皆さんは何をしてるんです？」

「バクサン博士を探している」

床を埋め尽くす本の下のどこかから、博士の声が聞こえてくる。「ここぢゃ！　ここぢゃというのに！」

ワタルは吹き出した。

どうやら無事らしい。ロンメル隊長も笑顔になった。

「ワタル！」

出入口のところで声がしたかと思うと、ミーナが飛び込んで――来ようとして、騎士の一人に止められた。

「このあたりに博士がおられます。踏んづけないでください！」

「大丈夫よ、あたしなら！」

ミーナはぴょんとジャンプすると、壁を蹴《け》って鮮やかに反転し、ワタルの傍らにぴたりと着地した。

「下で見てたの。死ぬかと思ったわ！」

「僕もそう思ったよ」

「怪我はない？」

ようやくバクサン博士が発掘され、子供のように騎士に抱き取られて、姿を見せた。

「おお、無事ぢゃったか？」

「はい。ロミさんも大丈夫です」

「ありがとう、ありがとう!」

本の上を滑ったり転んだりしながら近づいてくると、博士はワタルの手を取って振り回した。「あなたはロミの命の恩人ぢゃ」

「でも、あの獣人は――」

博士はつと顔をあげて、ロンメル隊長を仰いだ。「あなた方は、あのギュ・タイタスとかいう獣人を追いかけて来たのですかな?」

ロンメル隊長は、姿勢を正して一礼した。「そのとおりです。博士、このような事態を引き起こし、深くお詫《わ》びを申しあげる」

「わしの記憶が確かならば、ギュ・タイタスと言えば囚人だったはずぢゃが?」

「はい」

「各地の監獄で、囚人がヒト柱に選ばれるというデマが飛び交っておることは聞き知っておりました。しかし、脱獄まで引き起こすほどの騒ぎになっておるとは」

「我々の力が足りないのでしょう」

そのときやっと、隊長が窶《やつ》れたような顔をしているのは、南大陸各地で発生している混乱のせいなのだと、ワタルは悟った。

「僕らはここに来るまでのあいだに、目立った騒動には遭いませんでした。でも、ひどいことになっている場所もあるんですね?」

ロンメル隊長はうなずいた。「君たちハイランダーにも、まもなく緊急召集がかかるだろう。カルラ族がここに来合わせていたのも、ひょっとしたらその召集書を運んできたからかもしれないよ」

ミーナが不安そうにワタルを見た。でも、ワタルは別のものを見ていた。自分の右手を。

まだ、握りしめていた。その指のあいだから、明るい金色の光が漏れている。

「これ、何?」ミーナが目を瞠《みは》った。

ワタルはゆっくりと掌《てのひら》を開いた。ロミの筒袖《つつそで》の袖口についていた、丸いボタン——

それが光り輝いている。

# 31 第二の宝玉

掌の上からふわりと浮きあがると、ボタンはちょうどワタルの目の高さにぴたりと止まった。輝きが増し、そこから発する光は、さながら聖剣のように真っ直ぐで、ワタルの瞳《ひとみ》の奥底まで照らし出すようだった。

「二番目の宝玉だ――」

ワタルの呟《つぶや》きに呼応して、部屋中に散らばり、崩れてまた山を成している沢山の本の下から、もうひとつのまばゆい光が立ちあがった。第二の宝玉が発するのと同じ、金色の光。

「あっ、勇者の剣！」

ロミを助けに飛び出すとき、投げ捨てたままだった。ワタルは急いで光の射している場所に近づき、手をのばした。剣はそこにあった。それ自らの意思で、ワタルの右手にすっぽりと収まった。

剣を手に振り返ると、宙に浮いた第二の宝玉を中心に、金色の光が広がり始めた。

それはやがて、すっぽりとワタルを包み込んだ。

研究室内のあちこちで、驚きの声があがる。しかしワタルは、目をそらさずに宝玉を見つめていた。

キラリ。宝玉がまたたいた。するとワタルの目の前に、輝かしい金色の光を身にまとった少年の姿が現れた。髪も、瞳も、肌も金色。背中には一対の黄金の翼があり、ゆっくりと羽ばたいている。右手に剣。左手に盾。

――ようやく巡り合えたな、〝旅人〟よ。

金色の少年は、凛々《りり》しい顔をかすかにほころばせて、ワタルに呼びかけてきた。

――私は勇気を司《つかさど》り、鋼の意志を尊ぶ精霊。

奏でるような美しい声だ。しかし、口調は重々しい。

――そして、女神に招かれし勇者に道を開くもの。

ワタルはうなずいた。

――聞くがよい、勇者よ。私は私を望む者すべてのもとを訪れる。しかし、飛び去るときはこの翼で、音もなく、時よりも速く去るだろう。勇気は、招くよりも生み出すよりも、留《とど》めることこそが難しい。心せよ。私を得る扉は少なく、私を失う窓は多い。

「わかりました」ワタルはわずかに震える声で答えた。

勇気の精霊はくちびるを一文字に結ぶと、目元だけで微笑した。

——女神のご加護のあらんことを。

精霊の姿は消え、金色の光に戻った。光輪が縮まり、第二の宝玉のなかに吸い込まれてゆく。ワタルは請うように右手を差しのばし、宝玉は掌のなかに収まった。

ワタルが第二の宝玉を勇者の剣の鍔《つば》にぴたりとはめこみ、剣を腰につけた鞘《さや》に収めるまで、室内は静まりかえっていた。

やがて、ロンメル隊長が口を切った。「これが〝旅人〟の力か」

誰かが女神の祈りを唱え始めた。ロミだ。

両手の指を胸の前で組み合わせ、目を閉じて、彼女はきれいな声で祈った。居合わせた騎士たちも、ハイランダーたちも、星読みたちも、バクサン博士もミーナも、みんな彼女に唱和した。

女神を讃《たた》える言葉で祈りを終えると、ロミは目を開いた。瞳が輝いていた。

「そのボタン——いえ、本当はボタンじゃなくて、私の家では、〝星読みを導く石〟と呼んでいるんですけど、ずっと昔から、我が家に伝わっているものだったんです」

ロミの家は代々星読みをしていて、彼女の父親も、その父親も、みんなみんな星読みなのだという。

「私がこの天文台で学問をすることになったとき、父が自分の服につけていたのを取り外して、くれたんです。いつでも身につけて、大切にしろと。これは星からの贈り物、ご先祖さまから伝わったお守りなんだからって」

遠い昔、ロミのご先祖さまの星読みが、ある夜観測をしていて、金色の流れ星を見つけた。追いかけて行ってみると、美しく輝くこの石が落ちていたのだという話だ。

「我が家ではみんな、この石を身につけて、学問を続け、務めを果たしてきた。だからおまえも頑張るのだよって、父は励ましてくれました。でも、まさかこれがそんな深い意味を持つ精霊の宝玉だったなんて――」

バクサン博士が、いつの間にかあの木のブーツの上にちょこんと乗っていて、重々しく咳払《せきばら》いをした。

「知識を求め、学問を続けることには、大きな勇気が必要ぢゃ。新しい知識が、素晴らしいものばかりだとは限らぬ。しかし、時にそれがどれほど自分にとって受け入れ難くても、信じたくなくても、明らかになった事実から目を背けては、学問は成り立たぬ。世の中のすべてのヒトびとに後ろ指さされ、非難されようとも、真実を見極めたなら、それが真実だと叫び続けねばならぬ時もある。学問には、ひるまずに前を向き続ける、鋼の意志が必要なのぢゃ。だから、星読みの家のもとに勇気の精霊の宝玉が留まっていたというのは、まことにふさわしいことに思えるがな」

「はい」ロミはうなずいて、にっこりした。「ワタルさん、助けてくれてありがとう」

バクサン博士は、一同に向かって呼びかけた。「さあ、シュテンゲル騎士団の皆さんよ。混乱や騒動で、あなた方が来るのを待っている場所は、ほかにもある。まだまだ増えてゆくぢゃろう。どうぞ行ってくだされ。ハイランダーの皆さんよ、今の騒ぎで、事情を知らぬヒトびとが怯《おび》えていることぢゃろう。慰め、宥《なだ》めてやってくだされ。

そして我が弟子たちよ――」

両手を腰にあてて、エヘン。

「この部屋を片づけるのぢゃ！」

# 32 ワタル

先にたってよちよちと階段をのぼりながら、

「〝旅人〟に会うのは初めてぢゃが、知識は持っておる」と、バクサン博士は言った。「その宝玉を使って、現世《うつしよ》の様子を見に戻ることができるはずぢゃが？」

「はい、そうです」

「それには、剣の鍔に刻まれておるのと同じ、文様が必要なのぢゃよな？　ならば、ここにも文様がある。観測器のある部屋ぢゃ。わしについておいで」

緩やかなカーヴを描く階段を、半階分だけのぼったところに、観測室はあった。これまで見てきた部屋とは違って、壁も床も半透明に白っぽく輝く石でできていて、よく磨きあげられており、顔が映るほどだ。部屋は円形で、観測器は真ん中に据えられている。シン・スンシの小屋で見たものを、十倍ぐらいのサイズにして、台座を取りつけてある。巨大な望遠鏡だ。筒形の部分をドーム形の半透明の天井に向けているところは、ちょっと大砲にも似て見えた。

「陽が落ちると、この天井は透明になる」ぐるりと手で示して、博士は説明した。「光を受けると白く濁り、光が消えると透き通る石で作られておるからな。この不思議な石は、アリキタの限られた鉱山の鉱床からしか、採取することができぬ」

博士は、ちょうど望遠鏡の筒先の真下で立ち止まった。

「ここへおいで」

白い石の床の上に立って、博士は足元を指さして見せた。

「ここに文様がある。しかし、今は見えん。文様の部分だけは、天井と同じ石でできておるから、陽があるうちは床の石の色に紛れてしまうのぢゃ。陽が暮れたら、浮きあがって見えるようになる」

その前に、もう少し話しておきたいと、博士はワタルに向き直った。

「先ほどは、わしの弟子を助けてくれて、本当にありがとう。あらためて御礼を申しあげる」

腰を折って、深く頭をさげた。

「あなたの勇気と、あなたの優しさ、あなたの心の真っ直ぐなことを、わしはこの目で確かめることができた」

褒められているのだ。でも、博士の瞳《ひとみ》は厳しくワタルを見据えている。

「しかし、そのうえで、あえて申し上げよう。あなたならば、きっとわかってくれると確信したが故に」

　思わず、ワタルは姿勢を正した。

「わしは言った――〝幻界《ヴィジョン》〟はあなたの心を映して姿を変えると。同じことを、ラウ導師もあなたに教えた」と、博士は言った。「それはどういうことか。考えてごらん。幻界で起こる事柄が、あなたの心を映しているのならば、なぜ種族差別があるのか。なぜヒト柱が必要なのか」

　それこそが、ワタルの疑問だ。その答を知りたくてここに来たのだ――

「なぜ、そのように理不尽で過酷な事柄が、この幻界に存在するのか」念を押すように繰り返してから、博士はゆっくりと続けた。「答はひとつぢゃ。よろしいかな。それは、あなたの心のなかにも、それらの理不尽が存在するからぢゃ。己と姿形の違うものを嫌ったり、考えの違うものを退けたり、何かを厭《いと》うたり、誰かを嫌ったり、他人よりは常に良い思いをしたいと願ったり、他人の持っておるものをうらやんだり、それを奪おうと企《たくら》んだり、己が幸せになるために、他者の不幸を望んだりする心が、あなたのなかにも存在するからぢゃ。幻界の有りようは、ただそれを映して形にしているに過ぎません」

「ちょ、ちょっと待ってください」思いがけないこの非難に、ワタルは思わず声を張りあげた。「僕はそんなこと――」

「わかっておる、わかっておる」バクサン博士は手をあげてワタルを押しとどめた。

「あなたは勇敢ぢゃ。あなたは優しい。あなたは他者を思いやる。友を思いやる。あなたは善良ぢゃ。しかし、そのあなたのなかにも、憎しみがあり、妬《ねた》みがあり、破壊がある。それはどうすることもできぬ真実。目をそらし背を向けて逃げ出すことはできぬ真実」

あまりのことにぽかんとしながらも、ワタルは思い出していた。それは出し抜けに頬を張られて、目が覚めるような気分だった。

　嘆きの沼で見たあの幻影。薄ら笑いを浮かべながら、父に生き写しのヤコムを殺したワタルの分身。父の愛人に生き写しのリリ・ヤンヌを殺し、彼女の腹から生まれた石の赤子に、この血も涙もないヒト殺しと責められて、あわてて逃げ出したワタル。

　あれもまた、自分の真実だったのではないか。その意味で、あれは幻覚などではない。あれもワタルの一部。ワタルの心が望んでいることが、幻界のなかに現れたもの。

「あなただけではない。ヒトは皆、同じぢゃ。例外はない。まったき善の心を持つヒトなど、おるわけがない。いたとしたら、それはまったき悪よりもなお邪悪であろうよ。そういう心を映して形を成す幻界があったとしたら、わしはそこだけには行きたくないと願う」

「博士――」膝《ひざ》から力が抜ける。「僕の心にある憎しみや怒りが、差別やヒト柱の形をとって、幻界のヒトたちを苦しめてるというんですか？　だったら僕さえいなければ、僕が立ち去れば、こんな苦しみや理不尽は終わりになるっていうんですか？」

「とんでもない。それは違いますぞ」

「だったら――どうすればいいっていうんです？」

バクサン博士は一歩ワタルに近づくと、研究室でそうしたように、両手でワタルの手を取った。

「すべてはあなたの内にある。あなた自身を映して、幻界は形を成している。それを知った上で、進みなさい。どうすれば女神さまのおわす運命の塔にたどり着けるのか、あなた自身が迷いながら探しなさい。それこそが、〝正しき道を歩む〟ことぢゃ」

「そんなこと言ったって、わからないよ！」

ワタルは手をふりほどこうとしたけれど、博士はがっちりと握っていて放してくれない。

「差別も破壊も憎しみもあなたならば、友情も優しさも勇気もあなたぢゃ。己だけはヒト柱になりたくないと焦るのもあなたならば、ヒト柱を要求する女神さまに怒りをおぼえるのもあなたぢゃ。他種族を差別し、この世の不都合をすべて彼らのせいにして済まそうとする輩《やから》もあなたなら、我が身をかえりみず他者を助けようとするのもあなたなのぢゃ。あなたは何度も命の危険にさらされた。あなたを殺そうとするものが、幻界にはおる。それもあなたぢゃ。しかし一方で、何の損得勘定もなしにあなたを助け、あなたの力になろうとする仲間たちもおる。それもあなたぢゃ」

老神教徒たち。あのギロチン。今に自分たちが南大陸を支配するのだとうそぶいたアンカ族の少年。

ミーナの歌声。キ・キーマの笑顔。

どちらもワタルの心から生まれたもの。

「あなた自身を見つめなさい。憎しみと怒り、優しさと勇気。どちらも等しくあなたのものぢゃ。それを直視した上で、運命を変えるとはどういうことなのか、結論を出すのぢゃ。あなたがその答を得たときに、運命の塔への道は開ける。そして道が開けたときには、女神さまに何を願えばいいか、あなたは知っているはずぢゃ。女神さまに会えば答が得られるのではない。女神さまに届く〝正しき道〟こそが、そのままあなたの解答なのぢゃ」

ワタルは首を振った。「だけどヒト柱は？　僕はこんなもの認めない。賛成なんかしてない。自分がヒト柱にされるのだって嫌だ！　だから、それができるならば、今すぐにだって運命の塔に行って、女神さまにお願いしたいくらいだ。ヒト柱なんてやめてくれって」

「そしてあなたは現世に還《かえ》る」バクサン博士は静かに言った。「あなたの運命を何も変えぬまま、あなた自身も何ひとつ変わらぬまま、現世に還る。あなたをして幻界を訪れさせるほどに、強かった願いは、何もかなえられぬままに」

「それでもいいって言ったら？」

「今は良いだろう。一年は良いかもしれぬ。五年も良いかもしれぬ」

しかし未来はどうだろうか？

「人生のどこかで、いつかあなたは後悔することぢゃろう。ヒト柱に選ばれるかもしれぬという恐怖に負け、ヒト柱という残酷なしきたりに対する怒りに負け、自分の運命を変えることができた、たった一度きりのチャンスを棒に振ったことで、自分を恨むぢゃろう。仲間たちを恨むぢゃろう。あの水人やネ族の娘がヒト柱にされるのが嫌だから、自分は自分のチャンスを捧《ささ》げてしまった。あの連中さえいなければ、幻界で親切にしてくれた仲間たちなどいなければ、誰がヒト柱にされようが知ったことではなかったのに、と思うぢゃろう。自分がヒト柱にされないよう、もう一人の〝旅人〟を出し抜いて、さっさと運命を変えて現世《うつしよ》に還ってしまえば良かったと、歯《は》噛《が》みをして悔しがることになるぢゃろう。現世でその身に降りかかる不幸や不運のすべてを、幻界でのたった一度の決断の上に帰することになるぢゃろう。そしてあなたの恨み、あなたの憎しみ、現世で傷つくあなたの心をそっくり映して形を成す幻界では、他種族差別よりも、ヒト柱よりも、もっともっと酷《ひど》い出来事が起こるようになるぢゃろう」

僕は——そんなふうにはならない——と、言うことができない。

「わかるぢゃろう？　あなたはまだ正しき道を見出《みいだ》してはいないのぢゃ」バクサン博士の声が優しくなった。「だから、今あなたが下す決断はすべて、未来のあなたを裏切る。必ず裏切る。サーカワの長老の言葉は正しい。そのとおりに解釈すればよろしいのぢゃ。謎掛けでも何でもない。正しき道を見出して女神さまに会え。わしも同じ忠告をするだけぢゃ。それしか忠告することはできぬ」

バクサン博士はワタルの手を離すと、ドームの天井を仰いだ。

「陽が暮れたら、星の下、文様を踏んで、あなたはいったん現世へ戻る。誰に会うのか、誰と何を話すのか、わしは尋ねませぬ。戻ってきたときにも何も尋ねませぬ。あなたの心が求めるままにすることぢゃ。しかし、その結果、あなたがこの旅を諦《あきら》めるという結論を出したときだけは、わしの研究室においで。ラウ導師のもとに手紙を届けて、要御扉《かなめのみとびら》を通れるようにしてあげるから」

「今まで——そういうことをした〝旅人〟はいるんですか？」

「いるよ。旅を打ち切る〝旅人〟は珍しくない。古文書にも、ちゃんと書き留めてある。現世に戻る者もおるし、少数だが、そのまま幻界に留《とど》まる者もおる。己の心をそのまま映す世界で暮らすのは、それなりに平和なのかもしれぬ」

ワタルは頭《こうべ》を垂れた。僕にはできない。今、現世に逃げ帰ってしまうなんてできない。

「僕、母さんに会ってきます」顔をあげて、ワタルは言った。

光の通路を通って戻った先は、また病室だった。だが今度は、時刻は夜ではなく、夕暮れだった。淡い茜色《あかねいろ》の陽射しに包まれて、三谷邦子《くにこ》はベッドの上に半身を起こして座っていた。ぼんやりと、窓の外に目をやっている。

光の通路から、ワタルはベッドの脇に降りた。しかし邦子は気づかない。薄い陽射しのなかで、その頬を伝う涙の筋が見える。

ずいぶんと痩《や》せた。急に歳をとったようにも見えた。でもワタルの母さんだ。懐かしさと申し訳なさとがごちゃ混ぜになって心に溢《あふ》れ、喉元《のどもと》まで込みあげた。

「母さん」と、ワタルは呼んだ。自分でも驚くほどに、弱々しい声しか出なかった。今、母さんと話さなければならないという気持ちと、こんなに悲しい母さんを見たくはない、母さんだって見られたくはないだろうという気持ちが大波のように襲いかかってきて、ワタルを惑わせ、くじけさせた。このまま立ち去ろうか。すべて済んで、何もかも終わって、帰ってきたときにうち明ければいいじゃないか。まだまだ先が見えない今のうちに事情を話して、心配させることなんかないじゃないか。

そんなふうに自分を宥《なだ》めて、危うく踵《きびす》を返そうとしたそのとき、邦子がつと手をあげて、目を拭《ぬぐ》った。

やっぱり泣いているのだ。

その認識が、ワタルを揺り動かした。僕がいないところで、母さんを泣かせておいたらいけない。心配をかけるよりも、そんなことは、もっと良くない。そんなことは、絶対にしちゃいけないんだ。ここで母さんをほったらかしにしたら、僕が帰ってくるまでのあいだに、母さんはきっと身体を損ねてしまう。心をすり減らしてしまう。

この冒険、この旅は、もはやワタル一人のものではない。そして、幻界を行くワタルに必要なものが、現世で待つ母にも必要なのだ。

それは、希望。

「母さん」

今度は大きくはっきりとした声で、ワタルは呼びかけた。俯《うつむ》いたまま、邦子は大きく両目を見開いた。そして、弾《はじ》かれたようにこちらに顔を向けた。

「亘？」と、小さな呟《つぶや》き。ワタルが一歩ベッドに近づくと、驚きに見開かれていた邦子の目のなかに、光が灯《とも》った。

「亘！」

叫んで、両手で布団をかき分け毛布をはね除《の》け、邦子はベッドから降りようとした。

ワタルは両腕を差しのべて母に飛びつき、ぎゅっと抱きついた。もうずいぶん以前から、こんなふうに母さんに抱きついたことなどない。それでもわかった。記憶のなかにある母さんの身体はもっとふっくらとしていた。こんなにか細くはなかった。

「亘、亘、亘なのね？」

ぽろぽろと涙をこぼしながら笑い、ワタルを抱きしめながら揺さぶり、腕を緩めて両手でワタルの顔を包み、瞳《ひとみ》をのぞきこんで、

「ああ、ホントに亘だ！　帰ってきたのね！　いったいどこに行っていたの？　どうしていなくなったりしたの？」

邦子は大声で泣きだした。

「ごめんね、母さん」

ワタルも泣いてしまった。心が身体の内側いっぱいにふくらんで、指先の一本一本にまで、髪の先まで、足の爪先まで、涙と喜びが溢れていた。

「心配かけてごめんね。一人にしておいてごめんね。だけど僕は、いつだって母さんのことを考えてたよ」

「今まで、どこにいたの？　誰があなたを連れ出したの？　逃げてきたの？　怖い目に遭わされなかった？」

涙に濡《ぬ》れた母の問いかけに、ワタルは腕でぐいと顔を拭うと、母の手を取ったまま、しゃんと姿勢を正した。

「母さん、僕は旅をしてるんだ。自分の運命を変える旅を」

もちろん、母がすぐに納得するわけはない。「何ですって？　何を言ってるの？　お母さんにはわからないわ。あなたが一人でどこへ旅をするというの？」

そして握りしめたワタルの両手を広げてみせると、頭のてっぺんから爪先まで、ぐるぐると眺め回した。

「この恰好《かっこう》は何？　どうしてこんな――ヘンなものを着てるの？　腰に付けてるのは剣じゃない！　何でこんな危ないものを持ってるの？　どこで手に入れたの？」

光の通路が開いている時間は短い。急がなければならない。はやる心をぐっと抑えて、ワタルは言った。「それより、まず教えてよ。母さんの具合はどうなの？　ずっと病院にいるよね？　お医者さんはどこが悪いって言ってるの？」

「わたしのことなんかどうでもいいのよ！」

「よくないんだよ。だって僕はホラ、元気だから。ね？　僕はどこも何ともないよ。無事なんだ。母さんは僕よりもたくさんガスを吸い込んじゃったんだね？」

それでなくても青ざめた邦子の肌が、さらに色を失った。「おまえ――お母さんは、あんなバカな真似をして――おまえを死なせてしまうところだった――」

「いいんだよ。僕は怒ってなんかいない。母さんは疲れてたんだ。何もかも嫌になっちゃってたんだ。仕方がないよ。僕は大丈夫だった。母さんよりもずっと大丈夫だった。友達が助けに来てくれたからね。芦川美鶴《あしかわみつる》が。そして僕を〝幻界《ヴィジョン》〟へ案内してくれたんだ」

「ヴィジョン？」

手早く説明するのは難しかった。ワタルの話の道筋は行ったり来たりして、言葉も前後が入れ違ったりして、話せば話すほど邦子の顔には当惑が広がり、ワタルの肩を抱きしめる腕には力がこもっていった。そうすることで、何かわけのわからないものからワタルを引き戻そうとするかのように。

「僕は自分の運命を変えたかった。父さんが田中理香子に会わなくて、僕らを捨てて出ていったりしない、そんなふうに運命を変えたかった。以前の生活を取り戻したかった。そのために運命の塔を目指して出発したんだ」

だけど、旅を続けてゆくうちに、わからなくなってきた。

「たとえ運命を変えても、僕は変わらないってことに気がついた。僕が変わらなかったら、どれほど運命だけをいじっても、悲しみも憎しみも失くならない。幻界は、それを僕に見せてくれてる。僕の心のなかにあるものをそっくり映し出して、見せてくれてる」

そう、そういうことだった。そうなのだ。母に説明しながら、ようやくワタルは理解し始めたのだった。こうして話していると、バクサン博士の言葉、サーカワの長老の忠告、ラウ導師の教えが、自分の血となり肉となるのが感じられる。

「僕は最初、何もかもなかったことにできれば、それで済むと思っていた。また幸せになれるって。でも違うんだ。それだけじゃ、また別の悲しみや苦しみが訪れたときに、前と同じことになっちゃうだけなんだ。運命を変えるってことは、嫌なことを消してしまうことではないんだ。出来事は消せても、僕の心は消せないんだから」

女神に願い、ヒト柱のしきたりを失くしたところで、自分だけは犠牲になりたくないと思うヒトの心の弱さは消せない。女神の力で他種族差別を失くしてもらったところで、自分の身に降りかかる気に入らない出来事を、外見や習慣や、何か自分と違ったところのあるヒトたちのせいだと思いたがる心も消えない。それと同じだ。幻界は僕の心を映す。それは、そういうことだ。

「亘――」

まだ頬は濡れていたが、邦子の涙は止まっていた。迷い、怯《おび》えたような表情は変わらないが、我が子を見つめる彼女の目のなかに、それまでにはなかった新しい火が灯った。それはごく小さな火ではあったが、確かにそこで燃えていた。

この子は何を言ってるのだろう？　まるで熱に浮かされているか、夢でも見ているようだ。好きなゲームにどっぷりと浸りすぎて、その世界から出られなくなってしまったみたいだ。

だけど――だけどそれでも、この子は、

（強くなった）

邦子は悟ったのだ。言葉は夢物語のようだけど、でもこの子は確かに成長している。

「怖くなることもあるよ。悲しいこともある。どうしていいかわからないことだっていっぱいあったし、これからもまだまだあると思う。でも母さん、僕は旅を続ける。きっと正しき道を見つけ出して、運命の塔へ行ってみせる。そこにはきっと、僕の求めてるものがある。僕が最初にほしがっていたようなものじゃないけど、僕が本当に必要としてるものが。だから母さん、僕を待ってて。必ず帰ってくるから、僕が旅を終えて戻ってくるのを待っててください！」

力強い言葉に、邦子はいったん我が子から手を離すと、まるで祈るように指を組んだ。バクサン博士の研究室で、女神の祈りを唱えていたロミと同じ姿で。

「きっと帰ってこられるの？」

「絶対に！」

「おまえ、おまえは一人なの？」

ワタルは強くかぶりを振った。「一人じゃないよ。仲間がいる！」

「旅をしたら――おまえは――本当に」

邦子は言葉を切って、おろおろと瞳を動かした。「行方不明になってる――おまえだけじゃないのよ、その芦川って子も」

「知ってる。あいつも幻界にいるんだ。でも、捜し出して一緒に帰ってくるよ。必ず一緒に帰ってくるよ」

ワタルの言葉が語る筋書きではなく、言葉に込められた明るい力が、邦子に伝わり始めていた。邦子の心に染みこみ始めていた。

「母さんはどうしたらいいの？」

「信じて待ってて」ワタルはきっぱりと言って、笑顔になった。

邦子の顔に、母が子供を送り出すときにだけ浮かべることのできる、魂のいちばん純粋な部分に咲く花のような、美しい頬笑みが浮かんだ。

「それだけでいいの？」

「うん！」

光の通路から、帰還を促す鐘の音が聞こえてきた。ああ、時間切れだ。

もう一度、しっかりと母を抱きしめると、ワタルは言った。「早く元気になってね。お祖母《ばあ》ちゃんとルウ伯父《おじ》さんにも、僕は大丈夫だって話しておいて」

邦子も強く抱きしめ返した。母子のあいだの不思議な絆《きずな》を通して、彼女のなかにも新しいエネルギーが注ぎ込まれた。

「それじゃ、僕は行くよ」

ベッドから離れようとしたとき、病室のドアにノックの音がした。声が呼びかける。

「邦子さん、起きてるかい？」

ドアが開いて、顔を出したのはルウ伯父さんだった。ワタルは光の通路へと歩みだしていた足を止めた。「伯父さん！」

ルウ伯父さんは、ドアから一歩入ったところに棒立ちになっていた。目も口もまん丸にぽかんと開いて、片手に提げていた大きな紙袋を、どさりと取り落とし、

「わ、わ、わ」

その音で我に返った。

「亘じゃないか！」

駆け寄ってくるルウ伯父さん。しかし、ワタルの耳にはあの鐘の音が聞こえていた。さっきよりもずっと急《せ》いている。光の通路の入口も、非常灯のように明滅している。

「伯父さん！」片足を通路の入口にかけて、ワタルは大声で言った。「僕は大丈夫だよ！　伯父さん！　母さんをお願いします！　きっと帰るから、僕、きっと帰ってくるから、それまで待っててね！」

ワタルは通路に飛び込んだ。ルウ伯父さんがのばした腕が空をかく。

「ごめんね、伯父さん！」足元から、早、消え始めた通路を駆け出しながら、ワタルは肩ごしに呼びかけた。「行ってきまぁす！」

通路を駆けているあいだ、新しい涙が込みあげてきた。ワタルは拭《ぬぐ》いもせずに走った。走るそばから、踵《かかと》のギリギリのところで通路が消失してゆく。

幻界側の出口が見えてきた。身体を前に倒し、走って走って、追いかけてくる混沌《こんとん》を振り切り、ワタルは頭から出口へと飛び込んだ。

何かどっしりとしたものにぶつかった。それは「ウオッ」と叫んでワタルを受け止めた。

「うへ！　ワタル、ワタルだな？」

キ・キーマだった。文様を取り囲むように、みんなが立っている。ミーナもいる。バクサン博士も、ロンメル隊長もロミもいる。

「良かった！」ミーナが駆け寄ってきた。「通路が消えそうで、ハラハラしてたのよ」

ワタルはキ・キーマに抱きついていた。その大きな胸、頑丈な肩と太い腕は、たった今別れてきたルウ伯父さんを思い出させた。ミーナの優しい声の温《ぬく》もりは、母さんを思い出させた。ああ、そうだ。そうなんだよ。

現世《うつしよ》も幻界も、心はひとつ。

「大丈夫じゃな？」

すべてを見抜き、すべてを承知している落ち着いた口調で、バクサン博士が問いかけた。

「はい、僕は大丈夫です」

バクサン博士は満足そうにうなずいた。

「心配したよ、ワタル」キ・キーマはワタルを床の上に降ろすと、大きく胸を撫《な》でおろす仕草をした。

「緊急召集がかかったの」つぶらな目に真剣な光を湛《たた》えて、ミーナが言った。「わたしたちハイランダーも、南大陸の混乱を治めるために、新しい指令をもらったのよ」

ワタルはうなずいた。ロンメル隊長の蒼《あお》い目と目を見合わせて、しっかりとうなずいた。

「わかった。出発しよう！」

# 33
# 逃亡者

ハイランダーたちは、国営天文台の門の外に集合していた。あわてて合流したワタルたちは、ここに着いたときよりもさらにハイランダーたちの数が増えていること、そして、集会に加わらず、持ち場を守って警備を続けているハイランダーたちの表情が、目に見えて厳しくなっていることに気がついた。

「お集まりの諸君、聞いてくれ」

どやどやと集まったハイランダーたちの輪の中央で、野太い声が響いた。演壇がわりの木箱の上に乗り、一同をぐるりと見回したのは、キ・キーマよりもさらに大柄な水人族のハイランダーだ。丸い盾を背負い、腰から青龍刀《せいりゅうとう》を提げている。身体はびっしりと鎧《よろい》のようなウロコに覆われているのに、さらにその上に革の胸当てをつけていた。

「俺の名はボレ・キム・ナン。ここルルドのブランチ長《おさ》を務めている」

彼は朗々と声を張りあげた。

「連合政府より、ルルドが第一種警備強化地区の指定を受けるに伴い、各ブランチより諸君に応援に駆けつけてもらったことに、まず御礼を申しあげる。幸いルルドの町と天文台内では、今までのところ、大きな混乱は発生していない。つい先ほど、多少の出入りがあったようだが、事件の芽は未然に摘むことができた。諸君の精勤のおかげである」

ハイランダーたちはおしなべて大柄なので、彼らが立ち並んでいるなかに入ると、ワタルはすっぽりと人垣に埋もれてしまう。キ・キーマがひょいと腕を差しのべて、ワタルを右肩に乗せた。ついで左腕を差し出すと、何も言わずとも通じて、ミーナがその腕につかまり、するすると左肩の上によじ登る。

見晴らしがよくなると、国営天文台の正面玄関から、ロンメル隊長が降りてくるのが見えた。鎧を身につけ、兜《かぶと》を小脇に抱えている。階段を降りきって前庭を横切ると、ハイランダーたちの輪から少し離れたところで立ち止まった。

隊長が出てくるのを待っていたのか、国営天文台の建物の脇から、甲冑《かつちゅう》姿の騎士が五、六人、ウダイの手綱を引いて現れた。隊長が彼らに軽くうなずきかけると、騎士たちは一度直立不動の姿勢になり、右手をのばして頭上に掲げてから胸にあてる——という隊長への礼を示して、それからようやく〝休め〟の姿勢をとった。

騎士の引いているウダイのなかに、鞍《くら》の上に重そうな麻袋を載せているものがあった。ただの荷物ではない。袋ごしにも、頭や背中の形がうっすらと見てとれる。塔から落ちて死んだギュ・タイタスの亡骸《なきがら》だ。ルルドの町のブランチにでも運んでいくのだろう。

「この非常時に、さらなる緊急の指令が、全ブランチへと下された」

ボレ・キム・ナンは革の胸当ての隙間からひと折の書状を取り出し、その手を頭の上に振りあげて、さっと広げてみせた。

「これは連邦議会からのものではなく、我らを束ねるブランチの各首長からの緊急命令である。その内容は、逃亡中の犯罪者の追跡と捕縛。南大陸連合国家の浮沈に関わる重要な機密事項を盗み出した者が、現在、ナハトの国境を越えてアリキタへと逃走している。またその逃亡者は、このルルドにも出没する可能性が充分に考えられる」

ハイランダーたちはざわついた。誰かの声があがる。

「逃亡者は複数か？」

ボレ・キム・ナンは答えた。「いや、一名だ。氏名も年齢も不詳だが、アンカ族の男であることは間違いない」

「どこの国の者なんだ？」

「それもはっきりしておらん。しかし人相書はある。あとで諸君に配付する」

「そいつがアリキタに向かっているとしても、アリキタは広いぜ。もう少し、他に手がかりはないのか？」

　同意のざわめきが起こる。ボレ・キム・ナンは重々しくうなずいた。

「この逃亡者は、北の統一帝国へ渡航しようと狙っている」

　えっと驚きの声。皆は急《せ》き込んでがやがやと話し合う。

「それじゃ、アリキタの港町か」

「ハタヤかダクラ——いや、ソノの港ということもありそうだな」

「いずれにしろ、街道は封鎖しないと」

　よく通る女の声が、矢を射るように鋭く質問を投げた。「それじゃそいつは、帝国のスパイなんだね？」

「素性はわからん。しかし、そう考えるのが妥当だろう」

　ざわめきが高まった。皆、気が立ってきたのだろう。あちこちで拳《こぶし》が握りしめられ、それが振り回されるので、それぞれの手首にはめられたファイアドラゴンの腕輪が揺れて、まるで野原の赤い花畑が風に吹き乱されているかのように見える。

「諸君、聞いてくれ」

　ボレ・キム・ナンは、ひと声で一同を鎮めた。彼の声がよく響くことはもちろんだけれど、そのいかつい顔に浮かんだ表情が、皆を打ったのだ。

「先ほども言ったように、この命令は連邦議会から出たものではなく、我らのブランチ首長が連なり、独自の権限で発したものだ。これは希有《けう》なことだと、諸君も知っているだろう。ブランチはその成り立ちはともかく、現在では、連合政府に忠誠を誓い、その膝下《しっか》にある組織なのだから」

ワタルはミーナの顔を見た。なぜかしら、ふと妙な胸騒ぎを感じたのだ。ミーナもワタルの視線に気づき、こちらを向いた。

「当然のことながら、連合政府はこの緊急命令に許諾を与えていない。議会の承認なくしてブランチが所属のハイランダーたちに指令を下すことは、きわめて遺憾だという公式見解を発表すると、議員たちは議事堂に籠《こ》もってしまった。依然、そのままだ」

議員なんて役立たずばっかりだからサと、すぐ近くで女の声が言った。不味《まず》いものをぺっぺと吐き出したみたいな言い方だった。

「連邦議会は、アリキタの首都ザクルハイムにあるんだよ」と、キ・キーマが小声で教えてくれた。「ザクルハイムには工場も鉱山もない。農地もない。ほとんど政治だけのためにつくられたような都市なんだ。各国代表議員が集まって住んでいて、一年のうち、半分以上は国会が開かれてる」

後の半年は何やってんだろう——と、ワタルが思ったそのとき、ボレ・キム・ナンがひときわ声を励まして続けた。

「しかし、我らが首長たちの決断には、相応の理由がある。諸君」

彼はハイランダーたちを見回した。

「昨夜、我らがブランチ長四人の夢枕に、女神さまが光臨なされた。そして、南大陸の平和を脅かすこの逃亡者について、女神さま御自らがお告げをくだされた。故に、ブランチ長らは寸時の迷いもなく、連邦議会に盾突く結果になることをも恐れず、我らに命令をくだされたのである」

キ・キーマが深く息を吸い込み、その胸がふくらむのを、肩の上に乗っかったワタルは、身体で感じた。見ると、キ・キーマの目がうっすらと潤んでいる。

「なんていう有り難いことだ……」と、彼は呟《つぶや》いた。「女神さまが光臨されるなんて……自らお告げをくだされるなんて……」

感激のあまり、彼がその場に額《ぬか》ずこうとするのを、ミーナがはたはたと彼の背中を打って、あわてて止めた。

「やめて、やめて、キ・キーマ。わたしたち、落っこっちゃう」

ハイランダーたちもどよめいていた。人垣がばらばらと崩れてゆく。ひざまずいたり、額ずいたり、頭《こうべ》を垂れて祈ったり、動作はさまざまだが、感激のほどはキ・キーマと同じだ。

「我らは創世の女神さまに仕える戦士。〝幻界《ヴィジョン》〟の平和の守護者。この腕につけたファイアドラゴンの末裔《まつえい》の印に恥じぬ働きを、今こそ女神さまの御前に示すときである」

おう！　と勝ち鬨《どき》があがった。士気が高まり、みんなを包む空気の温度があがるのを、ワタルは頬に感じた。

ボレ・キム・ナンの指示で、ハイランダーたちはそれぞれの役割分担を決めるべく、チームごとに分かれて打ち合わせを始めた。興奮のせいで、みんな早口になっている。早くもウダイを急かして街道方面へ駆け出すチームもあった。

「俺たちはどうしよう？　どうしたらいい？　街道を警備するグループに入れてもらおうか。それともルルドで網を張るか？」

キ・キーマも逸《はや》っている。ワタルとミーナを両肩に乗せたまま、どっすんどっすんと足踏みだ。

「その逃亡者がルルドに寄る可能性があるっていうのは、どういうことなのかしら」

ミーナはキ・キーマの首につかまったまま、器用に小首をかしげた。

「北に渡るだけなら、ルルドに寄り道なんかしなくても、真っ直ぐアリキタを目指せばいいのにね。ていうか、そもそも逃亡者はどこから来たのかしら」

「お告げじゃ、そこまではわからなかったのかな」と、ワタルは言った。「気になるね。そのことと、そいつが盗んだ重要な機密事項の内容と、関わりがあるのかもしれない」

「そっか。たとえば、機密を読み解くために、ルルドの星読みの知恵が必要だとか？」

ワタルはうなずいた。だとしたら、またぞろバクサン博士やロミたちの身が危険にさらされることにもなりかねない。

「ね、キ・キーマ。僕らはルルドに残って警備を手伝おうよ」

言いかけたとき、まだ兜を小脇に抱えたまま、部下たちを従えて、ロンメル隊長がこちらに近づいてきた。ワタルもミーナも、キ・キーマの肩から滑り降りた。

「隊長……」

ロンメル隊長はワタルにうなずくと、キ・キーマの顔を仰いだ。隊長も長身だけれど、キ・キーマにはかなわない。

「大事のようだ。幼いハイランダーを、よく守ってやってくれ給え」

キ・キーマは歯を剥《む》き出した。急に怒ってる。「ワタルは強い。隊長殿にご心配いただくことなんざ何もない」

言葉がぞんざいすぎるように思って、ワタルは思わずキ・キーマの革の腰巻きをひっぱった。ミーナは青灰色《ブルー・グレイ》の目を瞠《みは》っている。

「我々はこれから、アリキタの鉱山町へ向かう」と、隊長はワタルに言った。「鉱山労働者が蜂起《ほうき》して、騒ぎが拡大しているのだ。放置しておけば、大勢の死者が出るだろう」

「それも……〝ハルネラ〟のせいですよね」

「うむ。君たちも、もし逃亡者を追ってアリキタに入るようならば、重々注意をしてくれ。アリキタは、四つの国のなかではもっとも大きく、人口も多い。飛び抜けて豊かでもあるが、その分、貧富の差も激しいのだ。そういう国情では、〝ハルネラ〟が与える恐慌は、ササヤやナハトあたりとは比べようもないほどに、剝き出しで荒々しいものになるからな」

　わかりましたと、ワタルは深くうなずいた。

　隊長は立ち去りかけた。足が半歩出て、しかしそのとき、急に思い出したように——いや、胸に秘めていたものをやっぱり吐き出そうと決断したかのように、さっと振り向いて、片手をワタルの肩に置いた。銀色の手甲《てっこう》がきらりと光り、甲冑《かっちゅう》が鳴った。

「君は〝旅人〟だ」

　隊長は、ワタルの目の底をのぞきこみながら言った。

「君の目的は、女神さまに会うことだ。余計なことに心を煩わされ、危ない目に遭うことがないように、よくよく気をつけてくれ。幻界の治安は、幻界に棲《す》む者の手で守るべきだ。私はそう信じている」

　隊長の蒼《あお》い目が、あまりにも鋭く光っているので、ワタルは魅入られたようになってしまった。ワタルが求めている宝玉、勇者の剣の力の源泉である宝玉を思い出させる光だ。

「今の話を、私も聞いていた」隊長は抑えた口調で続けた。ワタルの顔から目をそらさない。

「ブランチ長《おさ》たちが連邦議会の許可なくハイランダーを動かし、議会の怒りをかえば、連邦議会に忠誠を誓っている我らシュテンゲル騎士団とも、この先、何処かで敵対しなければならぬ局面が発生するかもしれない」

　ワタルはあっと思った。そうだ。そういうことだ。だからこそ、キ・キーマが隊長に対して不作法な態度をとっているのだ。

「もしもそんなことが起こっても、君は巻き込まれてはならない。君は〝旅人〟だ。君がまっとうするべきは、君の使命だ。それを忘れるな」

　そしてようやく、日焼けした頬をほころばせると、

「〝棘蘭《しらん》のカッツ〟も、きっと私と同じ意見を持っているはずだ。彼女は君の長だ。今の言葉は、彼女の命令だと思って聞いてほしい」

　そして今度こそ隊長は踵《きびす》を返し、身軽にウダイにまたがると、部下たちにひと鞭《むち》くれるような厳しい声をかけて、走り出した。

　遠ざかる土埃《つちぼこり》を、しばらくのあいだ、ワタルは見守っていた。隊長たちが見えなくなると、ようやく、背中に視線を感じた。大部分のハイランダーたちは散会していた

が、警備の者たちも含め、まだ門の周辺に何人かが残っている。

彼らは一様に、ワタルに冷たい目を向けていた。その視線は、今の今までは、出立するシュテンゲル騎士団に向けられていたものであるに違いなかった。

「俺らは、シュテンゲル騎士団の仲間ってわけじゃないよ」

誰に抗弁するでもなく、大声の独り言として、キ・キーマが言った。

ワタルの胸に、もやもやとした霧のように、つかみどころのない不安が忍び込んできた。こんなことで、本当に〝ハルネラ〟が乗り切れるのだろうか。幻界の平和が守れるのだろうか。

ロンメル隊長の気持ちは嬉《うれ》しい。でも、今や幻界の平和は、ワタルにとっても他人《ひと》事《ごと》ではないのだ。〝ハルネラ〟が、〝半身《はんしん》〟に選ばれるかもしれないワタルにとって、身に迫る重大事であるのと同じように。

「あら？」

突然、ミーナが声をあげた。

「どうしたのかしら？　ね、ワタル、見て見て！」

# 34 呼びかける者

ミーナは軽く両手を広げ、ワタルに向かって胸を突き出した。しっぽの先がひょこひょこと躍っている。

「〝真実の鏡〟だわ。輝いてるの！」

確かに、ミーナの着ている短いベストの襟元から、白い光が溢《あふ》れているのだ。ミーナは首にかけた革紐《かわひも》をたぐり寄せ、真実の鏡を引っ張り出した。

「どうしたのかしら。何か映ってる！」

ミーナの手のなかの鏡を、ワタルとキ・キーマものぞきこんだ。そうだ、人影が映っている。白いローブのようなものを身に纏《まと》い、手に杖《つえ》を持った――魔導士だろうか？　しきりと身振り手振りをしながら、こちらに語りかけているようだが、霞《かす》んでしまってはっきり見えない。

「周りが明るいからだ。日陰へ行けば、もっとよく見える――」

「それより、ほら、天文台のなかの地下室はどうかしら。星読みのヒトたちの寝起きする部屋があるって言ってたじゃない？」

　ミーナがワタルの手をひっぱり、三人は駆け出して天文台に戻った。建物のなかに入ると、階段を探して地下に降り、ちょうど階下からあがってくるところだった星読みに訊《たず》ねると、廊下の先に小さな休憩室があるという。

　休憩室は、椅子が四、五脚とランプを載せた丸テーブルがあるだけの簡素なところだったが、それで充分だった。キ・キーマがランプを吹き消すと、その場は真っ暗になり、真実の鏡が放つ光は、清流のように豊かに溢れ出した。

　白く輝く光は、真実の鏡の上に、あたかも蓮《はす》の花の大輪を載せたような形を描いた。その大輪の中央に、さっきまで霞んでよく見えなかった人影が焦点を結んだ。

「おお、〝旅人〟よ」

　そのヒトはワタルに顔を向け、語りかけてきた。踵《かかと》のあたりまで隠れる純白の長いローブ。額には銀の冠。手にしているのは杖ではなく、やはり銀製の細長い柄のついた槌《つち》だった。ワタルは一瞬、リリスの大聖堂で見たシスティーナ像を思い出した。

「ようやく私の声が届きました。〝旅人〟よ。あなたもまた、幼い子供だったのですね」

　男のヒトだ。歳は――三十歳くらいだろうか。もっと年上か。ローブの白が照り映えているのか、それとも光で造りあげられた幻像であるせいなのか顔色が蒼白《そうはく》に見えて、表情も判別がつかない。それに、声は若々しいのに、銀の冠の下の髪は真っ白だ。眉《まゆ》まで白い。

「あなたは……どなたですか」

おっかなびっくり声をひそめて、ワタルは問い返した。もしかして、真実の鏡に宿る精霊なのだろうか。

白いローブのヒトはワタルの問いに答えず、右手に持った槌をゆっくりと左手に持ち替えると、空いた右手を心臓の上にあてた。

「ここにあるのは我らの衷心からの声。〝旅人〟よ。どうか我らを助けてほしい。我らの残り少ない希望は、かかってあなたの肩の上にある」

おいおい……と、キ・キーマが狼狽《うろた》えた。

「何じゃ、こりゃ？」

「我らの力はすでに弱り、残されたわずかな時も、刻々と過ぎ去ってゆく。どうか〝旅人〟よ、我らに救いの手を差しのべてほしい」

ワタルは半歩前に出て、白いローブのヒトに近づいた。天井や床にまで届くまばゆい光なのに、近寄っても少しも眩《まぶ》しくない。

「僕に何ができるんですか？　あなた方を助けるって、どうすればいいんですか？」

白いローブのヒトはワタルに向かってうなずきかけた。

「〝旅人〟を止める力を持つのは、ただ〝旅人〟のみ」

どういう意味だ？

「我らのもとに来てほしい。あなたには、できるはずだ。来たりて、我らの願いを聞いてほしい。それはまた〝幻界《ヴィジョン》〟の平和を守ることにもつながる」

当惑しながらも、ワタルは胸がどきどきしてきた。幻界の平和を守る？　ハイランダーとしては、聞き捨てにできない言葉だ。

「多くは語れぬ。言葉は空しく宙に舞う。だが我らはここで待っている。〝旅人〟よ。あなたの翼で我らのもとに来てほしい」

蓮の大輪のような光の上から、白いローブのヒトの姿が消えた。と、それと入れ替わるように、別の幻像が現れた。

ワタルは目を見開いた。これは――

そびえたつ純白の雲。その切れ間に、光を受けて輝くいくつもの尖塔《せんとう》。渡る虹《にじ》の橋。遥《はる》かなる高処《たかみ》で、氷河に抱かれた灰色の大地。

アンドア台地だ！　トゥゴウトゥの翼で運ばれ、空の頂点で垣間《かいま》見《み》た幻の地。

幻像は消えた。真実の鏡は沈黙し、休憩室に静かな闇が戻った。

三人とも唖然《あぜん》として、互いの顔を見つめるばかり。と、地下の部屋のどこかから、激務のあいだのわずかな眠りを貪《むさぼ》っているのであろう、星読みの低いいびきが聞こえてきた。

それがワタルたちを現実に引き戻した。

「今の……何？」

まだ手の上に真実の鏡を捧《ささ》げ持ちながら、ミーナが訊ねた。ワタルにではなく、鏡に対して直《じか》に問いかけているみたいに、目を釘付《くぎづ》けにしたまま。

「あれは、デラ・ルベシ特別自治州だよ」

ワタルの言葉に、ミーナばかりかキ・キーマまでが飛びあがって驚いた。

「ホント？　本当なの？」

「どうしてわかるんだよ、ワタル？」

ワタルは二人に、ソン村からサーカワの郷《さと》まで、カルラ族の翼で運ばれてきたことを思い出させた。

「その道中で、いちばん高いところまで飛び上がったとき、ちらっと見たんだ。トウゴウトウさんが教えてくれた――」

「デラ・ルベシ――」

「じゃ、今の白いローブの男は、あそこに住んでる奴なんだな？」

「たぶんね」

そして、ワタルの――〝旅人〟の助けを請うている。彼らを助けることが、幻界の平和を守ることにもなると訴えている。だとすれば、何の迷うことがある？

「行かなくちゃ」

ワタルの言葉に、ミーナはやっと目をあげて、真実の鏡を元どおりに、慎重な手つきで胸元に収めた。

「そうね、行かなくちゃ。だけど、どうやって？」

「ちょ、ちょっと待ってくれよ」キ・キーマが大きな手を、ワタルとミーナの肩においた。

「落ち着いて考えようぜ。ワタル、今の幻を頭から信じ込むのはどうかと思うぜ」

「どうして？」

「どうしてって……」

キ・キーマは言いよどみ、長い舌をぴゅっとのばして、頭のてっぺんを舐《な》めた。

「だって、あれが本当にデラ・ルベシ特別自治州ならば、あそこは老神教信者たちの場所だぜ。北の帝国とも関わりがあるんじゃないかと言われてる。忘れたわけじゃないよな？」

「うん。あくまでも噂だけどね」

「ああ、噂だ。でも――」

危険だよと、キ・キーマは呟《つぶや》いた。

「こいつは何かの罠《わな》かもしれねえ」

「罠って？」ワタルは驚いた。キ・キーマは何を警戒してるんだ？　あの薄気味悪いトリアンカ魔病院で、ワタルを捕まえて殺そうとしたのも、老神教の信者たちだったんだぜ？」

それは確かに。ワタルだって忘れていない。あんなに恐ろしいことはなかった。

「だけどさ、今の幻は、真実の鏡が僕たちに見せてくれたものなんだよ。真実の鏡が、僕らを騙《だま》すようなことをするかしら」

「それは……」

キ・キーマは分厚いまぶたをぱちぱちさせた。「俺にもわからないよ。けど、真実の鏡も、所詮《しょせん》は道具だろ。魔法の道具かもしれないけれど、それに意思があるわけじゃない。悪用されることだって、あるかもしれないじゃないか」

なるほど。ワタルの心はちょっと揺れた。が、そのとき、ミーナの厳しい声が耳に飛び込んできた。

「そんなこと言って、キ・キーマは老神教信者を助けたくないだけでしょ！」

キ・キーマは狼狽えた。今度は、長い舌が頭のてっぺんをちょっちょっと二度舐めた。

「な、何だよミーナ」

ミーナは怒っていた。青灰色《ブルー・グレイ》の美しい瞳《ひとみ》のなかに火花が散る。「そうじゃないの。なんだかんだ言ったって、本音はそれなのよ。女神さまに逆らう老神教の信者たちなんて、どれほど困っていようと、助けを求めていようと、どうだっていいのよ。キ・キーマにとっては、彼らは滅びるのが当たり前なんだから。だから行きたくないのよね！」

だけどあたしは行くもん！　と、ミーナはどしんと足を踏み鳴らした。キ・キーマのお株を奪う迫力だ。

「ワタルが行くっていうなら、あたしも一緒に行くんだもん。キ・キーマは勝手にすればいいじゃない！」

キ・キーマはたじたじと後ずさった。ワタルは二人のあいだに割って入った。

「ミーナ、そんなに怒らないでよ。キ・キーマは、僕らの安全を考えてくれてるんだ。だから、ね？」

「そ、そうだよ」キ・キーマの大きな肩がしょぼんと下がる。「そりゃ確かに……俺はデラ・ルベシに行くなんて気が進まないよ。だけどワタルが行くっていうなら、俺だって……どこまでもワタルと一緒に行って、ワタルを守るって決めたんだからさ」

「なら、カンベンしてあげる」ミーナはにっと笑った。「それなら、善は急げよ。早く行きましょう」

「だけどさ、どうやって行くんだ？」

「決まってるじゃないの。またカルラ族に頼んで連れて行ってもらうのよ。ハイランダーの頼みなら、むげには断らないんでしょう」

騒然とする幻界で、カルラ族たちは持ち前の翼の機動力を活《い》かして大忙しだ。特にこの国営天文台には、連邦議会や各都市の星読み台との間を往復しているのだろう、しきりとカルラ族たちが舞い降りている。そのうちの誰かに頼めば、何とかなりそうだ。

「それじゃ俺、ちょっと行って、遣い便のカルラ族たちの詰め所がどこか、訊《き》いてくる」

キ・キーマはあたふたと階上にあがっていった。バツが悪いのか、必要以上にせかせかした足どりだ。それを見送って、ミーナがまたニコリと笑った。

「あたしったら、ちょっと言い過ぎたね。あとでキ・キーマの肩を揉《も》んであげようかな」

しかしワタルは、ふと頭のなかをよぎった考えに心を盗《と》られて、ミーナの声を聞いていなかった。トリアンカ魔病院での危機一髪。あの光景を思い出すと同時に、颯爽《さっそう》と登場してワタルのピンチを救ってくれた、ミツルのことも思い出したのだ。

それが、先ほどの白いローブの男の謎めいた言葉と結びついた。

——あなたもまた、幼い子供だったのですね。

妙な言い回しだ。あれは、ワタルの以前に、今現在この幻界を訪れているもう一人の〝旅人〟であるミツルを知っているからこそ、口をついて出た言葉ではないのか。だとすれば、ミツルもまた、ワタルよりも前にあの白いローブの男から呼びかけを受け、デラ・ルベシ特別自治州を訪ねているのではないのか。

だけどミツルでは、白いローブの男たちを助けることができなかった？　だから、今度はワタルが呼ばれたということなのか？

ミツルにできなかったことが、僕にできるのだろうか。

「どうしたの、ワタル」

顔をのぞきこまれて、ワタルはまばたきした。何でもないよと応じて、足を速めて階上にのぼった。考えていたって、仕方がない。デラ・ルベシを訪ねてみればわかることだ。

遣い便のカルラ族たちの詰め所は、三階のテラスにあった。日除《ひよ》けの白い幌《ほろ》を張った下で、三羽のカルラ族たちが翼を休めている。

「不作法で済まないが、ちょうど弁当をつかっていたところなのでな」

一羽のカルラ族が、食後の人間の中年のおじさんそっくりに、ちっちと歯を鳴らしながら言った。これで楊子《ようじ》をくわえれば、ほとんどそのまんまである。

カルラ族のお弁当は、言うまでもなくねじオオカミの肉だ。だからテラスはぷんぷん臭った。キ・キーマは辟易《へきえき》している。

ワタルは細かいことは伏せつつも、丁寧に依頼のことを話した。カルラ族たちは、カクカクと首を動かしながら聞いていたが、やがて言った。「事情はわかった。しかし、現状我らがおぬしらの頼みを引き受けることはできかねるな」

「忙しくて大変なのはわかってるんです」

「いや、そういうことではない。ハイランダーの依頼とあれば、我らとしても進んで引き受けるにやぶさかではないのだから」

カルラ族たちは口ぐちに言うのだった。

「ましてや、おぬしらがデラ・ルベシに行きたいというのは、このたびハイランダーたちに下った緊急指令に関わることなのであろう？　隠すことはない。その指令を南大陸各地に運んだのも我ら一族だからな。承知しておるよ」

ワタルはあいまいに返事をした。このことが、逃亡者を捕まえるという緊急命令と関わっているかどうかはわからない。むしろ、かなり怪しい。

「それでも引き受けられぬというのは、是非もない。我らの翼では、今、デラ・ルベシまで飛ぶことができぬのだ」

　カルラ族たちはうなずきあうように首をカクカクさせた。

「トウゴウトウがおぬしを運んだときには、あのあたりから南大陸を吹き渡る上昇気流に乗るために、デラ・ルベシの高さにまで舞いあがったのであろう？」

「はい、そう言ってました」

「ところが、ここ数日、デラ・ルベシあたりに気候変化があってな。我らがいつも翼を乗せてきた、その強い気流がぴたりと止んでしまっておる」

　別のカルラ族が、翼をバタバタさせながら続けた。「そればかりではない。デラ・ルベシのあるアンドア台地を取り囲む雲が厚みを増し、上空の気温がぐっと下がっておる。あれでは、いくら強靭《きょうじん》な我らの翼とて、日頃の力の半分も出せぬ。下手をすれば凍りついてしまうだろう」

「この気流の乱れ、気象の変化。尋常ではない。彼《か》のアンドア台地では、地上からは窺《うかが》い知ることのできぬ、何か変事が起こっておるのかもしれぬ」

　考え込むように、カルラ族は言った。

「いずれにせよ残念ながら、我らではおぬしらを運んでやることができぬ。すまぬが、別の手を考えてはくれまいか」

　ワタルはがっかりしたけれど、こればかりはどうしようもない。自分たちの猛《たけ》き翼と、それを操って空を飛ぶ能力を、あれほどまでに誇りにしているカルラ族がこう言うのだ。

　不安がじりじりと、ワタルの胸の底に浸水してきた。デラ・ルベシで何か恐ろしい変事が起こっている。だからこそ、白いローブの男が助けを求めているのだ。

「わかりました。どうもありがとう」

「力になれず、申し訳ない」

　ミーナとキ・キーマを促して踵《きびす》を返しながら、ワタルは何気なくズボンのポケットに手を入れた。すると指先に、何か硬くてすべすべしたものが触れた。

　何だろう。何を入れたっけ。探って取り出してみると、それは真紅に輝く靴べらだった。紅宝石《ルビー》でできているみたいな靴べら――

　そうじゃない。これはファイアドラゴンのウロコだ！　嘆きの沼で助けてあげた、ジョゾという名前のファイアドラゴンが、御礼にとワタルにくれたものだった。

　すっかり忘れていた。ワタルは、まるで中年のオジサンになったみたいに、自分で自分の額をぴしゃりとぶった。この場合には、それがふさわしい仕草のように思えたのだ。

「まあ、どしたの、ワタル？」ミーナが顔をのぞきこむ。

　これをくれるとき、ジョゾは言っていたじゃないか。このウロコで笛を作って、吹いてごらん。いつでもどこにでも駆けつけて、君を背中に乗せて飛んであげるよ、と。

「カルラ族さん！」ワタルは駆け戻った。「ドラゴンなら、今のデラ・ルベシにも飛んでゆくことができますか？」

カルラ族たちは顔を見合わせたが、すぐに、

「確かにドラゴンの翼ならば、気流がなくとも、凍りつくほどの寒さのなかでも、苦もなくアンドア台地の頂上を目指すことができようよ」

「なにしろドラゴンたちは、恐ろしい〝針の霧〟漂う海の彼方《かなた》に棲《す》んでおるのだから」

と、一羽のカルラ族がワタルの手のなかの真紅のウロコに目を留めた。「それは？」

ワタルは手短に説明した。カルラ族たちの黒目がちの瞳《ひとみ》がますます大きくなった。

「なるほど。それならば是非もない。一刻も早くそのウロコで、〝龍《りゅう》の笛〟を作るがよい。ドラゴンも我らと同じく、猛き翼に魂を乗せ、天《あま》駆ける生きものよ。信義に篤《あつ》く勇敢だ。おぬしとの約束を、けっして違《たが》えはせぬだろう」

キ・キーマが大きく両手を打ち鳴らした。

「それなら、とっとと龍の笛を作ろうぜ、ワタル！」

でも――ワタルは困った。「どうやって作る？　ジョゾは言ってた。腕のいい職人に頼めって」

龍の笛はとても脆《もろ》いから、二度しか使うことができないとも言っていた。それはそ

もそも、このウロコ自体が壊れやすいからだろう。だから細工も難しいのだろう。

「リリスへ行けばいいわ」と、ミーナが顔を明るくした。「トニ・ファンロンに頼んだら？　彼の腕なら申し分ないじゃない」

一羽のカルラ族が、大きな鉤爪《かぎづめ》のある足で一歩前に出た。「リリスなら、私がこれから行く先の通り道にあたる。幼きハイランダーよ、おぬし一人ぐらいならば、乗せていってやることは造作もない」

素晴らしい！　キ・キーマは大喜びだ。

「よし、それならワタルは一足先に、空を飛んでリリスへ行けよ。俺はミーナと一緒に、ダルババ車で後を追う。なに、三、四日で追いつくさ。いくらファンロンの腕が良くても、笛をこしらえるまでそれぐらいはかかるだろう。場所を決めて落ち合って、それからドラゴンを呼んで、三人でデラ・ルベシまでまっしぐらだ！」

そうと決まったら出発の支度だと、勢いづくキ・キーマを、しかし、別のカルラ族が呼び止めた。それでなくても尖《とが》って気むずかしそうな顔に、いっそう険しい表情を浮かべている。

「そこの水人族よ。そしてネ族の娘よ。おぬしらは、あまりリリスに近づかぬ方がいいかもしれぬ。幼きハイランダーと待ち合わせるのは、町から離れた場所の方がいい」

「どうしてですか？」ワタルは訊《き》いた。ふと嫌な予感がした。

「これはあくまでも風聞だが」と念を押した上で、そのカルラ族は言った。「リリスの町には、ブランチ長《おさ》の命令により、戒厳令がしかれているらしい。外部からの出入りは禁止されておるし、町の住人たちも外へ出ることはできん。おぬしらは知っているかどうかわからないが、あの町は、アンカ族の富裕層と、非アンカ族の貧困層とにはっきりと分かれておってな」

「ええ、よく知っています」と、ワタルは苦い思いを嚙《か》みしめながらうなずいた。

「そうか。ならば話が早い。〝ハルネラ〟をめぐって人心が動揺し、両者の対立が激化して、焼き討ちや暴動が頻発したようだ。戒厳令は、それゆえにとられた非常措置だろうが、非アンカ族の住人たちのなかからは、大勢の逮捕者が出ているという話を漏れ聞いておる」

ミーナがこわばった顔でワタルを振り返った。

「パム所長の仕業だわ」

ワタルはうなずいた。あの町で、密《ひそ》やかに、しかし苛烈《かれつ》になされていた他種族差別主義が、〝ハルネラ〟を巡る騒動をきっかけに、表面化したのかもしれない。

「幼きハイランダーよ、おぬしはアンカ族であるし、ハイランダーであれば町に入ることもできよう。しかしそちらの水人族とネ族の娘は、リリスの町からは離れておった方がいい。どういうとばっちりを受けぬとも限らぬゆえにな」

カルラ族の助言もあって、キ・キーマとミーナは、リリスの町から南に丘をひとつ越えたところにある、〝大樹の道標《しるべ》〟という場所でワタルと落ち合うことにした。大樹の道標は、キ・キーマでも両手で抱えることができないほどの巨木で、カルラ族たちもしばしば目印に使うのだそうだ。

「地上の道をダルババ車で走っても、すぐにわかるだろう。それに森のなかであるから、何かあったら身を潜めることもできようよ」

ワタルたちは大急ぎで出発の支度にとりかかった。手荷物を作りながら、ワタルは、胸の奥の不安の浸水がますます深くなり、冷たさを増してくるのを感じていた。戒厳令下のリリスの町で、トニ・ファンロンは無事だろうか。エルザはどうしているだろう？

# 35
# リリスの惨状

ワタルを乗せてくれたカルラ族は慎重だった。リリスの町の上空に着くと、ワタルをおろすより前に、ぐるりと旋回して町の様子を窺《うかが》った。

「おぬし、あの露営用テントを見たか？」

カルラ族の身体に取りつけられた座席から、カルラ族の胸の真っ赤な羽毛を仰いで、ワタルは大声で答えた。「あの白いテントですよね？　はい、見えました」

五角形のテントがいくつか――中央にあるのがいちばん大きく、尖った屋根のてっぺんに旗が掲げてある。ワタルの記憶に間違いがなければ、テントの隣にある建物は、リリスのブランチだ。

「シュテンゲル騎士団の露営用テントだ」と、カルラ族は言った。「リリスの町の公会堂にも、シュテンゲル騎士団の旗が掲げられておった。あの規模の施設を接収しているとなると、ただのパトロール小隊ではなく、一個中隊が丸ごと進駐しているのだろう。思っていたよりも大事になっておる」

カルラ族は大きく翼をはためかせ、滑空しながら、今度は露営用テントの真上を飛んだ。銀の鎧《よろい》に身を固めた騎士たちがそこここにたむろしている。

「ブランチ長のパム氏が、戒厳令をしくと同時に、シュテンゲル騎士団の出動を求めたのだろうな。あの旗は——」と、カルラ族は大テントの上を滑空し、風に翻っている隊旗を確認した。

「サイゼク隊の印だ。サイゼク隊長は、もともとリリスの生まれであったはずだ。ブランチ長とも親交がある」

嫌な予感どころの話ではない。ワタルは、真っ黒な直感に心を塗り潰《つぶ》されるような気がしてきた。

「それじゃ、ここにいるシュテンゲル騎士団は、パム所長の味方なんでしょうね」

「だろうな。そら、ごらん」

カルラ族はレンガ職人通りの上空を飛んでいた。用心深く高空を飛んでいるので細かいところは見えない。でも、充分だった。レンガ職人通りは、大嵐が通過した後のような惨状を呈していた。建物は壊され、ところどころに火事の跡が黒く焦げて残っている。人影はまったく見あたらない。壊れた家具や汚れた衣類が、灰と泥をかぶって点々と散乱している。ここからでは、ファンロンの工房の位置さえもはっきりとはわからない。やっぱり壊され、火事で焼けてしまったのか。

この惨状――何か巨大な、でも姿形のはっきりしないものが、暴れ狂いのたくりながら通り過ぎた跡のようだ。そう、確かにそうだ。悪意と憎悪という名の、力に満ちた形の定まらないものが襲い来て、ここにあったものすべてを噛み砕き、吐き散らして通過していったのだ。

悪意と憎悪は、いつだって飢えている。だから、鳥瞰《ちょうかん》するこの光景が、食いしん坊で行儀の悪いものが、テーブルいっぱいの食べ物を、がつがつと手当たりしだいに食い散らし、大慌てで立ち去った後のように見えるのも当然のことだった。

「これだけの騒動だ。リリスのブランチだけで鎮圧できたとは、とうてい思えん。シュテンゲル騎士団が乗り込んできて、この有様となったのだろうて」

ワタルは声を失った。

レンガ職人通りに住んでいたヒトたちは、みんなどこに行ってしまったのだろう。逃げ出したのならばいいけれど……。もしかして逮捕されて、どこかに閉じこめられているのだとしたら。

この前会ったときに、ファンロンは、ボグのブランチの頭であるスルカ首長も、隠れ他種族差別主義者なのだと言っていた。シュテンゲル騎士団が、現状、アンカ族だけで構成されていることの遠因をつくったのもスルカ首長だと。

そして、システィーナ聖堂の威容。塔のてっぺんの鐘が光っている。ここを中心に、他種族差別主義を懐深く隠した老神教が、リリスの町全体をじわじわと侵していったのだ。いや、今もそうなのだ。初めてこの聖堂を仰いだとき、そのころはまだ何も知らなかったのに、聖堂の落とす巨大な影が、町を覆っていることに嫌悪感をおぼえたことを、ワタルは思い出した。今、こうして上空から眺めると、その感じはいっそう強くなった。聖堂は一身に陽を受けている。空から降り注ぐ明るい陽光を独り占めしている。そしてその影はレンガ職人通りをすっぽりと覆い、さらに貪欲《どんよく》に、もっともっと広い場所を、いずれは町全体をその影のなかに収めてしまいたいと求めているように見えた。聖堂の影自体が生きもので、それ自身の意志で、町を呑《の》みこんでしまおうとしているかのように見えた。

このリリスは、他種族差別主義に与《くみ》しない者にとっては、南大陸でいちばん危険な場所であるかもしれない。たとえそれがハイランダーであっても。

リリスの町には、ガサラのような門はない。でも今は、そこここの辻《つじ》にシュテンゲル騎士やハイランダーらしきヒトびとが立って警戒をしている。特に、以前ワタルが初めてここを訪れたときに通った町の大通りの入口には、急ごしらえの砦《とりで》があって、ぶっちがいにされた太い材木がバリケードとなって行く手を阻んでいた。

「どうする、幼きハイランダーよ」

「町はずれの森のなかに降ろしてください。何とかして忍び込む方法を考えてみます」

「うむ。気をつけるのだぞ」

カルラ族が飛び去ってしまい、あたりにヒトの気配がないことをよく確かめるまで、ワタルはじっと森の下草のなかに身を潜めていた。そのあいだにも、頭はエンジン全開で働いていたけれど、いったいどうすればリリスの町に忍び込めるのか、見当もつかなかった。

勇者の剣を隠し、服装も変えて、リリスの町に住むアンカ族の子供みたいなふりをして、あのバリケードを通ることはできないかしら。お遣いに行って、帰ってきたところなんですと、無邪気に言ってみたら？　いやいや駄目だ、すぐに疑われてしまう。この町に住む裕福なアンカ族が、戒厳令下の町のどこに、大事な子供をお遣いなんかに出すものか。それじゃ迷子ってのはどうだろう。おうちがどこだかわからなくなっちゃったのって言ってみたら？　騎士のおじさん、おうちまで送ってくださいませんか？

グダグダと悩んでいると、ふと、腰のあたりがほの温かいのを感じた。見ると、勇者の剣が光っている。ワタルは急いで剣の柄《つか》に手をかけ、鞘《さや》から引き抜いてみた。

――ワタル、ワタル。

ふたつの宝玉に棲《す》む精霊が語りかけてきた。

――嘆きの沼で、魔法剣を使ったことを覚えているでしょう？

——我らの力がふたつ合わさったことで、あなたはさらに新しい魔法剣を覚えた。

——さあ、剣を掲げなさい。

ワタルは驚きながらも、目の高さに剣を掲げてみた。と、腕が自然に動いて、剣の切っ先が宙に印を結んだ。右、左、そして上下。十字を切って、輝く刀身に顔を映す。すると、ふわりと身体が軽くなった。これは何だ？　これが新しい魔法剣？　嘆きの沼で魔法剣を使ったときは、魔法の光弾を撃つことができたのだ。今度のは何だ？

そして、自分の身体が見えなくなっていることに気がついた。勇者の剣も見えない。透明になってしまったのだ！

精霊が語りかけてきた。

——ワタル、これが新しい魔法剣の力。印を結んでいる限りは、あなたの姿は誰にも見えません。聖なる結界が、あなたの姿を隠してくれるからです。

——ただ、この結界は、あなたの身体から力を奪う。長く結んでいてはいけない。身を隠す場所があったら、すぐに結界を解くのだ。無理をすれば、あなたは倒れてしまうだろう。

「わかりました。ありがとう！」

勇気が湧いてきた。よし、まずエルザを探そう！

リリスのブランチは、ヒトでごった返していた。ハイランダーもいれば、シュテンゲル騎士もいる。奥の部屋で、パム所長が兜《かぶと》を脱いだシュテンゲル騎士の一人と机を囲み、何やら意気軒昂《けんこう》に話し合っているのが見える。甲冑《かっちゅう》の紋章と、周囲の騎士たちの態度から見て、どうやらあれがサイゼク隊長のようだ。

エルザの姿は見えなかった。自宅の方にいるのかもしれない。途中で一度、ブランチの物置のなかに隠れて結界を解き、ひと息入れてから、ワタルはうろ覚えの記憶をたどりながらパム所長の自宅を探しにかかった。精霊の忠告に間違いはなく、結界に身を潜めて姿を消していると、まるで高い山に登ったみたいに、すぐに息が切れて苦しくなってくる。動悸《どうき》もいつもより速いようだ。結界がそれ自体を維持するために、ワタルの身体からエネルギーを吸い取っているのだろう。

リリスの町を歩いているのは、ハイランダーや騎士も含めて、アンカ族ばかりだった。商店は開いているところもあるけれど、大部分は表戸を閉じて、なかには板きれを打ち付けて塞《ふさ》いでしまっているところもある。それでもレンガ職人通りの惨状に比べれば、町の中心部は平穏そうだった。開いている店には、長い行列ができている。そのそばを通り過ぎるとき、ハイキュウがどうのこうのという言葉を耳にした。外部からの出入りを遮断してしまっているので、食料品や日用品が足らなくなってきて、配給制を始めたらしい。

「まあ、他種族狩りがすっかり終わるまでの辛抱だけど、それにしても困ったわ」

アンカ族の女の人が、愚痴りあっている。ワタルは背筋が寒くなった。他種族狩り。町を封じて、なかにいる非アンカ族のヒトたちを、一人残らず狩り出すつもりなんだ。

狩り出して、そしてどうするんだ？

ようやくパム所長の家にたどり着き、二階の窓際に、しょんぼりとうなだれているエルザの横顔を見つけたときには、ワタルはもう酸素不足の金魚みたいに口をパクパクさせていた。幸い、玄関からするりと忍び込んでみると、家の一階には人気《ひとけ》がなかった。急いで結界を解くと、手近の椅子にもたれて休んだ。息苦しくて、肩であえいでいた。めまいがして、急いで椅子の背もたれにしがみついた。その拍子に、椅子がごとんと音をたてた。

階上で軽い足音が聞こえた。

「誰？」

エルザの声だ。階段を降りてくる。ワタルは椅子の背につかまったまま振り返った。

「まあ……あなたは」

記憶にある黒い瞳《ひとみ》の美しさはそのまま。でも、もともと華奢《きゃしゃ》だったエルザは、さらにげっそりと窶《やつ》れていた。

「ファンロンさんは――どこですか？」

やっとそれだけ言って、ワタルは椅子から転がり落ちた。床に尻餅《しりもち》をついて、ぜいぜいと息をするのが精一杯だった。

エルザはワタルを彼女の部屋に匿《かくま》うと、冷たい水を持ってきてくれた。それでようやく、ワタルも落ち着いた。

龍《りゅう》の笛のことを説明すると、エルザは何度も何度もうなずいた。

「ええ、ええ、トニなら龍の笛を作れるわ。彼でなくては作れないでしょう」

でも……と、みるみる瞳を潤ませて俯《うつむ》いてしまう。

「あのヒトは逮捕されてしまったの。父の采配《さいはい》で、ハイランダーたちが、レンガ職人通りのヒトたちを暴動罪で逮捕しようとしたとき、抵抗したから」

「それで、どこに連れて行かれたんです？」

「システィーナ聖堂よ」

「あんな場所に？　刑務所とかじゃなくて？」

逮捕したヒトたちを聖堂に押し込めて、無理矢理にでも老神教を信じさせようというのだろうか。

「システィーナ聖堂の地下には、大きな牢獄《ろうごく》があるのよ。父が司教様と相談して作った檻《おり》なの。異教徒を閉じ込めるには、システィーナの力で封じていただくのがいちばんだからといって」

システィーナ聖堂のダイモン司教なら、以前ここに来たときに会った。見事なまでの禿頭《はげあたま》と、刺すような冷たい眼。

「聖堂の地下ですね。確かですね？」

「ええ……。でも、どうやって地下に降りるのか、わたしは知らないの。聖堂のなかを見回した限りでは、地下室に降りる階段なんか見あたらないし」

行けば何とかなるだろう。ワタルは大きく深呼吸をした。まだ心臓の動きがちょっとヘンだ。酔っぱらったみたいになってる。それに膝《ひざ》がガクガクする。

「顔が真っ青だわ。もういっぱい水をあげましょう。それに、何か食べた方がいいわ」

ワタルは首を振った。「ありがとう。でも水だけでいいです。時間がないんだ」

エルザが水と、冷たいおしぼりを持ってきてくれた。それで顔の汗を拭《ぬぐ》って、ワタルは心から感謝した。

「エルザさん、大丈夫ですか。この町——ひどい有様だ」

ワタルの言葉に、エルザは涙のにじんだ瞳を窓の外へと向けた。ついで、そっと窓際に歩み寄り、カーテンを引いた。

「〝ハルネラ〟——〝大いなる光の境界〟の作り直しに、一人の犠牲者が必要だということ……。そのことが広く知らしめられたのが原因です」

ワタルはうなずいた。「他所《よそ》の町でも、それで騒動が起こっています。特に貧しいヒトたちや囚人たちのあいだで動揺が大きいって。貧しいヒトたちには、命より他に女神さまに捧《ささ》げるものがないから、ヒト柱に選ばれる可能性が高いって怯《おび》えてる。囚人たちは、連合政府が自分たちを女神さまに捧げて、他のヒトたちが選ばれずに済むように謀ろうとしているんじゃないかと疑ってる」

「そう……」

「そういう動揺に乗じて、ヒトびとが今までの不満を爆発させて、暴動とか一揆《いっき》を起こしてるところもあるんです」

エルザはカーテンをつかんだまま振り返り、眉《まゆ》をひそめた。「昨日、父がアリキタの鉱山で暴動が起きていると言っていたけど」

「ええ、そうです。あそこにもシュテンゲル騎士団が派遣されました」

「そうなの」エルザはうなだれた。

「ここではその暴動が、非アンカ族のヒトたちに対する迫害という形をとったんですね？　もともとそういう土壌のあった町だ」

エルザはカーテンに顔を埋めた。

「だけど、僕はやっぱり不思議なんです。いったいどういう経緯で、こんなことになってしまったんだろう」

エルザはカーテンのなかから、か細い声で言った。「ヒト柱に選ばれるのは、この広い世の中でたった一人。それほど騒ぐことはないのじゃないか。ましてや、それがアンカ族と非アンカ族の対立に結びつくとは思えないということかしら」

ワタルは黙っていた。たった一人なのだから、騒ぐことがないとは思えない。とりわけ、ワタル自身にとっては、選ばれる可能性は二分の一だ。

「トニとわたしが心配していた以上に——いいえ」エルザは振り返った。「父やダイモン司教も驚くほどに、老神教はこの町のアンカ族のヒトびとの心に染みこんでいたようなの。老神教の教えは、あなたも知っているのでしょう？」

幻界《ヴィジョン》を創ったのは老神であり、老神はまた、創世のときに、自らの姿に似せてアンカ族をつくり、地上に置かれた。しかし、女神は老神から幻界を騙《だま》し取り、さらに、アンカ族の繁栄を妨げるために、女神自身に似せて他種族をつくった。だから、いつか老神が女神を滅ぼし、この幻界の創世の神として復活するときには、女神のつくった他種族もまた滅び、幻界はアンカ族の楽園となるのだ——

ゆるゆるとうなずき、涙を一滴落としながら、エルザは続けた。「その教えからゆくと、千年に一度、大いなる光の境界を張り直さなければならない、それにはヒト柱が必要だなどというのも、アンカ族を迫害するための、女神さまのまやかしだというの。だからもちろん、ヒト柱にはアンカ族が選ばれる。たった一人のヒト柱であっても、アンカ族にとって大切な人材。老神の復活を手伝うことができる、勇気と知恵のあるアンカ族を、わざわざ選んでヒト柱にする——それが女神さまの企《たくら》みだというの」

ワタルは鼻先で笑った。「こじつけもいいところじゃないか」

「そうかしら」エルザは悲しげにワタルを見つめた。「あなたは立派なハイランダーだけれど、やっぱりまだ子供なのだわ。どんなこじつけだって、信じているヒトにとっては真実なのよ。老神教を信じるヒトたちにとっては、女神さまがヒト柱に選ぶのはアンカ族の救世主であり、だからどんなことをしてもそれを阻まねばならないの」

ダイモン司教は、システィーナ聖堂にアンカ族の信者たちを大勢集め、礼拝と大説教会を執り行ったのだという。そこで司教は語った——〝ハルネラ〟とは〝大いなる光の境界〟の張り直しの時などではない、それは女神の偽りである、真実を知る老神教の信者にとっては、〝ハルネラ〟とは、女神の嘘を暴き、女神を奉じようとする穢《けが》れた他種族を討ち滅ぼすべく、老神が天の彼方《かなた》から、北の凶星《まがぼし》を通して、幻界に知らしめている時なのだと。

「老神教信者に、女神を滅ぼし幻界を取り返す、聖戦の到来を報《しら》せる印なのだと……ね」

エルザの言葉は、冷たい息となってワタルの頬を撫《な》でた。すうっと寒くなった。

「ルルドの国営天文台は、そんな見解を出してはいないのに」

「ええ、そうでしょう。でも、そんなこと、ダイモン司教に心酔しているヒトたちにとっては、どうでもいいのよ」

激しくかぶりを振って、黒髪を乱す。

「だから、トニは逮捕されてしまったの。あなたと同じようなことを言って、迫害される他種族のヒトたちを守ろうとしたからよ。トニ一人では太刀打ちできなかった。どうすることもできなかったわ。あのヒトの工房も焼き討ちにあって……」

落胆に、ワタルは身体が重くなって、椅子に沈み込んでいくのを感じた。では、ファンロンを助け出すことができたとしても、龍《りゅう》の笛を作ってもらうことはできないのか。

でも、いずれにしろ放っておくことはできない。ワタルは空っぽになったグラスを足元に置くと、立ちあがった。

「どうするの？」と、エルザが訊《き》いた。

「システィーナ聖堂に行ってみます」

「あなた一人で何ができるかしら」

「わからない。でも、とにかく事実を確かめたい。大勢のヒトたちが、取り調べも裁判もなしに、地下牢みたいな場所に押し込められているのだとしたら、放ってはおけません。事実を明らかにして、他の町のブランチに働きかければ、何とかなるかもしれない」

　エルザは、今やカーテンにつかまって、やっと立っていた。震えるくちびるから、言葉がこぼれ出た。「トニは、もう死んでいるかもしれないわ。父がわたしにそう言ったの。おまえは、もう二度とあの男の顔を見ることはないって」

　ワタルは顔をあげ、しっかりとエルザを見つめた。「諦《あきら》めるのはまだ早いです」

　エルザの瞳《ひとみ》から、涙が溢《あふ》れた。彼女は片手で目を覆った。

「あなたが諦めてしまったら、誰もファンロンさんを待っているヒトがいなくなってしまう。しっかりしてください、エルザさん」

「でも……」

「それに、僕にはどうしても龍の笛が必要なんです。ファンロンさんに作ってもらわなくちゃ。だからあのヒトを助け出します。必ず」

「あなたみたいな子供に、何ができるの」

　ワタルは勇者の剣を取ると、印を結んだ。エルザの目の前で、ぱっと姿を消してみせた。

　すぐに結界を解いて姿を見せると、エルザは漆黒の瞳を見開き、今にも倒れそうなほど蒼白《そうはく》な顔をしていた。

「い、今のは何？」

「ちょっとした魔法です。だけど、僕の力になってくれる」

エルザがよろめいたので、ワタルはあわてて駆け寄り、彼女を支えた。エルザは、さっきまでのワタルみたいに、激しく震えて肩で息をしていた。

「あ、あなたは……何者なの？」

ワタルは答えなかった。エルザの瞳のなかには、彼女の心が自問自答する様が、光と闇の渦になって映っていた。

エルザはワタルから離れると、その両腕を押さえた。

「ちょ、ちょっと待っていて。お願い、ね、待っていてね」

あわてるあまりに家具やドアにぶつかったりしながら、エルザはベッドの脇の小引き出しのなかを探り、何か取り出すと、それを胸に抱いてワタルのそばに戻ってきた。片手で持てるくらいの小さな木箱だ。

「これを持っていって」

ワタルは受け取り、木箱に目を落とした。腰につけられるように布のベルトがついており、蓋《ふた》に掛け金がかかっている。

「開けてみて」

開けると、工具がびっしりと詰まっていた。

「トニの道具箱なの。あのヒトが、細かな細工物を作るときに使っていたものよ。いつも持ち歩いていたんだけど、焼き討ちがある前に、わたしに預けてくれたの。もし、レンガ職人通りの工房が使えなくなっても、これさえあればどこでだって仕事ができる。僕の魂と同じくらい大切なものだから、君に持っていてほしいって」

「いいんですか」

エルザはうなずいた。まだ目が潤んでいたけれど、視線はしっかりと定まっている。

「あなたを信じるわ。トニが龍の笛を作れるように、あのヒトを助け出してちょうだい。そして伝えて。あなたと会えるときまで、わたしは待っているからって。どうぞお願い」

「わかりました」ワタルは、しっかりと木箱を腰にくりつけた。「お預かりします。きっと、きっとファンロンさんに渡して、龍の笛を作ってもらいます」

（下巻へつづく）

本書は、二〇〇三年三月に小社より単行本（全二冊）として、二〇〇六年五月に角川文庫（全三冊）として刊行されました。改版にあたり角川文庫旧版（中巻）を底本としました。

# ブレイブ・ストーリー　中

宮《みや》部《べ》みゆき


平成18年 5月25日　初版発行
令和3年 6月25日　改版初版発行
令和6年 10月30日　改版3版発行

発行者●山下直久

発行●株式会社KADOKAWA
〒102-8177　東京都千代田区富士見2-13-3
電話　0570-002-301（ナビダイヤル）

角川文庫 22698

印刷所●株式会社KADOKAWA
製本所●株式会社KADOKAWA

表紙画●和田三造





●お問い合わせ
https://www.kadokawa.co.jp/（「お問い合わせ」へお進みください）
※内容によっては、お答えできない場合があります。
※サポートは日本国内のみとさせていただきます。
※Japanese text only





ISBN 978-4-04-111171-0　C0193

◆◇◇

# 角川文庫発刊に際して

角川源義

第二次世界大戦の敗北は、軍事力の敗北であった以上に、私たちの若い文化力の敗退であった。私たちの文化が戦争に対して如何に無力であり、単なるあだ花に過ぎなかったかを、私たちは身を以て体験し痛感した。西洋近代文化の摂取にとって、明治以後八十年の歳月は決して短かすぎたとは言えない。にもかかわらず、近代文化の伝統を確立し、自由な批判と柔軟な良識に富む文化層として自らを形成することに私たちは失敗して来た。そしてこれは、各層への文化の普及滲透を任務とする出版人の責任でもあった。

一九四五年以来、私たちは再び振出しに戻り、第一歩から踏み出すことを余儀なくされた。これは大きな不幸ではあるが、反面、これまでの混沌・未熟・歪曲の中にあった我が国の文化に秩序と確たる基礎を齎らすためには絶好の機会でもある。角川書店は、このような祖国の文化的危機にあたり、微力をも顧みず再建の礎石たるべき抱負と決意とをもって出発したが、ここに創立以来の念願を果すべく角川文庫を発刊する。これまで刊行されたあらゆる全集叢書文庫類の長所と短所とを検討し、古今東西の不朽の典籍を、良心的編集のもとに、廉価に、そして書架にふさわしい美本として、多くのひとびとに提供しようとする。しかし私たちは徒らに百科全書的な知識のジレッタントを作ることを目的とせず、あくまで祖国の文化に秩序と再建への道を示し、この文庫を角川書店の栄ある事業として、今後永久に継続発展せしめ、学芸と教養との殿堂として大成せんことを期したい。多くの読書子の愛情ある忠言と支持とによって、この希望と抱負とを完遂せしめられんことを願う。

一九四九年五月三日